W0340727

SONDERZAHL

Manfred Moser

Sprachmann

SONDERZAHL

Gefördert durch das Land Kärnten sowie die Kulturabteilung der Stadt Klagenfurt.

www.sonderzahl.at

Große Neugasse 35, 1040 Wien
verlag@sonderzahl.at
Schriften: Graublau sans, Palatino Linotype
Druck: finidr
ISBN 978 3 85449 674 8
Umschlag von Matthias Schmidt

Wir kommen immer zu spät.

Jeden Tag bevor es losging, sechs Uhr abends, betrachtete der Ägypter seinen Arbeitsplatz von seinem Standpunkt aus, sein Arbeitsplatz war das Straßenkreuz, sein Standpunkt der Grünstreifen, vorn bei der Ampel.

Normalerweise brauchte er vielleicht eine Minute, um sich in Form zu bringen, Atmen, Atmen, Spannen, Entspannen, fertig.

Heute ging es schon eine Stunde früher los, er kam mit Kittel, noch ohne Tragtasche, zu Besuch bei netten Leuten.

Wir sehen Sie jedes Mal, wie Sie da Ihre Zeitungen verkaufen, so mit leichter Hand, und wir machen uns natürlich Gedanken, wo haben Sie das gelernt? der Blick von oben, kennen Sie diesen Blick? ein Panorama, bis an die Grenzen des Landes, Sie müssen das erleben.

Er hatte höflich sein wollen und zugesagt, er werde das Panorama genießen, betrat also den Lift und fuhr auf in die höchste Wohnung des höchsten Hauses der Stadt.

Sein Standpunkt war jetzt ein gehobener Standpunkt, zwölf Stockwerke über dem Schnittpunkt zweier Verkehrsachsen, einer Senkrechten und einer Waagrechten, der Landkarte nach.

Während der Auffahrt hatte er befürchtet, er könnte seine Gastgeber enttäuschen, es passierte ihm ja öfters, trotz der guten Absicht, dass er sich daneben benahm, besonders in höheren Stockwerken, und sich die Szene vorgestellt, er träte aus dem Käfig heraus, klingelte, grüßte, ließe sich empfangen, in den Salon, bitteschön, auf die Dachterrasse, ist es nicht herrlich? Sie sagen es, was sagen Sie? ein Erlebnis, haben wir Ihnen zu viel versprochen? nein, keineswegs, aber dann könnte er, nur um die Kommunikation sinnvoll zu gestalten, ein paar völlig sinnlose Fragen stellen, etwa so, um Himmels willen, wo sollen wir denn hinschauen? und wie unseren Blick festmachen? er fliegt ja bloß in der Gegend herum und kommt nirgends an, ein fliegender Rundblick, was sehen wir eigentlich? irgendwelche Landstriche, grau oder weiß, Gewässer, glänzend oder matt, je nach Wetterlage, Äcker, hell oder dunkel, je nach Jahreszeit, Berge, Wälder, Wiesen, hin und wieder Straßen, Fabriken, Dörfer oder Städte, alles zu klein, dagegen die Welt, alles zu groß, überrascht uns das? eine Offenbarung, möchte man meinen, wenn man das Bild wohlgefällig anschaut, und doch, Sie werden entschuldigen, kein Geheimnis, wenn man die Konstruktion durchschaut, zwei Prinzipien, eins im Vordergrund, die rollenden Augäpfel, eins im Hintergrund, der verschwimmende Horizont, dazwischen die Fluchtlinien, überkreuz und überquer, was erkennen wir eigentlich? wenn wir nicht das Kino hätten und tausende und abertausende Filme dazu, müßte die Welt tatsächlich in Tatsachen zerfallen, oder sie offenbarte sich als Sack, der nur Müll enthält, und wir wären der doppelten Optik nicht gewachsen.

Glücklicherweise legten die Leute keinen Wert auf das übliche Getue mit seltenen Gästen, ein Dienstmädchen öffnete die Tür, die Dame des Hauses kam hinzu, fragte den Ägypter nach seinen Wünschen, er bat um einen Tee, schwarz oder grün? am liebsten Pfefferminz, sie bat um etwas Geduld, er möge es sich draußen bequem machen.

Er nahm Platz in einem verwitterten Korbsessel und überprüfte das Zusammenspiel seiner Glieder, warum hatte es eben noch so schlecht funktioniert? es funktionierte wieder, als er sich erinnerte, die Auffahrt im Lift, er stand eingezwängt wie eine Mumie, gespiegelt durch Edelstahl.

Es hielt ihn nicht lange fest auf seinem Platz, er stellte sich locker hin, bewegte Schultern und Knie, ließ den Kopf kreisen und schloß die gewohnten Übungen an, Atmen, Atmen, Spannen, Entspannen, dann ging er einige Schritte vorwärts, bis zum Rand der Dachterrasse, hielt sich mit der einen Hand am Geländer, mit der anderen an einem Betonpfeiler fest, nun bereit, das Spektakel zu würdigen.

Fleckerlteppich, so sagten sie hierzulande, manchmal ein wenig verliebt und manchmal ein wenig verächtlich, das Bild erinnerte sie an Heimat, an Bettvorleger, Holzsparren, Kinderspielzeug und allerlei Krimskrams, trotzdem beunruhigte es sie, lenkte sie ab und gab immer wieder Anlaß zu Zweifeln, weg damit und nichts wie weg, riefen sie einander zu und meinten, weg mit dem Alltag und nichts wie Urlaub, hinaus in die Natur und den Sport, weg mit der Plackerei und nichts wie Geld, am Ende nähten sie sich einen wunderbaren Gesamtfleckerlteppich zusammen, erhoben sich in die Lüfte und flogen zu den Inseln mit den Palmen und Badestränden, sorgten an Ort und Stelle für eine vernünftige Organisation, was nun auch kein Kinderspiel ist, weil die Luftbilder durcheinander gehen, sie sehen ja alle ähnlich aus, die Palmen und Badestrände, die feinen Hotels und Restaurants wie die besseren Damen und Herren, folglich mischten sich die Luftbilder und die Bodenbilder in ihren Köpfen, was ihnen so erschien, als wäre die Welt ein komfortables, nach der neuesten Mode geschneidertes Gewand, es fehlten doch die besonderen heimatlichen Kennzeichen, Noppen, Haare, Brotkrümel und dergleichen, stattdessen sahen sie in dem Muster eine Harmonie abgebildet, als wäre diese vorbestimmt, sie schauten darum regelmäßig zu den Sternen auf und glaubten an ein Schicksal, jetzt konnten sie tüchtig sein, immerzu tüchtig, und hoffen, daß ihnen morgen das Universum gehörte und daß sie heute schon die Besitzverhältnisse klärten, jetzt konnten sie auch sagen, wir haben die Macht, das Schicksal zu wenden, durch die Wissenschaft, man spürt ja den Fortschritt im Moment, und durch die Wirtschaft, sie wächst und wächst, das ist ein Gesetz, es ist uns gegeben, durch das System, ein vollkommenes System, jeder strebte natürlich nach der eigenen Vollkommenheit, und obwohl niemand das Ziel kannte, hielt das Streben sie zusammen, warum sonst machten sie einen Krach wie die himmlischen Heerscharen? endlos siegend in endloser

Zeit? warum sonst schossen sie ihre Raketen ab? fuhren selbst in ihren Kapseln mit und priesen den Blick durchs phantastische Guckloch? bis zu dem Punkt, wo die Horizonte verschmelzen?

Die Dame des Hauses brachte den Tee persönlich, stellte ihn auf einen speziell niedrigen Gartentisch mit rosa geäderter Marmorplatte.

Gefällt Ihnen unser Land?

Der Ägypter kam zu spät, um ihr behilflich zu sein, blieb unschlüssig neben dem Tisch stehen.

Ihr Land gefällt mir durchaus.

Aber?

Ohne Wenn und Aber.

Sie setzte sich in einen Korbsessel mit speziell hoher Rückenlehne.

Aber nehmen Sie doch Platz.

Er schob seinen zuvor benützten Sessel an den Tisch heran.

Danke.

Gastgeberin und Gast bildeten einen rechten Winkel.

Aber wenn Sie sagen.

Sie unterbrach sich, schenkte den Tee in zwei Tassen ein.

Was?

Es gefällt Ihnen durchaus.

Ja?

Dann klingt es irgendwie einschränkend.

Er nahm einen Schluck.

Oder als wollten Sie etwas ergänzen.

Nein, durchaus nicht.

Das Dienstmädchen kam hinzu und brachte einen verzierten Kupferteller, wahrscheinlich dem Ägypter zu Ehren, mit Süßigkeiten, und ging wieder.

Es gefällt mir.

Das Mädchen?

Er nahm eine Schokoladenkugel vom Teller.

Das Land.

Ohne Einschränkung?
Und ohne Ergänzung.
Ein gottgesegnetes Land.
Ja.
Er probierte eine Schokoladenkugel.
Gut?
Sehr gut.
Unser Konditor.
Vorzüglich.
Immer frisch.
So soll's sein.
Er hatte das Gefühl, es käme etwas auf ihn zu, das ihn kaum berührte, etwas wie Langeweile.
Sie sah es ihm nicht an.
Ein gutes Land.
Ja.
Und die Menschen.
Ja.
Einfach, fleißig, anständig.
Ja.
Er hatte das Gefühl, daß sie drauflosredete, um nur die Kommunikation zu retten, und wechselte das Thema.
Wie geht es dem Herrn Gemahl?
Sie griff das Thema dankbar auf, richtig, ihr Mann, er habe ihn doch angesprochen, unten auf der Straße, oder? na, bestimmt nicht in der Kneipe, er gehe ja nie in Kneipen, jetzt sei er in einer Besprechung mit Klienten, es könne gewiß nicht mehr lange dauern, sie werde mal nachsehen, wie weit die Besprechung, also ließ sie den Ägypter sitzen.
Er nützte die Gelegenheit und ging zurück zum Rand der Dachterrasse, nun froh, zu schweigen und seinen Blick hinzuwenden wohin er wollte.
Die noch frühlingshelle, bald hinter einer Wolkenbank verschwindende Sonne rückte eben in die Achse zwischen West und Ost ein, tauchte das Straßenkreuz in ihr wässriges Licht, die mit der Sonne einrückenden Westautos warfen

überlange, an den Kühlerhauben hängende Schatten, auf die Entfernung gesehen, wuchsen Blech und Asphalt ineinander, die aus Licht und Schatten zusammengesetzten Autos schienen daher doppelt groß und doppelt stark, sogar die hungrigen Kleinautos benahmen sich wie satte Sechszylinder, fuhren feierlich auf den Zebrastreifen zu, ragten hinein, als wollten sie niederfallen und darin versinken.

Er hatte es sich so gedacht, der bewegliche, je nach Einstellung der Lider spitze oder stumpfe Sichtwinkel verführte dazu, Luftbild und Bodenbild in eins zu setzen, er beendete den Spuk, indem er die Augen schloß und sich vorstellte, er folgte dem Weg der Autos ins Zentrum.

Der Verkehr stieß hier auf die Kante einer schachbrettartig gebauten Stadt und tastete sich, durch Halteschilder und Haltestreifen gehemmt, ins Innere vor, das Innere wirkte ziemlich leer, weniger als Zweitausend wohnten hier, die Anzahl der Kaffeehäuser ging zurück, die Anzahl der Bars stieg an, und Lebensmittelläden gab es gar nicht mehr, die Straßen hinter der Kante hatten ihre Namen von berühmten Persönlichkeiten aus alter Zeit, einem Burggrafen, einem Helfer der Lehrlinge und Gesellen, einem Hochgebirgsmaler, einem Postdirektor, und einer Städtepartnerschaft aus neuerer Zeit, was auf eine gewisse Willkür hindeutete, der regierende Bürgermeister hatte im Zuge seiner Auslandsreisen einige Städtepartnerschaften angesammelt, die blieben bei der Vergabe der Straßennamen vorerst unberücksichtigt, man darf jedoch hoffen, daß der Mangel später, etwa im Zuge der baulichen Verdichtung der Randbezirke oder mit der Wahl eines neuen Bürgermeisters, behoben wird.

Die Straßen führten auf einen größeren Platz, der hatte seinen Namen von nichts und niemand, er hieß einfach Platz.

Südlich parallel und senkrecht abstechend verliefen zwei Straßen, die erinnerten an die letzten großen Kriege, Niederlage oder Sieg oder beides.

Das Denkmal auf dem Platz, Vorbild des Wahrzeichens der Stadt, erinnerte an einen urgeschichtlichen Kampf, von dem niemand wußte, was er bedeuten sollte, ob er genützt hat? und wem?

Der Ägypter ging früher öfters am Denkmal vorbei, um seine Zeitungen abzuholen, das Druckhaus lag außerhalb des Zentrums, und machte sich seine Gedanken, welche Wahrheit steckte in dem Wahrzeichen?

Seine oberflächlichen Beobachtungen erbrachten seltsamerweise eine kühne These.

Der Drache und sein Henker prügelten sich über viele Wochen und Monate, bis sie erkannten, keiner gewinnt, sie entschieden sich einvernehmlich für ein Unentschieden, denn beide hätten, wenn die Prügelei weitergegangen wäre, alles verloren, beide hätten übrigens schon früher ihre Strategie ändern müssen, sie waren von Anfang an, wie auch der Laie mit bloßem Auge feststellen kann, mangelhaft gerüstet, der Henker wollte den Drachen mit einer viel zu kurzen Keule erschlagen, aber er traf ihn nicht, er haute ins Leere, nach jedem Ausholen traf er das gleiche Luftloch, das dürfte ihm allmählich klar geworden sein, er fürchtete die Blamage, und bevor der Drache die Schwäche bemerkte und ihn dafür auslachte, spielte er den Clown, tat so, als kratzte er sich den Rücken oder als schrubbte er sich, der Drache dürfte das Manöver durchschaut haben, verzichtete aber wohl darauf, seinen Henker zu demütigen, er hatte ja seinerseits nichts Richtiges mehr vorzuweisen, seine grausamen Qualitäten, seine Säbelzähne, seine Feuerzungen, sein Gebrüll, sämtliche Schreckensmerkmale waren von ihm abgefallen, ein paar einzelne Stümpfe standen ihm noch im Maul, sein stinkender Atem durchschlug längst nicht mehr sieben Rathausmauern, heute warf er höchstens eine Würstelbude um, deshalb zog er ebenfalls seine Show ab, spielte den Wasserspeier, den Teufelskerl, das Urviech.

Der Ägypter nahm sich vor, dem regierenden Bürgermeister seine These zu unterbreiten, das Denkmal stellte die Versuchung eines Heiligen dar, in einer Grotte oder Höhle, Badeanstalt oder Duschkabine.

Es war nicht seine Sorge, wozu die Versuchung eigentlich stattfand, es gab ja genug Historiker, die kannten sich da aus.

Ein Fehler im Schöpfungsplan, ein Riß in Gottes Mantel, ein Engelssturz oder irgend ein kosmisches Unglück, niemand wußte zu sagen, wie alles anfing, obwohl jeder davon gehört hatte, und niemand wußte zu sagen, wie es weiterging, obwohl jeder fest daran glaubte, daß sich eines nach dem anderen ereignete, erst der Blitz, dann der Donner, erst die Schuld, dann die Sühne, und dann und dann und dann, woraufhin die Kultur eine klare Richtung vorfand und den Leuten erzählte, sie hätten ihre Geschichte selbst gemacht, jedes Volk hätte seine eigene Geschichte, und weil diese selbst gemacht wäre, käme es irgendwann zum Streit, wem zuletzt die Ehre gebührte, Weltgeschichte gemacht zu haben, und so gab es doch immer Neues zu berichten.

Der Ägypter glaubte weder an einen Anfang noch an ein Ende, er glaubte an ein Dann und Wann, gelegentlich wiederholten sich die Ereignisse in solch zwingender und vorhersehbarer Weise, daß man sie verwechselte, man meinte, es wären die gleichen Ereignisse, was natürlich nicht stimmte, aber er wußte, darin war er sich völlig sicher, daß die meisten Handlungen, vor allem die dümmsten und die grausamsten, jederzeit passieren konnten, er öffnete die Augen.

Das Panorama stammte aus dem Nichts und führte ins Nichts, so hatte er es erwartet, und so bestätigte es ihm die hinter den Wolken verschwindende, ihm noch leicht zublinzelnde Sonne.

Er blinzelte ihr seinerseits leicht zu, um einzuschätzen, wie lange der Tag heute dauerte, sechzig Minuten später würden Licht und Schatten ins Dunkel der Nacht zerfließen, da hörte er einige Leute reden.

 Sie traten heraus auf die Dachterrasse, der Herr des

Hauses, erkennbar an seiner hohen Stimme, trug etwas über die Rechtslage, fehlendes Geld und die Neigungen und Abneigungen des Magistrats vor, die anderen, vermutlich seine Klienten, ergänzten den Vortrag mit Hinweisen, wie man den Stau am Kreuz unten beseitigen werde.

Der Ägypter hielt es für angemessen, seinen Standpunkt beizubehalten und sich still zu verhalten, solange man ihn außer Acht ließ.

Es ging den Klienten, dem Reden nach kamen sie von der Bauwirtschaft, um neue Leitlinien, damit hatte auch er zu tun.

Stau war vor allem bei den Autofahrern nicht beliebt, er schädigte Motor und Getriebe, verpestete die Luft und verdarb die Laune, trotzdem, der Ägypter mußte zugeben, er liebte den Stau, weil günstig für die Arbeit, man sprang nicht nur hin und her, vom Grünstreifen auf die Fahrbahn und von der Fahrbahn auf den Grünstreifen, sondern spazierte bequem an Fenstern, Stoßstangen, Auspuffrohren vorbei, grüßte in die Autos hinein, Zeitung, guten Abend, Morgenzeitung? und setzte entsprechende Mengen ab.

Die Gruppe löste sich allmählich auf, und während der Herr des Hauses die letzten Klienten durch die Wohnung hinausbegleitete, hatte der Ägypter Zeit, seinen angefangenen Gedanken weiter zu verfolgen.

Sie waren vier, unterschiedlich religiös, drei islamisch, er Kopte, aber in Frieden miteinander, sie glaubten ja an denselben Gott, es mußte derselbe sein, denn wenn es nur den einen gab, konnte es nicht noch einen geben, er hieß nur anders, das genügte ihnen, im Übrigen arbeiteten sie gut zusammen, jeder trug seinen eigenen schrillen Kittel und verkaufte sein eigenes Blatt, sei es auflagenstärker, sei es auflagenschwächer, mit wechselndem Glück, doch insgesamt verkauften sie mit ausgeglichener Bilanz.

Er stellte für die drei Kollegen eine Autorität dar, schließlich arbeitete er seit zwölf Jahren am Kreuz und hatte die meiste Erfahrung.

Nach der Vorjahresbilanz erwirtschaftete der erste die Hälfte, der zweite ein Viertel, der dritte ein Achtel, der vierte ein Sechzehntel des Gesamtumsatzes, für ein leistungsfähiges Unternehmen ergab sich damit wahrscheinlich ein schiefes Bild, aber das äußere Ungleichgewicht sollte das innere Gleichgewicht nicht stören, der Anteil an Nerven und Muskeln, Herz und Nieren, auch Magen, Lunge, Leber, Galle lag bei jedem ähnlich hoch, darum übernahmen die Kollegen hin und wieder freundlich die Zeitungen des anderen, tauschten die auflagenstärkeren und auflagenschwächeren Sorten aus.

Ein sensibles Stachelschwein, so nannten sie ihn heimlich und doch so laut, daß er es hörte, wie teils gehorsame und teils widerspenstige Schüler, darum ließ er die Zügel nicht locker und wies sie tagtäglich an, zweierlei Leben zu führen, eins nach den Regeln der Logik, eins nach den Regeln der Kunst, eins neben dem andern, dazu brachte er ihnen zweierlei Techniken bei, erstens, Zuhören, Verhandeln, Entscheiden, zweitens, Tanzen, Taumeln, Hinfallen, Aufstehen, Weitermachen.

Der mit dem Viertelumsatz bediente die aus dem Zentrum herausfahrenden Ostautos, dabei erwischte er nur einen Teil, denn der Geradeausverkehr brachte am wenigsten ein, die vor der Kante dreispurige Straße ging hinter der Kante in eine zweispurige, später einspurige Straße über, und der Geradeausverkehr konnte nicht warten, nur die Schnellsten kamen durch, der mit dem Achtelumsatz bediente die Südautos, er verfügte über zwei Standpunkte, einen Grünstreifen und eine Insel in Form eines Zwickels, auf dieser arbeitete er am liebsten, sie leitete die ins Zentrum abbiegenden Südautos in ein ruhigeres Nebenbett, er brauchte ihnen also nicht einmal näherzutreten, nur ein bißchen mit der Zeitung vor sich hinzuwedeln, und die Fahrer und Fahrerinnen ließen die Fenster herunter, der mit dem Sechzehntelumsatz war eigentlich kein echter Ägypter, nur gut versippt, er hatte es am schwersten, er bediente die vorgestauten, durch die bisherige Schleicherei heiß gewordenen Nordautos, sie ergossen sich, endlich freie Bahn wähnend, übers Kreuz und ließen dem Jungen keine Chance, also zog er sich ganz auf seinen Grünstreifen zurück und widmete sich den ins Zentrum abbiegenden Nordautos, seiner einzigen Zielgruppe.

Da haben wir sie.

Der Herr des Hauses hatte schon eine Weile in der Nähe gestanden und dem Gast zugesehen, wie er dem Stau unten zusah, er trat jetzt neben ihn.

Die Achse des Bösen.

Der Ägypter bedankte sich für die Einladung.

Aber nein.

Für den Blick von oben.

Nichts zu danken.

Der Gastgeber führte den Gast höflich am Ellbogen zu einer Ecke der Terrasse und streckte den Arm über das Geländer.

Schauen Sie das da hinten.

Ja.

Unser geliebter Feind.

Der Ägypter drehte den Kopf in die angewiesene Richtung.

Wo?

Weiter vorn.

Ach ja.

Er sah nun den Drachen von oben.

Alle Jubeljahre machen wir ihn sauber.

Ach ja?

Machen Schluß mit der Fäulnis, dem Gestank.

Im fünfzigsten Jahr?

Wir putzen ihm die Zähne.

Findet eine Bodenreform statt?

Es ist die Wende.

Zurück an den Start?

Wir saugen ihm die Schuppen ab.

Am Versöhnungstag?
Wie Sie meinen.
Nun ist dein Körper, der du lahm bist, beweglich, das Auge des Horus leuchtet am Himmel, zersplittert in tausend Teile und wunderbar geheilt.
Klingt gut.
Aber?
Es muß sich doch alles irgendwie rechnen.
Stimmt.
Wie rechnen Sie?
Ägyptisch.
Der Gastgeber schaute auf die Fliesen der Terrasse, als suchte er etwas Bestimmtes.
Wie?
Der Gast griff in die Tasche seines Kittels und holte ein bunt zusammengeflicktes Etui hervor.
Was?
Der Gastgeber wandte seinen Blick von den Fliesen der Terrasse zu dem vorgeführten Objekt.
Ein Portemonnaie?
Der Gast öffnete den Reißverschluß.
Mein Talisman.
Sieht aus wie ein Stück Seife.
Ist es aber nicht.
Der Gastgeber lächelte verständnisvoll.
Rechenmaschine?
Kann man so sagen.
Welche Marke?
Udjat.
Nie gehört.
Unser Firmenzeichen.
No name?
Vogelauge oder Menschenauge oder beides in einem, das Bild geht zurück auf eine Legende.
Von Ihnen?
Viel besser.

Alt?

Uralt.

Schießen Sie los.

In jener Zeit gab es noch viele Götter, einer von ihnen, der Herr der Wüste, selber Wüstling, schlug seinem Neffen, dem Gefährten der Könige, selber Raubvogel, bei einem Streit das Auge aus, dessen Cousin, Rechenmeister, Buchhalter, Schreiber, Zauberer, suchte und fand die Splitter und setzte das Auge wieder zusammen, im Laufe der Operation bewertete er die Teile je nach ihrem Verhältnis zum Ganzen, das Weiße links zählte für ihn die Hälfte, die Pupille ein Viertel, die Braue ein Achtel, das Weiße rechts ein Sechzehntel, die Schminke unter dem Auge ein Zweiunddreißigstel und die Träne ein Vierundsechzigstel.

Wozu?

Das Udjat lehrt uns das Teilen.

Der Gastgeber schaute ungläubig.

Der Gast erklärte ihm den Gebrauch am Beispiel des Zeitungshandels, die Hälfte des Gesamtvolumens verkaufte er allein, die drei Kollegen verkauften ein Viertel, ein Achtel und ein Sechzehntel, ein Zweiunddreißigstel und ein Vierundsechzigstel entfielen auf Familienmitglieder und Freunde, sie halfen beim Transport, faßten an, bewachten die Reservestapel, auch sie erhielten ihren Lohn.

Geht es sich aus?

Fehlt nichts.

Zinsen?

Die sind verboten.

Anderthalb Prozent, was will man mehr?

Wohltaten.

Wie?

Das Udjat erweist immer und überall Wohltaten.

Merkwürdig.

Spiegel der himmlischen Dinge hienieden, der Fruchtbarkeit und des Reichtums, sein Strahl breche die Gewalt des Mangels.

Die Rechnung geht nach dem Mond.

Der Gast wollte den Gastgeber nicht kränken, verschloß das Udjat in dem Etui und steckte es wieder in die Tasche seines Kittels.

Die Rechnung liegt in unserer Hand.

Der Gastgeber wollte den Gast nicht kränken und führte ihn höflich am Ellbogen zu seinem früheren Platz zurück.

Warten wir ab.

Er werde nun sehen, wo seine Frau bliebe, sie habe sich nur eine Jacke geholt und kurz telephonieren müssen.

Bis gleich.

Der Ägypter nützte die Gelegenheit und wandte sich einer seiner körperlichen Übungen zu, Arme auseinander, rechter Arm schräg zum Himmel, linker Arm schräg zur Erde, Stellung eines Kreuzes mit verrutschtem Querbalken, dann Drehung um die eigene Achse, dreihundertsechzig Grad, Armdrehung, Zirkeldrehung, Beschreibung zweier Parallelkreise, Luftbild, Bodenbild, Nullgleichung.

Er stand still, die Arme verschränkt.

Da fiel das Luftbild vom Hochhausdach herunter.

Er stand eingesenkt ins Bodenbild, die Augen knapp über dem Asphalt, er sah das Kreuz, wie es sich in die Welt erstreckte, vier Bäume wuchsen heraus.

Der östliche Baum wuchs über das Rathaus hinweg bis zu den Lagerhäusern und Möbelhäusern, der westliche Baum wuchs am See vorbei, verzweigte sich, ein Arm wies ins Naturschutzgebiet, ein Arm ins Küstengebiet, der nördliche Arm wuchs an den Resten der Stadtmauer entlang, verästelte sich, ein erster Ast reichte ins Kulturgebiet mit Theater, Museum, Standesamt, ein zweiter ins Zivilschutzgebiet mit Gericht, Gefängnis, ein dritter wies zum Friedhof und zum Flughafen, der südliche öffnete sich wie eine Trompete, stieg leicht an, stieg schwer ab, überquerte einen Fluß und schwang sich auf zu den blauen, im Frühling noch weißen Bergen.

 Die Dame des Hauses hatte den Gast schon eine Weile

von ihrem Korbsessel aus beobachtet und eben an einem Glas genippt, sie stellte das Glas auf den Gartentisch mit der Marmorplatte und gesellte sich zum Ägypter, schlafen Sie?

Er zuckte zusammen, erklärend, das Hochhaus, Schnittstelle waagrecht und senkrecht, er sei übrigens nicht schwindelfrei.

Sie stehen doch auf beiden Füßen?

Wenn mir schwindlig wird.

Aber Herr Doktor.

Schlafe ich ein, so ist das.

Sie brachte die Rede auf ein interessanteres Thema, die Nibelungen, wußten Sie, die Pressekonferenz?

Wo, wer?

Sie zeigte auf das Straßenkreuz, die Häuserecke, das Feinschmeckerlokal, der Ägypter besuchte es Abend für Abend.

Der Herr Sprachmann.

Ach, der.

Die Frau war enttäuscht, sie hatte es gut gemeint, dabei kannte der Ägypter den Herrn Sprachmann persönlich, er übersetzte mit ihm die Nibelungen, das wiedergefundene Original, alle Leute redeten davon, er steuerte den gelehrten Teil bei, die Kritik, und der Herr Sprachmann die Poesie, ein großes Drama sollte herausschauen, für das Stadttheater oder die ganze Welt, wer weiß?

Sie hatte es im Radio gehört, ihrem Mann davon erzählt, darum hatte er ja den Ägypter eingeladen, geben Sie uns die Ehre, und jetzt wollte er nicht reden?

Danke, Grüß Gott.

I · 2

Sprachmann saß im Feinschmeckerlokal, zugiger Fenstertisch links, ihm zur Seite ein rotweißrotes Team, Radiomann mit windgeschütztem Mikrophon, Radiofrau mit Stenoblock.

Sieg und Frieden, Ihr Projekt, erzählen Sie.

Es hängt.

Inwiefern?

Tausend Jahre Staat sind genug.

Die Radiofrau notierte den Satz, der Radiomann stellte sich dumm, wiederholte die Frage in dringlicherem Ton.

Inwiefern?

Genug gelogen.

Die Radiofrau legte den Bleistift nieder.

Sprachmann ärgerte sich, das kam dabei heraus, immer diese Abwehr, knappe Ansage, wegwerfende Gestik, wenn eine so hübsch ist.

Er wollte ein Mann sein, der weiß, was er will, ein Mann, der nie langweilt, die Bemühung um den Anschein der Unnahbarkeit, das war der Fehler.

Zu Beginn des Interviews hatte er die Lage noch überblickt, er liebte starke Frauen, weil er einmal den Widerstand liebte, in den meisten Fällen durfte er nachher erkennen, daß er wirklich der Stärkere war, jetzt behandelte sie ihn wie irgendwen.

Hören Sie.

Er sah eine Möglichkeit, den Fehler auszubessern, rutschte halb vom Sessel, kniete halb auf dem Boden.

Du weißt von Runen, die geheimnisvoll
Bei dunkler Nacht von unbekannten Händen
In manche Bäume eingegraben sind,
Wer sie erblickt, der kann nicht wieder fort,
Er sinnt und sinnt, was sie bedeuten sollen,
Und sinnt's nicht aus, das Schwert entgleitet ihm,
Sein Haar wird grau, er stirbt und sinnt noch immer,
Solch eine Rune steht ihm im Gesicht.

Er hatte es vermieden, die Frau allzu gezielt anzusingen, das ganze Lokal war gemeint.

Bravo, bravo.

Einige Gäste klatschten begeistert.

Am lautesten der Wirt.

Er hielt dann inne, drehte den Wasserhahn auf und machte sich ans Gläserwaschen, dabei leierte er gedankenlos vor sich hin, und sinnt und sinnt und sinnt.

Wohl belustigt.

Der Hund.

Sprachmann konnte den Wirt eigentlich gut leiden und zollte ihm allen Respekt, schließlich galt er als Pionier der regionalen Gastronomie, seine herausragende Leistung bestand darin, daß er einen gewöhnlichen Restaurantbetrieb und einen recht ungewöhnlichen Kulturbetrieb unter einem Dach vereinigte.

Und sinnt und sinnt.

Er ließ nicht locker.

Herr Igor, Stammgast von morgens bis abends, hatte ihm von Anfang an eingeredet, dies sei die wahre Symbolik des Essens und Trinkens, nicht als Traum und Schatten, sondern als Ereignis im öffentlichen Raum.

Das Klatschen hörte auf.

Das Gläserwaschen dauerte länger.

Der Sauhund.

Hinsichtlich der Strategie hielt er sich strikt an die Vorgaben des Herrn Igor, zum Beispiel kaufte er Sessel und stellte sie in einer Reihe auf, ohne ihre Verwendung zu gestatten, nicht einmal prominentere Gäste, etwa Eishockeyspieler oder Filmschauspielerinnen, durften sie benützen.

Und sinnt.

Fast bissig im Ton.

Das Gläserwaschen hörte auf.

An einem runden Einzeltisch in Buffetnähe, eingezwängt zwischen den Leuten, stand der Ägypter mit einem Teeglas, Pfefferminz, wie üblich.

Er hatte das Geschehen von oben herab beobachtet.

Schlecht gelaunt?

Neben dem Teeglas lagen Zettel, der Ägypter strich darin herum, warf sie zusammen und wieder auseinander. Sprachmann rief fröhlich zu ihm hinüber, Servus, der Ägypter antwortete schwach, Grüß Gott.

In einer Fensternische, etwas abseits, saß eine Frau, Gesicht wie Nofretete, Beine übereinandergeschlagen, Kopf sehnsuchtsvoll auf den Handrücken gestützt.

Sie schaute bewegungslos zum Straßenkreuz hinaus.

War da was?

Sie hatte nicht mitklatschen können.

Da war ein Stau.

Sprachmann verzieh ihr.

Der Radiomann nahm die Kopfhörer ab und schaltete das Mikrophon aus, legte es in einen eben eingewechselten sauberen Aschenbecher.

Schrott.

Die Kollegin strich Sprachmann mit ihrem Bleistift eine Haarsträhne aus der Stirn.

Schöner Text.

Ist nicht von mir.

Was?

Neunzehntes Jahrhundert.

Ach.

Ich bin bloß Zeuge.

Ach, ja?

Ich lasse mich vernehmen.

Für was?

Die Wahrheit, nichts als die Wahrheit.

Sehr gut.

Sprachmann rief den Kellner.

Mich dürstet.

Die Radiofrau wandte sich beiläufig zum Kollegen, Gerät kaputt? und aufmunternd lächelnd zu Sprachmann, der Nibelungen Not, das alte Lied, erzählen Sie nur.

So habe ich es vernommen.

Was denn?

Die Szene war groß und betäubend.
Der Kellner kam, der Herr?
Viertel Welschriesling.
Der Kellner deutete dem Wirt, wie üblich, es mußte schnell gehen, der Wirt nickte, schenkte sofort aus, Sprachmann rutschte an den Füßen des Radioteams vorbei, nahm das Viertel von der Fensterbank und probierte.
Sehr gut.
Er hob das Glas in Richtung Publikum.
So kniete einst Siegfried, vor ihm das Schwert Balmung, in die Erde gerammt, über ihm ein Eichenblattgewölbe.
Der Wirt drehte wieder den Wasserhahn auf.
Nach ihm die Sintflut.
Er verstand rein gar nichts.
Die Radiofrau verstand umso mehr.
Und so kniete einst der Dichter?
Es war im Burgtheater, über ihm der Intendant.
Er hat den Dichter also betäubt?
Fast ermordet.
Ein Intendant ist zu allem fähig.
Das wissen Sie?
Oh ja.
Die Aufführung der neueren Nibelungen hätte bei durchgehaltener Texttreue, ohne Striche und ohne verbessernde Eingriffe elf Stunden gedauert, Blankvers von vorn bis hinten.
Das erklären Sie bitte dem Publikum.
Blank verse, the mighty line.
Das heißt?
Reimloser fünffüßiger Jambus, große Tragödie.
Oh je.
Damals war das Burgtheater noch klein, eine kaiserliche und königliche Guckkastenbühne, angefüllt mit Kapuzen, Rosenkränzen, Ketten, Folterbänken, gebratenen menschlichen Gliedmaßen und ganzen Scheiterhaufen, unter solchen Bedingungen hatte der Dichter seine liebe Not mit der Not.

Wie löste er das Problem?
Er widmete das Drama seiner Ehefrau.
Spielte sie mit?
Als Rachegöttin.
Erzählen sie weiter.
Der Intendant verabscheute das düstere Familiengemälde, brachte es aber dann doch auf die Bühne.
Er hat den Dichter also nicht selbst ermordet?
Nur dazu angeregt.
Schlau.
Der Kollege bastelte am Recorder.
Da hängt's.
Die Kollegin ignorierte die Auskunft und setzte das Interview fort.
Wo bleibt Ihre eigene Geschichte?
Was?
Ihr Projekt, die tausend Jahre.
Sprachmann beendete seinen Kniefall, nahm ordentlich Platz.
Was soll ich erzählen?
Bitte eins nach dem andern.
Na gut.
Es half nichts, er mußte nun bald Farbe bekennen, ein Festspiel hatte er dem Land versprochen, Trauerspiel oder Lustspiel, was genau, wollte er später entscheiden, je nachdem, wohin ihn seine theatralische Sendung führte, inzwischen lagen die Schwierigkeiten auf der Hand, das Stück war nicht fertig, er schaffte es keinesfalls bis zur Tausendjahrfeier.
Und von vorn.
Der Nibelungen älteste Not, die wahre Geschichte, ich habe sie wiederentdeckt.
Interessant.
Finden Sie?
Weil aktuell.
Die Not?
Wahre Geschichten sind immer aktuell.

Das freut mich.
Die Nation wird sich freuen.
Wer?
Die Menschen.

Sprachmann überlegte, vielleicht schaffte er es bis zur Zweitausendjahrfeier, das wäre dann ein weiter reichendes Jubiläum, zweitausend Jahre Christenheit, eine Art von Projektverschiebung, er wagte einen Vorstoß.

Die Kirche wird sich freuen.

Ein Fragezeichen stand der Frau im Gesicht.

Er wagte den nächsten Vorstoß.

Bettler werden Fürstenbrüder.

Das Fragezeichen wurde Ausrufezeichen.

Mit Musik?

Gewiß.

Oh, schöner Götterfunken.

Ein neues, schon dagewesenes, nur aufgefrischtes Projekt tritt an die Stelle des alten und billigeren Projekts, das stärkere ersetzt das schwächere.

Zurück zur Natur.

Im Übrigen hatte ihm Bruno Lesky eine Oper versprochen, welche Art von Musik, klassisch oder romantisch oder mehr zwölftonmäßig, wollte der Komponist entscheiden, je nachdem, wohin das Libretto ihn führte, so hatten sie sich seinerzeit geeinigt.

Zurück zur Kultur.

Eine Minderheit der Gäste machte sich durch Zwischenrufe bemerkbar, zurück zu Sitte und Anstand, ein einzelner Gast, vermutlich volltrunken, brüllte, zurück zur Diktatur, dem entgegnete der glatzköpfige Herr Igor, zurück zur Rasur.

So ging es dahin.

Die Kollegin griff sanft lächelnd ein.

Zurück zur ältesten Not.

Sprachmann würdigte die gelungene Moderation.

Toll, einfach toll.

Und wenn er es doch nicht schaffte? die Bedenken ließen sich nicht zerstreuen, ein Scheitern droht ja jedem der Größeres will, am besten, er vergaß die Lieferschwierigkeiten und erzählte etwas vom Erzählen überhaupt, den Freuden und Leiden, den günstigen und ungünstigen Momenten, dem kurzfristigen Jubel, dem längerfristigen Zweifel, oder er beantwortete ein paar harmlose allgemeine Fragen.

Ach da.

Der Kollege hatte zuletzt am Mikrophon gebastelt.

Geht?

Geht.

Fertig?

Sprachmann legte los.

Das Nibelungenlied umfaßt in der überlieferten Hauptversion achtunddreißig Abenteuer, verteilt auf zweitausendvierhundertvierzig Strophen, eine Strophe umfaßt vier Langzeilen, wobei jede Langzeile in zwei Halbzeilen zerfällt, wir unterscheiden daher Anzeile und Abzeile, jede Halbzeile umfaßt vier Kurztakte, das sind Takte mit einer Hebung und einer Senkung, wobei ein freier Auftakt pro Halbzeile möglich ist, der vierte Takt wird jeweils durch eine betonte oder unbetonte Silbe gefüllt oder nicht gefüllt, die nicht gefüllte Silbe heißt Kadenz, sie erzeugt eine Leere, aufgrund der Leere unterscheiden wir nachklingende und vorklingende Silben, die gehörten Silben klingen nach, die ungehörten Silben klingen vor, folglich bringen die Kadenzen das ganze Lied zum Klingen.

Die Kollegin lehnte sich befriedigt zurück.

Schläft ein Lied in allen Dingen.

Die da träumen fort und fort.

Und die Welt hebt an zu klingen.

Triffst du nur das Zauberwort.

Sehr schön.

Ahnung und Gegenwart.

Spannend.

Sie dachten, ich bin fertig?

Warum nicht?

Eine Kunstpause war's.

Der Kollege legte den Kopfhörer an und hielt Sprachmann das Mikrophon unter die Nase.

Wiederholen Sie bitte, die Stelle mit den zweitausendvierhundertvierzig Abenteuern, zur Probe.

Er senkte seinen Zeigefinger.

Sie meinen?

Zu spät, das Gerät lief.

Danke, das genügt.

Der Kollege spulte mehrmals hin und her, nahm den Kopfhörer ab.

Nichts.

Er legte das Mikrophon in den Aschenbecher zurück.

Leider.

Kein Sound?

Die Kollegin schien enttäuscht.

Sprachmann witterte eine Chance, die technische Panne und das Schweigen der Verantwortlichen zu nützen, seine nüchternen Hinweise sollten die nun aufgerissene emotionale Lücke schließen.

Ein Minnesänger hat die Strophe erfunden.

Wer?

Ein eher Unbekannter.

Der Kollege deutete dem Kellner.

Uns dürstet.

Die Kollegin lehnte sich vor.

Auch wiederentdeckt?

Warten Sie.

Sprachmann hätte hier auf ein schwebendes Verfahren hinweisen können, nach allem Dafürhalten sollte es ihm gelingen, demnächst den Autor des originalen Nibelungenliedes zu ermitteln, und zwar mit Hilfe der Informatik, des Computers und der neuesten Suchprogramme, aber das Ergebnis war vorerst geschützt, nicht publizierbar.

Der Kellner kam, die Dame? der Herr?
Zweimal Obstler.
Doppelt?
Dreifach.
Und einmal Orangensaft.
Frisch gepreßt?
Sprachmann fürchtete, mit seinen Hinweisen falsche Hoffnungen geweckt zu haben.
Was ich noch sagen wollte.
Ja?
Das Lied ist nicht von ihm.
Ich dachte.
Nur die Strophe.
Das Lied?
Eine Abschrift.
Plagiat?
Sozusagen.
Die Mehrheit der Gäste reagierte geradezu fassungslos, einige fragten ungläubig nach, das Nibelungenlied erschlichen? gefälscht? gestohlen?
Sprachmann griff mäßigend ein.
Zehn komplette Abschriften und siebenundzwanzig fragmentarische Abschriften, soviel ist uns überliefert, soviel ist, wie wir erwarten konnten und wie neueste Forschungen gezeigt haben, abgeschrieben, dennoch sollten wir den Fall den besonderen Umständen entsprechend beurteilen, geistiger Diebstahl war seinerzeit durchaus normal.
Jemand unterbrach die Rede.
Was ist mit dem geistigen Eigentum?
Sprachmann winkte ab.
Eine Schimäre.
Er wandte sich in Richtung Theke, das leere Glas in der ausgestreckten Hand, der Kellner kam, tauschte das leere Glas gegen ein volles.

Und?

Tafel, bitte.

Der Kellner sprach mit dem Wirt, der hatte diesmal verstanden, ging in den Lagerraum, holte ein schwarzes Klappschild von der Brauerei, nahm einen Schwamm, löschte die Angebote des Tages und stellte es auf den Fenstertisch.

Kreide?

Das Feinschmeckerlokal war Hörsaal geworden.

Wissen Sie.

Die Gäste tauschten ihre Plätze oder suchten sich neue Plätze, um möglichst viel mitzubekommen.

Sprachmann schrieb ein Wort auf.

Mittelalter.

Noch unleserlich.

In den Klöstern wurde nicht nur gebetet, sondern auch fleißig abgeschrieben, weil der Buchdruck, der kam später, ohne Abschrift hätten die Mönche ja nicht gut beten können, das ist heute genauso wie gestern.

Er schrieb ein zweites Wort daneben.

Neuzeit.

Darunter, etwas kleiner, ein drittes Wort.

Wissenschaft.

Alles noch ziemlich unleserlich.

An der Universität wird nicht nur für die Zukunft geforscht, sondern auch nachgeforscht, was andere vorgeforscht haben, weil die echten Genies, die kommen früher, manchmal zu früh, trotzdem sind sie enorm wichtig, denn ohne Vorläufer hätten die Nachläufer keine Zukunft, gäbe es nicht die Ersten, könnten sie nicht Zweite oder Dritte werden, das heißt, die Wissenschaft dreht sich großteils um sich selbst, wie das Bettzeug in einer Waschmaschine, Vorlauf, Nachlauf, immer läuft jemand vor, immer läuft jemand nach, der Vorläufer kehrt wieder im Radio oder im Fernsehen, meistens an einem seiner runden Geburtstage oder Todestage, und der Nachläufer kehrt zurück auf die Schulbank, als abhängiges, fremdgesteuertes Individuum, als gesellschaftlicher Zwerg, was wollte ich sagen?

Sprachmann hatte sich ein wenig verrannt.

Die Kollegin half ihm aus.

Das wird morgen genauso sein?

Es ist, wie es ist.

Bei der Gelegenheit ermunterte er die Zuhörerschaft, ihn getrost mit Fragen und kritischen Einwänden zu behelligen, solche Interventionen störten ihn nicht wirklich, im Gegenteil.

Die Kollegin half ihm gleich nochmal aus.

Auf den Schultern von Zwergen?

Falsch.

Sprachmann schaute in die Runde, na? wer? eine ihm bekannte Studentin meldete sich.

Auf den Schultern von Riesen.

Richtig.

Der Kollege kippte seinen Obstler.

Gehupft wie gesprungen.

Ohne zu fragen, kippte er den Obstler der Kollegin gleich hinterher.

So oder so.

Die Intervention hob die Stimmung, einige Gäste lachten, an der Tafel stand mittlerweile ein viertes Wort, ebenfalls etwas kleiner.

Kunst.

Die Kreide war getrocknet, der Aufschrieb gut leserlich.

Sprachmann redete locker weiter.

Kunst, das heißt, echte, freie Kunst, fällt gewissermaßen vom Himmel, dennoch ist sie auf den Markt angewiesen, man spricht daher nur vorbehaltlich von einer echten, freien Kunst, es gibt ja keine echte Freiheit auf dem freien Markt, die Literatur, zum Beispiel, leidet darunter, sie ist Flickwerk, alles Ursprüngliche stammt aus dem Leimtopf, und wir suchen den ursprünglichen Erzähler? es gibt nur Nacherzähler, sie ahnen, worauf ich hinaus will.

Sprachmann bat um weitere Wortmeldungen, die ihm bekannte Studentin zeigte auf.

Das Narrativ?
Nicht so sehr.
Der Kollege bastelte inzwischen am Kabel.
Ein Scheiß ist das.
Sprachmann erkundigte sich.
Inwiefern?
Mit Ihnen rede ich nicht.
Mit wem dann?
Mit mir.
Die Kollegin stellte die dialogische Situation wieder her.
Sie sagten doch.
Was?
Der Nibelungen älteste Not.
Stimmt.
Sie hätten sie gesucht und gefunden.
Ja und nein.
Wie?
Es war wie Stallausmisten.
Der Kollege warf das Kabel hin, verließ den Tisch, stellte sich an die Theke.
Noch einen.
Doppelt?
Dreifach.
Spielte er nicht mehr mit?
Die Kollegin nahm den Faden auf.
Sie bringen die Wahrheit ans Licht.
Moment.
Sprachmann brauchte Platz auf der Tafel.
Lappen, bitte.
Der Kellner hatte verstanden, kam mit einem trockenen Serviertuch und wischte die Tafel ab, Sprachmann schrieb ein neues Wort auf.
Wahrheit.
Die Gäste schwiegen, die Mehrheit schaute zur Decke, eine Minderheit zur Tafel, nach kurzer Bedenkzeit ertönte der Ruf.

Herr Ober, bitte.

Von links und von rechts, von vorn und von hinten.

Die Radiofrau rief dazwischen.

Herr Sprachmann, bitte.

Er brauchte nun einen starken Einstieg.

Es gibt keine Wahrheit.

Sind Sie sicher?

Sicher ist dies, es gibt keine Wahrheit die einzig wäre, es gibt nur jede Menge Ideen.

Der Kollege rief von der Theke her.

Und jede Menge Quatsch.

Die Radiofrau ignorierte den Kommentar des Kollegen zum dritten Mal.

Fahren Sie fort.

Die Wissenschaft weiß das natürlich längst, aber die wenigsten halten das aus, einige tun so, als möchten sie im Boden versinken, was ihnen aber nicht gelingt, weil sie ja keinen Boden mehr unter den Füßen haben, auch das wissen sie natürlich, es ist dann aber fast lustig, ihnen zuzusehen, wie sie sich fürchten, sie könnten ganz überflüssig werden und in einen Abgrund stürzen, andere sind da ganz anders, unberührt von Skrupeln, unbelastet vom Gewicht der Welt, weil es ihnen in den Kram paßt, sie behaupten, es gäbe jede Menge Wahrheiten, daraus schließen sie, es gäbe jede Menge Forschungsprojekte und einen Haufen Geld, es gibt ja wirklich genug Ursprünge und Quellen, die muß man suchen und anbohren, ebenso gibt es genug Archive, Bibliotheken, Dachböden, Keller, da muß man hinfahren, Kisten aufbrechen, Kartons schleppen, Bücher abstauben, ferner Workshops, Tagungen, Kongresse, da muß man durchsitzen oder herumrennen und Visitenkarten verteilen, eine niederschmetternde Erfahrung.

Die Radiofrau lachte hell auf.

Sprachmann schrieb ein zweites Wort an die Tafel.

Methode.

Der gute Nacherzähler trifft eine Wahl.

Welche Wahl?

Zwischen mehreren Versuchsanordnungen.

Welche Versuchsanordnung können Sie uns dann empfehlen?

Die Geschichte.

Wie sie erzählt wird?

Genau das.

Sprachmann durfte nun weiter ausholen.

Die Historie lehrt uns, wie es wirklich gewesen ist, zum Beispiel, ein Feldherr wünschte mitzuteilen, wie er siegte, die Freunde erhöhte und beschenkte, die Feinde demütigte, den Frieden in der Welt verbreitete, er zog einen schreibkundigen Untergebenen hinzu und diktierte ihm die Geschichte, wunschgemäß, aber nicht notwendig wahrheitsgemäß, wie die Wissenschaft festgestellt hat, es mehren sich sogar die Anhaltspunkte, daß nicht der Feldherr selbst, bei der ständigen Überlastung und dem Zeitmangel, sondern ein ausgedienter Legionär oder Sklave die Geschichte erfunden hat, dieser kluge, wohl wehrdienstuntaugliche Zeuge war allein auf seine Ohren angewiesen, er mußte die empfangene Botschaft, gleichgültig, ob gut oder schlecht, glaubhaft oder zweifelhaft, grundsätzlich anerkennen, es wurde ihm zugetragen, und wie es ihm zugetragen wurde, so wird es sich zugetragen haben, das mußte er schlüssig beweisen, anders konnte er sich die Erzählungen der Botschafter auch nicht zusammenreimen, natürlich hätten ihm schon ein paar Stichproben genügt, um zu zeigen, daß sie ihn mit Lügen und Hirngespinsten abfertigten, einige kamen todmüd von der Front, verstört, ohne Überblick, und einige hatten sich gedrückt, ihre Informationen von trunkenen, in der Etappe herumlungernden Offizieren aufgeschnappt, der Geschichtsschreiber fand sich also zu einer halbwegs plausiblen Nacherzählung genötigt, das heißt, er häufte an, was ein Feldherr am liebsten hörte, die gängigsten Artikel, etwa Schlachtbank, Trümmermasse, furchtbarstes Gemälde, tiefste ratloseste Trauer und so weiter, übertrieben im Stil, untertrieben in der Sache, ein Gerede um Kopf und Kragen.

Wer bezahlt?

Der Brot und Spiele gebende Feldherr.

Die Radiofrau war nicht zufrieden.

Wem sagen Sie das?

Sprachmann lenkte ein.

Das Brot und Spiele nehmende Publikum.

Der Tontechniker löste sich von der Theke, kam an den Tisch zurück.

Das Publikum ist gar nicht so blöd.

Was führte er im Schilde?

Es lauert.

Auf was?

Daß einer Fehler macht.

Wem sagen Sie das?

Ihnen.

Sprachmann lenkte nochmals ein.

Es geht um die offenen Ohren.

Die Radiofrau war zufrieden.

Unsere Hörer und Hörerinnen, morgens, beim Frühstück.

Der Tontechniker setzte sich.

Wer nicht hören will.

Sprachmann dankte für die Anregung.

Der Nacherzähler bezieht seine Botschaft auf das Publikum, das er kennt, und das Publikum folgt ihm bis ans Ende des Regenbogens, solange er seine Kunst auf die Geschichte bezieht, die jeder kennt.

Muß fühlen.

Man muß es irgendwann und irgendwo schon mal gehört haben.

Die Radiofrau ergänzte gedankenverloren.

Und wer nicht fühlen kann.

Um den springenden Punkt festzuhalten, die Alten erzählten von Dingen, die sie mehr oder weniger gefühlt, in

Wahrheit kaum erlebt, mehr hinter sich als vor sich gehabt hatten, sie hörten beim Widerhall der Urlaute, der Flüche und heiligen Eide, wie die Welt zu klingen anhebt, diesen Eindruck übertrugen sie auf ihren Ausdruck, hier ist anzumerken, der Ausdruck konnte noch so schlecht gemacht sein, er beeindruckte die früheren Völker viel stärker als die späteren Völker, sie hörten jemand eine Geschichte erzählen, immer die gleiche Leier, dennoch hörten sie ihm atemlos zu, ihr Schreien und Stammeln, ihre Liebe, ihre Not, ihre unsägliche Liebesnot hatte schließlich eine Form gefunden, in Hochsprache gegossen, zeitlos.

Eine echte Kadenz.

Der Tontechniker erwies sich nun doch als lernfähig.

Zur Methode.

Also?

Sprachmann zeigte auf die Tafel.

Was wir alle Tage so im Kopf haben, wir lassen es bedenkenlos an uns heran, ohne Unterschied, ob wichtig, unwichtig, und werfen alles durcheinander, der gute Nacherzähler aber rüttelt und schüttelt das Material, trennt, was wiederkehrt und was nicht wiederkehrt, einmalig Abgeschriebenes und mehrmalig Abgeschriebenes.

Also das?

Der erste Schritt.

Rütteln und Schütteln?

Dann der zweite Schritt.

Trennen?

Sprachmann nahm die Kreide in die Hand.

Lappen, bitte.

Nicht nötig.

Der Tontechniker sprang ein, wischte die Tafel mit dem Hemdsärmel ab.

Geht schon.

Sprachmann zeichnete zwei Pfeile und zwei Kästchen.

Im ersten Kästchen die Zahl 1.

Das Einmalige.

Zum Beispiel?

Der unabsichtliche Seitensprung, ein liegengelassenes Schmuckstück, Ring oder Gürtel und derlei Kleinigkeiten, man weiß ja.

Es war einmal?

Ein volles Weinglas stand am Fenster, Sprachmann sah es, nahm es, trank es halb aus.

Die Zeit ist vorbei.

Schade.

Sprachmann verschmierte die Zahl 1 mit den Fingern, der Tontechniker half wieder aus, saubere Arbeit.

Im zweiten Kästchen der neue Eintrag.

1 + n

Der gute Nacherzähler muß sich entscheiden, das Einmalige ist ziemlich egal, er vergißt es oder wirft es weg, das Mehrmalige hingegen ist ihm unendlich wertvoll, er bewahrt es, so sichert er den Wert seiner Methode, und so schützt er seine Methode vor dem Zugriff der schlechten Nacherzähler.

Zum Beispiel?

Kampf ums Überleben, Wettbewerb, Kampf um den Sieg, wer ist stärker? wer ist schneller? Macht, Besitz, Glück, wer spielt mit? wer gewinnt? Kampf gegen den Drachen und derlei Sachen, man weiß ja.

Wie heißt die Methode?

Stapelmethode.

Nie gehört.

Die Radiofrau stellte sich dumm, wahrscheinlich wollte sie den Anschluß nicht verpassen.

Wo bleibt das Publikum?

Sprachmann bot ihr sein halb geleertes Weinglas an.

Das Publikum hört jedes Mal dieselbe Geschichte, als wär's das erste Mal, und kriegt nicht genug davon.

Sie nahm das Glas.

 Der gute Nacherzähler wiederholt und wiederholt und

stirbt darüber, denn das Publikum fragt zum hundertsten und tausendsten Mal, ob es richtig gehört hat.

Die Antwort?

Es war schon immer so, ich komme zum Schluß, in den Tiefen des Mehrmaligen schlummert die Wahrheit, unser eigentliches Angriffsziel.

Das Original?

Eine mystische Wahrheit.

Wie kommt man dahin?

Hobelmethode.

Was zu viel ist?

Ist zu viel.

Siebenunddreißig Geschichten?

Siebenunddreißig Schichten, ich habe sie durchgehobelt.

Zu viel des Guten?

Sprachmann schaute zur Theke hin.

Letztes Viertel.

In seiner Blickrichtung stand der Ägypter, er zerknüllte einen seiner Zettel.

Gut Ding hat Weile.

Sprachmann ärgerte sich, die Radiofrau lenkte ihn ab.

Sie sagten zu Beginn, das Projekt hängt.

Ein zweiter Ägypter trat ein, überreichte seinem Kollegen einen Pack Zeitungen und wandte sich gleich einmal an die Kundschaft.

Zeitung?

Sprachmann und die Radiofrau nahmen keine Notiz von ihm.

Seit tausend Jahren.

Daraus folgt?

Unser Lied klingt um tausend Jahre vor.

Macht des Schicksals?

Damals wären wir fast eine Nation geworden.

Gigantisch.

Der Kolporteur ließ sich nicht abschütteln.

Zeitung? Zeitung von morgen?

Die Radiofrau schickte sich an zu kaufen.
Von heute?
Heute ist von gestern.
Dann bitte von gestern.
Heute ist aus.
Die zwei Ägypter unterhielten sich kurz in ihrer Landessprache und verließen das Lokal.

1 · 3 Jeden Abend, sogar im dichtesten Verkehr, schaffte er es, seine Aufmerksamkeit in Schwebe zu halten, sein Problem war früher einmal der Wechsel zwischen Nahblick und Fernblick, er suchte die Nähe zum Nächsten und kam nicht an die Dinge heran, er suchte die Ferne zum Fernsten und kam nicht hinweg über die Dinge vor seinen Augen, entschied er sich für das eine, landete er in dem anderen, der Wechsel ging schief, mit der Zeit übte er sich in der Technik, Nahblick und Fernblick zu verschmelzen, in der Sprache der Optiker, er entwickelte den bifokalen Blick, in der Sprache seiner Leute, er wurschtelte sich durch, blind und hellsichtig zugleich, damit trat jedoch ein neues Problem auf, die Steuerung, wohin lenkte er seine Schritte, wenn der Weg sich verzweigte? welches Getümmel lag ihm jetzt näher oder ferner, die Teerstraße oder die Milchstraße, die Autos, Motorräder, Fahrräder, Fußgänger oder die Sternzeichen? nach und nach löste er das Steuerungsproblem, indem er seinen Kräftehaushalt neu organisierte, überschießende Energien zurückhielt, vorhandene Ressourcen genauer einteilte, dies immer im Schutz des Himmels.

Der Stau war heute normal, eigentlich allzu normal, beinah Schwachstau, der Verkehr ziemlich locker.

Eine der Übungen leistete er sich hin und wieder gegen Feierabend, er schloß die Augen, wartete zwanzig dreißig Sekunden und sah Bilder, als hätte er sie nie gesehen oder als wären sie abgezogen, Abziehbilder, dabei wußte er nie im Voraus, welche Bilder auf ihn zukamen, manchmal sah er ein fast gemütliches Chaos, Spinnweben, Gelumpe, Masken, Kostüme, Stoffpuppen, Photographien, vergessene Erinnerungsstücke hingen an langen Leinen, und manchmal sah er ein eher aufregendes Chaos, junge Geschöpfe, frisch gewaschen, duftend, sprangen ihm in die Arme, wünschten sich ein Eis oder Zuckerwatte oder einen Luftballon oder, falls er gar nichts von dem bieten konnte, daß er sie wenigstens übers Wasser trug, die Geschichten erheiterten ihn, sie stellten im Moment die Balance wieder her.

Er lebte von Zeitungen, die er verkaufte, und die Zeitungen lebten von Bildern, als wären alle Bilder in aller Welt gleich, Weltbilder, die Menschheit produzierte das Material, schied es aus wie Dreck, und sie kaufte das Zeug, weil sie es am Geruch erkannte.

Das Tag für Tag von morgens bis abends und Nacht für Nacht von abends bis morgens.

Die Geschichten gingen ihn nichts an, aber sie beunruhigten ihn, deshalb trug er ja diesen Kittel, greller Grund, gezackter Phosphorrand, rotes Emblem, und deshalb rissen ja die heimischen Arbeiter in der Expedition ihre Witze, der Kittel paßte den Kolporteuren wie angegossen, er wirkte attraktiv und signalisierte außerdem eine Gefahr.

Achtung, hier wird schwer gearbeitet.

Wo Gefahr ist, wollte Sprachmann ihm kürzlich mitteilen, er stand auf dem Zebrastreifen, ohne sich von der Stelle zu rühren, ist das Rettende auch, und ergänzte augenzwinkernd, wahrscheinlich in der Absicht, seine hochtrabende Ausdrucksweise zu entschuldigen, der Satz habe überzeitliche Geltung, er stammte von einem Philosophen.

Sie trafen sich häufiger in der Eckkneipe.

Der Laden nannte sich Feinschmeckerlokal, und Sprachmann nannte sich Schriftsteller, genügte ihm nicht seine Professur? Ruhestand bis zum Ruhestand, was wollte er mehr? einer, der in jungen Jahren gelernt hat, andere mit sich zu beschäftigen, hochgradiger Pfadfinder, Führer in Worten und Werken, wozu brauchte er den Applaus, die Schmeicheleien, auch die Pfiffe? und die Interviews, jede Woche eins? woher kam der Reiz, seine Gegner zu reizen? sie herauszufordern, rechte, linke, mittlere Politiker, dumme, schlaue, dummschlaue Kulturmanager, alles Absahner?

So schimpfte Sprachmann drauflos.

Bei fließendem oder stockendem, zügigem oder zähem Verkehr, die Autos fuhren zu schnell oder zu langsam, eine erste Gruppe gab Gas, um die Ampel zu erwischen, und fegte den Kolporteur in den Rinnstein, das waren die Henker, eine zweite Gruppe bremste zu früh, rollte aus, um Sprit zu sparen, und spannte den Kolporteur auf die Folter, das waren die Knechte, eine dritte Gruppe bremste zu spät, fuchtelte mit den Händen und hatte nicht das nötige Kleingeld parat, das waren die Nerverln, da half kein Gespräch, da half nur der Einwurf durchs offene Fenster, geschenkt, ein guter Geschäftsmann benahm sich immer gleich, ohne Rücksicht auf Kälte, Eis, Schnee, Regen, Hitze, Ozon, Benzin und Diesel und Gehupe hinten, Kundschaft blieb Kundschaft.

Und wozu brauchte der Mensch unbedingt seine Auftritte? hier eine Szene, da eine Szene, hier eine große Rede, da eine große Rede, Sprachmann unterrichtete sechs Stunden pro Woche Praxis der Kommunikation, aber die Lehre interessierte ihn kaum, sie sei Pflicht, dafür werde er bezahlt, ausschlaggebend sei die Kür, sie zeigte ihn in seiner Nacktheit, in seiner Blüte und vollen Entfaltung.

Woher kam dann der Drang, sich restlos zu verausgaben, sogar mit dem Risiko, irgendwann tot umzufallen?

Sie hatten sich vor Jahren kennengelernt, Universitätsbibliothek, beide suchten das Nibelungenlied, Originaltext mit Übersetzung, es stand nicht im Regal, sie verständigten sich kurz, gingen ins Buffet, saßen vielleicht zehn Minuten zusammen, schon war das Projekt beschlossene Sache,

Sprachmann hatte alles fertig auf dem Zettel, ein Buch sollte entstehen, die Nibelungen, kritische, stark durchgesehene und stark verbesserte Ausgabe, der Ägypter übernähme die Philologie, Sprachmann die Literatur, der neu gewonnene Mitarbeiter erkundigte sich, Literatur? ob die nicht am Ende sei? Unsinn, wo gestorben wird, ist das Lebendige auch, man muß den Text nur ordentlich in Schale werfen, Blankvers, frei nach den Klassikern, oder Knittelvers, frei nach den Meistersingern, Guß oder Zuckerguß, und außerdem, das sagte er jetzt im Vertrauen, es gibt Kohle, der Mitarbeiter staunte, Kohle? Sprachmann rauchte inzwischen seine dritte Zigarette, gibt es immer noch, jede Menge, muß man nur abbauen, schließlich gibt es immer noch jede Menge Sesselkleber in unserem Land, die kauen am Bleistift und warten auf die zündende Idee, erst wegen der tausend Jahre Staat, dann wegen der zwei-tausend Jahre Christentum, ein großes Ding ist fällig, und wir übernehmen das, nennen wir es Sieg und Frieden?

Ja, ja.

Er dachte an seinen Grünstreifen.

Nein, nein.

Er dachte an seinen Kittel.

So oder so.

Sprachmann reichte ihm die Hand, ich darf mich vorstellen, mein Name ist, unterbrach sich und fragte, Sie? du? sind Sie nicht? bist du nicht der am Kreuz? derselbe, sagte der Ägypter, hauptberuflich verkaufte er Zeitungen, nebenberuflich erforschte er das Nibelungenlied, schrieb an einer Doktorarbeit, Thema? die Urnot, was? Sie? weil er das Original gefunden hatte, unglaublich, die Urnot? doch, Sie können mir glauben, es war reines Glück, er hatte die Schrift ehrlich erworben und übersetzte sie nun komplett neu.

Die verloren geglaubte Urschrift?

Sie war verloren, tausend Jahre in einer Gruft, daher relativ gut erhalten, mein Name ist, aber Sprachmann fiel ihm ins Wort und um den Hals, Herr Kollege, Sie sind es, mein Retter, du bist es, mein Freund.

Gut Ding hat Weile.

Das Übersetzen?

Es zieht sich.

Wie weit sind wir denn?

Auf dem Grünstreifen wuchs eine Akazie, gepflegt vom Stadtgartenamt, der Ägypter lehnte sich an den Stamm und sah durch das gefiederte Laub, ein paar einzelne Sterne am Abendhimmel, wie Nadelspitzen, hörte das Bumpern der Bässe aus den vorbeiwischenden Radios, dann den Jubel, das Traumschiff fuhr in den Hafen ein, die Passagiere, unter ihnen der Altwarenhändler, drängten zur Reling, der Altwarenhändler stieß ihn in die Rippen, fragte, du Türke? Kolporteur, sagte der Ägypter, und Germanist, zweiter Bildungsweg, Berufsreifeprüfung, darauf rieb ihm der Trödler, wohl in der Absicht, ihn zu demütigen, das Buch unter die Nase, du lesen? da schaust, der Kronprinz nimmt seine Geliebte in den Selbstmord mit, und die nimmt das Büchl in ihr Fürstengrab mit, feinstes Pergament, Poesiealbum, neunzehntes Jahrhundert, na? der Ägypter schaute, blätterte und stellte fest, Textsorte und Stilperiode, die Zuordnung konnte nicht stimmen, er fragte, ach woher? und fragte weiter, so kam er allmählich dahinter, der Mann hatte die Information von einer Zeitung, per Handy, die hatte sie von der Polizei, per Telephon, und die hatte sie von der Pathologie, mündlich, zwischen Tür und Angel, er überflog mehrere Seiten und fand seine Vermutung bestätigt, die Zeitung oder die Polizei oder die Pathologie, eine von den dreien, hatte nicht neunzehntes, sondern neuntes zehntes Jahrhundert gesagt, wahrscheinlich genuschelt oder falsch betont, Journalisten, Polizisten und Pathologen nuscheln ja meistens und betonen auch falsch, in der Tat handelte es sich um ein frühmittelalterliches Werk, gemischt aus Kurzschrift und Langschrift, die Buchstaben zusammengeworfen, lateinisch, gotisch, griechisch, kabbalistisch, und Zahlen, arabisch, babylonisch, einige wie Krümel, Nullen? er fragte den Kerl, ob er bereit wäre, das schäbige Buch gegen ein schöneres zu tauschen, aber der lachte, haha, nichts da, das Büchl ist für seine Braut, die wartet, daß er sie heiratet, auf einer Insel im Mittelmeer, sie betet ihn an, weil er ein harter Hund ist, Radio, Fernsehen, Illustrierten, überall steht er drin, denn er hat die Kronprinzgeliebte gefladert, die Braut findet das leiwand, obwohl er die Fladerei nicht gewinnmäßig betrieben hat, nur verlustmäßig, für seine Speditionsfirma, die Polizei hat ihn dann geschnappt, und er hat den Sarg zurückerstattet, mit den Knochen, das Büchl durfte er behalten, er verwendet es nächste Woche als Morgengabe, aber wenn der Türke, wie du heißen? der Ägypter sagte seinen Namen, okay, wenn du mir bar zahlen, der Ägypter gab hundert Schillinge für einen Strauß Rosen und dreimal Geltsgott, das Buch gehörte ihm.

Der dunklere Himmel hatte die Spuren der Sonne gelöscht, ein Packen Zeitungen lag am Boden.

Die internationale Fachwelt begutachtete den Fund durchaus positiv, modernste und perfekteste Analysemethoden hätten zu dem Resultat geführt, daß die lang gesuchte und schon verloren geglaubte Not der Nibelungen, die so genannte Urnot, nun aufgetaucht sei, die Entstehungszeit liege eindeutig, und zwar im Gegensatz zu den Hypothesen der älteren Philologie, nicht im sechsten oder siebten, sondern im neunten oder zehnten Jahrhundert, ihr makelloser Zustand lasse prima vista auf ein Faksimile schließen, zumal die Handschrift insgesamt originaler als ein wirkliches Original erscheine, das äußere Bild dürfe aber mitnichten zu der Annahme verleiten, es handle sich hier um eine Fälschung, letztendlich sei die Handschrift in einer Klosterbibliothek beziehungsweise Gruft gelegen, das heiße, in sauerstoffarmer Umgebung, die einschlägige Philologie werde ihr Feld nun umstrukturieren und den veränderten Eckdaten anpassen müssen,

Entstehung grosso modo erste Jahrtausendwende, Entdeckung grosso modo zweite Jahrtausendwende.

Herr Kollege, bitte.

Nach dem ersten Treffen lief ihm Sprachmann wie ein Hund hinterher.

Zeigen Sie's mir?

Er hing ihm förmlich am Kittel.

Na, gut.

Der Ägypter zeigte es ihm, eines Abends, nach der Arbeit.

Fangen wir hinten an.

S : h = mortus : ignis purgatorius

Weltgericht?

Fegfeuer.

Schon damals?

Die Idee beginnt in jener Zeit zu zünden.

Was sind das für Löcher?

Anstelle der Doppelpunkte.

Stiche?

Man schrieb noch keine Doppelpunkte.

Geteilt durch?

Man hatte sich das Teilen abgewöhnt.

Alles eins?

Die Burgunder konnten und wollten es nicht, die Nibelungen wollten und konnten es nicht.

S und h?

Großes S ist Siegfried, kleines h ist hell.

Hole?

Hell ist Hölle.

Sprachmann staunte, das letzte Kapitel, das ihm fehlte, die Vergeltung.

Darf ich?

Bitte.

Er blätterte zurück.

Was sind das für Flecken?

Gaukler, Zauberer, Quacksalber.

Wollüstige Damen?

Nur wollüstige Literaten.

Er überhörte die Anspielung.

Künstler?

Sie reinigen ihre Seelen und flehen um Gnade.

H : D = s : m

Das heißt?

Großes H steht für Hagen, großes D für Dietrich, Hagen will sagen, Dietrich, mein Halbbruder, du bist Kirchenfürst geworden, und ich bin jetzt tot, lies mir gefälligst eine Messe, du Schweinepriester.

Kleines s durch m?

Seelenmesse.

Was sind das für Kringel?

Schriftzeichen.

Schlangen?

Marterpfähle, Streckbetten, Handschellen, Fußfesseln, Schraubzwingen, Stachelkleider, eiserne Jungfrauen.

Gruben?

Was er schon immer wissen wollte, sich nur nicht getraut hatte zu fragen, hier bekam er die Antworten.

Darf ich?

Bitte.

Er blätterte zurück und stieß auf eine Ansammlung grauer und brauner Punkte.

Ritter?

Leider nein.

Wo sind die Ritter?

Mehr versteckt.

Und was ist das?

Fliegenschiß.

Er gab das Buch mit müdem Blick aus der Hand.

Zeigen Sie's mir?

Na gut.

Der Ägypter schlug die erste Seite auf.

Fangen wir vorne an.

Eine dornig umrankte Initiale.
U?
X.
Sprachmann hielt an seiner Meinung fest.
U.
Schaun wir innen drin.
Jetzt sah er sie.
Kleine Ritter, im Blattwerk, im Wurzelwerk, weiße und schwarze, liegend, hockend, zu Fuß, mit Schwert und Helm, manche auch mit Pferd und Lanze, gegeneinander reitend oder vorwärts stürmend, einer von ihnen in Drachenkämpfe verwickelt.
Vil stolzü Ritterschaft.
Es war ihm offensichtlich peinlich, daß er sich so gründlich in dem Suchbild getäuscht hatte, und setzte, wohl in der Absicht, sein Selbstbild zu retten, im Ton des Klügeren fort, er lasse sich ja gern ein X für ein U vormachen.
Na gut, U.

Er wirkte leicht angeschlagen, als wäre er bei einer Prüfung durchgefallen, redete seltsames Zeug, zehn vollständige Nibelungenlieder, Abschrift A, Abschrift B, Abschrift C, siebenundzwanzig Fragmente, Stapelmethode, Hobelmethode.
Zurück zur Urnot.
Sie schlugen das Buch ungefähr in der Mitte auf.
Eine sperrig durchwachsene Initiale.
N?
H.
Warum nicht N?
Schaun wir genauer.
Das Kramuri?
Die Gleichung.
Jetzt sah er sie.
H.H = HH. = HHH
Was bedeuten die Punkte?

Muß man sich zusammenreimen.
Wie?
Anruf ist He, Anrufbestätigung ist Ha, Fortsetzung des Gesprächs ist He du ha, Ende der Durchsage ist Hahaha.
Damit war er gar nicht einverstanden.
Woher wissen Sie das, Herr Kollege?
Verslehre.
Sie meinen wohl den Stabreim?
Durchaus.
Älteste Poesie unserer Stämme und Landschaften, beruht auf der Wiederholung gleicher Konsonanten am Anfang einzelner Wörter oder Silben, klingt bis heute in manchen unserer volkstümlichen Reden nach.
Diesmal hatte er Recht.
Haus und Hof, Herr und Hund, Kind und Kegel, Kopf und Kragen, Mann und Maus, Nacht und Nebel, Roß und Reiter, Stumpf und Stiel, Stock und Stein, Tür und Tor.
Der Tor und der Tod?
Die zweimalige Wiederholung ist allerdings ein schwacher Nachklang der ältesten Poesie, als Gesetz für den strengeren Stabreim gilt, daß jede Langzeile drei Wörter oder Silben mit gleichen Anfangsbuchstaben enthält, von denen zwei in die erste Halbzeile, die dritte in die zweite Halbzeile fallen.
Zum Beispiel?
Wie Wind und wie Wasser ist weiblicher Sinn.
Gut.
Wie am Felsen gebrochen das Brausen der Brandung.
Sehr gut.
Enthülle der Herzen holdes Geheimnis.
Ausgezeichnet.
Aber?
Zu früh.
Der Ägypter hätte ihm gern völlig Recht gegeben, mußte jedoch einschränkend bemerken, man habe sich den Stabreim angewöhnt, abgewöhnt und wieder angewöhnt,

zuerst verwendete man den strengeren, dann den ermäßigten, zuletzt den künstlerischen Stabreim, zugleich aber, und zwar seit dem neunten zehnten Jahrhundert, verwendete man lieber den Endreim, wegen der Eselsbrücken.

Sie meinen die Mnemotechnik?

Durchaus.

Diesmal stimmte er zu.

Und weiter?

Ein einzelnes H mit Einzelpunkt ist Jägersprache.

Das heißt?

Horvari oder Hourvari.

Die Erklärung schien ihn zu irritieren, er wurde ungeduldig, trug seine alte Zukunftsmelodie vor, kritische, stark verbesserte und stark durchgesehene Not, Welturaufführung, zwanzigstes einundzwanzigstes Jahrhundert, Komödie, Tragödie, Blankvers, Knittelvers, Odyssee, Computer, ein heilloses Durcheinander.

Sie bitten um Fürbitte.

Wer für wen?

Die Witwen für die Verstorbenen.

Herr Kollege, Sie übersetzen zu viel.

Es ergibt sich.

Die ewige Übersetzerei bringt uns noch in Teufels Küche.

Er war erstarrt in seinen Glauben an den Fortschritt, und er meinte auch, er selbst sei einer von den bekanntesten Fortschrittmachern, er verbreitete sogar die Lehre, daß in den kleinsten Fortschritten der größte Fortschritt enthalten sei, je mehr Trippelschritte, desto sicherer und überprüfbarer der Erfolg, aber das glaubte er nicht wirklich, er redete nur so daher, weil er der Professor war, oder weil er sich wieder einmal traurig getrunken hatte.

So geht es nicht weiter.

Es muß sich übersetzen lassen.

Das Lied der Lieder?

Ein zwangloser Zwang.

Wir bringen es auf die Bühne.

Jeden Morgen zwei drei Stunden.
Mit den besten Schauspielern.
Regelmäßig nach dem Zähneputzen.
Echten Naturtalenten.
Zwei drei Verse.
Wir verzichten auf die Profis, wir holen uns die Leute von der Straße, von der Universität, vom Arbeitsamt, aus den Kneipen und Nachtlokalen.
Aber Herr Professor.
Er verbat sich die offizielle Anrede, er wollte lieber beim Namen genannt werden.
Der Ägypter schlug eine Probe vor.
Textprobe?
Dann sprechen Sie mir langsam nach.
Was denn?
Hahaha.
He du, he du ha.
Wiederholen Sie nur den einen Buchstaben.
Hch.
Sprachmann, Sie rauchen zuviel.
Er ging empört weg, kam am nächsten Tag wieder.
Was gibt's Neues, Partner?
Es gibt nichts Neues unter der Sonne.
Sag mal, Partner.
Ja?
Die Urnot handelt von der wilden Jagd.
Ach?
Ich hab es mir überlegt, die burgundischen Jäger hören das Signal, Horvari oder Hourvari, rücken aus, wissen aber nicht wohin, sie schießen den Wald leer, das freie Feld, und rücken weiter vor, bis sie an der Grenze stehen, sie fragen Hagen, he du, wo ist der Hort? Hagen stellt sich dumm, der Hort? der Hort ist fort, die Jäger lassen sich nicht abwimmeln, wie ist er fort? dort? dabei schauen sie in die Luft, Hagen gibt zu, ha, haha, ich habe ihn versenkt, die Jäger entgegnen, he du, versenkt ist nicht geschenkt,

doch, in einem Loch, entgegnet Hagen, und was versenkt ist, bleibt versenkt, die Jäger setzen ihm härter zu, he du ha, wir sollten dir das Hinterteil versohlen, das solltet ihr beileibe nicht, sagt Hagen, denn wiederholen ist gestohlen, die Jäger fragen listig, an welchem Ort war noch das Loch? ich weiß es nicht, da wo der Drache haust? ich kann mich nicht erinnern, da wo der Nordwind saust? ich habe nichts gesehen, nichts gehört und nichts bemerkt, da wo der Malstrom braust? das Loch ist fort, ich gebe euch mein Ehrenwort, war da ein Mord? aber ja, sagt Hagen, ich hab nur meine Pflicht getan, aber nein, sagen die Jäger, so was kann passieren, das ist nett von euch, sagt Hagen, Waidmanns Heil, hallihallo, man sieht sich in Walhalla, die Jäger wissen nun, woran sie sind und wieder nicht wohin, sie treten deshalb auf einer Lichtung zusammen, hängen ihre Schilde an die Bäume und reden einen Tag lang hin und her, in der Art des Stabreims, wer geht mit wem und wann und wo und gegen wen und wann und wo und warum überhaupt? sie entscheiden, daß sie sich erst einmal trennen werden, um des Friedens willen, dann aber, bei Gelegenheit, gemeinsam zuschlagen, um des Sieges willen, sie rücken also in verschiedene Richtungen vor, teils stromaufwärts, teils stromabwärts, teils am linken, teils am rechten Ufer, ein größerer Haufen biegt rechts ab, landet in den Sümpfen, ein mittelgroßer Haufen überwindet einige Bergketten, zerstreut sich in den Tälern dahinter, ein kleinerer Haufen biegt links ab, landet in den Weingärten, baut da die üblichen Sorten an, Frührot, Weißburgunder, Spätburgunder, die Speerspitze rückt bis in die Steppe vor, verbündet sich dort mit den Hunnen, vermischt und verheiratet sich, verkracht sich, es kommt zur Schlammschlacht, zum Blutbad, und die Nachhut hat irgendwie keine Lust, sie hat eigentlich nie richtig Lust gehabt, verbummelt sich, rückt mehr rückwärts als vorwärts, will nach Hause.

Auf zum letzten Gefecht?

Sprachmann rieb sich die Stirn.

Ein langer Marsch.
Er neigte den Kopf gedankenschwer über das offene Buch.
Ich warte.
Auf was?
Er druckste herum.
Was darf's denn sein?
Der Endsieg.
Das vorletzte Kapitel ist einigermaßen fertig.
Er hob den Kopf.
Und?
Die burgundischen Streitkräfte fristen ihr Dasein zum Teil in Felsspalten und Höhlen, zum Teil in Ruinen, zum Teil in Pferdeställen und tiefen Kellern, vor allem in der Nähe von Fässern.
Das ist alles?
Vom Endsieg keine Spur.
Er verbarg sein Gesicht in den Händen.
Schauen wir die Bilder auf der nächsten Seite.
Er atmete heftig.
Vögel?
Nonnen.
Er atmete ruhiger.
Der Bischof hat die Nonnen belogen und betrogen, ihre Erbschaft an sich gezogen.
So steht es geschrieben?
Abgeschabte Fläche.
Ein See?
Der See ist zugefroren.
Eisvögel?
Das letzte Kapitel ist das schwierigste.
Nicht fertig?
Zu viele weiße Stellen.
Wo?
Hier das Weiße, da das Weiße.
Jetzt sah er die Stellen.

Ein Pilz?
Er sah keinen Sinn darin.

Wie wär's mit dieser Lesart, die Nibelungen stehen am großen Fluß und warten auf das große Geld?

Darauf ging Sprachmann gern ein.

Die burgundischen Streitkräfte suchen Hildes Erbschaft, tausend Mann suchen oben, zweitausend Mann suchen unten, dreitausend links, viertausend rechts.

Macht zehntausend.

Stimmt.

Bevor er ging, fiel ihm noch etwas ein.

Freund, Kamerad, könntest du mir nicht?

Er druckste wieder herum.

Ein Letztes?

Was denn?

Ein letztes Wort?

Wie, bitte?

Er hatte nichts kapiert.

Es gibt kein Letztes, solange das Wasser fließt, die Barke taucht am Abend unter, fährt in der Nacht zurück, ist am Morgen wieder da, so auch die Völker, sie tauchen auf, tauchen unter, schließen Frieden, führen Kriege, eins geht ins andere, Fußvölker werden Reitervölker, Reitervölker werden Fußvölker, Jäger werden Gejagte, Gejagte werden Jäger, nicht anders ist es beim Übersetzen, das Letzte geht ins Erste, das Erste ins Letzte, das Leben nach dem Tod in ein Leben vor der Geburt und so weiter und so weiter.

Danke, das genügt.

Seine Miene bekundete schmerzliche Ratlosigkeit.

Ach.

Was denn?

Herr Kollege, die Kohle.

Lassen wir das.

Der Ägypter kannte sich aus mit den Rechenkünsten hierzulande, sie beruhten auf Zuzählen und Abzählen, stammten vom Stammtisch, er rechnete anders, die Zahlen drehten sich, Himmlisches kehrte sich in Irdisches, Irdisches in Himmlisches, so fand er überall Undinen, Kobolde, Sylphen, Salamander, Wesen, die sich wandelten und fortzeugten, im Wasser, in der Erde, in der Luft, im Feuer, er nannte sie Seelen, sie berührten ihn oder ließen ihn kalt, und es lag an ihm allein, wollte er stillhalten? oder schlug er sie sich aus dem Kopf? nichts hinderte ihn, das eine oder andere zu tun, nichts umklammerte ihn, kein Holz, kein Eisen, denn alles bewegte sich in dieser Gegenwart, strömte auseinander wie in einem Delta und ineinander wie in einem Meer.

Der Kollege ging endlich.

Quietschende Räder vor seinen Füßen rissen ihn aus seinem Halbschlaf, das Auto brauchte dringend eine Werkstatt.

Zeitung?

Der Fahrer bot ihm einen Hunderter an.

Wechseln?

Der Ägypter kannte den Mann und verzichtete auf das Geschäft, es gab gewiß eine Moral in der Welt, und was ein guter Kunde war, der beglich seine Schuld mit Treue.

Vertrauen lohnte sich ja manchmal doch.

Er beugte sich nieder, hob den Restpacken auf, schätzte das Gewicht, er hatte zirka zehn Stück verkauft und nichts davon gemerkt.

Er setzte sich hin und blätterte eines der Blätter routinemäßig durch, in knapp fünf Minuten hatte er das Blatt mit den Themen des Tages, Politik, Wirtschaft, Wetter, Garten, Sport, Kultur, gelesen.

Später würde er den Restpacken in die Gasthäuser tragen, die Vorderseiten der Ordnung halber beschädigt, dafür gratis, Zeitungen dienten einmal dem Zeitvertreib, die Kundschaft nahm das Blatt ähnlich interessiert wie er zur Kenntnis, blieb nur irgendwo stehen, beim Kreuzworträtsel, beim Fernsehprogramm oder bei den Todesanzeigen, dann blieb das Blatt irgendwo liegen, meistens auf einem Schippel Zeitungen und Werbematerial, der landete nach der Sperrstunde auf einem Sammelschippel, und der landete nach einer Woche in der Papiertonne.

Er sah zur Eckkneipe hinüber, die hellerleuchteten Fenster, drinnen ging es heute wieder rund, und schulterte seine Tasche.

1 · 4 Der Radiomann war nach Hause gegangen, ein zweiter hatte kommen müssen, mit Ersatzgerät, das funktionierte auf Anhieb.

Was wollte ich sagen?

Die Radiofrau las die Worte von ihrem Stenoblock ab.

Das Projekt hängt.

Richtig.

Tausend Jahre Staat sind genug.

Richtig, genug gelogen.

Das ist die Wahrheit?

Absolut.

Grüß Gott.

Sprachmann schaute zur Glastür.

Servus.

Der Ägypter suchte seinen früheren Stehplatz beim Büffet, andere hatten den Tisch in Beschlag genommen, der Kellner bot ihm einen Sitzplatz im Stüberl an, dabei verkündete er, die Gäste fühlten sich dort wie in Hollywood, jeder war gern gesehen, jeder scherte sich um den eigenen Kram, Pfefferminz?

Ich wollte sagen.

Ja?

Wir fangen von vorn an.

Bitte.

Mit einem neuen Image.

Super.

Es ist ein gutes Land.

Was könnte besser sein?

Einige Gäste schienen ihr Interesse für das Geschehen am Fenstertisch zu verlieren, sie besetzten das Stüberl und den Nebenraum, Sakristei genannt, unterhielten sich oder sahen fern, Sprachmann hätte gern alle miteinbezogen, aber dafür war ein normales Interview nicht geeignet, und seine Thesen zu den Fragen des geistigen Eigentums in den Wissenschaften, in den Künsten, dem Ermessensspielraum hinsichtlich des geistigen Diebstahls, dann seine Methoden der Textanalyse, etwa Stapelmethode, Hobelmethode, es war alles erledigt, er hielt es deshalb nicht für sinnvoll, die Lektion zu vertiefen, ihm schwebte überhaupt eine andere, modernere Form der Kommunikation vor, der aktive Dialog, eine Art von Ideenwettbewerb, wie in der Architektur, oder eine Art von Volksbefragung, wie in der direkten Demokratie, fehlte nur der zündende Funke.

Tausend Jahre Märchenland.

Der Wirt kam an den Tisch, reinigte die Tafel, Sprachmann drückte ihm die Kreide in die Hand, bat ihn zu moderieren.

Paßt?

Der Wirt übernahm die Rolle anstandslos.

Paßt.

Er schrieb das Wort oben hin.

Märchenland.

Die Gäste hatten begriffen.

Wunderland.

Wanderland.

Er schrieb die Worte drunter.

Man spendete fleißig Ideen.

Erholungsland, Erlebnisland, Genußland, Traumland, Wellnessland.

Zu viel auf einmal.

Welches nehmen wir?

Man entschied sich für einen Sammelbegriff.

Sonniger Süden.
Jemand rief dazwischen.
Zimmer frei, nicht für eine Nacht.
Lassen wir weg.
Der Ersatzradiomann schüttelte den Kopf.
Geht nicht.
Die Radiofrau korrigierte.
Geht doch.
Wie denn?
Wir schneiden, was nicht paßt.
Der aktive Dialog stockte.
Wer war das?

Der Zwischenrufer, ein Kollege von der Universität, Institut für Philosophie, oftmals gefürchtet wegen seiner zeitraubenden, immer entbehrlichen Kritik, oftmals aber auch bewundert wegen seines schauspielerischen Talents, saß an einem der hinteren Tische.

Hier bin ich, also trinke ich.

Der Kellner säuberte den Platz vor der Tafel, schaffte die leere Karaffe, den benützten Aschenbecher und die Reste eines zerkrümelten Bierdeckels beiseite, holte eine Flasche Welschriesling aus dem Kühlschrank und stellte sie aufs Fensterbrett, dabei teilte er leise mit, die Gäste sollten sich wie zu Hause fühlen, jeder schenkte sich selber ein, und jeder löschte seinen Durst beliebig schnell, ohne gleich als Alkoholiker dazusitzen, gut so?

Perfekt.
Der aktive Dialog kam allmählich wieder in Gang.
Rekordnächtigungszuwächse.
Vom Schlußlicht zum Vorzeigeland.
Ganzjahrestourismus.

Der Ersatzradiomann stoppte den Recorder, nahm den Kopfhörer ab und beschwerte sich, das sei kein Interview mehr, er habe den Auftrag erhalten, den Mitschnitt zu übernehmen, weil die Sache hier hängt, die Sache wäre ein Interview gewesen.

Und? wo liegt das Problem?
Das eine Gerät war kaputt, gehörte dem Landesstudio, das andere funktionierte tadellos, gehörte ihm, und er wollte jetzt wissen, ob seine Arbeit ohne entsprechenden Auftrag bezahlt wird.
Verstehe.
Die Radiofrau beschwichtigte ihn, er möge den Mitschnitt fortsetzen, die Sache wäre eben kein Interview, sondern ein Feature.
Sprachmann würdigte die Lösung.
So oder so.
Das Publikum legte sich nun voll ins Zeug.
Headquarters, historische Höchststände, Leuchtturmprojekte, Meilensteine, Qualitätsoffensive, Spitzenfeld.
Wieder zu viel auf einmal.
Welches nehmen wir?
Man entschied sich für einen Sammelbegriff.
Beschäftigungspolitik.
Es folgten lauter lustige Ideen.
Brauchtum mit Handwerk, Musik und Tanz, Kulinarik.
Der Wirt faßte zusammen.
HeimatFrühling.
Eierschwammerln, Kasnudeln, Sauerkraut, Schweinsbraten, Semmelknödeln, Speck.
HeimatHerbst.
Sprachmann bekam Hunger.
Habt Ihr noch?
Zu spät, die Küche war bereits geschlossen.
Was Kaltes?
Der Kellner servierte ihm einen Rollmops.
Bier?
Nein, danke.
Sprachmann schenkte sich vom Wein ein, genoß das Feature, es lief wie am Schnürchen.
Tausend Jahre Kulturnation.
Der Wirt fragte zurück.

Kultur?

Wegen des Unbehagens.

Er zeichnete mit fünf sechs Strichen eine Couch.

Auch ein Image, sehr hübsch.

Der Dialog griff um sich, entwickelte sich zum aktiven Gesamtdialog, aus allen Richtungen flogen die schönsten Schlagwörter auf die Tafel.

Hochkulturnation.

Volkskulturnation.

Der Wirt realisierte eine eigene Idee.

Schandland, Schundland.

Scht.

Schurkenland.

Wie?

Gurkenland.

Der aktive Dialog drohte abzugleiten, fehlte ein zweiter zündender Funke, Sprachmann stand auf, hob die rechte Hand in der für ihn typischen Manier, schützend und ausfahrend, bat um Ruhe, es wurde still im Feinschmeckerlokal, er wartete eine Weile, bis das Schweigen allen auf die Nerven ging.

Berg.

Das Wort fiel in die Stille hinein, klang scheu, fast schamhaft, doch irgendwie erlösend, nun wartete das Publikum auf den Redner.

Was hatte er zu bieten?

Ein Abenteuer? eine Anekdote? eine Predigt?

Berg.

Er wiederholte das Wort, legte eine weitere kurze Pause ein und begann den Vortrag mit langsamen, schwer anrollenden Sätzen, er sei dort oft und gerne unterwegs gewesen, diese Abgeschirmtheit, diese ganz eigene Sphäre der Natur, habe ihm immer unglaublich viel Kraft gegeben, der Berg sei das Maß aller Dinge, je schwieriger der Aufstieg, je lebensfeindlicher das Eis, der Fels, die Kälte, und je seltener begangen der Weg, umso genauer die Wahrnehmung und umso größer der Triumph, am Berg gebe es keine falschen, sondern nur echte Freunde, man gehe gemeinsam, in gleicher Ordnung, gleicher Seilschaft, eingebunden, manchmal angebunden, einer unter anderen, man trinke aus einer Flasche, teile das Brot, den Käse, die Kantwurst, und man teile auch die Sorgen, um die Familie, die Kinder, deren Zukunft, und um die Frauen, man rede da oben nicht viel, müsse ja eigentlich gar nichts reden, denn was zu tun ist, spüre jeder in seinem Innersten, so entstehe bei allem Zwang, bei aller Vorsicht und Rücksicht, der Freiraum, wo man mit sich allein ist, am liebsten seien ihm daher jene seltenen Augenblicke, in denen er endlich auch einmal an sich selber denken durfte.

Das Publikum hatte verstanden.

Er denkt, was wir denken.

Und er tut es.

Was wir täten.

Wenn wir könnten, wie wir wollten.

Wir denken, was er denkt.

Und wir tun es.

Was er täte.

Wenn er wollte, wie er könnte.

Hallo.

Der Ägypter streckte den Kopf aus seinem Stüberl heraus.

Hallo.

Wie geht's?

Die Handlung auf der Bühne des Lebens schien ihn doch mehr zu interessieren als sein Papierkram.

So halt.

Wie geht's den Nibelungen?

Sprachmann verstummte, er hatte gerade eine seiner besten Reden gehalten, da kam ihm der dazwischen.

Im Land der Berge?

Ihm blieb keine Wahl, er mußte den Partner ablenken oder ins Leere laufen lassen, er versuchte es mit Ironie.

Im Land am Strome.

Die Gäste hatten wenig Sinn für Scherze, sie nahmen jedes seiner Worte für bare Münze und machten sich ihren Reim darauf.

Land der Dome.

Arbeitsfroh und hoffnungsreich.

Herzen gleich.

Wild umstritten.

Erbteil du inmitten.

Aus der Sakristei ertönte Brüderchorgesang.

Heimat bist du großer Söhne.

Säcke.

Die Zwischenruferin, eine Kollegin von der Universität, Institut für Pädagogik, oftmals belächelt wegen ihrer bodenlosen, immer grundehrlichen Einwände, oftmals aber auch verwünscht wegen ihrer Frechheiten, saß vorn in der ersten Reihe, sie setzte noch eins drauf.

Saftsäcke.

Man erwog eine Alternative.

Heimat bist du großer Töchter.

Der Brüderchor teilte sich auf und sang beides zugleich.

Großer Söhne.

Großer Töchter.

Sprachmann würdigte die Lösung des Problems.

So oder so.

Aus dem Stüberl ertönte Schwesternchorgesang.

Wo der Aar noch haust.

Felswand.

Wo noch Eichen, die kein Sturmwind je gebeugt.

Atlasband.

Der Wirt wischte die Tafel ab.

Was jetzt?

Sprachmann schenkte sich ein, nahm einen ordentlichen Schluck.

Schaun wir mal.

Er mußte nachdenken, jetzt oder nie? das war die Frage,

der Gesang an allen Ecken und Enden, von links, von rechts, von vorn, von hinten, wie wurde man damit fertig? er stand auf, hob die rechte Hand, abwehrend und angreifend, bat um Disziplin.

Ein Mann, ein Wort.

Die Gäste überstimmten ihn.

Er ließ den Arm sinken.

Sie probierten das gesamte heimische Liedgut durch.

Er bat um Respekt.

Niemand beachtete ihn.

Ein Mann, ein Wort, er wiederholte den Satz, verzichtete auf die gewohnte Kunstpause, redete einfach drauflos.

Der Gesang ließ nach.

Alsdann.

Freunde und Freundinnen, Bürger und Bürgerinnen, Steuerzahler und Steuerzahlerinnen, unser Land ist voller Gewalt, ein gewaltiges Land, seit Jahrzehnten bekennen wir uns, für oder gegen etwas, den Staat, die Politik, für oder gegen uns selbst, doch immer für die Heimat, denn wir dienen ihr, bringen ihr unser Opfer dar, die Heimat ist unser Schild, bindend und trennend zugleich, ein starker Rücken, von Gletschern und wilden Gewässern zerklüftet, überragt ein fruchtbares Becken, darin sind wir versammelt, Arm und Reich, Klein und Groß, alles menschlich, alles eins, aber das Land entzweit auch die Herzen, zum Beispiel finden wir öfters nicht zueinander wegen der vielen Gräben, wir sehen zu wenig, und wenn wir einen Gipfel erklommen haben, sehen wir nicht einmal die vielen Gräben, sondern Gipfel, Gipfel, Gipfel, ferner hören wir zu wenig, wir bilden uns ja immer wieder gern ein, daß uns die Berge rufen, obwohl wir wissen, daß sie stumm sind, in Wirklichkeit hören wir ein Echo, wir haben gerufen, oder wir hören ein Rauschen und Brausen, die Heimat wirkt nämlich dauernd störend und entstörend auf unsere Gefühle, sie stört das Inlandsgefühl, während sie das Auslandsgefühl entstört, und sie entstört das Inlandsgefühl, während sie das

Auslandsgefühl stört, das geht so hin und her, je nachdem, wofür oder wogegen wir uns im Dorf oder in der Stadt unten erklärt haben, am liebsten bleiben wir deshalb gleich auf der Alm, zum Himmel schauend, unsere Seelen erweiternd, oder zu den Fußspitzen schauend, unser Gewissen erforschend, da breitet das Land seinen Blütenteppich vor uns aus, Frauenschuh, Knabenkraut, da vereinigen sich die Söhne und Töchter, sie schlagen sich nicht, sie lieben sich, jeder liebt jede und jeden, jede liebt jeden und jede.

Der Gesang hatte aufgehört.

Ist es nicht so?

Das Publikum schwieg.

Keine Einwände?

Man versagte ihm die Gefolgschaft.

Da wird nichts.

Der Hilfstechniker hatte den Recorder schon zu Beginn der Rede ausgeschaltet, die Kopfhörer abgelegt und stand am Büffet, trank sein Bier.

Ein Flop ist das.

Die Radiofrau beschwichtigte ihn, er könne sich getrost ansaufen, sie schaffe das auch ohne ihn, er möge ihr jedoch erlauben, sein Gerät zu benützen, er winkte lässig ab.

Paßt.

Sie setzte sich an den Recorder, blies ins Mikrophon, vielleicht gelang ihr doch noch ein Interview, Sprachmann bewunderte ihre Energie.

Fragen Sie nur.

Was haben Sie nun wirklich in der Pipeline?

Die erste Abschrift.

Sie sagten es.

Die Abschrift der Abschriften.

Sozusagen.

Die Grundlage.

Sie nickte.

Zurück zu Ihrem Stück.

 Eine Staatsaktion, Hauptaktion.

Wie gesagt.
Mit Musik.
Wann ist die Premiere?
Im Jahr danach.
Tausendundein Jahr Staat?
Ein Jubiläum der neuen Art.

Das Publikum hatte sich inzwischen gefangen, sah sich offenbar veranlaßt, den aktiven Dialog weiterzuführen, es diskutierte, ein Promille? zwei Promille? drei, fünf, jemand kam nach vorn, schrieb das Ergebnis auf die Tafel.

2001 n. Chr.
Die Radiofrau drückte den Pausenknopf.
Zu spät.
Für Christen ist es nie zu spät.
Zu früh?
Immer früh genug.
Sie drückte den Aufnahmeknopf.
Gibt es ein Happyend?

Sprachmann schenkte sich aus der Flasche ein, das Glas randvoll, trank bedächtig ab.

So kann man es nennen.
Schießen Sie los.

Am Anfang war die innige Verbindung von Ich und Umwelt, Aberglaube, Magie.

Ich und Es?
Ozean der Gefühle.
Wie weiter?
Das Heldentum.
Überich?

Unter uns gesagt, es entwickelt sich allmählich, die Nibelungen treiben sich erst einmal herum, stehlend, plündernd, brennend, mordend, sie gefährden die gesittete Welt, man kann auch sagen, die Räuberei treibt sie herum, ohne Ziel, ohne Zukunft.

Wie weiter?
Dann kommt Siegfried, er räumt auf, macht Ordnung.

Zeigt ihnen den Weg?

Sorgt für den Haushalt, schafft Rücklagen.

Und dann?

Der Hort ist fort.

Geht's auf die Krise zu?

Die Nibelungen streiten um das Erbe, marschieren auf getrennten Wegen, sechzig kühne Recken, tausend tüchtige Ritter und neuntausend Knechte, ein Teil der Streitkräfte rückt bis in die Steppe vor, landet bei den Hunnen, die Nachhut verläuft sich, ein kleinerer Teil versäuft sich, und ein größerer Teil schwenkt ins Gebirge aus, überwindet Eis und Schnee und Kälte, gelangt in milde Gefilde, läßt sich da häuslich nieder.

Bei uns?

Seit tausend Jahren.

Unglaublich.

Sie setzte ein verständnisvolles Lächeln auf.

Und wenn sie nicht gestorben sind?

Es ist alles gesagt.

Er bat sie, das Interview abzuschließen.

Und wenn Sie noch Fragen haben.

Er wies auf den Ägypter im Stüberl.

Mein Partner.

Sie dankte in aller Form, ging dann gleich zu ihm.

Darf ich?

Der Ägypter machte ihr Platz.

Grüß Gott.

Sprachmann hörte noch die Wiederholung der überflüssigen Frage, gibt es ein Happyend? und wandte sich ab, der Ägypter würde dem Medium mit hintergründiger Freude sein trauriges Weltbild offenbaren, ginge es nach ihm, verlor sich noch der kleinste Sonnenstrahl in tiefster Dunkelheit.

Miesmacher.

Er musterte die Gäste, sie unterhielten sich, manche lauter, manche leiser, besonders auffällig zwei Frauen, eine blond, geflochtenes Haar, eine brünett, ebenfalls geflochtenes Haar, beide sahen aus, als hießen sie Hilde, eine Kriemhilde, eine Brünhilde, sie stimmten ein Minnelied an.

Ich zog mir einen Falken.

Sprachmann fand das Singen eher mittelmäßig und nicht sehr schön, großartig fand er aber den Umschwung der ganzen Szene, seine Ideen zur Dramaturgie, bisher vorsichtshalber in der Schublade versteckt, traten plötzlich ans Licht, gewannen Kontur und Farbe, er redete die Frauen an.

Der Falke ist Siegfried.

Sie unterbrachen ihr Singen.

Wie geht's ihm?

Er lebt.

Sie tuschelten miteinander, schauten herausfordernd zum Buffet hin, der Hilfstechniker schien sich für die beiden zu interessieren.

Was darf's denn sein?

Schwedenbomben.

Der Hilfstechniker übernahm die Bedienung, brachte ihnen zwei Teller mit je zwei von diesen Kostbarkeiten.

Wie geht's den Hunnen?

Sie leben.

Hunnen raus.

Sprachmann vernahm die klaren Worte mit Genugtuung, der Mann traute sich was, auf der anderen Seite bekam er Bruchstücke des Interviews mit, er konnte seine Ohren ja nicht zustopfen, der Ägypter erging sich einmal wieder in seinen Theorien des Übersetzens und in seinen Problemen der Kurzschriftlektüre.

Langweiler.

Größeres und Wichtigeres fand im Hauptraum statt, Sprachmann erkannte immer mehr alte Bekannte, einige kamen ihm vor wie Klassenkameraden, seit vielen Jahren nicht gesehen, oder wie Cousins und Cousinen, von weither angereist, Rüdiger aus dem Land am Strome, Hildebrant und Hadubrant aus dem Rosengarten, Volker der Fiedler aus dem Wonnegau und, natürlich, auch Gunther, Gernot, Giselher, seine besten Freunde.

Läuft?

Der Hilfstechniker ging kurz ins Stüberl, erkundigte sich nach seinem Gerät.

Läuft.

Die drei Könige saßen an einem runden Glastisch, im Kreise ihrer Getreuen, Dankwart, Ortwin, Gere, Eckewart, Hunold, Rumold, Sindold, sie benützten den Glastisch als Sandkasten, verschoben geleerte Flaschen und Wimpel von Fußballclubs, steckten Linien ab, stießen vor, warfen um, stellten neu auf.

Sie planten wohl einen Feldzug.

Schluß jetzt.

Mutter Ute hatte am Nachbartisch geplaudert, sie erhob sich, drohend in ihrer Leibesfülle, lehnte sich über den Glastisch und zog ihre Buben an den Ohren.

Schluß mit lustig.

Nie ist Schluß, nie, nie, nie.

Sprachmann hatte das Mädel schon länger beobachtet, klein und keck, unentwegt schnabulierend, auf einer gepolsterten Zweierbank, neben Herrn Igor, endlich erkannte er es an der Stimme, Rüdigers Tochter, das Mariandl.

Nie, nie, nie.

Zwillen, so nannte man das Kreischen hier in der Gegend.

Na, na, na.

Herr Igor verpaßte dem Mädel eine Kopfnuß.

Die Geißel Gottes.

Er spielte die Rolle seines Lebens.

Die Personen kamen aus aller Herren Gegenden, unterschieden sich nach Zungen und Stimmen, dennoch trafen sie sich an diesem einen Ort, zu dieser einen Stunde, zu dieser einen Handlung, Sprachmann glaubte nicht an Wunder, es war schicksalhafte Bestimmung.

Wo ist der Hort.

Der Brüderchor spielte jetzt einen Trupp Jäger.

Der Hort ist fort.

Volker trat ihnen in den Weg.

Auf ein Wort.

Sie unterbrachen ihr Lied.

Ich zeig euch den Ort.

Wahrscheinlich erkannten sie in Volker ihren neuen Chorleiter.

Sofort?

Er schwieg.

Sie setzten sich nieder, der Dinge harrend und leise vor sich hinsingend.

Von Mord zu Mord.

Der Schwesternchor spielte jetzt eine Schar Hofdamen und belagerte den Fenstertisch.

Siegfried, wo ist Siegfried?

Nicht da.

Der Ägypter meldete sich aus dem Stüberl.

Tot.

Sprachmann hatte keine Lust mehr, mit dem Partner zu streiten, und wandte sich dem eigentlichen Drama zu, er schuldete den Mitspielern eine Erklärung, schließlich war er der Autor.

Sehr verehrtes Ensemble.

War er nicht auch der Regisseur?

Die andrängenden Hofdamen wichen zurück und beruhigten sich.

Also was?

Nun denn, Siegfried ist ein Seher, ein Seher sieht den Weg nicht, wir müssen ihn suchen, damit er uns sucht, er ist ja ein Blinder, wir müssen ihn führen, damit er uns führt, und wir müssen ihn rufen, Siegfried, erhöre uns, wie die Vögel müssen wir rufen, und er wird bestimmt zurückrufen, uns erhören, weil er die Vögel hört, er versteht ihre Sprache.

Die Intervention lohnte sich.
Siiigfriiid.
Ein Gezwitscher und Geschnatter.
Sei kein Frosch.
Ein Geklapper und Gegurre.
Siiigfriiid.
Die Hofdamen schauten überall nach, in den Klos, in der Kochnische, im Lagerraum, nirgends ein Siegfried, einige von ihnen, zuvor noch ziemlich überdreht, gingen mit hängenden Köpfen im Lokal herum, vor sich hin trällernd.
Friiideeel.
Währenddessen bahnte sich ein Stegreiftheater beim Glastisch an, Gunther, Gernot und Giselher warfen Messer, Gabeln und Löffel auf den Boden, hockten sich hin und spielten Zerlegen, Reinigen, Ölen, Zusammensetzen.
Perfekt.
Sprachmann bewunderte ihre Aktionen, sie waren insgesamt aufeinander abgestimmt, streng geregelt, wie ferngesteuert, nach Abschluß der Übung sammelten sie das Material ein und marschierten mit zackigen Gesten in Richtung Sakristei, vor dem verhängten Durchgang schmetterten sie ihren Text, erst lebhaft, dann langsamer, jeder auf der Stelle tretend.
Morbleu.
Wenn das Musik war.
War's schlimm.
Mordieu.
Die Zikaden der Ostmark.
Attacke.
Bordel de Dieu.
Stillgestanden.
Rührt euch.
Die Könige fuchtelten mit ihrem Besteck in der Luft.
Bordel de merde.
Kommt heraus.
Ihr seid umzingelt.

Man hörte einen herzhaften Rülpser im Hintergrund.

Sprachmann fragte den Wirt.

Wer ist umzingelt?

Herr Hagen.

Der Wirt schob den Vorhang zur Seite, da lag er, der Schuft, auf einer alten Matratze.

Ich bin unschuldig.

Gunther und Gernot verschanzten sich hinter der Theke, Dankwart, Ortwin und die anderen Recken hielten ihre Stellung, Giselher robbte unter den Glastisch, das Mariandl robbte ihm entgegen, leistete ihm Gesellschaft.

Hagen ist der Missetäter.

Volker winkte die beiden Chöre zu sich, teilte sie in vier Gruppen ein, gab die Einsätze für einen Kanon.

Täterä.

Nach dem Verklingen der letzten Töne traten Herr Hildebrant und Herr Hadubrant in Aktion, sie führten den Bösewicht auf die Bühne.

Lieber Hagen.

Du liegst uns schwer im Magen.

Der Kellner schaffte einen Kübel heran, Herr Hildebrant und Herr Hadubrant gaben ihm Zeichen, er möge den Kübel wieder mitnehmen.

Wir werden die Sitzung vertagen.

Korrekt.

Sprachmann wollte eben die Geistesgegenwart der Herren loben, sie hielten sich genau an die vorgesehene Dramaturgie, erstens Verhaftung, zweitens Gefängnis, drittens Gerichtsurteil, als die Chöre anrückten, auf der einen Seite die Jäger, auf der anderen Seite die Hofdamen.

Reines Rotgold.

Rotes Reingold.

Seid umschlungen.

Millionen.

Sprachmann erkundigte sich bei Volker nach dem Sinn der Sache, geriet aber an die falsche Adresse.

Worscht.

Die Handlung verlief sich ganz offensichtlich im Nirgendwo, ein letzter Kraftakt sollte sie noch herumreißen und in rechte Bahnen lenken.

Habt ihr ein Mikrophon?

Der Wirt und der Kellner verneinten.

Wozu?

Der Hilfstechniker bejahte.

Da war doch eins.

Er holte das Mikrophon aus dem Stüberl.

Kabel?

Drei Meter.

Das reicht.

Sprachmann breitete die Arme aus.

Siegfried kommt.

Die Ereignisse des Abends hatten ihm doch einigermaßen zugesetzt, er verlor das Mikrophon, das Mariandl schnappte es, er stieg auf den Fenstertisch.

Siegfried kommt aus dem Nebel.

Zu uns?

Endlich gehorchte das Ensemble, ein Teil setzte sich, ein Teil stellte sich neben die Theke, ein Teil legte sich hin und blickte zu ihm empor.

Siegfried rettet unser Land.

Ja, was?

Er bringt uns ein Programm.

Ein größeres?

Siegfried rettet unsere Bank.

Ja, welche?

Die größte.

Die Gruppe neben der Theke stand vor der Auflösung, einige zogen schon herum, belästigten die Sitzgäste und Liegegäste.

Er bringt uns Milliarden.

Gewinn?

Relativ günstig.

Ein Finanzierungsmodell?

Sprachmann begriff den Ernst der Lage, es galt, sie zu beherrschen.

Wir verkaufen die Bank.

Er straffte seinen Körper fast bis zur Decke hin.

Jawoll.

Ja, wie?

Siegfried hat die Mittel, übernimmt die Haftung, für unsre Einigkeit das Schwert, für unser Recht die Hornhaut und die Tarnkappe, für unsre Freiheit die Wünschelrute, wir geben ihm das höchste Amt, erwählen ihn zum Häuptling aller Zeiten, so regieren wir dann gemeinsam unser wunderbares Land.

Je dümmer.

Der Wirt räumte die Tafel weg.

Je lieber.

Sprachmann ruderte mit den Armen, schwankte, das Mariandl stützte ihn von unten, der Hilfstechniker, ebenfalls leicht behindert, stieg zu ihm auf den Tisch, hielt ihm das Mikrophon vor die Nase, Sprachmann entriß ihm das Mikrophon, gib schon her, der Hilfstechniker stieg runter vom Tisch, Siegfried zieht sein Schwert Balmung, schwingt es um den Kopf, so macht er einen kreisrunden Blitz, Sprachmann faßte das Mikrophon am Kabel, versetzte es in Drehung, in diesem sirrenden Spiegel erkennen wir die Summe unserer Gelüste und triebhaften Verirrungen, unsere Schuld, unsere übergroße Schuld, Siegfried erkennt keine Schuld, denn nur Sterbliche sehen in den blanken Spiegel, der Unsterbliche sieht die stumpfe Rückseite, da ist keine Vergangenheit, keine Gegenwart, da ist alles Zukunft, Sprachmann verhedderte sich in der Schnur, das Mariandl feuerte ihn an, yeah, yeah, und wann immer wir in dem blitzenden Kreisel ein Lebewesen entdecken, ist es das Faultier, das Arbeitstier, das seine Freunde liebt wie sich selbst und an der Scholle klebt und durch das Weltall saust, der Hilfstechniker stieg nochmals auf den Tisch, das

Mikro, das Mikro, nahm es ihm ab, Sprachmann brachte seine Rede auch ohne ihn zu Ende, Siegfried, Siegfried, erwachet, erwachet, seid bereit, setzt ihm ein Denkmal, zum ewigen Sieg, zum ewigen Frieden.

Ober, zahlen.

Die Radiofrau packte ihre Sachen, andere verabschiedeten sich.

Zahlen, Herr Ober.

Sprachmann stieg vom Tisch herunter, der Ägypter stand an der Tür.

Dein Siegfried kommt nimmermehr.

Der Kellner schlenzte den Bierzettelblock über den Handrücken.

Drei Flaschen?

Ich dachte, zwei?

Drei, der Herr, und Zigaretten.

Oh, pardon.

Sprachmann gab ihm ein anständiges Trinkgeld, der Ägypter gab Nofretete einen Wink, sie löste sich aus ihrer Erstarrung, hakte sich bei ihm ein, sie gingen davon, als wären sie ein Paar.

1 · 5 Im universitären Zentrum für außergewöhnliche Kreativität saß einer, der verarbeitete Daten, er hatte sich ein Programm zur Rettung der natürlichen Intelligenz in den Kopf gesetzt, für die Zeit nach dem Absturz, der bis zum letzten Wort vollendete Text mußte vollends gelöscht sein, und die Hinterbliebenen durften keinesfalls an eine Wiederkehr des verlorenen Gedankenguts glauben, am besten, sie betrachteten sich als gescheiterte Existenzen, selber Abgestürzte, so hatten sie trotz des Unglücks immer noch eine Freiheit, entweder sie erinnerten sich um Gottes Willen nicht an den Verlust, schrieben einen neuen Text, etwa Shortstory statt Roman, Bericht statt Gedicht, oder

sie erinnerten sich mühsam fünfzig, hundert, zweihundert Seiten zurück, wie fing es an? wie ging es weiter? und bedeckten ihre Gedächtnislückenlücken schamhaft mit Ausflüchten wie die ersten Menschen im Paradies, beides war nicht optimal, Gerede um den Sinn des Lebens, Gerede um den heißen Brei, bot aber den Anreiz zur Herstellung einer Software härter als der Tod, irgendwo existieren die Informationen weiter, der Computer weiß alles.

Auf der Suche nach einem Suchprogramm landete der Mitarbeiter zunächst im Vorfeld der Disziplin, Fachbereich Kultur, dieses Vorfeld ist bekanntlich sumpfig, neblig, schwammig, voller Fuzzies, trotzdem gelang ihm in kürzester Zeit der Return, sein eigener Fachbereich hat ja immer viel Kritik einstecken müssen, weil er auf Anwendung zielt, die Verantwortlichen nehmen übrigens den Einspruch der User sehr ernst, ohne ihn hätten sie nie ein Gespür für Marktlücken entwickelt.

Ganz am Rande, noch in der Phase des Herumtappens, kreierte er ein zweites Programm, Gespräche der Abgestürzten, Consulting, ursprünglich schwebte ihm eine Art von Rhetorik vor, Trösten und Vertrösten, diese alte, sogar im Fachbereich Kultur längst überholte Methode schien ihm trotzdem geeignet, die schmerzlich empfundenen Zeitlücken erträglicher zu machen, die Menge der Abgestürzten wuchs nämlich an, während sich die Suche nach dem Suchprogramm hinzog, und belästigte ihn Tag für Tag mit der Frage, Meister, was sollen wir tun?

Er sprach zu ihnen, sie könnten froh sein, wenn nichts Schlimmeres, und Kopf hoch, Siebenmeilenstiefel, zehn Millionen Takte pro Sekunde, seine anfänglichen Ratschläge, er war ja selbst noch Anfänger auf dem Gebiet des Consultings, verfehlten allerdings ihr Ziel, statt die Klienten in Schwung zu bringen, erzeugten sie Stillstand, und statt ihnen als Gleicher unter Gleichen entgegenzutreten, schlug er sie nieder, die Keule war sein Fortschrittsglaube.

Da lagen sie nun, die Abgestürzten, in ihrem Elend,

was ihn dann doch dazu bewegte, sein didaktisches Modell den Wünschen anzupassen, er verstärkte die Rückkopplung, die Modifikation genügte vorerst, um die Stimmung zu heben, die Kursteilnehmer gaben ihm die verschiedensten Feedbacks, Süßes und Saures, die süßen Feedbacks betrafen die Schnittstellen Hardware Software, Software Hardware, darin kannte er sich aus wie in einer Spielzeugkiste, die sauren Feedbacks betrafen jedoch das Zwischenmenschliche, Human Human, diese Schnittstelle, in seinem Fachbereich kein großes Thema, wirkte sich dermaßen auf den Lernprozeß aus, daß etliche Bruchstellen im Leben der Gemeinschaft sichtbar wurden, die Diskussion drehte sich fast nur noch um Unterdrückung, Sklaverei und geriet ziemlich außer Kontrolle, der Mitarbeiter leitete die nebenläufigen Prozesse in einen Puffer, hier Brainstorming.

Die brauchbar erscheinenden Catchwords hielt er auf einem Flipchart fest und strukturierte sie durch Längsstriche, Querstriche, Fenster rechts, Fenster links, das rechte Fenster enthielt die zum Diesseits der Maschine gehörenden Elemente, in erster Linie Display, Kabel, Schalter, Stecker, Tastatur, in zweiter Linie Funktionen, in dritter Linie Verwarnungen, Ausschlüsse, das linke Fenster enthielt die zum Jenseits der Maschine gehörenden Elemente, und zwar virtuell, dieser blinde Fleck wirkte neuerlich stark emotionalisierend, die Abgestürzten beklagten sich, einmal gescheitert, immer gescheitert, und schimpften über sein Consulting, eine Hängepartie.

Er stellte fest, Pufferüberlauf, Buffer Overflow, so etwas passierte öfters, wenn sich jenseitige und diesseitige Daten behinderten, es käme zu Fouls und Raufereien, weshalb einer oder mehrere Teilnehmer, in der Regel Schuldige wie Unschuldige, das Spielfeld verlassen müßten, zu seiner persönlichen Entlastung erwähnte er dann gewisse Systemzwänge, irgendwelche Tüftler fänden immer irgendwelche Lücken im Programm und meinten, den Programmierern eins auszuwischen, in der Tat standen sie selber vor einem Rätsel, denn jeder Computer wäre von Geburt an fehlerhaft, manche Modelle litten lebenslänglich darunter, und sie hätten keine Chance, ihre Fehler auszugleichen, die Unvollkommenheit wäre nämlich genetisch, wie bei den Menschen, man könnte den Zustand auch religiös interpretieren, es ist ein Weltleid, die Hersteller verwendeten zwar alle möglichen Heilmittel, haltbar bis zum nächsten Overflow, und blieben dem Weltleid ausgeliefert, weil sie das Übel nicht an der Wurzel faßten, sondern nur die äußeren Symptome behandelten, ein raffiniertes Patchwork, etwa hübsche Verkleidung, freundliche Signale, gedämpftes Motorgeräusch, müßte dazu herhalten, die eigentlichen Gebrechen zu leugnen, mit solchen Erklärungen brachte er das Brainstorming halbwegs über die Runden.

Die Abgestürzten verlangten eine Pause, er traf sie, im Gang stehend, zerstreut in Kleingruppen, und empfahl ihnen, ihre Wünsche zuerst individuell auf Zettel zu schreiben, dann auf einem Blatt zusammenzufassen und einen Sprecher beziehungsweise eine Sprecherin zu wählen, sie kamen tatsächlich mit einem plakatgroßen Wunschzettel ins Plenum, ein Germanistikstudent präsentierte das Dokument, ein so genanntes Manifest, es umfaßte sieben Punkte, so genannte Knackpunkte, erstens, wir sind das Volk, zweitens, wir wurden nicht angehört, drittens, wir wurden abgehört, viertens, wir fordern gleiches Anhörrecht, fünftens, wir fordern gleiches Abhörrecht, sechstens, Friede den Hütten, siebtens, alle Macht den Daten.

Der Mitarbeiter glaubte zu träumen, was wollten sie eigentlich? mehr Sicherheit? weniger Sicherheit? eine Studentin wiederholte die Parolen und fügte ein paar poetisch klingende Wendungen hinzu, Trümmer um uns her, schreckt uns das Ungewisse auch nicht mehr, da ging ihm ein Licht auf.

Beim ersten Programm ging es um die Rettung der natürlichen Intelligenz, beim zweiten Programm um Trösten und Vertrösten, das erste Programm lag auf Eis, das zweite Programm, ursprünglich in der Absicht entwickelt, Zeit zu gewinnen, ließ eine Rakete hochgehen, die erreichte nicht, wie erwartet, das Nahziel des zweiten Programms, sondern, völlig unerwartet, das Fernziel des ersten Programms, die Programme hatten sich von selber verknüpft.

Es gibt einen Hyperlink zwischen Oberwelt und Unterwelt, einen Schacht, eine Röhre, einen Kanal, wie immer man das Betriebsmittel nennt, die User der Oberwelt und die User der Unterwelt sprechen ja die gleiche Sprache, sie haben die gleiche Kompetenz, unendlich viele Sätze zu verstehen und unendlich viele Sätze zu bilden, ohne diese jemals gehört zu haben, das funktioniert, weil sie den gleichen Code besitzen, der ist ihnen ins Hirn eingewachsen, daraus folgt, die User der Oberwelt und die User der Unterwelt müßten einander nur richtig zuhören und sich richtig ausdrücken, dann könnten sie gemeinsam gegen die Barrieren vorgehen und sie niederreißen.

Sie trafen sich in Klöstern und Gewerkschaftsheimen, setzten sich im Kreis zusammen, redeten über ihre Sexualität, wer mit wem was gehabt hat oder gern gehabt hätte, malten Bilder mit Filzstiften und erzählten von ihrem Leben vor dem Absturz und nach dem Absturz, schon die Nähe eines mitbetroffenen Individuums reichte aus, um dem Gefühl der Minderwertigkeit ein Gefühl der Übermacht entgegenzusetzen, die Gruppen arbeiteten die Probleme konsequent durch, indem sie ihr Schicksal exemplarisch darstellten, Abstürzen ist menschlich, sogar die großen Pioniere der Datenverarbeitung berichten von solchen Zwischenfällen, mitsamt der Festplatte in den Abgrund gestürzt und unverletzt, das viermal, fünfmal, man muß nur lernen, damit umzugehen, wie gehen wir damit um? der Satz verknüpfte die Kursteilnehmer von Montag bis Samstag und von Training zu Training, alles in allem waren es glückliche Stunden, happy hours.

Im vierten oder fünften Training saß einer, der hatte sich

die Entschlüsselung eines unbekannten Dokuments in den Kopf gesetzt, siebenunddreißig Abschriften, alle völlig korrupt, wie er behauptete, und die Urschrift total versaut, am besten, man zerlegte den Krempel und leimte oder nagelte oder schraubte sich das Original selber zusammen.

Die Gruppe reagierte zögernd, sie hätte den Eindruck, jemand sei zu spät gekommen und möchte die anderen Teilnehmer dazu zwingen, ihn rückhaltlos zu integrieren, in dieser schwierigen Phase schaltete sich der Mitarbeiter als Fachmann ein, die Informatik arbeitete seit Jahrzehnten an Sourcecodes, die philosophische Frage, Sie sind doch Philosoph? der Neue verneinte, der Mitarbeiter fuhr unbeirrt fort, zum Beispiel habe er in einem Buch über Logik den Satz gelesen, was sich überhaupt sagen läßt, läßt sich klar sagen, und wovon man nicht reden kann, darüber muß man schweigen, er schlage deshalb eine Sprachregelung vor, es heiße Klarschrift statt Urschrift, Klartext statt Urtext und so weiter, Sie verstehen? ein methodisches Problem warte allerdings auf die Lösung, er möchte es der Gruppe nur andeuten, es gehe darum, eine spezielle Klärungstechnik zu entwickeln und dabei die Vielzahl der möglichen Fälschungstechniken im Auge zu behalten, die Kardinalfrage sei, wo ist der Schlüssel? der Mitarbeiter übernahm dann wieder die Rolle des Trainers, der Mensch lerne einmal prinzipiell am Widerstand, darum verlange er von jedem Gruppenmitglied eine kleine schriftliche Arbeit, Thema, der Schlüssel zum Jenseits.

Im fünften oder sechsten Training erläuterte er einleitend diverse Grundbegriffe, Message ist M, Encryption ist E, Decryption ist D, Chiffretext ist C, wir schreiben, er nahm einen Filzstift zu Hilfe, E(M) = C für Verschlüsselungsoperation, D(C) = M für Entschlüsselungsoperation, Sie werden jetzt fragen, was soll die Rechnerei? Sinn der Sache ist die Wiederkehr des Klartextes, wir schreiben D(E(M)) = M, die Gleichung erlaubt uns, die Sprachen der Welt, künstlich oder natürlich, diesseitig oder jenseitig, auszutauschen, folglich dürfen wir auch Kunst und Natur, Diesseits und Jenseits beliebig austauschen, wir wechseln sowieso täglich zwischen den Programmen hin und her und sehen überall die gleichen Bilder, so fest sind die Tatsachen verknüpft, vor dem Absturz, nach dem Absturz, die Welt ist alles, was der Fall ist.

Er schaute in die Runde, unsicher, ob er zu kurz oder zu lang geredet hatte, man macht ja häufig den Fehler, bei spontanen Impulsen, daß man den Leuten die Zeit stiehlt, bitte um Wortmeldungen, wer fängt an?

Zwölf Leute, sechs männlich, sechs weiblich, vier im unteren, vier im oberen, vier im mittleren Altersdrittel, das untere Drittel studierend oder arbeitslos, das obere Drittel pensioniert, das mittlere Drittel berufstätig, schauten in Richtung Tür.

Da niemand drängelte, fing der Neue an, die Welt zerfällt in Tatsachen, so spricht ein Hardliner der Wissenschaften, er schließt den Zufall aus, genaugenommen handelt es sich tatsächlich um eine Betriebsstörung, nur wenige Forscher geben dem Zufall deshalb eine Chance, sie sagen vorsichtshalber, der einzige in den Wissenschaften erlaubte Zufall ist der Unfall, er wollte sich da nicht in Debatten verstricken und zöge lieber einen anderen Satz aus dem gleichen Buch heran, wir machen uns Bilder der Tatsachen, the medium is the message.

Der Mitarbeiter reagierte sichtlich erfreut auf den Beitrag, sehr zum Ärger der Gruppe, eine Dame, angeblich Philosophiestudentin, bestand darauf, sie habe sich als erste gemeldet, aber niemand, geschweige der Herr Kursleiter, habe ihr Winken zur Kenntnis genommen, er tat schuldbewußt und bat sie höflichst, ihr Referat zu beginnen.

Nun denn, vom Steuerbeleg bis zum Wertpapier, gefälscht wird heutzutage alles, im Bundeskriminalamt sitzt ein Ungeheuer, Argus, zuständig für die Abwehr gefälschter Urkunden, es hat zehntausend Augen und erkennt Geburtsscheine, Totenscheine, Genußscheine, Geldscheine, es fördert die geheimsten Dinge zutage, und was dabei herauskommt, ist die Wahrheit, wie sagte noch eine Dichterin? die Wahrheit ist dem Menschen zumutbar.

Danke, der Mitarbeiter lobte die Referentin, insbesondere das tiefgründige Zitat zum Schluß, merkte aber an, ihr Beispiel stammte leider aus dem feindlichen Lager, das wären doch alles Snufflers, Snoopers, und die könnte er einmal nicht leiden, weil sie die Schlüssel nachahmten, er hielt die Schlüssel prinzipiell geheim, nur auserwählte Zielgruppen durften mit ihnen in Berührung kommen, für die Abgestürzten hier und jetzt wäre also die Frage interessant, wie werden die Schlüssel hergestellt? wie lang? wie kurz? früher machte man Stiche oder Löcher ins Pergament, später vermengte man harmlose und schwerwiegende Nachrichten, mimic functions.

Bei den Stichen oder Löchern horchte der Neue auf, bei den mimischen Funktionen platzte er heraus, ich hab's, das Original ist die Fälschung.

Der Mitarbeiter quittierte den Wink lächelnd, mimic functions oder graphic functions, ein Graustufenbild speichert Geheimnisse im Umfang von, er nahm wieder den Filzstift zu Hilfe, 64 Kilobytes, die auserwählte Zielgruppe steckt den Schlüssel, Key, abgekürzt K, in die Formel $E(M) = M$, erhält $E_K(M) = C$, dreht um und erhält $D_K(C) = M$, das sieht falsch aus, ist aber richtig, der Nächste bitte.

Der Nächste war ein pensionierter Studienrat, Deutsch, Latein, Griechisch, er begann mit einer traditionellen Definition, die Novelle ist eine sich ereignete unerhörte Begebenheit, das soll heißen, man hört was man gehört hat und schließt daraus, etwas im höchsten Grade Seltsames müsse sich ereignet haben, der Schluß sei nicht ganz fehlerfrei, enthalte aber ein schönes Argument, Traditionen sind spannend, Innovationen langweilig und oft eine Zumutung, sollten sich die Jüngeren damit herumschlagen.

Einige Teilnehmer, besonders die Älteren, klopften beifällig auf die Tische, der Mitarbeiter sah sich veranlaßt, gegen ein zähes Vorurteil anzukämpfen, der Computer ist keineswegs an allem schuld, häufig dient er als Ausrede für Atemnot, Stoffwechselbeschwerden, trockene Haut, seniles Frühaufstehen oder einfach schlechte Laune.

Der Studienrat entgegnete, man könne den Schlüssel vergessen, wenn man das große Wehklagen in der Antike gehört habe, Hades, der Herr der Unterwelt, ließ sich doch hin und wieder überreden, jemand freizulassen, ein berühmter Sänger, er hatte sogar wilde Tiere, Pflanzen und Steine verzaubert, kam zu ihm, forderte seine Gattin zurück, nachdem sie an einem Schlangenbiß gestorben war, und durfte sie aus der Unterwelt hinausführen, wenn er sich nur nicht umdrehte, trotzdem verlor er sie, warum? weil er sich umgedreht hat, warum hat er sich umgedreht? weil er nicht glauben wollte, daß sie ihm folgt, ein berühmter Sänger? ein Held? der macht schlapp? vielleicht mit Absicht?

Im sechsten oder siebten Training trug ein erfolgreicher Nudelfabrikant vor, er bezog sich auf Hades und das Weichklopfen und Breitschlagen, Hades habe vermutlich eine Ahnung vom Bäckerhandwerk gehabt, seine Technik ähnelte nämlich dem Teigkneten, man nehme eine Rolle Teig, schreibe eine Botschaft drauf, teile die Rolle in Hälften, jeweils vierundsechzig Zentimeter lang, nehme die Hälften der Hälften, knete sie, klappe sie auf die anderen Hälften und walke das Ganze neu aus, man wiederhole die Prozedur, bis die Botschaft gründlich durchgewalkt ist, nach sechzehn Runden Kneten bringe man das Geheimnis auf den Markt.

Der Neue, inzwischen als wichtiger Impulsgeber anerkannt und doch einigermaßen in der Gruppe integriert, unterbrach den Referenten, er bewundere die Methodik des Vortrags, erlaube sich aber die Frage, warum vierundsechzig und nicht zweiunddreißig Zentimeter? er finde die halbe Länge geheimnisvoll genug, der Bäcker wehrte sich, das sei einmal das Rezept, und warum nicht acht Runden? sechzehn Runden, lautete die Antwort, wegen der Verwirbelung, sonst ist der Klartext beim Teufel.

Der Mitarbeiter schrieb auf den Flipchart, Lucifer, und erläuterte, Lucifer ist seit ewigen Zeiten im Untergrund tätig, seine Mitarbeiter haben sein Programm aus Gründen der Diskretion auf den Namen Data Encryption Standard, umgetauft, heutzutage wird auch alles geklaut, bestätigte der Nudelfabrikant und ergänzte seinen Vortrag, Hades gibt den Hauptschlüssel nur an seine besten Kunden weiter, der Schlüssel ist notwendig, um die Verwirbelung durch Entwirbelung rückgängig zu machen, mit anderen Worten, Hades kann den Teig beliebig verwirbeln, je nachdem, wie er den Schlüssel hineinsteckt, der Kunde nimmt ihn heraus, und siehe da, das Geheimnis ist gelüftet.

Der Trainer ergänzte die Ergänzung, mit anderen Worten, Sender und Empfänger einigen sich auf eine Zahl, der Sender übergibt Lucifer die Zahl, Lucifer erzeugt den Geheimtext, der Empfänger übergibt Lucifer dieselbe Zahl, Lucifer stellt den Klartext wieder her, welche Zahl? fragte der Nudelfabrikant, die ausgewählte Zahl muß so hoch sein, daß ein Schnüffler Jahre braucht, um draufzukommen, sagen wir, zehn hoch siebzehn, wie kommt dann der Empfänger auf die Zahl? ein ehrlicher Bote übergibt sie ihm, und wie findet man den ehrlichen Boten?

Mittlerweile hatte der Studienrat seine schriftlichen Notizen ergänzt, setzte zu einer dritten Rede an, im Altertum ist Odysseus der Bote, Kirke bezirzt ihn, daß er bei ihr bleibt, Odysseus bezirzt sie, daß sie ihn losläßt, er will ja nach Hause, kennt aber nicht den Weg, Kirke zeigt ihm die Richtung, der Weg führt am Reich des Hades vorbei, sie spricht zu ihm, fahre umher, bis du an ein Gestade kommst, da gebiet' ich dir, ein Loch zu graben, von einer Ell' im Geviert, dann gelobe, die sauberste Kuh, den schwärzesten Widder zu schlachten, dein kostbarstes Gut zu vernichten, solltest du jemals deine Insel wiedersehen, so ging der Mensch der Antike mit dem Problem um, und wir? was tun wir? Schlüsselzahlen verteilen.

Der Studienrat hatte die Geschichte fast auswendig erzählt, die Gruppe staunte, sie formulierte daraufhin ganz eigenständig die These, daß es bei den geheimen Botschaften weniger um den einzelnen Boten als um die Interaktion zwischen Sender und Empfänger geht, das ergibt sich schon aus der Ambivalenz, sie bezirzt ihn, er bezirzt sie, jede Interaktion hat zwei Seiten, öffentlich und persönlich, weshalb man sagen kann, zur Heimlichtuerei gehören zwei, und sie tun stets das gleiche, verschlüsseln, entschlüsseln, verwirbeln, entwirbeln, versichern, entsichern, so das einstimmige Resultat.

Im achten oder neunten Training fand ein Rollenspiel statt, drei Personen, sie nannten sich Alice, Bob und Eve, stellten sich in die Mitte, die anderen bildeten einen Kreis, beobachteten den Prozeß, Alice sperrte ihr Geheimnis in eine Kiste, sicherte sie mit ihrem Schloß, Eve schob die Kiste zu Bob hinüber, Bob sicherte sie mit seinem Schloß, Eve schob die Kiste zu Alice zurück, Alice entfernte ihr Schloß, Eve schob sie zu Bob hinüber, Bob entfernte sein Schloß, öffnete die Kiste und lüftete das Geheimnis, der Witz oder die Moral der Geschichte, die Heimlichtuer bleiben unter sich, Eve nimmt teil am Geschehen, arbeitet wie verrückt und kriegt doch nichts mit, tertium miserabile, kommentierte der Studienrat, bei dreien ist eines immer das Dummerl.

Im zehnten Training erlebte die Gruppe einen enormen Kreativitätsschub, sie hatte Blut geleckt, eine Kunsterzieherin teilte an Alice, Bob und Eve drei Kübel aus, in die Kübel schüttete sie jeweils einen Liter gelbe Farbe, Alice und Bob bekamen jeweils zwei Liter Rot, und schütteten jeweils einen Liter davon in ihre Kübel, rührten um, tauschten die Kübel aus, Eve beobachtete den Austausch, Alice schüttete einen Liter Rot in Bobs Mischung, Bob einen Liter Rot in Alices Mischung, sie erzielten das gleiche Resultat, Eve mußte den Schlüssel selbst finden, verbrauchte sechs Liter Rot, drei Liter Gelb, zum Abschluß des Experiments reinigte die Gruppe den Seminarraum, Eve durfte spazieren gehen.

Im zwölften Training hielt eine Kunsthistorikerin ihr Referat, zunächst eine Standpauke, man hätte sich die Schweinerei im vorvorigen Training ersparen können, schließlich gäbe es die Quantenphysik, das Argument verunsicherte die Gruppe, was sollte sie damit nur anfangen? die Referentin bat um Geduld, sie müsse weiter ausholen, den Anstoß zu ihrer Theorie verdanke sie einem Detektivroman, du weißt, lieber Watson, daß es kaum einen Körperteil gibt, der so individuell erscheint wie das menschliche Ohr, ich besichtigte die Ohren in der Schachtel und registrierte sorgfältig die anatomischen Merkmale, denk dir mein Erstaunen, Miss Cushings Ohr bildete das Gegenstück zu dem weiblichen Ohr, das ich eben untersuchte, derselbe Muskel, dieselbe Kurve des Ohrläppchens und Windung des Knorpels, in den Hauptzügen dasselbe Ohr, das Wesentliche zeigt sich demnach meistens an den kleinen Floskeln des Lebens, einer tropfenden Nase, einer kaum sichtbaren Schleimspur, einem Häufchen Zigarrenasche, solche Kleinigkeiten heben die Welt aus den Angeln, die Quantenphysik hält es für möglich, daß man Miss Cushings Ohr, auch einzelne Fasern, Läppchen, Knorpel, durch ein Schlüsselloch wirft, und je nachdem, in welchem Winkel die Teile durchfliegen, erscheint an der Rückwand der Kammer das wahre Bild.

Die Gruppe machte sich nun fröhlich singend an die Arbeit, hob Türen aus den Angeln und hätte bald das ganze Kloster in Trümmer gelegt, wenn der Trainer nicht eingeschritten wäre, er attestierte der Gruppe die Reife und erklärte das Consulting für beendet.

Auf der Straße sprach ihn der Professor wegen seiner siebenunddreißig Abschriften an, er benötigte einen Klartext und eine Urhebererhebung, ob das nichts für ihn wäre? der Informatiker berief sich zunächst auf die Autorität des Zentrums für außergewöhnliche Kreativität, erwähnte gewisse Rechnerzeiten, gab sich aber dann eher entgegenkommend, weil der andere die Finanzierung offenlegte,

Kohle, jede Menge Kohle, dann schicken Sie mal die Unterlagen.

Ein Jahr war vergangen, im Büro stapelten sich die Kopien, der Informatiker hatte den Stapel in den Scanner geworfen, ein Postscript erstellt und den Angriffen durch Cyphertext, Plaintext ausgesetzt, Brute Force sorgte für das Ende der Kampfhandlungen, das Original kam aus seinen Löchern heraus.

Wie stellte er seine Leistung jetzt dar? wie brachte er sie an den Empfänger? er überlegte, der Professor hatte ihn allzu oft hängen lassen, spielte den Unerreichbaren, an seinem Institut, meldete sich eine mitfühlende Sekretärin, und zu Hause meldete sich ein Kind, Hallo, Tschüss, sollte man ihm vielleicht ein Handy schenken?

Er ging zum Automaten im Parterre, lud sich einen Becherkaffee herunter, auf dem Rückweg fiel ihm die Lösung des Problems ein.

Der Sender schützt den Empfänger, indem er ein Rauschen über die Botschaft legt, der Empfänger weiß zunächst nicht, was ihm mitgeteilt wird, erst nach dem Ende der vereinbarten Schutzzeit hört er den Klartext, indem er das Rauschen abzieht.

Man ging also kein Risiko ein, wenn man dem Professor schon jetzt die Botschaft übermittelte, nämlich geschützt, erst nach Bezahlung des vereinbarten Honorars erhielt er den Schlüssel für den Abzug des Rauschens.

Der Informatiker warf den Kaffeebecher in den Trennmistkübel, setzte sich an den Computer und schrieb die Headline.

I → O

Wenn Input, dann Output.

Es folgte die Darstellung der Methode.

Plane Sweeping.

Zuletzt der Hinweis.

© 1997 by CEC

Der Professor und auch andere Institute erhielten ein Gutachten, die Ergebnisse der Urhebererhebung betreffend.

Zuletzt der entscheidende Hinweis.

Wehrdienstverweigerer.

Liedermacher.

Der Mann heißt Poppo von Neuburg.

Mal wieder abgestürzt gestern, Sprachmann vermied den I · 6
Seitenblick ins offene Kunstwerk, Fenster ohne Vorhänge, bog um die Ecke, vermied auch den Zebrastreifen und überquerte die fünfspurige Fahrbahn schräg zum Park hin.

Samstag, zehn Uhr früh, schon zu spät, immer das Gleiche am Tag danach, das Strudeln.

Man hörte es öfters in seinen Kreisen, mal wieder abgestürzt gestern, die leidselige Bemerkung, sie zeugte weniger von Schwäche als vom Stolz, etwas geschafft zu haben, ein Künstler rappelte sich auf, steckte das weg.

Schöpferische Tätigkeit erforderte ja solche Manöver, Hochfahren, Flachliegen, Durchstarten, dem Publikum zuliebe.

Samstag, acht Uhr früh, ein Student überbrachte ihm das Gutachten der Informatik, der Portier hätte ihn geschickt, anders käme man nicht an ihn heran, klingelte ihn aus dem Bett, peinlich, aber die Botschaft versöhnte ihn sekundenschnell mit der nüchternen Welt, der Klartext war entschlüsselt, der Abschreiber der Abschreiber entdeckt, Sprachmann fand den Namen recht passend, ob er sich auch so nennen sollte? einen Moment lang dachte er daran, sich ein Pseudonym zuzulegen, nicht als Professor, sondern als Poet.

Die Sandler, bisher dünn gesät im Park, hatten sich deutlich vermehrt, Veilchen träumen, wohlbekannte Düfte, Frühling zieht ins Land.

Der Ägypter fiel ihm ein, redete er in Rätseln, um sich wichtig zu tun? oder um sich zu tarnen? wollte er vielleicht nur abkassieren? Honorare? Tantiemen?

Sie saßen ungewöhnlich gerade auf ihren Bänken, einer saß wie zu dritt, beidseitig gestützt durch Plastiksäcke.

Je häufiger die Gespräche, desto härter die Gangart, Siegfried ist tot, sagte er immer, woher hatte er sein Wissen? von seiner geheimen Kurzschrift? der Held ist abgestiegen, in dem Punkt waren sie sich einig, doch wohin? zur Hölle? ins Fegfeuer? in die Unterwelt? das konnte der Partner nicht sagen, und wenn der Held auferstanden ist? er hatte versprochen, eine Antwort nachzuliefern, löste aber sein Versprechen nie ein, wozu dann die Rechthaberei vor allen Leuten?

Auf der nächsten Bank saßen wirklich drei Sandler, aneinandergelehnt, hervorragend der in der Mitte.

In seiner Jugend, wohl mit fünfzehn oder sechzehn, hatte Sprachmann selbst die Sorge, er könnte später in der Gosse landen, nicht aus Faulheit oder Dummheit, sondern umständehalber, im Laufe der Zeit ist dann doch etwas aus ihm geworden, zu seinem Glück, er begegnete diesen armen Menschen daher mit größtem Respekt, sie waren nicht schuld an seinem Schicksal, er war nicht schuld an ihrem Schicksal.

Der Bürgermeister hatte für die Ruhebedürfnisse der Sandler kaum Verständnis, schon seit Jahren wetterte er gegen den Mißbrauch der Bänke.

Oder wollte der Ägypter das Geschäft platzen lassen? in dem Fall würde Sprachmann ihm die Rechnung präsentieren, erstens, Siegfried gehört niemand, er gehört der Nation, ist Kulturerbe, zweitens, die Urnot gehört ihnen beiden zu gleichen Teilen, drittens, die dramatische Fassung ist so gut wie fertig, die Übersetzung ein Chaos aus zigtausend Zetteln, viertens, der Klartext bleibt ungeteilt, das heißt, in einer Hand, fünftens, ein schöpferischer Mensch kann nicht warten, bis ein hergelaufener Germanist ihm erklärt, was ein Original ist.

Vorige Woche diskutierte der Gemeinderat den Vorschlag, Schilder an die Bäume zu nageln, Flachliegen verboten.

Die Uhr der Stadtpfarrkirche zeigte fünf nach zehn, Sprachmann verlangsamte seine Schritte, vor ihm stand eine freie Bank, reichlich beschnitzt, er setzte sich und rekapitulierte die wichtigsten Szenen des Abends, am Anfang war der Kniefall.

Du weißt von Runen, die geheimnisvoll bei dunkler Nacht von unbekannten Händen in manche Bäume eingegraben sind.

Es folgten große und kleine Szenen, durchwegs bühnenreif, er konnte zufrieden sein, zwar hatte er sich mal wieder zu kühneren Experimenten hinreißen lassen, aber die paar Ausrutscher, etwa der mit dem Kollegen von der Philosophie oder der mit dem Kellner, am Ende, beim Zahlen, schienen ihm jetzt eher unerheblich, dafür freuten ihn genug andere Szenen, zum Beispiel die Bergrede.

Die Radiofrau fand er übrigens ganz in Ordnung, er hätte sie anschließend noch gern in eine Bar abgeschleppt.

Sein Talent, sich durch eine geschickte Drehung aus Zwangslagen zu befreien, erregte natürlich immer wieder die Gemüter, auf der einen Seite stand ihm eine ideologisch voreingenommene Minderheit gegenüber, die fand jederzeit Gründe, über ihn herzufallen, auf der anderen Seite stand eine starke Mehrheit hinter ihm, deren Treue gab ihm die Kraft zu seinem Werk.

Wie sie ihn anfeuerte, yeah, yeah, damit hat sie ihm enormen Auftrieb gegeben, oder war das gar nicht die Mehrheit?

Früher benahm sich der Ägypter wie ein Vorzugsschüler, mit seinen neunmalschlauen Fragen, dabei kannte er die Antworten sowieso, später plusterte er sich auf, als wäre er der Lehrer, und amüsierte sich, dein Stück? Theater von heute? Odyssee von morgen? Faust drei? Faust vier? Geniestreich?

Aber ja, das Mariandl war's, jetzt fiel es ihm ein, und noch eine Begegnung, Siegfried, leider gab es keine Möglichkeit, sofort konkreter zu werden.

Ging der Ägypter etwa eigene Wege? man sah ihn ja regelmäßig mit seinen Kollegen, ob die ihm halfen? natürlich nicht beim Übersetzen, vielleicht beim Stellenvermitteln? sie hatten ihre Beziehungen, Drähte und Netze auf der ganzen Welt, oder bahnte sich eine ganz andere Sache an, mit Nofretete? sie gingen doch eingehakt wie ein Paar, draußen vor der Tür.

Als er gegen den Ventilator kämpfte, die Hände voll, Mikrophon, Kabel, da stand der Kerl doch hinten an der Wand, zwei Meter, langhaarig, blond, blauer Overall.

Im Grunde hatte er es satt, sich dauernd diese Moralpredigten anzuhören, daß er zu viel rauchte, zu viel trank, zu wenig schlief, zu wenig träumte, und immer wieder dieses pseudowissenschaftliche Larifari, lieber Professor, du sagst Literatur und meinst ein Spektakel, das ist Subliteratur, Bildung für eingebildete Gebildete, die reden dir nach dem Mund, und du hältst sie für deine Zweitbesten, irgendwann gehst du ihnen auf die Nerven, also gebe ich dir den Rat, hör auf damit.

Siegfried, ja, du bist's, ich hab dich gesehen, aber in dem Durcheinander, als alle zahlen wollten, bist du mir leider entwischt.

Zehn nach zehn, er war mit der Dramaturgie verabredet, Künstlerhaus, bei Schönwetter im Garten, er rieb seine Wirbel an der Rückenlehne, stand auf und streckte sich, er wäre gern länger sitzengeblieben.

Die Denkmäler, bisher grau in grau, eingeklemmt zwischen den Büschen, sahen heute besonders strahlend aus.

Das Theater der Stadt und des Landes hatte grünes Licht gegeben, sein Stück kam auf den Spielplan, und Sprachmann sollte die Verantwortung übernehmen, Idee, Regie, Bühne, der Intendant Claus Ehwitz ließ ihn arbeiten, Einzelheiten wären mit der Dramaturgie zu klären.

Schlank und leicht, wie aus dem Nichts gesprungen, steht das Bild vor dem entzückten Blick.

Die Bürgermeister der Vergangenheit, nicht selten gelernte Gymnasiallehrer, wußten noch die Werte der Gesellschaft zu schätzen, sie tauchten ein in die Überlieferung, holten sich die Träger der Kultur heraus und stellten sie in die Grünanlagen, immer redlich bemüht, den Nachkommen ein Gedächtnis zu machen.

Nur des Meißels schwerem Schlag erweichet sich des Marmors sprödes Korn.

Auf dem Gymnasium hätte er sich die Verse nie gemerkt, unter Zwang ging bei ihm gar nichts, erst in späteren Jahren merkte er sich einige, schnappte sie auf, wie sie ihm in den Kram paßten.

Vernunft und Kunst, sie scheinen sich zu fliehen.

Hohes Podest, Dichterkopf, wallendes Haar, Nase beschädigt, wer könnte das Denkmal entstellt haben? ein Witzbold? das Wetter? ein Wandale? oder der Stein selbst?

Und haben sich, eh man es denkt, gefunden.

Am Anfang das enge Leben, dann die Reisen, die große weite Welt, die Kehre oder die Kippe, der Felgaufschwung mit den erwartbaren schmerzhaften Folgen, Rissen, Quetschungen, Brüchen, und am Ende, wohl eher unerwartet, der Sturz vom Felsen ins offene Meer.

Vor dem Tode erschrickst du? du wünschest, unsterblich zu leben? leb im Ganzen, wenn du lange dahin bist, es bleibt.

In seiner Jugend, mit zwölf oder dreizehn, Vorpubertät, erlag er dem Reiz des Zehnmeterturms, er konnte gerade schwimmen und kletterte vielleicht zehnmal hinauf, und weil er doch fürchtete, daß man ihn zurückklettern sah, sprang er vielleicht zehnmal hinunter, der Traum wurde nun Wirklichkeit.

Zephirleicht, wie vom Wind getragen, fliegt ihm alles Sentimentalische zu.

Maja Kowski und Luna Tscharski klopften fast täglich bei

ihm an, wegen des Arbeitsklimas, wie sie sagten, in Wirklichkeit wegen des Konzepts, außerdem warteten sie auf sein Skript, aber er durchschaute ihr Spielchen, sie wollten Befehle von ihm empfangen, und das lehnte er ab, Text auf den Tisch knallen, falsch verstanden werden, dann wie wild herumschreien, solche Töne haßte er.

Ein schmaler Pfad führte zu den Resten der alten Stadtmauer und zu einem vieleckig zusammengepfuschten neuen Brunnen.

Sprachmann kam den Dramaturginnen zuvor, indem er sich, so gut es ging, nach ihnen richtete, bei Fragen der Ausstattung haben Frauen ja ohnehin ein Wörtchen mitzureden, sie griffen ihm beim Kostüm, bei der Maske, den Requisiten unter die Arme, er dankte es ihnen, indem er sich mit schwierigeren Fragen befaßte, was das kostete, das Blut, das Feuer, zu teuer, also verzichtete er von vornherein auf ein mörderisches Ende.

Der Brunnen ähnelte einer Grabanlage, ein Steinmetz, befreundet mit dem Stadtgartenamt, dürfte den Auftrag ergattert haben.

Das größte Ereignis zum besten Preis, traditionell und aktuell, maßgeschneidert, regional eingebettet, zugleich überregional aufgestellt, national, international, daran hielt sich Sprachmann ganz entschieden, gewisse Bedenken hinsichtlich der praktischen Umsetzung veranlaßten ihn jedoch, den Text insgesamt zu kürzen.

Je weniger Information, desto mehr Aufmerksamkeit, je mehr Information, desto weniger Aufmerksamkeit.

So lautete eine Regel der Kommunikationswissenschaft, sollte sie nicht auch für die Kunst gelten? die bereits ausgearbeitete Bühnenfassung des Nibelungenlieds enthielt noch viel Luft, denn trotz der konsequenten Herangehensweise hatten sich allerlei Kissen gebildet, erzeugt durch die Wiedergabe der Kriegstreiberei, des langwierigen Anmarsches und der eigentlichen Kampfhandlungen, die ließ er eben weg und fügte ein paar einfache Friedenshandlungen hinzu.

Er setzte sich auf den Marmorrand des Brunnens, tauchte seine linke Hand ins Wasser, rührte leicht um.

Die Dramaturginnen, die Schauspieler und Schauspielerinnen, die Handwerker und Handwerkerinnen, alle glaubten an ihn, deshalb durfte man ihnen nicht irgend einen Schwulst zumuten, die Nibelungen sind nämlich im Grunde, vorerzählt oder nacherzählt, eine Sippschaft wie jede andere, immer dieselben, und so ist auch die Story immer dieselbe, sie dreht sich um Liebe und Tod, Treue und Verrat, Ehre und Pflicht, so oder ganz ähnlich drehen sich die Himmelskörper, der Mond dreht sich um den Globus, der dreht sich um die Sonne, die treibt sich herum in einem Spiralnebel, und der treibt sich herum mit anderen Spiralnebeln im All, was macht währenddessen das All? steht es still? gibt es mehrere Alls? die sich wieder herumtreiben? in einem Überall? da drehen wir uns im Kreis, niemand hat bisher gezeigt, wie sich die Dinge tatsächlich verhalten, fest steht nur die Drehung.

Die leichte Handbewegung verwandelte den Brunnen in einen Teller grüne Suppe.

Maja und Luna hatten empfohlen, auf Treppen zu verzichten, sie stammten aus einer älteren Epoche, damals herrschte noch das Bürgertum, und das Bürgertum beherrschte noch das Treppensteigen, die Schauspieler und Schauspielerinnen von heute verachten die Eleganz, aufwärts oder hinab, federnd in den Knien und Hüften oder schwebend in den Schultern wie beim Walzer, stattdessen tummeln sie sich schreiend und lachend auf Polstern, Matratzen, Schläuchen und Gummireifen.

Oben schwammen Plankton und Goldlackblüten, unten lag dunkler Schleim, Sprachmann genehmigte sich eine Zigarette.

Die Dramaturginnen deuteten den Niedergang des Treppensteigens als Zeichen des geistigen Umbruchs, das Gestolpere auf der Bühne führe uns die Absurdität unserer Existenz vor Augen, Sprachmann brachte hier seinen Lieblingssatz an, wir hätten den Boden unter den Füßen verloren und wollten trotzdem darin versinken, die Frauen bewunderten seinen Sinn für paradoxe Entwicklungen.

Im Schleim lagen diverse Plastikschnipsel, Papierschnipsel, Kronkorken, Aluminiummünzen.

Und wo sie beim Thema waren, sie ließen durchblicken, der Intendant habe den Wunsch geäußert, daß Hilde, Kriemhilde oder Brünhilde, eine von beiden, auf die Bühnenbretter pinkelte, das Publikum werde den Skandal zu würdigen wissen, Sprachmann leistete zunächst Widerstand, schob aber ein definitives Urteil auf und lenkte ein, er möchte gleichfalls einen Wunsch äußern, Heide Egger, eine ihm nahestehende, überaus sensible Künstlerin, habe unlängst ein Bühnenbild skizziert, Altpapierballen, mehrfach verwendbar als Kreidefelsen, Wasserfall, Holzweg, Zeltlager, freies Feld, je nach Beleuchtung, glutrot, giftgrün, fetzig, eine Entsorgungsfirma wäre bereit, das Material zu liefern, kostenneutral, und was das Honorar betrifft, Heide ließe mit sich reden.

Nur vier fünf Züge, die Zigarette schmeckte, dabei kam ihm der Gedanke, er könnte sich einmal das Rauchen abgewöhnen, in vier fünf Jahren.

Die Theaterfrauen zweifelten an seinem Kunstverstand, was ihn nicht hinderte, gleich einen zweiten Wunsch zu äußern, Hera Klitt, eine ihm nahestehende, überaus lebensfrohe Künstlerin habe unlängst einen Schmetterling produziert, faltbar und entfaltbar, geeignet als Turnierplatz, Brautbett, Opferschale, Kemenate, Segelschiff, ferner habe sie eine Nase gemalt, als Ersatz für den ganzen Drachen, Öl auf Leinwand, eine mächtige Plastik sollte daraus werden, zischend, pfeifend, fortwährend rotzend, Preis nach Vereinbarung, vielleicht hätte Hera Interesse an einer Kooperation.

Sprachmann löschte seine Zigarette im umliegenden Kies, verscharrte sie mit der Schuhspitze.

Wann überwand er endlich seine Skrupel? er hatte einen

Sparplan anzubieten, wollte ihn aber erst dann präsentieren, wenn er sich über alle Einzelheiten klar wäre, seit dem Ereignis gestern Abend konnte er den Schleier lüften.

Er sah eine leere Bierdose, spitzelte sie in Richtung eines Abfallkübels, traf einen Gedenkstein.

Das Theater dürfte wohl eine gewisse Ahnung von seinem Sparplan gehabt haben, so erklärte sich Sprachmann die Anwesenheit des Herrn Hagen, der Mann arbeitete hauptberuflich als selbständiger Sprecherzieher, nebenberuflich als freier Schauspieler, der Intendant hat ihn womöglich als Zuträger geschickt und inzwischen auch erfahren, wer mitspielte, wie gut, wie schlecht, wer zuschaute, beteiligt oder unbeteiligt, welche Kritik und so fort, Herr Hagen hatte sich schon öfters sehr merkwürdig benommen, vollmundig, großspurig, aber gestern Abend, wie er den Verbrecher aus verlorener Ehre spielte, zugegeben, eine Wucht.

Nähme das Haus den Sparplan an, käme es mit Sieg und Frieden günstig davon, es müßte nur das alteingesessene Ensemble durch Neuzugänge ergänzen.

Es gab sie ja allerorts, die Könige, die Recken oder Degen, die Höflinge, Leute wie du und ich, sie standen mitten im Leben, vielseitig ausgebildet, nur sah man sie selten, weil sie nirgends eine Stelle fanden, ihnen fehlte halt das Verwendungsprofil, und es gab auch jede Menge Chöre, sie sangen ihre schönen alten Lieder voll Inbrunst, nur fehlte ihnen das Zeitgenössische, Sprachmann nahm sich vor, Bruno Lesky auf die Zehen zu treten, er sollte gefälligst seine Komposition abliefern, vielleicht wurde doch eine Oper aus dem Stück? oder kam eine dazu? am Libretto sollte es nicht liegen.

Er wusch seine Hände im Brunnen, trocknete sie mit einem Papiertaschentuch und warf das Knäuel gezielt in Richtung Abfallkübel, diesmal traf er genau.

Für Attila, den Hunnenfürsten, bot sich Herr Igor an, kahlköpfig, schnurrbärtig, und für Kriemhilde und Brünhilde kämen die Damen mit ihren Schwedenbomben in Betracht, beide oder wenigstens eine von beiden, und Mutter Ute gehörte jedenfalls dazu, hinreißend, wie sie den Söhnen die Ohrwascheln langzog.

Die Uhr der Stadtpfarrkirche schlug Viertel nach, die letzten drei Male kamen die Dramaturginnen zu spät.

Sie leisteten hervorragende Arbeit, übertrieben fand er lediglich ihre Hektik, sie neigten einmal zum Kurbeln und Antreiben, im Gegensatz zu ihnen verfolgte er das Ziel einer höheren Dramaturgie, er glaubte, daß alles Leben dem Schicksal unterworfen ist, und bei der Wahl der Mittel folgte er den Lehren der Managementschulen, wer sein Ziel kennt, braucht sich um den Weg nicht zu sorgen.

Er stand auf, schnallte den Gürtel fester, Hauptsache, das Publikum ist zufrieden, und der Intendant hat seinen Spaß.

Ein guter Regisseur sicherte die Rahmenbedingungen, hielt den Mechanismus in Gang, schmierte ab, das Handeln überließ er den Menschen, sie stiegen ein und fuhren los, ein jeder schaltend und waltend, ein jeder in seiner Eigenart, manche verfuhren sich, aber alle hatten zumindest das gleiche hohe Ziel im Sinn.

Siegfried wäre ein Teilziel gewesen, ist halt schief gegangen, ob man ihn rufen sollte? Siegfried, du bist auserwählt? ob er danach zurückkam?

Ein guter Stückeschreiber bestimmte Tatzeiten und Tatorte, schob sie hin und her, in Übereinstimmung mit den Tatsachen, die Zeugnisse sagten ja nichts weiter aus, als daß die Nibelungen gewandert sind, notgedrungen, aufgrund solcher Einsicht konnte man Sieg und Frieden überall spielen.

Siehe, voll Hoffnung vertraust du der Erde den goldenen Samen an und erwartest im Lenz fröhlich die keimende Saat.

Die Nibelungen hatten selbst keine Ahnung, wohin die Reise ging, zogen sie von West nach Ost? das behaupten die Abschriften der mittleren Schicht, die der älteren

Schicht schweigen sich darüber aus, nicht einmal der Ägypter wußte es, wollte er es nicht wissen? Sprachmann fände schon selber die Antwort.

Immer, immer nach West, dort muß die Küste sich zeigen, liegt sie doch schimmernd vor deinem Verstand.

Offiziell genoß er seine Freiheit, denn die Frauen redeten ihm zu, er sollte nur machen, ihre Blicke aber folgten ihm wie sein eigener Schatten, schnitten ihm den Weg ab, zwangen ihn zu bremsen oder auszuweichen, dann stand er auf dem Seitenstreifen, winkte ihnen nach und wartete, daß sie umkehrten und sich seiner erbarmten.

Männer hatten eben einen anderen Blick als Frauen, mehr zupackend, sie verhielten sich mehr abwartend, so drückten ihre Blicke aufs Gewissen.

Das harmonische, in sich ruhende Ich war tagsüber gefordert, davon hatte Sprachmann genug, abends erlaubte er sich das Gelächter, Wohlbefinden ohne Rücksicht, Schwimmen in der Menge, Alkohol hat ja nicht die Eigenschaft, die Menschen zu festigen, das Trinken mischt sie auf, kreuzt sie mit anderen Menschen, deshalb ist es ja auch so schwer, sich das Trinken abzugewöhnen.

Auf der anderen Straßenseite schloß ein zweiter Park an, keine Denkmäler, keine Brunnen, jüngere Bäume.

Der Park gehörte früher zu einem Garten, der Garten zu einer Villa, zur Villa gehörten eine Fabrik und ein Salon, in der Fabrik mehrten die Besitzer ihr Vermögen, im Salon empfingen sie die Geisteswelt, ein Fräulein schrieb zwei Briefe an einen Philosophen, Metaphysik der Sitten gelesen, hülft mir nicht, der Philosoph, oder war es sein Sekretär? brach sich mit der Antwort einen ab, der erste Brief ging daneben, der zweite ging wohl verloren.

Zum Künstlerhaus gehörte ein Café, zum Café gehörte ein Hof, beschattet von drei Birken, zum Hof gehörten weiße Metalltische und Metallstühle.

Eine bunt gekleidete Frau saß allein im Mobiliar, trank Wermut Zitron, das Getränk erkennbar am Strohhalm.

Maja.
Da bist du ja.
Sie erhob sich mit einem Ruck.
Theaterkuß links rechts.
Aber bitte.
Schönes Wetter heute.
Bleib sitzen.
Seit sieben wurschteln wir im Keller.
Du und Luna?
Da ist sie ja.
Luna war wie aus dem Nichts aufgetaucht.
Grüß dich.
Theaterkuß links rechts.
Wahnsinn.
Sie warf sich auf einen Stuhl, noch ganz außer Atem.
Heller Wahnsinn.
Was ist das Problem?
Der Spielplan.
Im Keller?
Zu uns, Sprachmann, wie war der Abend?
Volles Haus.
Die Pressekonferenz?
Voller Erfolg.
Sieg und Frieden?
So gut wie fertig.
Der Text?
Das Konzept jedenfalls.
Wir hören.

Erster Akt, seid umschlungen, Millionen, zweiter Akt, ihr stürzt nieder, Millionen, dritter Akt, duldet mutig, Millionen.

Maja und Luna überlegten.
Ein Dreiakter?

Vierter Akt, unser Schuldbuch sei vernichtet, ausgesöhnt die ganze Welt.

Klingt romantisch.

Fünfter Akt, eine heitre Abschiedsstunde, süßer Schlaf im Leichentuch.

Klingt spätromantisch.

Fünf Stunden ohne Pausen.

Da haben wir's.

Was?

Der Teufel steckt im Detail.

Wie?

Schaun wir mal.

Maja schlug ein Dossier auf, Luna hatte es mitgebracht, sie vertieften sich zu dritt in die Materie.

Wo waren wir zuletzt?

Bei den Treppen.

Der Fall ist gelöst, wir setzen Trampolins ein.

Sehr gut.

Die Kaffeehauspächterin kam, nahm die Bestellung auf, Wermut Zitron für Luna, doppelter Espresso für Sprachmann.

Klappcouch?

Unabdingbar.

Warum?

Sigmund, vornehmer Herr, Nadelstreif, silberne Krawatte, redet zunächst sehr undeutlich, Alberich, klein, bucklig, Zipfelmütze, Lendenschurz, betätigt die Couch, klappt aus, klappt ein, Sigmund probiert die Couch, lamentiert oder versinkt in Schweigen, Alberich greift ihm zuletzt in die Taschen, holt etliche Wunschartikel heraus, zeigt sie dem Publikum, wollt ihr dies? wollt ihr das? ja? nein? was wollt ihr denn?

Eine Publikumsbefragung?

So ungefähr.

Wohin mit den Wunschartikeln?

Müllhaufen.

Eine Anspielung?

Alles muß raus.

Schlußverkauf?

Etwas für Eure Technik.
Soll sie machen.
Noch eine Frage.
Zur Sache?
Zur Person.
Siegfried?
Es gäbe da jemand.
Für die Rolle?
Seit gestern Abend.
Den überlassen wir gerne Ihnen.
Darf ich besetzen?
In Ordnung.
Luna entnahm dem Dossier eine Seite.
Ihre Idee.
Sprachmann las vor.

Siegfried ist lebendig tot, tot lebendig, sieht alles außer sich selbst, spiegelt die Seelen der Menschen, doch nur nicht die eigene Seele, verwandelt ihre Schwächen in Stärke, Kunst des Spiegelfechtens, schwingt sein Schwert im Kreis, der Kreis blitzt, das Schwert blitzblank.

Da haben wir's.
Was?
Das Schwert.
Wo ist der Haken?

Sprachmann hob einen Arm, ruderte damit in der Luft herum, die Kaffeehauspächterin kam zum Tisch.

Bitte?
Wir unterhalten uns.
Schon gut.
Das Schwert gibt es nicht.
Ach so?
Claus hat's verboten.
Nehmen wir was anderes.
Was?

Wenn wir uns entscheiden, haben wir immer mehrere Möglichkeiten, es gibt ja auch immer mehrere Erkenntnisse, nach einer älteren Erkenntnis ist Siegfried der Übermensch, nach einer neueren Erkenntnis der tumbe Tor, er will den Tod und nimmt sein Geschick lächelnd an, der Speer wird ihn umbringen, sein eigener Speer.

Ausgezeichnet, der Meuchelmord entfällt.

Eine bemerkenswerte Wendung.

Leider schwierig zu gestalten, es geht nämlich um eine Kombination von Luftsprung und Schwerkraft, so ein Mittelding, ihr könnt euch wohl schon denken, was ich mir denke, Liebestrieb, Todestrieb, das Mittelding fliegt über den Müllhaufen, den Orchestergraben, die Parkettreihen, trudelt in die Höhe, die Balkons entlang bis zur letzten Galerie, tändelt um Putten und Girlanden herum und schießt auf Siegfried zu, trifft ihn von hinten.

MacYavalley soll das Mittelding machen.

Kann er das?

MacYavalley kann alles.

Sprachmann verzichtete auf weitere Fragen, Luna rückte näher an ihn heran.

Geh, du.

Maja sog an ihrem Strohhalm.

Wir wollen eh nix.

So ein Ding, so eine Siegübersichselbstmordmaschine, wär allerdings optimal.

Von dir als Regisseur.

Sie wechselten den Ton, er wunderte sich.

Zeig du mal, was du kannst.

Tu ich doch.

Als Dramatiker.

Sanftheit lag in ihren Blicken.

Ihr werdet schon sehen.

Bald?

Bald.

Sie sagten ihm noch mancherlei, seine großartigen Ideen, seine blühende Phantasie, seine Texttreue, seine unverkennbare Handschrift, seine empfindsame Poesie, seine ganz besondere Musikalität, wenn dein Finger durch die Saiten meistert, er vergaß, was sie sonst noch sagten.

I · 7 Der Portier der Universität hatte feststellen müssen, daß die Kommunikation im Hause gar nicht klappte, sie redeten nur alle davon, schrieben ihre Aufsätze und Bücher, hielten ihre Vorträge, aber echte Kommunikation? wo einer dem anderen was sagt und der andere zuhört oder wo jemand fragt, wie geht's denn bei euch und wie macht ihr das, wenn etwas nicht geht, könnt ihr uns da helfen?

Vielleicht taten sie es manchmal, heimlich, hinter verriegelten Türen, die dafür eingerichteten Räumlichkeiten blieben jedenfalls ungenützt, trotz der Polstermöbel und der Grünpflanzen, ganz selten saß da jemand, ein Student oder eine Studentin, mit Notebook oder lesend oder wartend, echte Kommunikation fand nicht statt, und das wissenschaftliche Personal ging einfach vorbei, zum Klo oder anderswohin.

Er hatte genug gesehen, die Institute forschten für sich, in ihrem geschützten Bereich, dabei wollte er ihre Tätigkeit keineswegs in Frage stellen, sie arbeiteten hart, aber nicht für die Allgemeinheit, es hatte fast den Anschein, daß sie den Vergleich scheuten, denn es war sonnenklar, die Leute begegneten sich nicht auf Augenhöhe, er zog daraus den Schluß, daß es in der Wissenschaft, wie überall, ein Leistungsgefälle gab.

Er kannte Professoren, die versteckten ihre Sachen, weil höchstgefährlich, den Menschen nicht zumutbar, wie ihm kürzlich einer sagte, und er kannte natürlich auch solche, die ihre höchstprivaten Sorgen gleich veröffentlichten, die Zeitungen kamen ihnen da sehr entgegen, mit ihren Klatschkolumnen, folglich teilte er das gesamte wissenschaftliche Personal in zwei Gruppen ein, Schwerbeschäftigte und Leichtbeschäftigte, zwecks besserer Übersicht.

Die Universität litt unter dem Klassengegensatz, man merkte es an der Post, sie lagerte zentral in einzelnen Fächern, die Institute holten ab, jedes mit Schlüssel, das ging solange gut, wie die Sekretärinnen das erledigten, sie trafen sich an der Poststelle, gingen dann meistens noch schnell einen Kaffee trinken, aber die Wissenschaftler und Wissenschaftlerinnen holten kaum selber etwas ab, entweder waren sie sich zu schade für das Abholen oder wollten bestimmten Kollegen und Kolleginnen nicht über den Weg laufen.

Der Portier hielt beides für möglich, denn mit der Zeit hatte es sich so ergeben, daß Sendungen von größerer Wichtigkeit bei ihm in der Loge landeten, ein Mann in seiner Position genoß ja, ob man es glaubte oder nicht, ein enormes Vertrauen, er rechtfertigte es, indem er auch die sonderbarsten Sonderwünsche erfüllte, zum Beispiel, er möge schauen, wie die Empfänger und Empfängerinnen auf die Sendung reagierten, welche Gesichter sie machten, und bitte berichten.

Um ehrlich zu sein, er übernahm derartige Aufträge gern, seine Kompetenzen erschöpften sich nicht mehr im einfachen Auskunftgeben, sondern umfaßten verschiedene selbstbestimmte Agenden, zum Beispiel Moderation, Mediation, Supervision, tatsächlich durfte er schalten und walten, solange er seine Neutralität bewahrte, im Gegensatz zu allen Gegensätzen.

Die Studenten und Studentinnen lobten ihn wegen seiner überparteilichen Haltung und wegen seines Ordnungssinns, er sammelte die Fundstücke des Tages, Mützen, Mappen, Schals, Taschen, Schlüssel, Geldbörsen, Führerscheine, Kreditkarten, und freute sich mit den Eigentümern, wenn sie ihre Sachen wiedersahen, im Prinzip behandelte er alle gleich, was sich übrigens günstig auf das Ranking der Universität auswirkte, die Schiedsrichter vergaben ihre Punkte ja nicht nur für die Rentabilität des Lehrangebots und der Forschungsprojekte, sondern auch für den Service.

Mit einem Studenten hatte er allerdings mehr zu tun, weil dieser es darauf anlegte, ihn bei jeder Gelegenheit in ein Gespräch zu verwickeln, ungewöhnlich war übrigens sein Äußeres, fleckiger gelber Overall, filziger Zopf, Bart bis zum Bauch, er stand oft am Eingang, in der Nähe der Loge, informierte die Leute und erkundigte sich oft ganz direkt, was sie an der Universität zu suchen hätten.

Der Portier wußte nicht mehr, wann und wie der Student hierher gekommen war, vor ihm oder nach ihm? inzwischen gehörte er zum Haus, die jüngeren Semester glaubten vielleicht, er wäre schon eine Ewigkeit da, denn er spielte wirklich den ewigen Studenten, gab damit an, er müßte sich erst ein umfassendes Weltbild verschaffen, bevor er sich mit einzelnen Lehrveranstaltungen abgab.

Dabei beobachtete er die jüngeren Semester genau, wie gingen und standen sie herum? essend, trinkend, rauchend, nichtrauchend? häufig nahm er an dem studentischen Palaver teil, äußerte sich lautstark über die Bildungskatastrophe, das Leben im Ganzen, falsches Essen, falsches Trinken, die schlechte Luft in den Hörsälen und, je nachdem, welche Phase er selbst gerade durchmachte, über den Sinn der Sexualität, des Rauchens oder Nichtrauchens, als einer der Ihren.

Der Portier hatte für sich entschieden, ihn zu dulden und nicht unnötig zu vergraulen, dafür beobachtete er ihn von seiner Warte aus, einerseits stellte er ein öffentliches Ärgernis dar, andererseits erzeugte er eine lustige Stimmung, man lachte ja gern an der Universität, vor allem in den Pausen, ein Wundertäter? ein Revoluzzer? ein Clown? der Portier hielt nichts von solchen Zweifeln, denn er konnte ihn brauchen, übertrug ihm verschiedene ehrenamtliche Dienste, etwa als Bote und Zuträger, im Grunde richtete er keinen größeren Schaden an.

Drei Gutachten waren heute eingelangt, das erste überbrachte eine Assistentin der Geschichte, das zweite eine Assistentin der Betriebswirtschaft, die dritte Sendung war anonym hinterlegt worden, der Portier hatte zur fraglichen Zeit seinen Platz verlassen müssen, es gab Alarm, Einbruchdiebstahl bei der Informatik, Türschlösser wurden ausgetauscht, die Kollegin von der Telefonzentrale fand das Kuvert auf ihrem Pult.

Weiterleiten an Sprachmann, so lautete der Auftrag in allen drei Fällen, aber wie? der Herr Professor war prinzipiell unerreichbar, er verfügte über drei Büros, eins in der Stadt drinnen, eins im Hauptgebäude, eins daheim, niemand kontrollierte ihn, niemand konnte sagen, wann er kam und wann er ging, welche Tür er benützte, Vordertür oder Hintertür oder Seitentür, der Portier drehte die Kuverts etwas ratlos hin und her, in dem Moment trat der Student auf.

Hoho.

Er hatte den Professor eben erst im Büffet getroffen, mit Büchern aus der Bibliothek, Opernbüchern, Filmbüchern, groß wie Backofenbleche, und er hatte eben erst angefangen, dem Professor das Rauchen abzugewöhnen, zwei Liter Limo täglich, dann bist du clean, und er ginge auch gern wieder zurück, um die Aufklärung fortzusetzen, dabei könnte er ihm die Sachen persönlich überreichen, wie letztes Mal.

Ihm persönlich?

In die Hand.

Der Portier überlegte, ob er dem Boten vertrauen könnte.

Wie letztes Mal?

Gutachten von der Kreativität.

Das Zentrum hat schon nachgefragt.

Hoho.

Wie hat der Herr Professor reagiert?

Zuerst gar nicht.

Dann?

Trinkgeld.

Der Portier überreichte dem Studenten zwei Kuverts, das dritte behielt er für sich, anonyme Zuschriften enthielten doch hin und wieder allerlei Sprengstoff.

Ho, hoho.

Der Student zog ab in Richtung Büffet.

Hojatoho.

Sprachmann war nicht mehr da, an seinem früheren Platz saß der Ägypter.

Servus, Germanist.

Grüß Gott.

Alles klar?

Der Ägypter hatte in einem alten Buch gelesen, steckte einen Zettel hinein, klappte das Buch zu.

Was soll schon klar sein auf der Welt.

Wo ist dein Freund?

Weg.

Der Student legte die Kuverts vor.

Zwei offene Briefe.

Von wem?

Einer von der Geschichte, einer von der Wirtschaft.

Wozu?

Gutachten zum Gutachten.

Von wem?

Kreativität.

Zeig her.

Gutachten reizten den Ägypter.

Wegen der Poesie.

Der Student öffnete den offenen Brief der Historiker.

Vorbemerkung.

In der Nacht von Sonntag auf Montag hat das Zentrum für außergewöhnliche Kreativität unsere Datenbank geplündert, wir nehmen den Übergriff mit Befremden zur Kenntnis, möchten aber die Möglichkeit einer künftigen Zusammenarbeit nicht ausschließen, zugleich weisen wir darauf hin, daß es dem Computer niemals gelingen wird, den Nutzen und den Nachteil der Historie für das Leben rein rechnerisch zu bestimmen, dennoch kann man nicht alles, was der Fall ist, dem Zufall überlassen, es gilt daher, der Raum zerfällt in Tatsachen, die Zeit zerfällt in Jahreszahlen.

Ist das poetisch?
Wie man's nimmt.
Stinkt gewaltig.
Der Ägypter erlaubte sich die Äußerung, der Student möge ein wenig Abstand halten.
Lesen wir weiter.
Hier eine Anmerkung.
Erstaunlicherweise hat der Übergriff keine Verminderung, sondern eine Vermehrung des Datenmaterials bewirkt, das Institut nimmt den unverhofften Zuwachs an Tatsachen und Jahreszahlen zustimmend zur Kenntnis.
Wie wär's mit Duschen?
Später.
Zweite Seite.
Jetzt kommt's.
Der Autor der Urnot soll Poppo heißen, wenn das ein Faktum sein sollte, überrascht es uns nicht, musisch begabte Höflinge gab es zu jener Zeit genug in unserem Raum, jener Poppo ist bei Sängerkriegen öfters positiv aufgefallen, er wurde auch vielfach gerühmt, und zwar als schreibkundiger Ritter, er hat einige hundert Male geurkundet, zuletzt bei einigen Salzämtern.
Sieh einer an.
In einem Punkt hat sich das Zentrum für außergewöhnliche Kreativität aber getäuscht, es behauptet, jener Poppo habe den Wehrdienst verweigert, ein massiver Irrtum, allein die Art der Recherche spottet jeder Beschreibung, der Computer unterscheidet nicht zwischen ältester, alter, neuer und neuester Geschichte, sucht daher seine Kandidaten zwischen den Zeiten, und so kommt der Irrtum zustande, der Scanner liest Herzug, die Autokorrektur ersetzt Herzug durch Heereszug, der Apparat fahndet nach dem Wehrdiener Poppo, findet ihn nicht, das Internet füllt die Wissenslücke mit Neuburg, fertig ist der Hochverräter.
Ein Schwindel.
Es war die Zeit der Krise, 1144 wütete ein fürchterlicher

Sturm, 1145 sah man einen Kometen am Himmel, 1146 folgte eine Hungersnot, die Fülle der Unglückszeichen spiegelt die Stimmung der Menschen wider, 1146 erleidet Markgraf Heinrich Jasomirgott, den Beinamen verdankt er seinem Lieblingsspruch, ja so mir Gott helfe, eine Niederlage gegen Geza II., König der Ungarn, die Niederlage erklärt hinlänglich die Not der Nibelungen, insbesondere die Angst vor den Hunnen, als Gegner tritt ferner Heinrich der Löwe auf, bei der Wahl zum König erleidet der Vater Heinrichs des Löwen, Heinrich der Stolze, eine Niederlage, er muß nicht nur die Reichsinsignien, sondern auch das Herzogtum Bayern zurückgeben, Heinrich der Stolze stirbt 1139, Markgraf Leopold IV. übernimmt das Herzogtum Bayern, stirbt 1141, sein Bruder, Markgraf Heinrich Jasomirgott, übernimmt Gertrud, die Witwe Heinrichs des Stolzen, zwecks Absicherung der Rechte auf das Herzogtum Bayern, das Wechselspiel von Rückgabe und Übernahme wirft ein Licht auf die Lust der Nibelungen, Länder zu erobern und die Eroberung durch Heirat zu legitimieren, Heinrich der Löwe, vierzehnjährig, verzichtet auf das Herzogtum Bayern, bekommt dafür das Herzogtum Sachsen, im Januar 1143 gibt Kaiser Konrad III. seinem Halbbruder Heinrich Jasomirgott das Herzogtum Bayern zum Lehen, im April 1143 stirbt Gertrud im Kindbett, Heinrich der Löwe, inzwischen sechzehnjährig, ficht das Lehen an, weil er die Rechte des Markgrafen Heinrich Jasomirgott als erloschen betrachtet.

Wo bleibt Poppo?

Lesen wir weiter.

Meineid galt im Mittelalter als große Sünde, und wer jemand Treue geschworen hatte, hielt sich daran, die Reichsidee und das ganze Herrschaftssystem beruhen letzten Endes auf Handschlagsqualität, unter solchen Umständen bringt ein Kreuzzug die ersehnte Entlastung, Fehden werden eingestellt, Konflikte nach außen getragen, im Feindesland kämpft man Schulter an Schulter, aber die Befreier erleiden mehrere Niederlagen, und vor den Mauern von Damaskus zerstreiten sich die Streitkräfte, so daß die Führungskräfte enttäuscht abreisen, die einen auf dem Landweg, die andern auf dem Seeweg, in Thessalonike sehen sie sich wieder, Kaiser Konrad III. umwirbt den byzantinischen Kaiser Manuel I., sein Neffe, Herzog Friedrich III., derselbe wie später Kaiser Friedrich I. Barbarossa, und Markgraf Heinrich Jasomirgott umwerben zugleich die Großnichte Kaiser Manuels I., der eine mit weniger, der andere mit mehr Glück.

Wo bleibt der Zivildiener?

Lies weiter.

1152 stirbt Kaiser Konrad III., ihm folgt Friedrich Barbarossa, er steht durch seine Mutter Judith in guter Beziehung zu Heinrich dem Löwen, der Vetter hat ihm mehrfach Wahlhilfe geleistet und erwartet Gegenleistungen, Friedrich Barbarossa dürfte ihm wirklich einiges zugesagt haben, vielleicht auf Treu und Glauben, nicht gerade unter Eid, aber trotzdem, wie will er das Heinrich Jasomirgott erklären? der sitzt bestens ausgestattet in seiner Mark, verheiratet mit Theodora Komnena,

Wie lange geht das noch?

Bis zum bitteren Ende.

Im Sommer 1154 spricht ein Fürstengericht Heinrich dem Löwen das Herzogtum Bayern zu, Adel und Bürgertum geloben ihm im Herbst 1154 ihre Treue, Kaiser Friedrich Barbarossa wäscht seine Hände in Unschuld, am 8. September 1156, Fest Mariä Geburt, treffen sie sich zum Hoftag, Markgraf Heinrich Jasomirgott, Herzog Heinrich der Löwe, die Vasallen, die Bischöfe, die Verwandtschaft, alle sind da, ein grandioses Schauspiel, Otto, Halbbruder Kaiser Konrads III. und Onkel des neuen Kaisers, seit 1138 Bischof, hat die Geschichte in seinen Gesta Friderici festgehalten, Heinrich Jasomirgott gibt sieben Fahnen, die bedeuten ein größeres Herzogtum im Westen, Heinrich der Löwe gibt zwei Fahnen, die bedeuten eine kleinere Mark im Osten, Kaiser Friedrich Barbarossa sammelt ein und teilt neu aus, sieben Fahnen gehen an Heinrich den Löwen, zwei Fahnen an Heinrich Jasomirgott, die sind aber einiges mehr wert als zum Zeitpunkt der Anschaffung, Bischof Otto hat den Zuwachs genau berechnet, die Mark im Osten ist inzwischen soviel wert wie das Herzogtum im Westen, Kaiser Friedrich Barbarossa gibt also Heinrich Jasomirgott die erste Fahne und sagt dazu, Markgraf bist du gewesen, Herzog wirst du sein.

Die zweite Fahne?

Kaiser Friedrich Barbarossa überreicht sie der alleredelsten Frau Theodora, daß sie und ihre Kinder, Söhne oder Töchter, dieses neue Herzogtum in erblichem Recht vom Reich halten und besitzen werden.

Die spielen Karten.

Aha?

Der Kaiser hat nichts auf der Hand, hält aber die Bank.

Das sind die Lehen?

Die werden immer wieder ausgeteilt und eingesammelt.

Wo bleibt Heinrich Jasomirgott?

Er darf mitspielen.

Was hat er auf der Hand?

Blätter, Eicheln, er muß sich entscheiden, soll ich überhaupt noch weiterspielen? jetzt verliere ich zum hundertsten Mal, ich hätte gern Schöneres, warum bitte ich nicht den Kaiser, gib mir Schöneres? er ist doch mein Neffe, und tatsächlich, er darf eine Karte ziehen.

Herzkönig?

Die kriegt er und hat verloren.

Was sagt jetzt der Kaiser?

Du hast gewonnen.

Um den Onkel zu trösten?

Herzog zog Herz.

Wie heißt das Spiel?

Watten.

 Was denn?

Der Student zupfte sich am Ohrläppchen, tippte sich an die Stirn, kratzte sich am Rücken.

Verstehe.

Schau mal.

Unten?

Das Kleingedruckte.

Wir danken dem Geschichtsverein des Landes für die Preisgabe einer bisher geheimen Quelle, Gesta Inferiora, daraus geht hervor, ein jugendlicher Liedermacher namens Poppo von Neuburg hat den Hoftag am 8. September 1156, Fest Mariä Geburt, singend begleitet und die Ereignisse des Abends noch in der Nacht aufgezeichnet, Markgraf Heinrich Jasomirgott verlor beim Kartenspiel, wurde Herzog genannt und pfiff fortan auf jegliche Politik, die laufenden Agenden übernahm die Frau Herzogin.

Nichts zu machen mit der Macht?

Macht nichts.

Der Student schob dem Ägypter das Papier zu.

Das war sein Leben.

Von einem Professor der Wirtschaftsgeschichte.

Der Ägypter las vor.

Poppo, der mutmaßliche Sänger des Nibelungenlieds, wurde im Kloster erzogen, mit dreiundzwanzig Jahren nahm er am Hoftag teil, mit vierundzwanzig Jahren heuerte er als Kapitän bei der Orientgesellschaft an, ließ sich im Heiligen Land nieder und sorgte erst einmal für den Abbau der gottlosen Fremdherrschaft sowie den Aufbau der fürstlichen Eigenherrschaft, Fortsetzung der Politik auf Pump, so hieß die Methode schon damals, die Fürsten forderten von ihren Vasallen, daß sie Dienst leisteten, die Vasallen erbrachten die Dienstleistung, indem sie Soldaten kauften, und das konnten sie sich leisten, wenn sie Schulden machten, Poppo beschaffte die nötige Kaution beim Papst und ließ sich sein neues Finanzierungsmodell absegnen, statt der sündhaften Zinsen verlangte er einen hundertprozentigen Naturalienzuschlag, etwa in Form von

Kreuzsplittern, Märtyrerknochen, Jesuswindeln oder auch in Form von Kreuzkümmel, Weihrauch, Myrrhe, er wäre fast noch Wesir geworden, hätten die Einheimischen ihn nicht beim illegalen Spendenempfang ertappt und mit der gehörigen Strafe, Verlust einer Hand, bedroht, er floh zurück in die Heimat, übernahm eine Suppenwürfelfabrik, nachdem Gottfried, der Gründer der Firma, seine Karriere als Abt beschlossen hatte, Poppo folgte Gottfried, wurde ebenfalls Abt, behielt aber immer die Finger in irgendwelchen zweifelhaften Geschäften, die florierten am besten in Gegenden, wo fromme Kunden wohnten, den einen drehte er den heiligen Sack an, den anderen den seligen Siegfried, letzteres hätte ihm beinahe das Genick gebrochen, auf dem Garantieschein stand zu lesen, daß die Leiche blutete, sobald ein Rechtgläubiger vor sie hintrat, dummerweise blutete sie nur bei der Unterzeichnung des Lieferscheins, als Wunderbetrüger floh Poppo in eine Gegend, wo weniger fromme Kunden wohnten, wurde Kanzleibeamter und verfaßte nebenher der Nibelungen Not, ein Epos in rund zehntausend Versen, das Werk ist, die Notiz sei hier erlaubt, von der ersten bis zur letzten Strophe abgeschrieben, denn der Autor ist eigentlich ein gewisser Hagen von Tongeren, und das Epos war eigentlich ein Lied, es hieß ja der Nibelungen Lied und nicht Not, im hohen Alter schrieb Poppo dann eine Chronik, die Gesta Inferiora, Memoiren eines Ritters ohne Pferd, die Chronik geht in der Tat auf sein Konto, ein gewisser Kürnberger hat sie dann überarbeitet, sonst hätte die Nachwelt diesen Burschen schlicht vergessen, er starb 1186.

Fertig?

Fertig.

Letzte Seite.

Wieder unten.

Das Kleingedruckte.

Du bist dran.

Eine andere geheime Quelle hat der Geschichtsverein

des Landes unerklärlicherweise zuschütten wollen, das Zeugnis der gelehrten Äbtissin Pippa, 29. September 1136, Kirchweihtag in Sankt Maria, zugleich Kirchweihtag in Sankt Michael, man singt Opferverse, ein Engelsschwarm läßt sich nieder, schwenkt goldene Kessel mit Weihrauch, der versammelte Adel wartet, daß der heilige Michael nun selbst erscheint, aber nicht er, ein dreijähriges Kind, der kleine Poppo, hüpft seinem Großonkel auf den Schoß, der Großonkel schenkt ihm ein Bilderbuch mit Sigurdgeschichten, frisch vom Monte Gargano, und gibt ihm einen Klaps auf den Po, da fängt der Bub zu lesen an, die umstehenden Chorherren sind verblüfft, denn sie haben dem Bub über die Schulter geschaut, das Buch enthält gar keinen Text, aber am Abend kann jeder Chorherr das Nibelungenlied auswendig herunterbeten, und im Evangelium hören sie, ihr seid das Salz der Erde.

Der Student hatte seine Lektüre mehrmals brüllend unterbrochen.

Fisch ahoi.

Der Ägypter schwieg, dabei verhielt er sich unentschieden zwischen leichtem Kopfschütteln und leichtem Kopfnicken.

Steifer Hals?

Der Student empfahl ihm eine Massage.

Mir reicht die Poesie.

Und Meersalz.

Je mehr Dichtung, desto weniger Wahrheit.

Damit wirst du hundert.

Was zu viel ist.

Nüsse.

Klingt irgendwie halbwahr.

Äpfel und Birnen.

Als hätte sich in jeder Halbwahrheit die falsche Hälfte durchgesetzt.

Vollkornbrot.

Nächste Runde.

Nacktbaden.

Wer gibt?

Immer der fragt.

Der Ägypter öffnete das Gutachten der Betriebswirtschaft.

Oben der Name mit Photo.

Eine Professorin für Human Economy und Brainpower hat in ihrem Office Cheftimer einen Zeitschlitz entdeckt und möchte das Gutachten des Zentrums für außergewöhnliche Kreativität im Spiegel des Nibelungenlieds einer Kritik unterziehen.

Überschrift rot.

Wer siegen will, muß führen.

Klingt irgendwie bezahlt.

Super.

Der Student griff gleich zu.

Das ist für mich.

Der Ägypter hätte ihn gern vor dem Zugriff bewahrt.

Wer nicht verlieren will.

Zu spät.

Das folgende Gutachten zum Gutachten des Zentrums für außergewöhnliche Kreativität beruht auf den Prinzipien des progressiven Managements und den langjährigen Erfahrungen mit interdisziplinären Forschungsvorhaben im Hause, die moderne Informationsgesellschaft erleidet täglich ihre Einbrüche, je mehr sie weiß, desto mehr muß sie das Nichtwissen fürchten, je mehr sie ihr Wissen sichert, desto mehr wächst die Unsicherheit, daß es gestohlen wird, und je mehr sie ihr Wissen vertieft, desto mehr hungert und dürstet sie nach Sinn, Sinn ist die letzte Ressource, die sich beliebig teilen läßt und durch Teilen sogar anwächst, Führungskräfte müssen endlich erkennen, daß sie mit Menschen für Menschen arbeiten.

Bitte, nicht so laut.

Der Student hatte sich in einen Vorlesetaumel hineingesteigert, das gesamte Büffet horchte auf.

Lies du vor.

Zwischentitel grün.

Menschen gewinnen, Probleme beherrschen, Sinn gestalten.

Nein, danke.

Der Student übernahm nochmals die Lektüre.

Na, also.

Dieser neuentdeckte Autor des Nibelungenlieds hat viel gesehen, war immer dabei, Leute seines Schlags sind heute die gesuchtesten Manager, sie hetzen wie Hirtenhunde um die Herde, schützend, richtungweisend, zuverlässig, in dem Punkt vertritt das Zentrum für außergewöhnliche Kreativität eine unhaltbare These, das Image des feudalen oder klerikalen Liedermachers paßt keineswegs zu ihm, er ist ein Sinnmacher, immer wieder fragt er sich, hat es noch Sinn, hinter den Nibelungen herzulaufen? ist es nicht sinnlos, daß ich meine Energien verschwende? eine halbe Million Zeichen für den Streit um die Ehre der Führungskräfte? niemand ist imstande, ein so gigantisches Projekt durchzuziehen, ohne den Sinn der Irrungen und Wirrungen zu erkennen, denn bei aller Politik im Vordergrund geht es doch wohl um das Miteinander der Menschen im Hintergrund, der Mensch braucht schließlich einen Ausgleich für den Triebverzicht und die Bereitschaft, die besten Jahre seines Lebens zu opfern, manch einer flüchtet sich daher in Drogen, rauschhaften Sex, Risiken und Rekorde, aber die Sinnfrage glimmt überall auf, Poppo stellt sich den Problemen seiner Zeit, und das nicht als Beobachter, sondern als Stratege, die Geschichte zielt ja auf eine friedliche Lösung, es fängt an in Burgund, der Vater ist gestorben, die Söhne leiten den Betrieb, sie haben mit den üblichen Schwierigkeiten zu kämpfen, auf der einen Seite steht der äußere Feind, das ist die Konkurrenz, auf der anderen Seite steht der innere Feind, das sind schlechte Gewohnheiten, Bequemlichkeit, lückenhafte Information, Vorurteile, in der Mitte eine junge Frau, unschuldig, gläubig, eines Tages fragt sie, was sagt ihr vom Manne, liebste Mutter mein? worauf die Mutter antwortet, Gott beschere dir eines guten Ritters Leib, der macht aus dir ein schönes Weib, da tritt Siegfried auf, er hat in Drachenblut gebadet und ist für die Zukunft gerüstet, er besitzt die geeigneten Instrumente, Wünschelrute, Hornhaut, Tarnkappe, damit bringt er das Unternehmen in Schwung, zuvor aber zeigt er, was es bedeutet, Menschen zu führen, schon damals stellt dieser Autor namens Poppo die Frage, wie bringt man ein Qualitätsmanagement zustande? die Frage ist bis heute aktuell geblieben und könnte inzwischen lauten, welches Knowhow benötigen wir für unsere Wissenschaften und unser Wirtschaften? der Markt verlangt ja jederzeit absolute Qualität, aber dazu benötigen wir mehr als ein Knowhow, das heißt, ein Knowwhy.

Hoho.

Der Student holte tief Luft.

Hoho.

Er hatte das Gutachten in einem Zug vorgelesen.

Sehr schön.

Der Ägypter hatte sich schon bald nach Beginn der Vorlesung die Ohren zugehalten.

Die Prof kennt sich aus.

Knowhow?

Knowwhy.

Ach so.

Das alte Buch lag wieder aufgeschlagen da.

Schau, die Bilderschrift.

Was?

Schlafendes Wissen.

Das da?

Die Sonne begrüßt den Skarabäus, er steigt aus seinem Sumpf und schiebt eine Dreckkugel vor sich her.

Und das da?

Der Skarabäus begrüßt Chepri, der Kindgott steigt aus seiner Wiege und schiebt die Sonne vor sich her.

Knowwhy?
Ein Spiegel der Welt.
Die Gutachten?
Zustellen.

I · 8

Auf ein Wort, Maja, erklär mir mal was das werden soll, Sieg und Frieden, tausend Jahre Staat, zweitausend Jahre Christentum, also was? du kennst dich aus in der Politik heutzutage, sagen wir, um elf, bei mir?

Maja Kowski kannte sich in dem neuen Jubiläumsstück so wenig aus wie in der Politik und hätte gern widersprochen, die Sache war eigentlich auch Männersache, aber Ehwitz legte in schwierigen Fällen Wert auf Gleichbehandlung, sie ordnete ihren Ordner.

Im Büro warteten schon MacYavalley und Hagen, sie hielten den frühlingsgeblümten Diwan besetzt, der Techniker am Kopfende, schräg hingegossen, amüsiert grüßend, seine neueste Errungenschaft, das Speerobjekt, in den Armen, der Sprecherzieher am Fußende, festgeklemmt wie eine Bürotischlampe, mit Textblättern, Ehwitz räkelte sich im Büffelledersessel, Beine oben, Schlipsknoten unten, schaute zum offenen Fenster hinaus.

Auf der anderen Straßenseite wurde gebaut, Lastwagen, Mischmaschinen, Preßlufthämmer, im Nebenraum wurde geprobt, Klavier, Sopranistin, insgesamt eine wuchernde Symphonie, Maja unterschied Marschtakte und Walzertakte.

Ehwitz aß sein Joghurt fertig, noch vor dem letzten Löffel, halb über die Schulter, leitete er die Lagebesprechung ein.

Wie geht's, wie steht's?
Danke.
Sieg und Frieden?
Geht.

Sprachmann?
Steht.
Wo?
Daneben.
Reden wir Klartext.
Er denkt zuviel.
Soll er den Pferden.
Hier der Beweis.
Wo ist Luna?
Im Keller.
Nimm Platz.
Maja deponierte den Ordner auf einem Barhocker neben der Tür, wälzte das gelochte Papier um, wo war, wo war es denn noch?
Einmal blind, immer blind.
Leute verarschen, das war so sein Führungsstil, mit derlei Mätzchen bemühte er sich um eine Art von menschlicher Nähe.
Hier, drei Seiten.
Na, endlich.
Position eins, Trampolin.
Wozu?
Sprachmann verzichtet auf Treppen, unser Haus verzichtet auf die schräge Bühne.
Wegen der Sicherheit?
Fallhöhe.
Das Ding spielt mit.
Position zwei, Kunst.
Ehwitz warf den Joghurtbecher unter den Schreibtisch, faßte seine Dramaturgin direkt ins Auge.
Willst du da Wurzeln schlagen?
Das sollte ein Scherz sein, Maja zwängte sich auf den Barhocker, nahm den Ordner auf den Schoß.
Zwei eins, Heide Egger, Töpferin.
Was hat sie zu bieten?
 Mehrzweckbühne aus Altpapierballen, verwendbar

als Kreidefelsen, Wasserfall, Zeltlager, Holzweg, Feuersbrunst.

Kostet?

Die Entsorgungsfirma bringt und holt ab.

Gratis?

Logo im Programmheft.

Die Töpferin?

Läßt mit sich reden.

Und?

Zwei zwei, Hera Klitt, Malerin.

Was hat sie zu bieten?

Zwei zwei eins, Riesenschmetterling, Pappe, verwendbar als kühler Grund, Sündenpfuhl, Lotterbett, Opferschale, Beichtstuhl, Altar.

Das ist alles?

Moment.

Maja saß ziemlich unbequem, der Ordner rutschte ihr auf die Knie, drohte herunterzufallen, beim Festhalten verlor sie den Gesprächsfaden.

Zwei zwei zwei?

Da haben wir's.

Gefunden?

Riesendrachenschnauze, Plastik, niesend, zischend, hustend, pfeifend, als Ersatz für das ganze Viech.

Kostet?

Preis nach Vereinbarung.

Und?

Sprachmann ist sehr zufrieden mit der Siegübersichselbstmordmaschine und möchte sich herzlich bedanken.

MacYavalley klopfte gönnerhaft auf sein Holz.

Never mind.

Position vier, Couch, fahrbar und klappbar, für die analytischen Szenen.

Kopfwäsche?

Seelenwäsche.

Mackie?

Peanuts.
Bei den Personen allerdings.
Was ist da wieder?
In erster Linie bei den Frauen.
Welcher?
Hilde.
Kriemhilde? Brünhilde?
Derselben.
Wie?
Die zwei sind eins.
Praktisch.
Sprachmann empfiehlt eine Frau aus dem Volke.
Was verlangt sie?
Er sagt, die Hälfte.
Perfekt.
Schlägt sich doppelt, mit Perücke, schwarz oder blond.
Genehmigt.
Das war fünf.
Nächstes?
Sechs, die Mütter.
Wie viele?
Zwei.
Wieder dieselben?
Sechs eins, Ute, sechs zwei, Siglinde.
Treten zu zweit auf?
Die eine als Träumerin, die andere als Hellseherin.
Was haben sie zu sagen?
Burgund geht zugrund.
Und?
Hagen ist schuld.
Der Sprecherzieher unterbrach seine Lektüre.
Bin ich dran?
Später.
Sie wissen immer schon alles vorher.
Zum Beispiel?

Daß alles Geflügel im Land stirbt.

Der Sprecherzieher mischte sich nochmals ein.
Gefügel.
Maja ließ sich nicht aus dem Konzept bringen.
Alles was Flügel hat.
Siglinde?
Gefügel oder Gevögel.
Stirbt als Königin, lebt als Nixe weiter.
Von älterem Gifugili.
Schwimmt von Fluß zu Fluß, von Grotte zu Grotte, besucht schließlich ihre Muhme.
Auch Nixe?
Die Muhme ist betagt, blickt nirgends mehr durch, gibt öfters falsche Auskunft, mit den ärgsten Folgen.
Zum Beispiel?
Ihr kecken Recken möget den Krieg gewinnen.
Der Sprecherzieher stellte richtig.
Ir mügt wol reiten in Etzeln Land.
Die traut sich was.
Dafür verbürg ich mich, mein Haupt sei euer Pfand.
Siglinde hilft ihr also beim Hellsehen.
Hat mein Muome dir gelogen.
Und das ist dann die Wahrheit?
Chumpst zu den Heunen, so pist du sere betrogen.
Später, Hagen, später.
Aber die Schlüsselszene.
Geprobt wird nachher.
Hagen wedelte hilflos mit den Armen.
Maja griff schlichtend ein.
Über kurz oder lang kommt es ans Licht.
Ehwitz gönnte ihr ausnahmsweise einen etwas freundlicheren Blick.
Zwölf Nixen, woher nehmen wir die?
Sprachmann meint, diese Sorge wäre unsere Sorge.
Holen wir sie aus dem Strandbad.
Sechs drei, die Geistlichkeit.
Da fällt einer ins Wasser.

Kaplan Ludger, Kaplan Suger, Kaplan Leudemund.
Drei zur Wahl?
Die Kirche besetzt autonom.
Nicht unser Bier.
Alle für einen.
Ach, das Christentum.
Moment.
Maja nahm eine Seite aus dem Ordner heraus.
Sieben.
Siegfried?
Er singt und lallt nur.
Einer für alle?
Der Volksheld.
Wo hat Sprachmann den her?
Vom Arbeitsmarktservice.
Wer zahlt, schafft an.
Wie bitte?
Hagen sprang auf.
Kunst ist Schaffen.
Die Mittel heiligen den Zweck.
Freies Schaffen.
Geduld, Hagen.
Kunst ist Schöpfung, freie Schöpfung.
Geduld.
Aber die Geburtswehen.
Hagen gestikulierte, als hätte man ihn des Mundraubs geziehen.
Der Schmerz in Gott.
Wir sind noch bei Siegfried.
Pokrutztes, Prokutztes.
Hagen, du stotterst.
Das Bett des Prokrustes.
Interessiert kein Schwein mehr.
Im Bett der Mensch.
Heutzutage.
Zerstückelt oder geplättet.

Die alte Geschichte.

Hagen sackte in sich zusammen, als hätte Ehwitz ihn niedergeboxt, Maja sah sich bemüßigt, ein zweites Mal schlichtend einzugreifen.

Gaul Geschichte, du hinkst.

Das paßte, Hagen richtete sich auf, legte sich erneut ins Zeug.

Die pantragische Verstrickung.

Er ballte die Faust.

Kosmisch religiöse Grundempfindung, blutige Entladung der Krise, furchtbare Sphärenmusik.

Dem Zank und Geflunker jetzt Pause.

Calma, calma.

MacYavalley hob warnend seinen Speer.

Calma e sangue freddo.

Die Intervention kam Maja recht sinnvoll vor.

Rede, Genosse Mackie.

Silenzio.

Du hast das Wort.

Silence, be quiet, keep your shirt on.

Ehwitz drehte sich mit einem Ruck zum Diwan hin.

Shut up, Mac.

Maja mußte jetzt doch sehr an ihrem Chef zweifeln, was ging in ihm vor? Streitsucht? Eifersucht? Selbstsucht? oder sollte das wieder nur ein Scherz sein?

Es darf gelacht werden.

Na, bitte, das war's, Kasernenhof oder Kasino, in dem Ton ersparte er sich öfters langwierige Diskussionen, diesmal unter Ausschluß des Briten.

Hagen lachte gehorsamst.

Hahaha.

Maja ahmte ihn müde nach.

Hahaha.

Die Parodie ging ziemlich daneben, sie erzeugte nur Widerspruch, der Intendant schlug sich deshalb gleich auf die Seite des Sprecherziehers.

Schieß los, Hagen.

Das Theater ist die Fortsetzung der Politik mit anderen Mitteln.

Ehwitz nickte wohlgefällig.

Was noch?

Hagen antwortete korrekt.

Das Theater ist das Gebiet der körperlichen Anstrengung, der Leiden, der Härte und Ausdauer.

Das Weichei.

Worauf kommt es in erster Linie an?

Hagen stutzte.

Sie meinen?

Ehwitz half ihm auf die Sprünge.

Moralische Potenzen.

Gehorsam, Ordnung, Regel, Methode, vom Portier bis hinauf zum Prinzipal.

Der Schleimer.

Und weiter?

Esprit de corps, der Geist, wenn man so sagen darf, in steter Bereitschaft.

Außerdem?

Das Theater ist das Gebiet des Zufalls, des Glücks oder Unglücks, der Vorsehung.

Was sagt man zur Strategie?

Gespür für den günstigen Augenblick, Zögern, Losschnellen.

Zur Operationsbasis?

Ebenen, Höhen und Tiefen, Wand und Vorwand, Kulissen.

Danke, das genügt.

Ehwitz faßte zusammen.

Das Theater ist also ein wahres Chamäleon, weil es immerzu seine Farbe wechselt, deshalb ist es auch, seiner Gesamterscheinung nach, hinsichtlich der in ihm vorherrschenden Tendenzen, eine wunderliche Dreifaltigkeit, zusammengesetzt aus den ursprünglichen Elementen des Dramas, Lachen und Weinen, die wie ein blinder Naturtrieb anzusehen sind, aus den Elementen des Spiels, die es zu einer freien Seelentätigkeit machen, sowie aus den untergeordneten Elementen der Technik, wodurch es dem bloßen Verstande anheimfällt.

Subordinated?

MacYavalley hatte während des Verhörs die Augen geschlossen, erschien schlafend oder dösend, zuletzt aber hellwach.

Bullshit.

Ehwitz drehte sich in seinem Sessel so langsam, daß man es bemerken mußte, zum Fenster hin, legte die Beine auf den Papierkorb.

Philosophie.

Hagen ergänzte die Zusammenfassung.

Die Aufgabe ist also, daß sich die Theorie zu diesen drei Begriffen wie zwischen drei Anziehungspunkten schwebend halte.

Sehr schön.

Der Knecht redete dem Herrn nach dem Mund, zitierte ihn schamlos von vorn bis hinten, und der Herr freute sich wie ein Kind, Maja wußte natürlich, woher die Zitate stammten, auch sie kannte das Buch.

Vom Spiele.

Maschinenschrift, siebenhundert Seiten, eingereicht als Dissertation, zurückgewiesen wegen Plagiats, zum zweiten Mal eingereicht in stark veränderter und gekürzter Form, alterungsbeständiges Papier aus chlorfreiem Zellstoff, neuer Titel.

Der kleine Ehwitz.

Die scheinheilige Allianz ging Maja einigermaßen gegen den Strich, sie verspürte die Lust, ein wenig Unruhe zu stiften.

Wer nur Schleichwege geht, darf sich nicht ertappen lassen.

Dabei schaute sie zur Zimmerdecke.

Daß man den Gegner immer im Auge behalte, und daß man ihm nicht mit einem Galanteriedegen entgegentrete, wenn er zum scharfen Schwerte greift.

Das wirkte.
Maja, du weißt?
Es wird so geredet.
Ehwitz saß wieder in aufrechter Position, schaute ebenfalls zur Zimmerdecke.
Die alte Mär.
Woll'n sie zu Schanden reiten.
Und das Man.
Eine Intrige war's.
Hab ich auch gehört.
Die Universität, der Brotneid, die Gerüchteküche.
Saustall.
Er öffnete eine Schublade des Schreibtischs, entnahm ihr das Corpus Delicti.
Das Buch ist wirklich gut.
Maja verspürte seine Unsicherheit, daher hielt sie es für angebracht, ihm den Rücken zu stärken.
Viel Arbeit?
Mein Lebenswerk.
Sie erwähnte die für ihre Begriffe wichtigste Stelle.
Während des erzwungenen Aufenthaltes in der Etappe ist der unzeitigen Reue viel Raum gegönnt.
Ganz richtig.
Ehwitz schlug die Stelle auf und ergänzte.
Daraus folgt, daß die meisten Verantwortlichen, wo sie handeln sollten, in falschen Bedenklichkeiten steckenbleiben.
Maja setzte noch eins drauf.
Ein Übel ist der Mißbrauch historischer Beispiele und der Prunk mit Belesenheit.
Ehwitz lächelte dankbar.
Wem sagst du das?
Hagen stand untätig im Raum, er hatte das Gespräch der beiden mit sichtlich banger Sorge verfolgt.
Was sagen Sie, Hagen?
Das Theater ist eine Gewalt, um das Publikum zur Erfüllung unseres Willens zu zwingen, es niederzuwerfen.

Der Weg?
Ist das Ziel.
Der Sieg?
Ist der Friede.
Endlich griff Ehwitz zum scharfen Schwerte.
Ungenügend, setzen.
Hagen verneigte sich, rastete in seinen rechten Winkel ein und saß still, wieder mit Textblatt, fleißig vor sich hin artikulierend.
Sch sch ch ch ss ss.
MacYavalley gab einen seiner typischen Kommentare ab.
Clown.
Ehwitz beendete die Szene.
Auch die gebildetsten Völker können gegeneinander leidenschaftlich entbrennen.
Herrje.
Maja hatte ihre Stellung auf dem Hocker allzu lange behauptet, der Ordner rutschte ihr über die Knie, sie ging mit zu Boden, sammelte die herausgefallenen Blätter ein, erwischte dabei die Hand ihres Chefs.
Herrjemineh.
Sie stand schnell wieder auf, deponierte das Papierzeug auf dem Barhocker.
Sprachmanns Glaubensbekenntnis.
Betrifft?
Siegfried.
Maja erbat sich etwas Zeit für die Wiedergabe.
Zwei Minuten?
Aber ja.
Zwei Entwürfe.
Dann fang mal an.
Zurück zur Revolution, Sprachmann entdeckte beim Übersetzen der Urnot etliche Varianten, und zwar ausgehend von der Frage, wo steht Siegfried? wir neigen bekanntlich dazu, das Schicksal des Einzelnen mit dem Schicksal der Gesellschaft zu verwechseln, differenzieren

also nicht zwischen einer Erhöhung des Ich im Wir und einer Erhöhung des Wir im Ich, Sprachmann spielt die Varianten durch, indem er drei große Schritte macht, erstens nähert er sich der Kindheit des Helden an, vertieft sich darin, bis er selbst darin auftaucht, zweitens lobt und preist er die Jugend des Helden, begeistert sich für dessen Heldentaten, bis er glaubt, sie selbst vollbracht zu haben, drittens denkt er sich die Erhöhung des Ich im Wir und die Erhöhung des Wir im Ich als Prozeß, gewissermaßen dialektisch, als Icherhöhung im Wir, im Uns, beziehungsweise, Wirerhöhung, Unserhöhung im Ich, im Mir.

Dir?

Moment.

Ist dir schlecht?

Sekunde.

Brauchst du Hilfe?

Zurück zur Nation, Siegfried lag an der Mutterbrust, trank seine Milch und hörte das Zwitschern der Vögel, die frühkindliche Szene prägt ihn für sein Leben, er verausgabt sich bei jeder Gelegenheit, entleert sein Füllhorn, handelt stets spontan, simultan, erledigt jeden Auftrag doppelt und dreifach, tauschend und täuschend, dennoch behält er sein Ziel fest im Auge, das ganze Land oder nichts, alle Macht oder keine, zieht gerade Linien, er liebt die großen Auftritte und die Tarnkappe, das Funkeln der Sterne und den Nebel, die Kemenate und die Wünschelrute, sein Pferd und sein Schwert, fürchtet weder Tod noch Teufel, ehelicht eine Jungfrau, entjungfert eine Ehefrau, tut nichts für Gold und Geld, strebt niemals nach weltlichen Gütern und bleibt dennoch derselbe, das heißt, mit sich, für sich, an sich, an und für sich zufrieden, Siegfried, der große kleine Junge, trunken vor Glück, hörig, sobald er eine Menschenschar singen und lallen hört, erhörend, sobald ihn irgend ein Gauner um eine Gefälligkeit bittet, der geborene Dienstmann, der geborene Herr.

 Fertig?

Ja.

Du hast genau zwei Minuten gebraucht.

Ein Glaubensbekenntnis.

Fabelhaft.

Zwei Entwürfe.

Fein, fein.

Maja atmete auf, der Autor und der Intendant zogen am gleichen Strick, das war geschafft.

Himmel sei flaggenbeschwingt.

Hagen sah von seinem Textblatt auf, neigte sich zu Mac hinüber, flüsternd.

Er liebt sein Pferd?

Fuck you.

Sein Schwert?

Mac schwieg.

Er liebt seinen Speer?

Claus ahndete unverzüglich die Geschehnisse hinter seinem Rücken.

Meine Herren.

Auch Hagen schwieg.

Tut euch nur keinen Zwang an.

Hagen interpretierte die Zurechtweisung prompt als Befehl zum Weitermachen.

Der Speer liebt ihn?

Mac streichelte sein Gerät.

Hobby horse.

Steckenpferd?

A spear is a spear.

Maja hielt den Zeitpunkt für gekommen, daß sie den tieferen Sinn des Geräts erklärte.

Der Speer ist das Mittel zwischen Liebestrieb und Todestrieb.

Ein Mittelding?

Flattert über die Rampe, den Orchestergraben, die Parkettreihen, kreist und kurvt umher, schraubt sich in die Höhe, hinauf zu den Balkons, den Putten, den Girlanden, berührt den Kronleuchter, gerät ins Trudeln, stürzt ab, trifft ins Schwarze.

Ehwitz blätterte in seinem Buch.

Die Gefahr dieses Mittels liegt aber darin, daß eben die Wirkung, die wir suchen, im Falle des Nichtgelingens auf uns zurückfällt.

What a wonderful world.

Der Techniker übernahm nun die Gesprächsführung.

What's the question?

Der Sprecherzieher formte diverse Silben mit den Lippen, zählte sie an den Fingern ab, erhob sich gewichtig.

Allein er war vom Drachen nicht zu trennen.

Er stockte, Maja half ihm aus.

Und Drachen schlägt man tot.

Gefällt's euch?

Als wär's von Sprachmann.

Blankvers.

Von wem sonst?

A mighty line.

Hagen nahm wieder Platz, belegte diesmal den halben Diwan, schaute leutselig in die Runde.

Mein Mittel ist das Wort.

Much ado about nothing.

Der Mensch geworfen, unfrei unter dem Naturgesetz, das aufgeklärte Tier, sich wissend, wandelbar, vom Ursprung abgesprungen, Entzweiung, Leben in Gebrochenheit, Macht der Poesie, Einheit über allen Gegensätzen, mystische Vereinigung in Gott.

Mac stupste ihn leicht mit dem Speer an.

You are right.

Gott der Urgrund.

That's the question.

Der Mensch das Urviech.

Man is the most dominant animal in the world.

Die Erbschuld.

 Qualcuno che sia mezza bestia e mezzo uomo.

Die Erkrankung von Anfang an.
Essere bestia, imitare la volpe e il leone.
Kampf ums Überleben.
Struggle of life.
Ein Weltleid.
We should, however, bear in mind that an animal possessing great size, strength, and ferocity, would not perhaps have become social.
Staat, Schule, Kirche, Altar, Familie.
Fuck you.
Maja fühlte sich verpflichtet, den überspannten Dialog zu beenden.
Meine Herren.
Hagen zuckte zusammen.
Wir bringen alle unser Opfer dar.
Meine Herren, Sie wollten doch den Frieden.
Erst jetzt durchschaute Maja den Vorgang insgesamt, Mac hatte Hagen ordentlich Zunder gegeben, und der war in die Falle getappt, ein simpler Zuhörtrick hatte ihn dazu verleitet, daß er sich in seiner apokalyptischen Vision suhlte, während Mac ihn Zentimeter um Zentimeter ans Fußende des Diwans abdrängte, sie zog die Notbremse.
Frieden, Frieden.
Aber Hagen ließ sich nicht widerstandslos abdrängen.
Tod dem Verräter.
Er rückte gegen das Kopfende vor.
Tod dem großen S.
Ass?
Eine Kissenschlacht brach aus.
Claus?
Ehwitz saß versonnen da, Buch auf dem Schoß, las etwas, schaute aus dem Fenster, Maja mußte die Regie übernehmen.
Haltet inne.
Der Zweikampf ging trotzdem weiter.
Das Spiel ist aus.
Beide verweigerten den Gehorsam, Mac spielte den Ver-

letzten, drückte zwei Kissen an die Rippen, rutschte vom Diwan, Hagen rutschte ihm nach, entriß ihm die Kissen.

Und kommt die Früh im blutgen Kleid.

Porca miseria.

Gott grüß dich, grimmer Schwerterstreit.

Giuda.

Dann magst du, Tod, uns geigen.

Grazia.

Mac lag am Boden, wimmernd.

Chiedo grazia.

Maja beeilte sich, dem Schwächeren zu helfen.

Clemenza.

Sie kniete nieder und schürte die Glut.

Chiedo clemenza.

Von ihren schmalen Händen.

Culo.

Zuckte der Schein wie Gold und Blut.

Buca del culo.

Und sprang hinauf an den Wänden.

Der Sprecherzieher hob seinen Hintern vom Bühnenbildner, ließ ihn eine Weile verschnaufen, packte ihn dann am Hemdkragen, der packte ihn zugleich an den Handgelenken.

Testa di cazzo.

Schluß jetzt.

Maja flüchtete zurück zu ihrem Barhocker.

Claus?

Diesmal reagierte Ehwitz.

Das Theater sollte wie eine Uhr in stetiger Bewegung bleiben.

Er sichtete die Lage.

Wo zwei feindliche Elemente einander unausgesetzt vertilgen müssen, droht Stillstand.

Was ist denn hier los?

Luna hatte schon einige Zeit in der offenen Tür gestanden.

Komm rein, es zieht.

Sie schloß die Tür.

Seid ihr gelähmt?

Ihr Auftritt setzte dem Treiben der Männer ein Ende, sie lösten sich aus ihrer Umklammerung, beide grinsend wie Zöglinge, der eine schuldbewußt, verlegen, der andere schief, übelnehmend.

Koffer.

Luna war vor Jahren zugereist und verwendete gern das landesübliche Vokabular.

Vollkoffer.

Hagen stand auf, klopfte seine Hose ab, Mac blieb noch eine Weile am Boden sitzen, säuberte sein Hemd von Pulloverflusen.

Ihr Lotter.

Jetzt erst nahm Ehwitz seine Rolle als Intendant wahr.

Wo warst du?

Im Park.

Mit wem?

Sprachmann.

Die Schlüsselszene?

Hab ich dabei.

Regieanweisung?

Luna kramte in ihrer Fransentasche, holte ein Notizbuch heraus.

Zeig her.

Ehwitz las vor.

Dritter Akt, fünfte Szene, Höhle, Morgenröte im Ausgang, Hagen sitzt auf einem Stein, er hat die Hose gelockert, das Kettenhemd, die Beinschienen, den Gürtel und das Gehänge abgelegt, bloße Arme, Ringkämpfertrikot, im Vordergrund sein Schwert, giftig oszillierend, links und rechts Rutschbahnen, im morgenroten Ausgang ein Bagger, Schwimmbadgeräusche, gelegentlich wildes Frauenlachen, langsame Erhellung, zartbitteres Lila.

Maja sah das Notizbuch zum ersten Mal.

Wir waren uns doch einig.

Wieso?

Hatten gesagt, wir lassen ihn hängen,

Wann?

Damals beim Künstlerhaus.

Vor vier Monaten?

Lange her.

Hab ich halt doch müssen mitgehen.

Maja erinnerte sich, Sprachmann meinte, es sei nett, noch irgendwo einzukehren, sie hatte noch was zu erledigen, mußte einkaufen, so blieb Luna bei ihm.

Er steht da, hungrig, durstig, ich hab den Mann versorgt.

Das klang halbwegs plausibel.

Ist gut.

Nach dem Essen haben wir uns dann die Schlüsselszene hergenommen.

Ist gut, wie gesagt.

Maja konnte sich den Fortgang der Geschichte lebhaft vorstellen.

Überzeugend.

Mac trat auf die Frauen zu, deutete mit dem Speer auf das Notizbuch in Lunas Händen.

Wenn ich fragen darf.

Luna war ertappt, überreichte Mac gleich das Notizbuch.

Was tut der Bagger im morgenroten Ausgang?

Sie wußte keine Antwort, der Bühnenbildner wandte sich an den Intendanten.

Und was tun da die Rutschbahnen.

Für die Nixen.

To buy or not to buy?

Die Politik also wird das Theater fortwährend beeinflussen.

To pay or not to pay?

Soweit es die Natur der in ihm explodierenden Kräfte zuläßt.

That's the question.

Claus drängte.

Beeilt euch.

Mac gab das Notizbuch zurück, Luna las die Regieanweisung, Hagen sucht einen Fährmann, trifft die im Wasser plantschenden Nixen, sie ergreifen die Flucht, Hagen stiehlt ihnen die Kleider, weil er etwas wissen will, ein Horoskop bitte, sie sind ja Hellseherinnen, haben mehrere Gesichter, deshalb tragen sie auch doppelte Schminke, erste Auflage nachhaltig, zweite Auflage schlampig, die Ältere, Hadeburg, macht ihm ein schönes Horoskop, sie denkt eben mehr an die Wirkung, Hagen ist zufrieden, denn das Horoskop enthält die richtigen Worte, Treue, Ehre und so weiter, deshalb gibt er die Kleider zurück, aber die Jüngere, Siglinde, denkt nur moralisch, sie will den Herrn nicht blind ins Verderben rennen lassen und macht ihm ein Horoskop, das hat sich gewaschen.

Gut, fertig.

Der Sprecherzieher suchte ein Pult, fand keins, begnügte sich mit einem Notenständer.

Wo sind die Klamotten?

Luna legte ihr rotes Halstuch auf den Boden, der Sprecherzieher räusperte sich, holte hörbar tief Atem.

Meerweiber traf ich, violette Haare
und grüne Augen, die mir weisgesagt,
daß nichts sich teilt im Silberschaum der Zeiten,
sie schwebten über einem Krater Suds,
der drunten brodelte, und glichen Fröschen,
die am Himmel flogen, Fledermäusen,
die im Nebel hüpften, sichtbar bald,
bald unsichtbar im blauen Dunst verirrt.
Ich pirschte mich heran, da flohn sie zwillend
und kreischend, wie's der nackten Frauen Art ist,
sie leiden's einmal nicht, wenn Männerblicke
freundlich sie umkosen, absichtslos
auf ihnen ruhn, hallo.

Er stockte.

Was jetzt?

Hagen sieht vor sich zwei Bikinioberteile liegen, geht hin, hebt sie auf, schnuppert daran.

Vergeßlich sind die Weiber, so vergeßlich.

Was dann?

Ehwitz hatte mit gleichgültiger Miene zugehört.

Noch zwölf andere Nixen.

Ihm blieb nichts übrig, als die schauspielerische Leistung in den höchsten Tönen zu loben, Hagen war glücklich, näherte sich dem Diwan, das rote Tuch in der Hand, Luna saß breit am Fußende, warf die Arme auseinander, drückte ihn an ihren Busen.

Mein Hagen.

Maja erkundigte sich, ob der neue Text wenigstens in Sprachmanns Sinne sei?

War schon eine Arbeit.

Luna sammelte die Kissen, schichtete sie ans Kopfende, bettete darin ihren Helden.

Wird man ja so müd.

Da bemerkte Maja mit Schrecken, Luna hatte ihr Gewicht allzu leidenschaftlich zum Kopfende hin verlagert.

Mackie.

Sie kniff ihn in den Oberarm.

Der Speer.

Mac schoß auf den Diwan zu, zog Luna den Speer unterm Hintern weg, Hagen spielte den Eifersüchtigen.

Sittenstrolch.

Mac stupste den geretteten Speer gegen das Tuch in Hagens Hand.

Figlio di puttana.

Hagen gab Luna das Tuch zurück.

Meine Verehrung.

Mac kniff Maja in den Oberarm.

Was tun die beiden da?

Maja war überfragt, Ehwitz erhob sich von seinem Sessel, trat vor die Gruppe hin.

Darf ich mal bitte?

Okay.

Ehwitz nahm den Speer, wies damit zum offenen Fenster hinaus.

Nach dem Sieg.

Kommt der Frieden?

Ist Schluß.

Und was ist mit uns?

Wir werfen das Theater auf den Markt.

New economy?

Das ist die wahre Polarität, der Sieg des einen vernichtet den Sieg des anderen.

Freies Spiel der Kräfte?

Frischluft?

Im Prinzip war sich die Gruppe einig.

Wir haben keine Wahl.

Sogar Hagen stimmte zu.

Sifrides Wunden lazzen wir nu sten.

Ein Sieg der Vernunft.

Ehwitz schwang sich auf den Schreibtisch hinauf, nahm sein Buch, als Odo Acker ins Büro stürmte und lossprudelte, Dach kaputt, Orchestergraben durchgebrochen, Fenster und Türen morsch, Feuer, Polizei, Rettung.

Bei uns?

Eine Katastrophe.

Herr Inspizient, immer mit der Ruhe.

Sie meinen?

Wir lagern aus.

See? Fluß? Berg?

Der Intendant schwang sich vom Schreibtisch herunter.

Festspiele.

Die Maschinen draußen, die Hämmer, das Klavier drinnen, die Sopranistin, es herrschte Stille.

Mittagspause.

1 · 9 Im Hügelland südöstlich, dem Ausland gegenüber, stand eine Raubritterburg, aufsteigende Künstler hatten sie von absteigenden Künstlern erworben und bewohnbar gemacht, zuerst sah es dort finster aus, nach und nach wurde es heller, zuletzt bunt, die neuen Bewohner lebten frohsinnig und feinsinnig zugleich, jeden Tag Gäste, mit den Jahren aber stiegen sie weiter auf, gingen in die Stadt und zerstreuten sich, die Stallungen hatten sie verpachtet, den Herrschaftstrakt vermietet.

Schlafsaal, erster Stock, an einer Kommode unter dem Fenster sitzt Nofretete, sie übt lautes und deutliches Sprechen, als Vorlage dient ihr ein für den Gebrauch an Privatschulen genehmigtes Programm.

Fühltest du nie im finstren Wald
bei Dämmerschein am dunklen Ort
wenn fern es säuselt, summst und saust
wildes Brummen näher braust

sie bleibt hängen, summst und saust? Brummen braust? wird schon stimmen, sie schaut auf die nächsten Zeilen, der Satz zieht sich in die Länge, sie fährt fort, wirres Flackern, sie bleibt ein zweites Mal hängen, wann kommt denn der Punkt? wirres Flackern um dich flimmert, sie läßt zwei Takte aus, holt Luft, irgendwann wird der Satz wohl aufhören, und bringt ihn durch bis zum Fragezeichen.

Schwellend Schwirren zu Leib dir schwebt
fühltest du dann nicht grieselnd
grausen die Glieder dir fahen?

Sie muß sich verlesen haben, wiederholt, die Glieder dir fahen? nein, nicht falsch, so steht es da, und weiter.

Glühender Schauer schüttelt die Glieder
in der Brust bebend und bang
berstet hämmernd das Herz?

Zweites Fragezeichen, wo ist das Ende? der Satz fängt neu an, fühltest du das noch nicht.

Sie räkelt sich auf ihrem nappaledernen Sitzpolster, streckt die Arme nach oben aus, berührt jemand am Kinn.

Grüß Gott.
Der Ägypter hat sich eingeschlichen.
Unrasiert.
Das Fürchten blieb dir noch fremd.
Er könnte schon eine ganze Weile dagewesen sein und zugehört haben.
Sonderlich seltsam.
Sie nimmt ihre Arme zurück, birgt das Heft in ihrem Schoß.
Du Memme.
Ein böses Wort.
Kann nichts dafür.
Er geht in die Hocke, greift ihr über die Schulter.
Zeig her.
Sie läßt das Heft verschwinden.
Wie wärst du, Memme, mir Meister?
Schau her.
Er greift ihr an den Sitzpolster, sie klemmt ihm die Finger ab, er verwindet den Schmerz, hebt seinen Kopf, betrachtet das Umfeld, den Schlafsaal, vorn die Matratzen, hinten die Zeitungen, säuberlich gestapelt, neben den beiden die Kommode.
Hab es schon.
Sie dreht sich um, reißt ihm das Heft aus der Hand, beruhigt sich, bläst zwischen die Seiten, als hätte das Papier sich weh getan, übergibt ihm das Heft artig wie eine Schularbeit.
Ausländisch für Inländer.
Fertig?
Er nimmt das Heft, sucht die Stelle, findet sie, hart und fest, fühl ich, steht mir das Herz.
Sie stimmt mit ein, gern begehr ich das Bangen, sehnend verlangt mich's der Lust, doch wie bringst du mir's bei?
Höre.
Sagst du mir's?
Das ist Altmärenton.

Was?

Vier Schläge rechts, vier Schläge links, immer im Takt, so haben sie damals ihre Lieder gesungen.

Was für Lieder?

Von Helden und Göttern, Riesen, Zwergen, Zauberern.

Jungfrauen?

Selbstverständlich.

Hab schon so was gehört.

Man zählt vier Silben pro Halbzeile.

Irgend so was.

Man kann auch zwei Silben als eine Silbe zählen.

Sixty on two?

Fornyrdislag, immer im Takt, so sind sie gerudert, auf ihren Drachenschiffen, bis ans Ende der Welt.

Uuuh.

Sie lehnt sich zurück, stützt sich an der Kommode ab, Ausländisch für Inländer lern ich nie.

Magst du rudern?

Zeig mir's.

Er setzt sich ihr gegenüber auf den Boden, sie lehnt sich vor, erwartungsvoll, er breitet die Arme aus, zur Seite, nach oben, Achtung, fertig?

Los.

Nach unten, nach innen, nach außen, nach oben.

Die Schlagzahl.

Sie legt sich in die Riemen, das Grieseln und Grausen, das Glühen und Schauern, Hitzen und Schwindeln, Hämmern und Beben.

Er nimmt das Heft zur Hand, singt mit, drei Halbzeilen vom Blatt, folge mir nur, ich führe dich wohl, sinnend fand ich es aus.

Sie führt die Ruder unbeherrscht, läßt sie auf die Schaumkronen klatschen, göttliche Ruhe rast mir in Wogen, keuschestes Licht lodert in Gluten.

Verkantet.

Er bewahrt die Ruhe, sie fliegt über ihn, das Heft fliegt

aus dem Fenster, sein Hemd reißt, ihre Hochfrisur pufft ihm ins Gesicht, er wehrt sich, sie grapscht und küßt ohne Gnade.

Standhogg.

Sie taucht aus der Umarmung hervor, setzt sich auf, lächelt, als hätte sie ihn lange nicht gesehen, rückt von ihm weg.

Was hast du gesagt?

Standhogg.

Was ist das wieder.

Er denkt nach, wie könnte er sie zufriedenstellen? und kommt zu dem Schluß, er wird ihr eine Geschichte erzählen, also bleibt er erst mal liegen, spricht zur Fabriklampe an der Decke.

Überfall, blitzartig, vom Meer aus, die Wikinger waren hungrig und durstig, die meisten todkrank, Berserker genannt, weil in Bärenfellen, sie überfielen die Inseln nah und fern, die Küsten des Kontinents und die Flüsse hinauf, rudernd, gegen die Strömung, die Dörfer und Städte, schlachteten das Vieh, leerten die Fässer, brannten die Häuser nieder, Gold und Silber nahmen sie mit.

Eine Volksweise, zart gesungen, klingt in die Geschichte hinein, Gold und Silber lieb ich sehr, kann's auch gut gebrauchen.

Sie sahen den Abglanz, aber was das wirklich ist, Reichtum, das wußten sie nicht.

Was ist es denn?

Genug haben für andere, genug sein für sich.

Hätt ich doch ein ganzes Meer.

Sie warfen die Beute zusammen und horteten sie.

Mich darin zu tauchen.

Den Hort versenkten sie in einer Höhle oder in einem Loch, keiner durfte dem nahekommen.

Daß die Welt einst golden war, wer will das bestreiten?

Es war die Zeit der Axt und des Schwertes, sie hängten ihre Opfer an den Bäumen auf, ihrem Kriegsgott zu Ehren, der hatte ihnen vorgeführt, wie man die Not übersteht, neun Tage und neun Nächte lang ist er gehangen, abgestiegen zur Hölle, dann wieder auferstanden, neunmal klüger als vorher, die Wikinger hatten nur eins im Sinn, Schluß machen, Schluß mit dem Lug, dem Trug, dem Leid, dem Neid, auch Schluß mit den Freuden in Walhalla, denn jeden Tag Fleisch, jeden Tag Honigbier, jeden Tag Raufereien, wer will das schon? sie glaubten, es kommt einmal die Zeit des Windes und des Wolfes, die wird alles hinwegfegen, alles fressen, Schnee und Eis, ihre Schiffe, sie glaubten sogar, die Götter werden mit sich selber Schluß machen.

Denk ich doch im Silberhaar gern der Jugendzeiten.

Der Ägypter fährt hoch, wem hat er die Geschichte erzählt? den Matratzen? den Flöhen?

Du hörst mir ja gar nicht zu.

Nofretete sitzt wie gemalt, an ihren Polster gelehnt, ein Arm streichelt das rote Nappaleder, dunklere und hellere Rauten, kleinteilig zusammengenäht, in der Mitte ein Knopf.

Oh doch.

Die freie Hand spielt mit einem Teil der Hochfrisur.

Dann sag mir, was hab ich zuletzt gesagt?

Götterdämmrung.

Er wundert sich, das Wort ist nicht von ihm.

Götterdämmrung dunkle herauf.

Der Mittelfinger zweigt eine Haarsträhne ab, wickelt sich eine Locke, die Locke wickelt sich um den Mittelfinger.

Zerreißt, ihr Nonnen, das Runenseil.

Nornen.

Der Mittelfinger ist gefesselt.

Schicksalsgöttinnen.

Der freie Arm löst sich vom Polster, langt zur Kommode hinüber.

Schon möglich.

Drei Schwestern.

Auf der Kommode steht ein trockenes Wasserglas.

Sie wohnen am Grunde der Weltesche.

Im Wasserglas steht eine trockene Rose.

An der Wurzel aller Dinge.

Im unteren Teil der Kommode befindet sich eine Klappe mit Schlüsselloch, der Schlüssel fehlt.

Nornen sagen immer die Wahrheit.

Glaub ich nicht.

Die erste Norne heißt Urd, sie sagt die Wahrheit von gestern, die zweite, Werdandi, sagt die Wahrheit von heute, die dritte, Skuld, die Wahrheit von morgen.

Eins nach dem andern?

Wahrheitsteilung.

Praktisch.

Nofretete versetzt der Kommode einen Stoß mit dem Ellbogen.

Geht ohne Schlüssel.

Sie spinnen Garn.

Die Kommode enthält ein Necessaire, Plastik, hellblau, verziert mit Gänseblümchen.

Schau, Kulturbeutel.

Garn für jeden Lebenslauf.

Nofretete stellt das Necessaire auf den Polster, öffnet den Reißverschluß und lädt aus, automatisch, gedankenlos, alles mit einer Hand.

Heißt so, hab ich gelernt.

Das Necessaire enthält Waschzeug, Schminkzeug, Nähzeug.

Kulturbeutel.

Ein nasser Lappen kommt zum Vorschein, darin eingewickelt ein Stück Seife und eine Nagelschere.

Geboren? gebohrt?

Die Menschen im hohen Norden lebten überhaupt schneller.

Wie viel Jahre?

Dreiundzwanzig, im Schnitt.

So schnell?

Sie spielt mit der Nagelschere.

Wann muß ich sterben?

Niemals.

Ich will aber.

In deinem Alter?

Er nimmt ihr die Nagelschere weg, sie erobert sie zurück.

Wie ist es möglich?

Sie trennt die Haarsträhne von der Frisur, der Mittelfinger ist befreit.

Daß jemand so gemein ist?

Er sieht die gerötete Fingerkuppe, möchte trösten, gibt zu, die Nagelschere ist doch ein recht brauchbares Instrument.

Daß jemand so schön redet?

Er möchte anknüpfen mit einem Spruch aus der Edda, wer schön redet, lügt und betrügt, vergißt die Fortsetzung, wechselt den Ton, ich will den erquickenden Hauch aus deinem Munde atmen, alle Tage deine Stimme hören, Stimme des Meeres, die Menschheit wird dich ehren, bis der Flamingo schwarz wird, der Rabe weiß, die Felsen sich vor dir verneigen und das Wasser bergauf fließt.

Ein Gedicht für mich?

Achtzehnte Dynastie.

Sie läßt ihn auf seiner Gelehrsamkeit sitzen, er tritt die Flucht nach vorn an, huldigt ihrem Äußeren.

Wahrhaftig, als Gott den Menschen erschuf, könnte sie ihm Modell gestanden haben.

Sie reicht ihm ihren Taschenspiegel.

Schau dich an.

Er mustert seine Bartstoppeln, gibt ihr den Spiegel zurück.

Alles verkehrt.

Sie mustert die Schnittstelle an ihrer Frisur, legt Haarsträhnen um, nimmt das Gesicht in Angriff, trägt Schminke auf, hellgrüne Lidschatten, rosa Puder.

Das war's.
Sie packt das Werkzeug ein.
Hilf mir mal.
Er stößt mit dem Knie gegen die Kommode, sie stößt mit dem Knie gegen sein Knie, die Klappe fällt aus den Scharnieren, die Kommode offenbart ihren Inhalt, Wäsche, Brotkanten, Obstschalen, Crackers.
Darf ich aufräumen?
Sie nimmt Haltung an, Oberkörper senkrecht, Unterkörper waagrecht, Füße an den Fersen eingehakt.
Nicht nötig.
Sie läßt ihn auf seiner Gutmütigkeit sitzen, er tritt die Flucht nach hinten an, redet über seine Gefühle.
Als Gott den Menschen erschuf, könnte er sich gelangweilt haben, ihm in die Nase geblasen, deshalb die Seelenqualen.
Als zullendes Kind.
Geht das schon wieder los?
Zog ich dich auf.
Der Ägypter sieht ein, sie beherrscht die Sprache fast perfekt, leider ohne Interesse, ihr Talent zu entwickeln, die Wörter fallen in sie hinein wie der Brei in den Teller.
Starr ward er und steif.
Das will er eigentlich nicht wissen.
Heißes Blut doch fließt ihm bald.
Nicht so genau.
Gern begehr ich sehnend der Lust.
Schaun wir mal später.
Er steht auf, geht zur Tür, tritt hinaus, schließt die Tür, tritt gleich danach wieder ein, mit Kittel und Tasche, inspiziert den Schlafsaal, geht von Matratze zu Matratze, zupft an Decken und Kissen, dann zu den Zeitungsstapeln im Hintergrund, nimmt diese und jene Nummer auf, legt sie zurück, da passiert das Unglück, sein Ärmel streift einen der Stapel, der wackelt, kippt gegen den nächsten, der kippt, und noch einer und noch einer, er will halten, was

zu halten ist, stürzt hinterher, verliert die Tasche, auch die kippt, verliert Ringbücher, Zettel, Stifte, er fängt auf, was aufzufangen ist, erwischt einen Radiergummi, wirft ihn weg, beginnt einen Gesang.

Rettet die Welt.

Er verläßt den Unglücksort, stellt sich in die Mitte des Schlafsaals hin, beginnt einen Tanz.

Vorwärts, rückwärts, links und rechts, Feuer zu Erde, Erde zu Wasser, Wasser zu Luft, Luft zu Feuer.

Immer die gleiche Figur.

Gedenket.

Ungefähr ein Kreuzzeichen.

Alles Asche.

Segnet er den Schlamassel?

Nofretete beobachtet die Prozedur wie eine heilige Handlung.

Ordnung wird Chaos.

Vorwärts, rückwärts, links und rechts, die Himmel bersten, zerrütten Berg und Tal, die Länder, die Völker, die Zungen.

Sie sieht und hört gebannt zu.

Die Wüsten überschwemmen die Städte, dringen in Kanäle, Adern, Nerven, Muskeln und ins Hirn.

Sie greift sich an den Kopf, als hätte sie Migräne.

Rückwärts, vorwärts, rechts und links, Chaos wird Ordnung.

Die gleiche Figur, aber andersherum.

Feuer zu Luft, Luft zu Wasser, Wasser zu Erde, Erde zu Feuer.

Ungefähr ein verdrehtes Kreuzzeichen.

Alles Staub.

Segnet er die Blumen auf dem Felde?

Solange noch genug da ist.

Das Gemüse im Garten?

Solange noch Zeit ist.

Sonne und Wind?

Er gerät ins Stolpern, fängt sich mühelos, als gehörte der Fehltritt dazu, tanzt weiter, als ob nichts gewesen wäre.

Die Zeit ist reif.

Er macht einen Ausfallschritt, beugt sich zu Boden, steht mehrere Sekunden auf einer Hand, ein Bein waagrecht, ein Bein senkrecht, vollendet das Rad, steht wieder auf beiden Füßen, unterm Arm ein Buch.

Wo hat er das nur her?

Er nähert sich feierlich der Kommode, legt das Buch ab, nimmt die Rose aus dem Wasserglas, geht nochmal zur Mitte des Schlafsaals, legt da die Rose ab, dreht sich dreimal um die eigene Achse.

Rette sich wer kann.

Sie öffnet das Necessaire, schüttet alles Zeug auf den Polster, dabei klimpern ein paar Münzen, sie spuckt dreimal aus.

Unberufen, toi, toi, toi.

Er würdigt sie keines Blicks, kniet nieder, nimmt irgendwelche Zeitungen aus dem Haufen, fächert sie auf wie Spielkarten, schaut herum, wer gibt? ja? nein? wer will haben? wirft die Zeitungen gegen die Wand.

Rettet die Menschheit.

Er steht auf.

Die Ordnung geht aus dem Chaos hervor und geht ins Chaos zurück.

Er macht einen Tanzschritt.

Das Widerstrebende kommt zusammen.

Er macht noch einen Schritt, noch einen.

Sie hätte schon Lust gehabt, zu zweit, mit ihm.

Aber alle Harmonie ist hinfällig.

Rock 'n' Roll wär's gewesen.

Und schon rückfällig.

Er wird langsamer.

Das Spiel ist aus.

Schluß mit lustig?

Vorhang, Ende.

Nofretete klaubt eine der Zeitungen vom Boden auf.

Marjandjosef.

Er tritt neben sie, außer Atem.

Auweia.

Sie sehen die Titelseite im gleichen Moment, den Ägypter mit Kittel und Tasche, hinter ihm ein Hochhaus, vor seiner Brust die gleiche Zeitung mit gleicher Titelseite.

Bist du das?

Es ist das gleiche Bild, wie wenn sich ein Abgrund öffnet, der Ägypter versinkt darin, wird kleiner, in Schüben, bis zum dritten Schub noch sichtbar, zuletzt ein Punkt.

Auweh.

Die fetteste Zeile, bis zum vierten Schub lesbar, vermeldet, Urnot gefunden, die nächstfette Zeile, bis zum zweiten Schub lesbar, ein Gastarbeiter übersetzt unser Nibelungenlied, im Kasten die Ankündigung, neue Serie am Sonntag, das alte Lied, Schicksalsroman in zweiundfünfzig Folgen.

Dein Geheimnis?

Nein, ja, jemand hat mich verraten.

Wer?

Er setzt sich zu ihr neben den Polster, sie betupft seine Stirn mit einem Erfrischungstuch.

Sag, wer?

Er nimmt das Buch, drückt es an sein Herz.

Geltsgott, Geltsgott.

Dein Partner?

Jeder könnte es gewesen sein.

Sprachmann?

Sie versteht ihn schlecht, oder sie versteht ihn gar nicht, deshalb erzählt er ihr seine eigene Geschichte, angefangen bei der Kreuzfahrt, dem Traumschiff, dem Wirbel vor dem Hafen, dem aufdringlichen Spediteur, den hundert Schilling für den Blumenstrauß, dann die Episode mit dem Sarg, eingeschoben in die erste Episode, angefangen bei dem Doppelselbstmord, dem Erzherzog und seiner Konkubine, der Entführung aus dem Kloster, der schlampigen Rückgabe, den freundlichen Kriminalbeamten, der übersehenen oder vergessenen Urnot, dann die Episode mit dem Telephon, eingeschoben in die vorige, angefangen bei der Gerichtsmedizin, dem Knochentest und den schwerhörigen Journalisten, dem neunzehnten oder neunten zehnten Jahrhundert, dann die letzte Episode mit den Gutachten, eingeschoben in die vorige, angefangen bei der Wissenschaft, dem gemäßigten Urteil im Inland, dem Jubel im Ausland, und zurück zur ersten Episode, zurück zum Buch.

Das da?

Sie begreift nicht die Tragweite seiner Erzählung.

Sind Bilder drin?

Er hält ihr das Buch vor die Augen, sie nimmt es ihm aus der Hand, fährt mit dem Daumen zwischen die Seiten.

Keine Bilder.

Sie blättert sorglos weiter, Mittelfinger, Kuppe, wieder gesund.

Würmer?

Das ist Kurzschrift, die Kurzschrift ist eine Geheimschrift.

Schön, sehr schön.

Sie lehnt sich an seine Schulter, hält ihm das aufgeschlagene Buch vor die Augen, schau, doch Bilder, das sind Zeichen, schau, eine Hacke, Bildzeichen, keine Hacke? zugleich Lautzeichen, ich hör nichts, das Zeichen steht für l und b, sie nähert sich seinem Ohr, lb lb lb, laß das bitte, wieso? kommt nur Blödsinn raus, die Umgebung stellt die Bedeutung her, schau, da ist was unter der Hacke, ein Schlitz? in diesem Fall ein Mund, kein Schlitz? sie buchstabiert ins Leere, lb lb lb, Mund kann für b stehen, sie bläst durch die Lippen, bbb, ein b genügt, wieso? weil es zusammenhängt, wie hängt es denn zusammen?

Wie ein Gewebe.

Hab schon verstanden.

Sie überreicht ihm das Buch, nimmt ihre Grundstellung

ein und richtet das Werkzeug auf dem Polster her, kleiner Spatel am oberen Rand, kleiner Tiegel am unteren Rand, erklärend, Hacke hätte sie keine, die Salbe sei für die Lippen.

Da fehlt was.

Er stellte sein Buch hochkant in die Mitte des Polsters.

Ein Hindernis.

Was soll es bedeuten?

Liebe.

Sie streichelt den abgewetzten Einband, summt dazu eine harmlose Melodie, stellt das Buch bedächtig zurück, fährt dann hoch wie von der Tarantel gebissen und tanzt los, singend, die Liebe, die Liebe ist eine Himmelsmacht, er bleibt sitzen, versucht, sie anzuhalten, aber sie kommt gerade erst in Schwung, die Liebe, die Liebe, sie macht was sie will und will was sie macht, nochmal und nochmal, er versucht, ihren Furor abzukühlen, erklärend, die Liebe sei doch einmalig, da unterbricht sie den Tanz, streckt den Bauch vor, einmal ist keinmal.

Es ist eine Sünde.

Gut, ich sündige.

Du wirst es bereuen.

Gut, ich bereue.

Er legt das Buch flach hin, stellt den Tiegel drauf, ersetzt den Spatel durch eine Haarspange und eine entsicherte Sicherheitsnadel.

Reue genügt nicht.

Was soll ich tun?

Vorbeugen.

Sie zieht den Bauch ein, beugt sich vor.

Wie?

Schluß mit Tarantella.

Sie hockt sich neben ihn.

Oh, wie hübsch, ein Kaufladen?

Opfertisch.

Wird gekocht?

Er rührt an der Haarspange.
Eine Rippe.
Gewaschen?
Er stellte die Sicherheitsnadel auf ihre Spitze.
Ein Fußgänger.
Das bedeutet?
Ans Ziel gelangen.
Sie sieht sich um, springt wieder auf, tanzt über Matratzen und Zeitungen hinweg, singend, ich komme, ich komme, die Tarantella endet mit einer dreifachen Schraube in der Luft, einer Bauchlandung auf einem Bettvorleger und einem Gewimmer, er leistet erste Hilfe.
Sieh die Lotusblüte, im Schlamm gründend, sie hebt sich zum Licht und erblüht in reiner Schönheit, sieh nur die Kelche.
Diesmal wirkt das Gleichnis.
Ach, du.
Sie strahlt ihn an.
Spiegel?
Er gibt ihr den Spiegel.
Spatel?
Er gibt ihr den Spatel.
Salbe?
Er gibt ihr den Tiegel.
Sie schminkt sich, Spiralen unter die Augen, verschminkt sich, er hilft aus, mehr Salbe für die linke Spirale, die schieben wir mehr nach rechts, weniger Salbe für die rechte Spirale, die schieben wir mehr nach links, erklärend, drei Wege führen zum Ziel, Liebsein, Tätigsein, Stimmigsein, kein Weg führt allein zum Ziel, wir gehen immer die drei Wege zugleich, er überprüft die Korrektur im Spiegel, nicht ganz zufrieden, eins ist zu hoch, sie bestätigt die Meldung, eins ist zu tief, er korrigiert die Korrektur, weiter erklärend, Kosmos, er korrigiert sich selbst, Kosmetik, sie reicht ihm den Spiegel, er reicht ihr den Spatel, Kosmetik ist Einklang, du bist im Kosmos, der Kosmos ist in dir, sie schüttelt den

Kopf, und während sie die dritte Korrektur in Angriff nimmt, denkt er über das Weltgeschehen im Großen und Ganzen nach, es gibt kein Halten mehr, der Wohlstand sinkt, trotz Fortschritt und Wachstum, das geht so dahin, weil immer weniger Arbeit und immer mehr Geld, er hält jetzt den richtigen Abstand zum Schminkgeschehen, fragt sich, was soll da noch werden? und stellt fest, das Gesicht ist verhunzt, natürlich sagt er es nicht.

Bin ich schön?

Ja.

Lügner.

Kredit, daran glauben die Menschen, sie streuen den Göttern Gebete aus, nehmt unsere Gebete für den Kredit und laßt uns in Frieden, verschwindet.

Und dann?

Nach ihnen die Sintflut.

Und dann?

Ist Krieg.

Die Urnot?

Sie hatte nichts begriffen, schuld daran war ohne Zweifel dieser Sprachmann, sie glaubte ihm jedes Wort, weil er so großartig redete, und von ihm hatte sie wohl auch einiges über den Inhalt der Urnot erfahren, in Sprachmanns Version, er antwortete ausweichend.

Am Anfang war das Wort.

Sie schwieg.

Weißt du denn, was das ist, ein Text?

Nein.

Er bittet sie um den Spiegel.

Sieh mal.

Er richtet den Spiegel schräg nach unten.

Wir sehen den Bettvorleger.

Ja, der ist zum Wegschmeißen.

Wir sehen das Muster.

Verfilzt.

Teilweise.

Und Löcher.
Hier und da.
Sie legt ihr Werkzeug beiseite, beugt sich über den Bettvorleger.
Kaufst einen neuen?
Wir erkennen die Knüpfung.
Wo?
Drei Reihen.
Wie?
Man müßte sie lesen können.
Kannst du's?
Von oben nach unten oder von unten nach oben lesen wir von den besonderen Ereignissen, Siegen und Niederlagen, Geburt und Tod, Hochzeiten, Abenteuern, natürlich auch Verrat, das ist die primitive Knüpfung.
Ja, ich seh's.
Von links nach rechts oder von rechts nach links lesen wir von den allgemeinen Zuständen, Macht und Ohnmacht, Treue und Untreue, Hoffnung und Trauer, das ist die vornehme Knüpfung.
Gefällt mir beides.
Er bemerkt, sie liest nicht mit, sieht nur, was er liest, übersieht daher die dritte Reihe, er muß sie darauf hinweisen.
Es gibt noch springende Bilder.
Menschen?
Schreiber.
Schau, da läuft einer.
Der läuft nicht, der schleicht.
Wohin?
Was weiß ich.
Von Frau zu Frau?
Kommt nicht ans Ziel.
Schau, da läuft noch einer.
Der kommt auf eine Weide am Meer, er ist ein Salzschaf, knabbert an Gräsern und Kräutern, aber der andere hat schon vor ihm geknabbert.

Ha, jetzt weiß ich auch.

Was weißt du?

Was ein Übersetzer ist.

Der eine legt sich ins Marschland hinein, liest die Spuren der Vergangenheit, daraus die Zukunft, aber der andere zertrampelt ihm die Spuren, der eine starrt auf die Erde, bis ihm die Augen übergehen, da stößt er auf eine vierte Reihe.

Was sieht er?

Göttliche Botschaften am Firmament.

Bist du ein Wahrsager?

Bleiben wir auf dem Teppich.

Zeig mir was du noch alles kannst.

Was soll ich tun?

Zaubern.

Was wünschst du dir denn?

Bring mir den Herrn Sprachmann her.

Er ziert sich, mit lebenden Personen ist das Zaubern gar nicht so leicht.

Hol ihn mir, bitte.

Er stimmt widerwillig zu, legt den Spiegel beiseite, zieht eine Schnur aus dem Bettvorleger, macht sieben Knoten hinein, bindet sie an ihr linkes Fußgelenk, klopft dazu seine Sprüche, was unten verflixt ist, sei oben zugenäht und so weiter.

Da ist er.

Sie scheint in ihrem Glück zu schwimmen.

Zu mir, zu mir.

Der Zauber funktioniert, Sprachmann schwebt über den Matratzen, engelsgleich, trotz seiner neunzig Kilo, aufgeblasen und durchsichtig, trotz seiner Muskelpakete, seines Löwenfells, seiner Keule, in der freien Hand hält er einen Strauß Narzissen.

Wohin damit?

Zu mir, zu mir.

 Nofretete klopft nun ihrerseits Sprüche, fast schreiend,

oh, Freude meines Herzens, mögest du mir die Kraft deiner Lenden schenken, auf daß sich mein Leib verjünge in deinen Armen, wie lieblich ist es, deinen Namen zu rufen, du bist wie der Duft einer Blumenwiese vor dem Ausbruch der Sommerhitze.

Ziemlich übertrieben.

Sprachmann schwebt ziellos im Schlafsaal herum.

Hier bin ich, hier.

Habt ihr keine Vase?

Er wirkt ein wenig zerstreut, in der Mitte des Schlafsaals, zwischen Decke und Fabriklampe, bleibt er irgendwie behindert hängen.

Was will er uns damit sagen?

Er sucht eine Vase für die Blumen.

Nur Mut, du Mutiger.

Ihr könnt mich mal.

Der Ägypter richtet den Spiegel auf Sprachmann, der Körper löst sich in Nichts auf, auch das funktioniert überraschend gut.

Echt.

Was sonst?

Ein echtes Wunder.

Im Glas auf der Kommode Wasser, darin ein Strauß Narzissen.

Hilf mir.

Nofretete steht wie verloren im Raum, der Ägypter umfängt sie, sie treten ans Fenster.

Er spioniert.

Wer?

Jeder spioniert.

Sie stützt sich aufs Fensterbrett.

Gestern waren zwei Männer im Garten, mit Video.

Was haben sie gewollt?

Weiß nicht.

Was haben sie gesagt?

Edle Jungfrau.

Und?
Mit dicker Brieftasche.
Er schweigt.
Manager.
Gesindel.
Sie schaut ihn an, er schaut weg.

I · 10 Jedesmal, bevor er losflog, drehte der Hubschrauber über dem Unfallkrankenhaus eine Runde, daß es krachte.

In der Nähe wohnte Sprachmann, er kam eben mit dem Fahrrad von der Reinigung, Hosen wegbringen, und vom Supermarkt, Kartoffeln, Brot, Butter, Kaffee, Milch einkaufen, als ein Ballon bei schwachem Wind heranfuhr und den Hubschrauber zu behindern drohte, solche Dinge sah man nicht alle Tage.

Der Ballon, etwa hundert Meter schräg oben, feuerte, es klang wie ein Furzen, damit gab er Zeichen, daß er sich anschickte, die für den Rettungsdienst reservierten unteren Luftschichten zu verlassen.

Der Hubschrauber schien ihm auszuweichen, traute er ihm nicht über den Weg?

Ballons sind bekanntlich unbeherrschter als motorisierte Fluggeräte, kaum steuerungsfähig, die Versuche, sie mit Leitwerken auszurüsten, etwa Adler zu zähmen, sie in ein Zaumzeug zu stecken und vor die Ballons zu spannen, müssen allesamt als gescheitert angesehen werden.

Der Hubschrauber drehte eine zweite offenere Runde und überflog den Schlafteil der Stadt, dann den Erholungsteil, den Kanal zwischen See und Zentrum, die Eisläden an der Brücke, die Tennisplätze und die Universität, der Ballon folgte ihm langsam.

Zwei Nächte hatte Sprachmann wieder durchgearbeitet, Abschriften verglichen, nachgeschrieben, ganze Kapitel überschrieben, um demnächst die letztgültige, durch die Informatik approbierte Abschrift wiederherzustellen, Texttreue kostet doch einiges an Kraft.

Er legte sich auf ein Campingbett im Garten, schaute in den Himmel und führte sich ein zweites Mal die Szene vor Augen, die Annäherung, die Flucht, die verlorene Liebesmüh, dabei erlaubte er sich die für seine Begriffe kühne Phantasie, was wäre gewesen, wenn der Hubschrauber nur ein paar Sekunden auf den Ballon gewartet hätte?

Da sah er den Drachen in höchster Höhe, schön wie ein Wunder, die Sonnenstrahlen brachen sich in seinem schuppigen Leib und tauchten den Ballon und den Hubschrauber in die bunteste Glut.

Der Ballon und der Hubschrauber tänzelten in den unteren Luftschichten, über ihnen das Tier, es wälzte sich auf einem unsichtbaren Kissen, sein Schweif zuckte und klopfte niedliche Wölkchen heraus, Daunen fielen auf das Paar.

Erwartungsgemäß geschah dann auch die Paarung, der Hubschrauber bohrte sich in die Luke des Ballons, stieß hinein, während dieser mit seinem Korb um sich schlug und jenem ein Rotorblatt zerbeulte, aber sie stürzten nicht ab, sie entschwebten glücklich vereint in die Ferne.

Sprachmann schloß die Augen, weil er fürchtete, der Drache könnte ihn blenden, hatte er doch in einem Volkskundelexikon gelesen, Drachen verlören bei allzu heftiger Bewegung ihren Samen, und so ein Kübel von dem Zeug im Gesicht, er wünschte, Schöneres zu träumen.

Der Drache, groß und feuerrot, mit sieben Köpfen, sieben Diademen, vierzehn Hörnern, riesigem Schwanz, fegte einen Sternenhaufen vom Himmel und warf ihn auf die Erde, da schrie ein Engel, ihr Vögel alle, versammelt euch, kommt her zum Abendmahl, heute gibt es Fleisch, das sollt ihr fressen, es ist das Fleisch der Besiegten, daraufhin stürzte der Drache in einen Schwefelsee, der brannte, und aus dem Mund des Engels fuhr ein Schwert, das tötete den Drachen, und die Vögel sättigten sich an ihm.

Sprachmann ging ins Badezimmer, um zu duschen, überlegte es sich anders, putzte nur die Zähne, und in den Flur, jemand anrufen.

Der Filmemacher lebte seit Jahrzehnten tausend Kilometer weit weg und stand ihm trotzdem recht nah, sie hatten einmal in der gleichen Stadt und in der gleichen Untermiete gewohnt.

Philosophiert.

Nächtelang.

Das waren Zeiten.

Stell dir vor, ein Freund schreibt ein Drehbuch, du bist der Regisseur.

Lieber nicht.

Bist du mein Freund?

Na gut, ja.

Wie schreibt man ein Drehbuch?

Der Freund erzählte von seinem Winterurlaub im hohen Norden, von Tannenwäldern, Stoppelfeldern, Zäunen, Langlaufen, Schlittenfahren, Hackklötzen und Schwitzbädern, dann von seiner täglichen Arbeit, der Gründung einer Firma, am liebsten hätte er den Laden schon gestern wieder dicht gemacht.

Gut, ja.

Und du?

Sprachmann erzählte von Sieg und Frieden, den Jubiläen, dem Interesse der Medien, dem vielen Geld, dem Theater, dem Intendanten, den Dramaturginnen, dem Ägypter, der Urschrift, dem Methodenstreit, den siebenunddreißig Abschriften, der Abschrift der Abschriften, der Informatik und der Vision auf dem Campingbett.

Was soll ich sagen?

Das Gespräch geht auf meine Rechnung.

Der Freund erzählte von seinem Sommerurlaub im Süden, dem Vogelgezwitscher, dem Hundegebell, den Apfelbäumen, den idyllischen Gärten und den melodischen Glöcklein der Herden.

Sprachmann verwies auf die vielen Parallelen, Hubschrauber und Heißluftballon, Siegfried und Hilde, Schuld und Sühne, Kabale und Liebe.

Vergiß das Theater.

Wie denn?

Fang einfach mal an.

Ja?

Bild eins, außen, Tag.

Und?

Bild zwei, innen, Tag.

Weiter?

Bild drei, außen, Nacht.

Bild vier?

Innen, Nacht.

Alles klar.

In Hollywood sehen wir uns wieder.

Übrigens.

Ja, was noch?

Duschen die da drüben vorher oder nachher?

Servus.

Tschüs.

Sprachmann stellte einen Espresso auf und fing einfach mal an.

BILD 1 SCHNEELANDSCHAFT AUSSEN/TAG

AUFBLENDE – VORSPANN

Schrift auf lila Himmel. Silhouette eines weißen Bergmassivs. Orangefarbener Heißluftballon fährt nach oben, schneidet die Silhouette. Von einem anderen Ballon aus Schneedecke auf Hochfläche, Stoppelfelder, Zäune, Hügel mit Kirche, Friedhof und Pfarrhof, Senke mit niedrigen Bauernhäusern.

Im Korb Poppo und Alberich. Poppo flüstert Alberich etwas ins Ohr.

Poppos aufgeregtes Gesicht. Alberich fallen fast die Augen zu.

POPPO verschwörerisch

Siegfried, jaha
ich sage dir, Alberich
er wird kommen und uns retten
heute ist er wieder am Platz aufgetaucht
hat den Drachen verschandelt
sieben Köpfe
sieben Diademe
und sich am Boden gewälzt
Ring der Nibelungen
weißt eh
reines Rotgold
rotes Reingold

Nochmals Luftbilder. Im Schnee ein rätselhaftes großes Muster. Urzeitliches Schlangenwesen? Zauberei? Unbekanntes Flugobjekt? Spuren führen keine hin. Andere Luftbilder überschneiden sich mit dem Muster.

Der schlafende Alberich. Sein Kinn auf dem Rand des Korbes.

Letztes Luftbild und Alberichs Gesicht fließen ineinander, grau in grau.

ÜBERBLENDUNG

BILD 2 SOMMERLANDSCHAFT AUSSEN/TAG

Apfelbaum auf weiter Flur. Hellgrüne Wiesen. Blumen. Das entfernte Meckern einer Ziege und die melodischen Glöcklein der Herden. Gelegentlich Hundegebell. Im Schatten des Apfelbaums ein Hackklotz und etwas behauenes Holz, rundum allerhand Äxte in verschiedenen Größen.

Neben dem Hackklotz, in praller Sonne, kniet Siegfried. Mit der Rechten umklammert er ein riesiges Henkerbeil wie eine Standarte.

Er blinzelt zur Baumkrone hoch. Von dort Vogelgezwitscher. Er schürzt und spitzt seine Lippen, versucht zu antworten. Das Gezwitscher hält an, hin und wieder klingen einzelne Vogelrufe durch. Er versucht, sie nachzuahmen, indem er seinen Mund öffnet, schließt, öffnet, schließt. Ohne Erfolg.

Er springt auf und haut das Beil in den Hackklotz, der geht entzwei. Die Vögel schweigen.

Siegfried dreht ein wenig am Ring, den er an der rechten, nun freien Hand trägt, und küßt ihn. Seine außerirdisch wirkenden hellblauen Augen. Heftigeres Zwitschern. Sein wirrer Blick. Abbruch.

Endlich bringt Siegfried doch einen Laut zustande, häßlich wie von Raben oder Krähen. Die Vögel übertönen ihn, steigern ihr Zwitschern bis zum Geschilpe und Gelächter. Abbruch.

Wild um sich schlagend, mit seinem gedehnt in der Landschaft verhallenden Krahkrah, stolpert Siegfried aus dem Bild heraus. Dazu leiseres Vogelgezwitscher und anschwellende Opernmusik.

ARIE

Heiaho heiaho heiahohoho hahei

TITEL: „SIEG UND FRIEDEN“

Die Erleichterung nach vollbrachter Tat trieb Sprachmann ins Freie, irgendwelche Menschen treffen, bekannt oder unbekannt, nur mit jemand reden.

Er spazierte durch den Dichterpark, vorbei am Künstlerhaus, Richtung Architektenhaus.

Im Komponistenpark erkannte er den Sandler, denselben wie vor Monaten, aber verschoben, auf einer anderen Bank, sicher hatte er bessere Zeiten erlebt, war er vielleicht einmal Schauspieler? vielleicht beim Film?

Ein zweiter Sandler lehnte an seiner Schulter, sie schliefen beide, die Oberkörper aneinandergeschmiegt, auf den Knien lagen Zeitungen, noch von der Nacht.

Der Tag wurde heiß, trotz des frischen Beginns, Kinder spielten im Sandkasten, Sprachmann hatte Lust mitzuspielen, ließ sich jedoch in angemessener Entfernung unter einer Platane nieder.

Er saß fünf Minuten im Gras und schon im Kino, die frühen Jahre seines Lebens liefen vor ihm ab, noch schwarzweiß, er sah die fließenden Umrisse einer Fensterbank, eines Ofens, eines Küchentischs, die Tapeten, hörte die Stimme der Mutter, das Geschwätz der Onkel und Tanten, während er im Bett lag und kein Wort verstand, er hätte getrost sterben können, so zufrieden war er jetzt, aber er lebte, dabei hatte er doch einiges mitgemacht, oftmals stand er im Weg, an der falschen Stelle oder auf der falschen Seite, im Haus, auf der Straße, in der Schule, und oftmals zum Ärger der anderen, er spürte es noch heute, sie schlugen ihn, er schlug zurück, der Schmerz blieb bei ihm, die Ursache blieb ihm trotzdem schleierhaft, er konnte sie nicht benennen, denn mit den Wörtern hatte er von Anfang an seine Probleme, zum Beispiel lernte er nie die Regeln, wann und wo und wie und zu wem man was sagt, mit welchen Mitteln man sein Ziel erreicht, welches Ziel? daß man einen Redewettbewerb beim Turnverein gewinnt? daß man gelobt und bewundert wird? was ist überhaupt ein Ziel? nicht einmal das wußte er, der Liebling, der Lümmel der Familie, er fragte sich nun, warum er sein Leben lang darauf verzichtet hatte, schlechte Erinnerungen zu löschen und nur gute Erinnerungen zu speichern, jetzt war es dafür zu spät, zirka neunzig Prozent seiner Zeit hatte er wahrscheinlich fehlinvestiert, und die restlichen zehn Prozent? auch die würden dahinschwinden, vor dem Ende aber wollte er unbedingt noch sein größtes Ding drehen, Sieg und Frieden, den Film zum Drama.

Auf der inneren Leinwand erschien ein neuer Titel, Gipfelsturm, eine Dokumentation in Farbe, der Hauptdarsteller hing in einem Kamin, um ihn herum braune und schwarze Wände, alles feucht, er war offensichtlich verdrahtet, die Drähte zogen an den Händen und Füßen und hielten ihn im prekären Gleichgewicht, mehrmals schaffte er es, sich an einem Krautbüschel oder Holz festzuhalten und weiter hochzuklettern, die ersten Sonnenstrahlen trafen auf sein Gesicht, das leuchtete wie eine nasse Orange, aber dann lösten sich die Drähte, zischten ab, und er rutschte in die Tiefe, sein Gesicht verfärbte sich blau.

Das Geschrei der Sieger, immer wieder hatte er es zu spüren bekommen, sie grenzten ihn aus, darauf gab es nur eine Antwort, er blies zur Attacke gegen die Ausgrenzer, eröffnete seinerseits die Jagd auf die Jagdgesellschaft, er stand auf und lockerte seine Glieder.

Der Weg führte zu einem Wasserbecken, eine Fontäne zeigte den Spaziergängern an, hier ist Kultur, fallt nicht hinein.

Er setzte sich auf eine Bank am Rand des Wasserbeckens

und beobachtete die Fontäne, der Strahl stieg gerade anderthalb Meter hoch.

Eine Kleinstadtfontäne, sie erinnerte Sprachmann an den Ägypter, seine präpotente Bescheidenheit und seine dauernden Ermahnungen, hör auf mit dem Theater, schreib deinen Text, was sollte das heißen?

Schreib dein Drehbuch, murmelte er vor sich hin, spanne den Bogen und ziele genau, der Weg ist das Ziel.

Die Fontäne sank in sich zusammen, wahrscheinlich fernbedient.

Ein paar politische Anspielungen würden genügen, um die Aktualität des Films sicherzustellen, die Fragen sind ja immer die gleichen, Osten oder Westen? jedes Land hat ein Gegenüber, sonst gibt es keine Grenzen, Ostländer sind durch Westländer definiert, Westländer durch Ostländer, das ist die geographische Logik, jedes Land strebt danach, sich selbst zu definieren, ohne Gegenüber, beziehungsweise, wenn das nicht gelingt, die Definition des Gegenübers zu ändern, das ist die strategische Logik, neuerdings machen sich aber ganze Völker, Hunnen, Awaren, Ungarn, Mongolen, ohne jede Logik auf den Weg, überschreiten die Grenzen und breiten sich aus, sie nennen es ihre Freiheit, in Wirklichkeit ist es aber eine Unfreiheit, weil die Länder aus den Fugen geraten und die Himmelsrichtungen nicht mehr stimmen, er dachte an Hollywood, in Hollywood ist die Freiheit unendlich, jenseits von links und rechts, dort trifft sich die Welt.

Wer mochte nur die Fontäne ausgeschaltet haben?

Sprachmann rieb die Kante einer Schuhsohle am Beckenrand ab, das hinterließ Spuren, sein Blick fiel auf eine Grotte im Hintergrund, wozu hatte sie einmal gedient? als Stollen? als Bunker? sein Blick fiel in die Höhlung.

Jemand von den Stadtwerken?

Er wohnte in einem Palast, zwölf Sekretärinnen umlagerten ihn und pflückten ihm die Worte von den Lippen, er dichtete in einem durch, brachte so viel zustande wie nie zuvor, dennoch befriedigte er die Pflückerinnen auch qualitativ, jede nahm ihren Textteil dankbar entgegen, gab ihn lustvoll in ihr Notebook ein und kommentierte die Eingabe mit ihren Ahs und Ohs, was den Dichter dazu anspornte, noch mehr und noch bessere Texte zu liefern, manche Sekretärinnen verstiegen sich sogar zu geilen Sätzen, komm her, nimm mich, mach schnell, ich komme, eine Art von Kippschaltung sorgte dann für weitere Impulse, die Worte zerfielen ihnen wie modrige Pilze, rannen ihnen aus dem Mund und übers Kinn, oder sie schluckten sie, und sobald sie ihren Korb voll gepflückt hatten, fielen ihnen die Augen zu, als lägen sie wie Kinder unter Kirschenbäumen, nachher wollten sie natürlich nichts mehr von dem inneren Aufruhr gewußt haben, Maulsperre, er beobachtete das Phänomen bei einer gelegentlichen Leistungskontrolle, meine Damen, wiederholen Sie mir bitte den letzten Satz des Diktats, sie mühten sich redlich ab, auch nur einzelne Worte zu wiederholen, sie hatten alles vergessen, es ist mir passiert oder mir geschehe nach deinen Worten, das waren so die Ausreden.

Sein rechter Schuh hatte sich selbständig gemacht, Sprachmann entdeckte ihn am Grund des Beckens, einen halben Meter unter seinem Spiegelbild, er fischte ihn aus dem Wasser, zog auch den linken Schuh aus, stopfte die Socken hinein und ging barfuß weiter.

Das Architektenhaus lag am Ende des Parks, ehemals ein Pferdestall, schön umgebaut, mit Café, draußen standen ein paar Tische, Gericht und Gefängnis nebenan.

Vorwiegend Angreifer und Verteidiger trafen sich hier im Schatten, verglichen ihre Akten, handelten ihre gemeinsamen Siege aus, sie hatten hier mehr zu tun als die Kollegen von der Bauwirtschaft.

Sprachmann stellte die Schuhe mit den Socken in den Fahrradständer, die Wirtin kam vor die Tür.

Bitte?

Viertel Welschriesling.

Bedaure.
Was sonst?
Die nassen Sachen.
Was ist damit?
Gehören nicht dahin.
Sprachmann stellte die Schuhe und Socken unter einen Tisch.
Was darf's denn sein?
Viertel Veltliner.
Sofort.
Und bitte.
Was noch?
Zum Schreiben.
Er mußte für sich einiges klären, wozu brauchte er eigentlich das Theater? er gehörte dem Film, das wußte er seit längerem, er hatte es nur nicht geglaubt, das Drehbuch könnte er bald erledigt haben, fünfzig Bilder pro Woche, zweihundert pro Monat und fertig, das Theater betreute er zugleich, der Text sollte sich finden, wie es eben am besten paßte, bei den Proben oder nachher, Schauspieler waren überwiegend schon da, Hagen, die Könige, die Recken, die Mütter, Uta, Siglinde, die Väter, Sigmund, Gibika, zwölf Nixen, vier Kapläne, alle mehrfach verwendbar.
Die Wirtin brachte den Veltliner.
Kuli?
Moment.
Fast hätte er vergessen, die Kamera, auf der Bühne gab es die nicht, da brauchte er einen Mann, und für den Schnitt, Cutter oder Cutterin, der Schnitt macht ja den Film, die Requisiten, Trampolin, Klappcouch, Bagger, Rutschbahn, alles war genehmigt, aber was nützte jetzt der Krempel? im Film ist doch vieles leicht entbehrlich, wegen der Special Effects, ihm ging die Sache mit dem Speer durch den Kopf, er hat die Idee gehabt, MacYavalley hat geliefert, Ehwitz droht jetzt damit, das Gerät auf den Markt zu werfen, auch nicht die feine Art.

Die Wirtin brachte einen Kuli.
Danke, das war's.
Sprachmann behalf sich mit einem Bierdeckel.
Controlling
Einsparung
Die Wirtin schaute ihm über die Schulter.
Umschichtung?
Sprachmann setzte fort.
Standortkorrektur
Seefestspiele?
Flußfestspiele?
Bergfestspiele?
Studio
Der Bierdeckel war voll, die Wirtin erbarmte sich, brachte einen größeren Stapel vom Nachbartisch.
Kunst?
Hera
Heide
Musik?
Bruno
Regie?
Sprachmann überlegte, hier könnte jemand ehrenamtlich einspringen, vielleicht er selbst?
Poppo
Spielertrainer
Er nahm die Schlüsselszenen in Angriff, für jede Szene einen Deckel.
Am Wasser
Am Berg
Im Graben
Im Bett
Am Kamin
Am Kirchentor
Im Felde
Der Stapel war aufgebraucht, die Wirtin erbarmte sich ein zweites Mal, brachte Papier.

Klein karierter Block.
Was darf's noch sein?
Viertel Veltliner.
Sprachmann beschrieb den ersten Zettel.
A
Am Wasser
Hagen
Hadeburg Siglinde
12 Nixen
4 Kapläne
Wasserballett zuerst, wegen Orakel, alles ergibt sich nachher, zwölf Nixen, Musik? vier Kapläne, drei zu viel, Ludger, Suger, Leudemund, einer nachnominiert, Frechulf säuft wie ein Loch, raucht wie ein Schlot, kann aber schwimmen.
B
Am Berg
Siegfried
Hilde
3 Könige
Auftritt Siegfried, klassischer Liebhaber, zwei Seelen in der Brust, sexuell auf der Höhe bei starker Frau, gepanzerte Hilde, wackliger Kandidat bei schwacher Frau, milde Hilde, der Mann braucht Rückendeckung, Gunther, Gernot, Giselher geben Feuerschutz.
C
Im Graben
Sigmund
Gibika
Die Altkönige, Gespräch nach dem großen Sturm, über Ehe und Familie, innere Sicherheit, Finanzen, Erbschleicherei, Todestrieb.
D
Im Bett
Siegfried
 Hilde

Gunther

Abkommen unter Männern, einer erfüllt seine Pflicht, einer schaut zu, einer hängt am Nagel, einer hat seinen Spaß, plumper Vollzug im Theater, unbegrenzte Möglichkeiten im Film.

E

Am Kamin

Siegfried Hilde

Hilde zuerst doppelt, dann halbiert, Konfiguration im Theater, Kriemhilde da, Brünhilde weg, Kriemhilde weg, Brünhilde da, Konfiguration im Film, eine lebendig, eine tot, beide lebendig, beide tot.

F

Am Kirchentor

Uta

Siglinde

Wer geht zuerst? wer kommt zuletzt? Hilde immer eine Person, macht kein Gedränge, offener Konflikt im Film, Mütter quälen einander mit Anwürfen, welche ist schöner? welche mächtiger? wer darf früher in die Frühmesse?

G

Im Felde

8 Recken

Hagen überbringt Nachricht vom wilden Treiben im Jägerpark, Dankwart, Ortwin, Gere, Eckewart, Volker, Rumold, Sindold, Hunold, die Könige? Hagen will nichts gesagt haben, hüllt sich in Schweigen, die Männer drängen vorwärts, man muß sie beschäftigen, Projekte entwickeln, Chöre? Bruno fragen, Oper? Operette? Oratorium?

Sprachmann wollte ergänzen, Choroffensive, kam nicht über zwei Buchstaben hinaus.

Ch

Der Kuli war leer.

Sprachmann riß die sieben Blättchen vom Block ab, legte sie nebeneinander, links die bühnenreifen, rechts die filmreifen Schlüsselszenen, links die Blättchen A, B und C, rechts die Blättchen D, E und F, das letzte deponierte er in der Mitte.

Zahlen bitte.

Die Wirtin lobte das Arrangement.

Wer hat gewonnen?

Unentschieden.

Win win?

Alle haben gewonnen.

Sprachmann faltete die Blättchen, steckte sie in die Gesäßtasche, die Wirtin räumte den Tisch ab.

Der Block?

Geschenkt.

Der rechte Schuh war noch naß, Sprachmann steckte die Bierdeckel und die Socken in den linken Schuh und spazierte barfuß über die Wiesen zurück.

Das hätten wir.

Die zwei Sandler saßen frisch gewaschen und in sauberen Trachtenanzügen auf ihrer Bank.

Sprachmann wunderte sich über die Verwandlung.

Guten Tag.

Der eine winkte ihm, kommen Sie näher.

Mein Name ist Alberich.

Sprachmann traute seinen Ohren nicht, so hieß doch der Begleiter des Helden in dem heute erst erfundenen Vorspann, auch das Äußere stimmte überein, die schmalen Lippen, die blasse Haut.

Und das ist Wieland, mein Vetter.

Guten Tag.

Sie rutschten zur Seite und luden ihn ein, in ihrer Mitte zu sitzen.

Wie geht's, wie steht's?

Er berichtete von seinem Textbuch, seinem Drehbuch, der Reichweite und den Grenzen des Theaters, den Vorzügen des Films, den zwölf Sekretärinnen und der Kippschaltung.

 Sie meinen Playback?

Was meinen Sie?

Playback ist, wenn Sie den Vorlauf des Lebens durch einen Nachlauf in Erinnerung rufen und das Geschehen der Gegenwart unterbrechen, Sie wiederholen eigentlich nur die gespeicherten Szenen.

Die gelöschten Szenen?

Können Sie vergessen.

Schlüsselszenen?

Wie Sie wünschen.

Sind Sie Kameramann?

Organisator.

Was organisieren Sie?

Exponentielle Entwicklungen.

Zum Beispiel?

Nehmen wir eine schöne Gegend, Bergkette im Abendlicht, ich schicke zwölf Flugzeuge hin, die Flugzeuge werfen jeweils zwölf Fallschirmspringer ab, haben Sie's?

Ich hab's.

Die Fallschirmspringer tauchen ins Halbdunkel, werfen jeweils zwölf glitzernde Papierflugzeuge ab, die Papierflugzeuge werfen Funken ab, bei jeder Bodenberührung funkt die Landschaft, wirft Zeichen ab, Mercurius praecipitatus, Tartarus, Mercurius sublimatus, chymische Hochzeit, wieviel haben Sie?

Zeichen?

Drittmittel.

Wieviel brauchen Sie?

Eine Million ungefähr.

Wozu?

Die Natur gab uns Dasein, Leben gibt uns die Kunst, und Vollendung die Weisheit.

Woher nehmen?

Da kennt sich Wieland am besten aus.

Wenn nicht stehlen?

Er ist gelähmt und stumm.

Wie?

Die Sehnen an den Knien.
Cutter?
Teilnehmender Beobachter.
Was macht er da?
Aufschreiben.
Was er hört und sieht?
Kurzgeschichten.
Wozu?
Bevor die Welt untergeht.
Zum Beispiel?
Od od.
Sie scherzen.
Wie die Enten.
Sprachmann dachte an seine Übersetzung.
Der Nibelungen Od?
Könnte sein.
Adel?
Wie Kleinod
Allod?
Besitz.
Wie Sie meinen.
Wieland schneidet zurecht.
Kurz und bündig?
Er vollendet.
Sprachmann dachte an sein Drehbuch.
Wie geht das?

Vollendung ist, wenn Sie Ihr Drehbuch umdrehen, Sie lassen die Reihe Mercurius praecipitatus, Tartarus, Mercurius sublimatus, chymische Hochzeit gegensinnig abrollen und erhalten die Reihe Umsturz, Absturz, Blutsturz, Kassensturz, wir sehen entweder das Weiße schwarz oder das Schwarze weiß, Sie schweigen?

Welche Frage.
Bildwissenschaft ist nicht Ihre Stärke?
Sprachmann fehlten die Worte.

 Dieser Alberich hatte, vermutlich intuitiv, sowohl sein

theatralisches als auch sein filmisches Hauptproblem gelöst, wie kam man an der Katastrophe vorbei? schon das originale Lied handelte von einer viel zu großen Not, und auch sein Bühnenstück endete nicht wirklich glücklich, der Film könnte die ursprüngliche Botschaft ganz neu aufarbeiten, mit dem Ergebnis, die Nibelungen reiten gar nicht in den Osten, sondern andersherum, sie erobern den Westen, morgen die Welt, sie sind ja die Ods, die wahren Hunnen, auch die Zeit vergeht andersherum, Siegfried hat besiegt was zu besiegen ist, den Drachen, die Bösen, und lernt gerade erst sprechen, ein Film kann natürlich nicht so sehr ins Einzelne gehen, er würde überlang, deshalb schneidet er die leidenschaftlichen und allzu persönlichen Stellen weg, schon das Theater kennt ja solche Tricks, die Schauspieler unterbrechen sich mitten im Satz, lassen das erhobene Schwert aus der Hand fallen, öffnen Schnallen und Gürtel, werfen die Kleider ab, auch als Sieger, oder die Damen nähen ihnen Löcher ins Hemd, es ist immer das Gleiche, im Film, im Drama, man macht eine Kunstpause.

Interessant.

Sprachmann wollte den Gedanken für sich behalten, das letzte Wort rutschte ihm einfach so heraus.

Kunstpause?

Das Publikum liebt Bilder, Körper, Schatten.

Klar.

Das Publikum löst sich darin auf.

Klar.

Es empfängt jeden Mist.

Die Technik ist die Hauptsache.

Sämtliche Informationen störungsfrei.

Ohne Nebengeräusche.

Was die Materialkosten betrifft, wir sind täglich von acht bis zehn Uhr früh im Dienst, reden wir uns zusammen.

Geht in Ordnung.

Er hatte sich etwa zwanzig Schritte entfernt, als ein Gegröle ihn auf der Stelle festhielt.

Schuhe.

Er drehte sich um.

Sie haben Ihre Schuhe vergessen.

Da stand Wieland.

Und Ihre Socken, Ihre Bierdeckel.

Er hatte gerufen.

Und frische Nahrung, neues Blut.

Das war Alberich.

Meinte er eine Kapitalspritze?

Start up.

Nur Mut.

Und merken Sie sich, in Hollywood wird immer geduscht.

Vorher oder nachher?

Die Kerle lachten.

I · 11 Sie waren vier, der Universitätsportier kannte den Theaterportier, und beide kannten einen dritten Portier, von der Energiewirtschaft, der hatte seinerseits einen Bekannten, von der Regierung, der vierte Portier ließ die andern öfters warten, weil er immer wieder einspringen mußte, zu wenig Personal, zu viel Politik, als nebenamtlicher Chauffeur, der hauptamtliche Chauffeur feierte öfters krank, zu wenig Motivation, zu viel am Hals, aber heute sollte es klappen.

August, Sommerloch, Schwimmbad mit fünf Stegen, normalerweise lagen der Universitätsportier, der Theaterportier und der Energieportier am Mittelsteg, jeder in seiner Art, der Universitätsportier auf dem Rücken, Luftmatratze, der Theaterportier auf dem Bauch, Stranddecke, der Energieportier auf Knien und Ellbogen, Handtuch, sie lagen wie ein Kleeblatt, Luftmatratze gegen Süden, Stranddecke gegen Norden, Handtuch gegen Westen, der Osten blieb frei, für den Durchgangsverkehr, oder für den Regierungsportier.

Seit Jahren hielten sie so die Stellung, entspannten sich und tauschten Gedanken aus, dies stets nach Maßgabe des gemeinsamen Interesses, professionell bedingt, und einzelner Schwerpunkte, individuell bedingt, der Universitätsportier interessierte sich schwerpunktmäßig für Leib und Seele, Außenleben, Innenleben, Menschen im Wirbel, der Theaterportier für Haut und Haar, Kostüm, Maske, Menschen in gehobener Position, der Energieportier für Saft und Kraft, Dynamik, Menschen im Verbund, der Mittelsteg stellte in gewissem Sinne eine ideale Plattform der freien Rede dar, niemand drängelte, niemand ging laufen.

Heute sorgten die Interessen des Regierungsportiers für reichlich Vorgesprächsstoff, wieder nicht da? wieder später? und wenn er kommt, was wird er erzählen?

Er hieß Wandelbert, seine Schwerpunkte lagen irgendwo im Untergrund, zum Teil top secret, wie er mehrfach hervorhob, und doch auf der Hand, sie flogen ihm um die Ohren, tagtäglich, schon in der Früh, die Herrschaften, nach dem Abholen, schlecht geschlafen, schlecht geträumt, im Dienstwagen, da schnappte er sie auf, die Geheimnisse, von rechts und rechts hinten, er ließ sich nichts anmerken, tat uninformiert.

Uniformiert?

Uninformiert.

Aha.

Aber was sie in dem Zustand von sich gaben, ehrlich, weil nicht fürs Volk, manche mußten ihre Sätze noch schnell auswendig lernen, Begrüßungsreden, Eröffnungsreden, die hatte ein Spezialist geschrieben, zwischendurch das Gemurmel, Papierfabrik, fürn Arsch, und manche lasen erst gar nichts, krächzten und brummten und rülpsten, gnadenlos ehrlich, er konnte es kaum glauben.

Streik?

Aufruhr?

Revolution?

Das weniger, weil keine Zeit, Termine, Termine, und hier

ein Glaserl, da ein Glaserl, am Abend waren sie total fertig, stierten vor sich hin oder jammerten, das hätten sie nicht gewollt.

Meuterei?

Räuberei?

Sabotage?

Er half den Herrschaften mit Kalendersprüchen aus, die paßten immer, zum Dank redeten sie frisch von der Leber weg, was sie täten, wenn sie könnten, wie sie wollten.

Was denn?

Standpunkte entwickeln.

Wie?

Fortschrittliche Standpunkte.

Wie geht das?

Strategien entwickeln.

Wozu?

Damit man seine Meinung auch ändern kann.

Jederzeit?

Es ist ja immer ein Prozeß.

Das heißt?

Standorte entwickeln.

Landschaftlich?

Wirtschaftlich?

Landwirtschaftlich?

Flächendeckend.

Das letzte Mal erzählte er von allerlei Krisen, Lebenskrisen, Kulturkrisen, Finanzkrisen und dem Abwehrkampf, den Innovationen, Interventionen, Investitionen, Kindergeld, Heizgeld in die Hände der Wähler, Ereignisgeld, Festspielgeld in die Hände der Manager, Schweigegeld in die Hände der Treuhänder, den Honoraren, den Konsultationen, den Übernahmen, freundlich, feindlich, den Spekulationen, den Gesetzen des Marktes, dem dauernden Wettbewerb, Sommersport, Wintersport, den Bewerbungen um Industrieplätze, Urlaubsplätze, Schönheit, Gesundheit, Wellness, der Werbung für die Gewerbe, Ankauf, Verkauf,

Werbung unter einem Dach, Werbung für Werbung, Dachwerbung, das sei die Zukunft.

Zieh dir doch die Schuhe aus, hatten ihm die Kollegen damals geraten, und während er den Rat befolgte, nicht nur die Schuhe, sondern auch Hemd und Hose, die Badehose hatte er schon drunter, ertönte der Lautsprecher, knackend, das Fahrzeug mit dem Kennzeichen, dann pfeifend, falsch geparkt, und wieder knackend, der Kanalarbeiter möchte nach Hause gehen.

Standpunktentwicklung?

Standortentwicklung?

Die drei Kollegen lachten.

Wandelbert blieb ernst, setzte sich nieder und erzählte von einem Unfall, sie fuhren im Konvoi, vor dem Konvoi ein Kundenberater mit Getränkewagen, vor dem Kundenberater ein Unternehmensberater mit Dreieinhalbliter, eigentlich hat er den Unfall verschuldet, ist über den Mittelstreifen, auf einen Steuerberater, Fünfeinhalbliter, also schweres Geschütz, der auf den Kundenberater mit Getränkewagen, der auf den Konvoi, zum Glück traf er nur die Spitze.

Die Chefin?

Gott bewahre, nein.

Den Chauffeur?

Der ist unbeschädigt aus dem Wrack gestiegen, dann den Konvoi entlang, hat Bericht erstattet, hinten stand Wandelbert mit ausländischem Gast.

Immobilien?

Orient.

Kreditgeschäfte?

Kam direkt vom Flughafen.

Ölprinz?

Die Chefin hat sich in vorbildlicher Weise um das Opfer gekümmert.

Welches Opfer?

Den Kundenberater.

Was hat er gehabt?

Schlüsselbein, Brustbein, sechs Rippen.

War wohl ein Schock für ihn.

Sehr gut, lobte der Theaterportier die Chefin, er diente nebenher beim Roten Kreuz.

Ein Schock, setzte der Universitätsportier fort, hat seinen Platz im Hirn, sozusagen seinen Stammplatz, ein Schock ist aber nie derselbe, er taucht vielleicht nochmal auf, aber immer anders, er hörte sich gelegentlich diesen und jenen Gastvortrag von der Psychologie oder Pädagogik an.

Ruhig, rasch, richtig, ergänzte der Energieportier, er diente nebenher bei der Feuerwehr.

Erstklassige Arbeit, das haben auch die vom Rettungshubschrauber gesagt, sind dann gleich gestartet.

Mit dem Kundenberater?

Und mit der Chefin.

Was war sonst?

Der Unternehmensberater hatte nichts.

Der Steuerberater?

Weg.

Einfach so?

Mit Puppe, die Polizei ist ausgeschwärmt, die Flüchtlinge suchen, sie hat sie erwischt.

Wo?

Im Maisfeld.

Kommt nicht, ließ der Universitätsportier, auf dem Rücken liegend, verlauten, er hatte gerade eben einige schon Schlaf ankündigende Schnarcher von sich gegeben.

Kommt doch, widersprach der Theaterportier, er löste gerade ein Kreuzworträtsel.

Kommt Zeit, kommt Rat, wollte der Energieportier einwerfen, um ein Ende der Debatte herbeizuführen, nahm aber davon Abstand, denn unversehens hob eine neue Debatte an.

Was ist Warten?

Was tun wir eigentlich, wenn wir nichts tun als warten? manche Leute meinen, wir tun dann gar nichts.

Laß sie doch.

Der Energieportier schlug vor, einmal grundsätzlich zu fragen, was ist der Sinn des Wartens? wozu dient es? hat es überhaupt einen Zweck? normalerweise machen wir uns da keine Gedanken, weil wir ein Ziel beim Warten haben, es gibt ja wohl ein gezieltes Warten, zum Beispiel Warten auf wichtige Personen, Direktoren, Diplomingenieure und so weiter, mit entsprechender Anrede, Herr oder Frau Direktor, versteht sich.

Magister, Doktor, Professor, ergänzte der Universitätsportier wie im Schlaf.

Warten auf die Feuerwehr.

Hundertzweiundzwanzig.

Polizei.

Hundertdreiunddreißig.

Rettung.

Hundertvierundvierzig.

Im Notfall geht es natürlich ohne Anrede, im Regelfall aber mit Anrede, Titel sind übrigens günstig, weil man die Namen nicht alle kennen muß, und man darf sich sogar irren, wenn man die Person eher zu hoch als zu niedrig einstuft, zum Beispiel ist jemand Inspektor oder Kommissar, es stimmt immer, dann gibt es noch ein Warten, daß man drankommt, beim Arzt, bei der Aufnahme im Spital, beim Einchecken am Flughafen, beim Durchgang zum Gate und auf der ganzen Welt.

Beim Amt?

Sowieso.

Arbeitsamt, Finanzamt.

Gemeindeamt, Meldeamt.

Weche Titel nimmt man da?

Amtsrat genügt.

Warten auf Dienstschluß, setzte der Universitätsportier hinzu, auf einmal hellwach.

Um wie viel Uhr bei euch? fragte der Theaterportier, in sein Kreuzworträtsel vertieft.

Achtzehn Uhr.

Pünktlich?

Manchmal bis Viertel nach.

Zu viel, bemerkte der Theaterportier etwas ungeduldig, abgelenkt von seinem Kreuzworträtsel.

Was zu viel ist, ist zu viel.

Fehlt dir was, Theo?

Menschliche Eigenschaft mit vier Buchstaben senkrecht, fängt mit F oder N an, fett oder nett.

Was man nicht im Kopf hat.

Aber Karli.

Der Universitätsportier hieß eigentlich Karl, in seiner Abwesenheit mit dem Zusatz, der Dicke, sonst, unter Freunden, der Große.

Er nahm den flapsigen Einwurf zurück.

Fett oder nett, wollte ich sagen.

Danke.

Der Theaterportier fügte den fehlenden Buchstaben ein.

Ergibt Nordpol waagrecht.

Der Universitätsportier griff unter seine Luftmatratze, schaute auf die Armbanduhr.

Schon eine Stunde drüber.

Der kommt schon noch.

Der Energieportier nahm den Faden auf, zum Beispiel im Wirtshaus, wir haben bestellt und warten eine Ewigkeit, dann warten wir auf die Rechnung, bis uns der Kragen platzt.

Oder wir warten auf ein anständiges Fernsehprogramm.

Wetterbericht.

Fußball.

Lotto.

Aber die Zahlen, was sind das heute nur für Zahlen?

Wir warten auf drei Richtige.

Oder vier oder fünf.

Sechs.

Die Zahlen werden auch immer dümmer.

Manche warten ja auf die Frau.
Die Richtige.
Eine genügt.
Es gibt aber Leute, die warten deshalb, weil man sie dazu zwingt oder weil sie glauben, warten zu müssen, zum Beispiel in der Radiologie, die Patienten, vor acht kein Arzt zu sehen, um halb acht alle da, Warteraum voll.
Manchmal ist auch der Apparat kaputt.
Computer.
Neues Programm.
Wer kennt sich da aus?
Oder wenn die Ferien anfangen, die Familien, die Kinder, um drei aus dem Bett, um fünf aus dem Haus, um sechs im Stau, Autobahn voll.
Laß sie doch.
Stellt euch vor, eines Tages kommt die Frau wirklich, also damit haben sie gar nicht mehr gerechnet.
Nachdem sie die ganze Zeit gewartet haben.
Da sind sie eher enttäuscht.
Wir lassen uns lieber überraschen.
Welche Frau ist denn eigentlich die Richtige?
Glaube genügt.
Und bei Katastrophen, was tun wir da?
Katastrophen kommen ja meistens unerwartet.
Die drei wurden nachdenklich.
Da hoffen wir halt.
Daß wir's überleben.
Daß es uns nicht so sehr erwischt.
Der Energieportier verfolgte das Gespräch mit zunehmendem Unbehagen, es war wohl seine Idee, den Begriff des Wartens möglichst weit zu fassen, leider gingen die Beispiele vom Hundertsten ins Tausendste, er wollte es nun wissen.
Was ist Warten an und für sich?
Aber Zwenti.
Er hieß eigentlich Zwentibold, die meisten Kollegen hat-

ten den vollen Namen vergessen, er fand das übrigens in Ordnung.

Warten um zu warten?

Mit dem Vorschlag geriet er an die Falschen.

Hat man nicht genug zu tun.

Warten als Selbstzweck.

Alle Hände voll, sich solche Sachen aus dem Kopf zu schlagen, um nur da zu sein, wo man ist?

Reines Warten, sozusagen.

Warten pur?

Der Lautsprecher ertönte neuerlich, gab ein Knacken und Pfeifen von sich, dann die Botschaft, Liebespaar auf Brücke drei wird gebeten, das Schmusen einzustellen.

Wo sind wir denn?

Die Portiers hoben die Köpfe, zugleich hoben über hundert Badegäste ihre Köpfe, das Liebespaar sprang ins Wasser.

Ist der Dame zu heiß?

Die spinnt wohl.

Der Universitätsportier drehte sich auf den Bauch, der Theaterportier hatte sein Kreuzworträtsel fertig gelöst, drehte sich auf den Rücken, der Energieportier bedeckte die Kante des Stegs mit seinem Handtuch, setzte sich hin, ließ die Beine baumeln.

Kein Wunder, bei dem Wetter.

Die ist immer so.

Der Theaterportier gab sich einen Ruck, stand auf, streckte sich und begann eine Rede, laut, wie ein Verteidiger im klassischen Gerichtsfilm, die an der Kasse haben nichts zu lachen, man verlangt von ihnen den Überblick, die Kontrolle des Ganzen, sie sehen aber nur einen Ausschnitt, immer denselben Ausschnitt, was sollen sie sich denken? sie müssen sich ja was denken, bei dem Ansturm, also was sind das für Leute? Abonnenten? die kommen nicht zur Kasse, die gehen durch, laut Liste, aber die Mehrheit ist völlig unbekannt, man weiß nur, die Leute warten auf ihre Eintrittskarte, und wenn es eine gute Aufführung ist, gutes

Stück, gute Kritik, stehen sie sogar Schlange, die Eintrittskarte verbindet das Theater mit der Welt, sie stellt den ersten Kontakt zum Publikum her, die an der Kasse sehen also den Ausschnitt, und weil sie sich etwas denken, sehen sie noch einiges mehr, sie erkennen, was dahinter ist, an der Haut, an der Frisur, an den Händen und Fingern und Nägeln, gepflegt oder ungepflegt, an der Stimme, an der Kleidung, teuer oder billig, und, mein Gott, wie die Leute duften, nach welcher Marke, die an der Kasse wissen natürlich Bescheid über die einzelnen Gerüche und halten sie normalerweise auseinander, aber die Wolke, der Ansturm, es ist zu viel, und völlig klar, eines Tages hängt ihnen der Job zum Hals heraus.

Die Sonne brannte.

Mehrere Badegäste, auch solche von Brücke zwei und Brücke vier, hatten zugehört und klatschten, die meisten griffen ungerührt zu Creme und Öl und Spray, erhöhten die Dosis.

Glasiger Dunst überzog den Himmel.

Der Theaterportier genoß offensichtlich seinen Erfolg, war aber so aufgeregt, daß er sich hinkniete und begeistert weiterredete, die an der Kasse sind in der Welt, in der Gesellschaft, in der Weltgesellschaft, das hätte er vorhin schon sagen wollen.

In der Bretterbude?

Aber Karli.

Der Universitätsportier biß sich auf die Zunge, er litt häufig unter solchen Anfällen, irgendwas an der Sprache, ein Wort, ein Laut, eine Wendung, berührte ihn eigenartig, er spuckte es aus, und schon war jemand unangenehm berührt, der Energieportier wies ihn in die Schranken.

Theo, bitte weiter.

Die an der Kasse.

Der Theaterportier stockte.

Faden verloren?

Der Universitätsportier entschuldigte sich, er habe wohl

dummes Zeug geredet, der Energieportier rettete die Situation.

Wie wartet man hinter der Bühne?

Danke, Zwenti.

Der Theaterportier setzte sich, senkte den Ton, für viele Künstler sei das Warten Schicksal, das könne er als Portier bestätigen, natürlich werde innerhalb der Spielzeit anders gewartet als außerhalb der Spielzeit, und vor der Aufführung wieder anders als nach der Aufführung, vor der Aufführung habe er schon die peinlichsten Szenen erlebt, im Regelfall genügte aber ein Stamperl, die Flasche stehe immer bereit, ein guter Freund, Portier bei der Krankenkasse, habe ihm die besorgt.

Und nachher?

Fünfzig Prozent, wenn ihr mal Obstler braucht.

Danke, Theo.

Schläuche? Spritzen? Sauerstoffmasken?

Kein Bedarf.

Nachher geht man zum gemütlichen Teil über, die Künstler haben alles hinter sich, schminken sich ab, ziehen sich um, lesen Zeitung, reißen Witze, Fortsetzung ist dann im Café gegenüber, sie umarmen sich, küssen auch Gäste.

Die sie kennen?

Am nächsten Morgen ist das Stück für sie gestorben.

Lustig.

Wenn sie überhaupt mitgespielt haben, es sind nämlich viele im Lokal dabei, die auf eine Rolle warten und immer nur ihr Bier trinken, auf ihren Barhockern.

Weniger lustig.

Der Theaterportier nickte, der Universitätsportier nickte, der Energieportier suchte ein Stichwort, um das Gespräch anzukurbeln, er fand kein besseres.

Eintritt.

Die Kollegen reagierten erstaunt.

Eintritt?

 Niemals.

Wir nehmen keinen Eintritt.

Der Theaterportier fuchtelte mit den Händen in der Luft herum, der Universitätsportier legte die Hände in den Schoß, der Energieportier schob den Oberkörper vor und zurück, auf Knie und Hände gestützt.

Ein Portier nimmt in Verwahr.

Bestenfalls.

Zum Beispiel?

Regenschirme, Stöcke, Hüte, Schals, Pullover, Mappen, was so liegenbleibt, wohin damit? Abstellkammer, bei euch? Textbücher, Pillen, Persönliches? Schublade.

So redeten sie hin und her.

Der Energieportier bedauerte im Stillen, daß er den Eintritt ins Spiel gebracht hatte, denn damit war das Gespräch wieder abgeglitten, und erkundigte sich jetzt nach den Geberqualitäten eines Portiers.

Auskunft?

Die Kollegen reagierten diesmal bereitwilliger.

Auskunft?

Jederzeit.

Vom Parterre bis zur Chefetage.

Wir vermitteln.

Klar.

Telephondienst?

Springen ein.

Gelegentlich.

Sperren auf.

Schlüssel verloren, unser wissenschaftliches Personal ist doch sehr zerstreut.

Sperren zu.

Ein Portier hat die Schlüsselgewalt.

Endlich redeten sie einigermaßen vernünftig, der Energieportier gab einen weiteren Anstoß.

Formulare.

Vom Antrag bis zum Stempel.

Wir helfen.

Ausfüllen.
Wir haben das Knowhow.
Gleich am Schalter.
Wer kann das heute noch?
Irgendwas geht ja immer schief.
Richtige Formulare falsch ausgefüllt.
Falsche Formulare richtig ausgefüllt.
So oder so.
Ausfüllen ist eine Wissenschaft.
Habt ihr auch Spardosen?
Sparschweine.
Die Kassenfrau verkündete, der Eiermann ist da.
Habt ihr Eier?
Lohnt sich nicht.
Etliche Badegäste rannten nach oben.
Wir haben Forellen.
Lohnt sich?
In Grenzen, man bestellt zwanzig Kilo, aus dem Wildbach, macht ein Rundschreiben an alle, die Fische sind da.
Und wenn welche liegenbleiben?
Wird nachgehakt.
Der Energieportier befürchtete ein erneutes Ausufern des Gesprächs.
Wo waren wir stehengeblieben?
Der Universitätsportier schlug vor, das Thema etwas enger zu fassen.
Warten ist nicht Wachen.
Zum Beispiel?
Ein Kollege von der Industrie hat ihm kürzlich gestanden, er war einmal Wächter.
Mit Hund und Pistole?
Ohne mich.
Der Theaterportier drohte wieder einzuschlafen.
Früher war ja noch was los, Werkhallen, Maschinen, Garagen, Lager, Büros, alles ungesichert.
Heute?

Der Theaterportier schien im Schlaf zu sprechen.

Nichts mehr los.

Heute, setzte der Universitätsportier fort, sind die Fabriken abgebrannt, Lager leer, Maschinen verkauft, Büros geplündert, Schreibtische, schöne Schreibtische gab es da, Lampen, Regale, der Wächter hat nur geschaut, daß nicht noch mehr verschwindet, war schon einiges verschwunden, ist immer den gleichen Weg gegangen, am Zaun, an der Mauer, ob nicht irgendwo ein Loch, das Tor versperrt, und gemeldet, damals mit Funkgerät, die Fenster, das Dach, der Wind, sonst keine besonderen Vorkommnisse, das war ein Gefühl, hat er gesagt, so grenzenlos.

Schön.

Grenzenloses Grenzgefühl.

Hat er gesagt?

Der Theaterportier schien zu schlafen, der Energieportier bemühte sich, den Ausfall zu überbrücken, leitete ein Zwiegespräch ein.

Sag mal, Karli, was ist eigentlich Grenze?

Das Äußerste einer Sache, jenseits dessen sie aufhört.

Eine Definition?

Mit einer Definition fängt alles an, das heißt, in der Wissenschaft, die Grenze der Linie bilden zwei Punkte, die Grenze der Fläche bilden Linien, die Grenze des Körpers bilden Flächen.

Was du alles weißt.

Der Universitätsportier gab zu, er besuchte nebenher auch Kurse in Mathematik und darstellender Geometrie.

Enorm.

So eine Grenze hat ihren Platz im Raum, sozusagen einen Stammplatz, ist aber nie dieselbe, man spricht zum Beispiel von Obergrenzen, Untergrenzen, Baumgrenzen.

Toleranzgrenzen?

Die tauchen vielleicht nochmal auf als Schmerzgrenzen.

Hier.

Der Theaterportier setzte sich auf.

Ich bin dabei.

So ein Schlitzohr.

Das Äußerste einer Sache ist der Steg.

Er hatte wohl gelauscht.

Ein faules Holzgerippe, wo man sich überall Speile einzieht, seine Grenzen sind ausgefranste Kanten, zwei rostige Leitern und eine glitschige Treppe.

Der See?

Das Äußerste jenseits der Badehose.

Der Heidelbeermann ist da.

An der Kasse überschlugen sich wieder die Ereignisse.

Wir haben schon.

Der Universitätsportier regte an, schreiben wir doch ein Buch.

Ohne mich.

Fangen wir mal an.

Zu zweit?

Der Universitätsportier hatte eine Art Gliederung im Kopf, Kapitel eins, der Steg, Kapitel zwei, das Warten, Kapitel drei, der Schalter, Kapitel vier, der Schlüssel, Kapitel fünf, die Auskunft, Kapitel sechs? noch offen.

Der Theaterportier hatte eine Idee.

Verzögerung der Zeit?

Der Energieportier lächelte ihm zu.

Du bist also doch dabei, Theo?

Wie spät?

Der Theaterportier griff in seine Sandalen, entleerte eine Socke.

Zwei Stunden drüber.

Worauf warten wir noch?

Gehn wir auf ein Bier.

Ein Gastgarten, begrenzt von hohen Bäumen, niederen Hecken, schloß an das Kassenhäuschen an, man saß angenehm im Schatten, mußte nicht gleich auf die Wiese, den Steg oder ins Wasser, und man konnte auch essen, Käsetoast, Würsteln, Pommes und so weiter.

Heute war der Laden gerammelt voll.
Schaun wir mal jenseits.
Hinter dem Kassenhäuschen, im äußeren Schwimmbadbereich, stand ein langer Tisch, hier saßen immer Gäste.
Unter ihnen Wandelbert.
Ah, du auch da?
Ah, ihr auch da?
Hast du gewartet?
Setzt euch daher.
Die rundum sitzenden Gäste rückten zur Seite.
Wie geht's?
Siebenunddreißig Grad.
Der Regierungsportier sah ziemlich geschafft aus.
War viel Verkehr?
Wie üblich.
Der Regierungsportier öffnete die Kühltasche zu seinen Füßen, entnahm ihr vier Dosen, stellte sie auf den Tisch, drei leere Dosen räumte er in einen Plastiksack.
Sauber.
Sie ließen die Dosen zischen.
Erzähl.
Wir sind Konvoi gefahren, an der Spitze zwei Motorräder, Polizisten, dann ein Lieferwagen vom Theater, mit Personal, ein Kleinbus mit Kulturfunktionären und Anhang, Frauen und Kindern, zwei echten Künstlerinnen, und ein Militärtransporter, Soldaten, Offiziere, mit Sternen übersät, am Ende der Dienstwagen mit mir und dem Professor.
Mit wem?
Na, mit dem, ihr wißt schon.
Sprachmann?
Der Universitätsportier nahm einen kräftigen Zug aus der Dose.
Eine Odyssee.
Wie meinst du das?
Hat der Professor gemeint, eine Odyssee ist, wenn man lange genug in der Welt herumfährt, daß man sein Ziel

vergißt, man muß nur durch, und er redet auch durch, auf der Schnellstraße, da redet er über die Burgunder, wahrscheinlich gibt es viele verschiedene Sorten davon, über die Ehre oder die Ehe, man kriegt immer nur die Hälfte mit, hört vielleicht falsch, und über ein Lied, das muß ihm sehr zu Herzen gehen, er hat es gesungen, und es ist ihm nie gelungen.

Wein, Weib, Gesang?

Mord und Totschlag, dann auf der Landstraße, bei der Kirche links ab, da redet er über die Kommunikation oder die Kommunion, ein paar Kurven noch, zum Parkplatz und zur Burg, alles aussteigen, der Rest ist Fußweg, an der Spitze jetzt der Professor, hinter ihm die Soldaten.

Die Offiziere?

Sind unten geblieben, Wirtshaus.

Die Kulturfunktionäre?

Sind zum Teil mitgegangen.

Die Künstlerinnen?

Auch unten geblieben, Gegend besichtigen.

Und dann?

Der Professor sagt es ihnen in aller Klarheit, oben am Ziel, hier geht gar nichts, kein Platz für Festspiele, hier ist nichts drin, da sind die aber angefressen, besonders die vom Theater, man bläst zum Rückzug, unten werden inzwischen die Künstlerinnen vermißt, die Polizisten greifen sie auf, im Wald, und alles einsteigen, wir fahren Landstraße, dann Schnellstraße südlich, Autobahn, und wieder Landstraße, kreuz und quer, von See zu See, der Professor redet nochmal die ganze Zeit durch, wenn nicht Burgfestspiele, dann Seefestspiele, und wenn uns die edlen Ritter abgehen, nehmen wir die edlen Verbrecher, gibt es immer noch jede Menge bei uns, hat er ja Recht, außerdem gibt es jede Menge Seen im Land, die schöneren kann man leider nicht gut sehen, und die schönsten haben schon ihre Festspiele gehabt, wir fahren dann höher, viele Kurven, Schotterstraße, Forstweg, der Professor redet auf einmal gar nichts mehr, ist ihm schlecht geworden? bis auf zweitausend Meter, Baumgrenze, da ist heute was los, Saxophon und Alphorn, und eine Föhnglocke steht bedrohlich hinterm Bergsattel.

Der Konvoi?

Muß warten, ein Haufen Polizei, wieder nur Elite, in Anbetracht der Sterne, dann ist ein Hubschrauber gekommen, aus der Föhnglocke heraus und aus dem Hubschrauber heraus.

Na, wer?

Die Chefin.

Pfoah.

Die Dosen knallten gegeneinander.

Sie hat sich in vorbildlicher Weise um alles gekümmert, erst um die Künstlerinnen, die sind im Almenrausch gelegen, dann um den Konvoi, für die Polizisten und die Kulturfunktionäre gab es je ein Verdienstabzeichen, für die Soldaten Traubenzucker, für die Offiziere Orden und für den Herrn Professor ein Formular.

Projektantrag?

Flußfestspiele.

In die Hand?

Ein Haufen Kohle?

Versprochen.

Hat sie auch dir die Hand gegeben?

Jedem.

Sie saßen in Gedanken, drei mit der zweiten, einer mit der sechsten Dose, der Energieportier stellte eine letzte Frage.

Und?

Kühltasche leer.

Was hat sie dir versprochen?

Sie dankte ihren Mitstreitern.

Streiten wir mit?

Lassen wir's.

Der Ägypter war nicht zum ersten Mal hier, wieder spürte er die Hemmung, eine der Hintertür vorgelagerte Außenstiege erschwerte das unbefangene Eintreten, man wurde gesehen.

Er hatte die Stufen überwunden und stand still, nichts denkend.

Die Finger seiner linken Hand tauchten in die Tropfen auf dem Eisengeländer, zeichneten Kanäle, Häfen, Teiche, anfangs wohlgeordnet.

Zwölf Ellen bedeuten Hunger, dreizehn Genüge, vierzehn Freude, fünfzehn Vorrat, sechzehn Völlerei.

Maßstab eins zu tausend ungefähr.

Aber der Regen ließ den Wasserstand auf siebzehn ansteigen, die Konstruktion zerfiel in Sekundenschnelle.

Gleichzeitig benützte allerlei künstlerisches Personal die Hintertür und wunderte sich, der Mensch im Regen, ohne Schirm, nur Jeans und Anorak.

Ein Trupp junger Damen, wahrscheinlich Chorsängerinnen, umschwärmte ihn mitleidig.

Er holt sich ja noch den Tod.

Sie gaben ihr Bestes, er folgte ihnen ins Haus.

Beim Glaskasten stand er wieder still, der Portier löste ein Kreuzworträtsel, nach zwei oder drei Minuten klopfte er an die Scheibe, schwach, weniger schwach, stark, der Portier schaute auf, legte die Stirn in Falten, öffnete die Sprechklappe.

Grüß Gott, Herr Theo.

Der Portier wandte sich ohne Gegengruß seinem Problem zu.

Die Dramaturgie, bitte.

Der Portier hielt den Daumen auf eine Stelle des Kreuzworträtsels, sein Blick signalisierte strikte Ablehnung.

Frau Kowski? Frau Tscharski?

Nicht da.

Die Stimme klang leidenschaftlich gedämpft.

Keine von beiden.

Könnten Sie vielleicht so nett sein.
Nein.
Mich melden.
Termin?
Um elf.
Der Ägypter wies auf die Fabrikuhr an der Rückwand der Loge.
Jetzt ist elf.
Der Portier drehte seinen Kopf langsam zur Uhr, dann ruckartig zum Ägypter, ich heiße Derisch, für Leute wie Sie, und fast bösartig, der Gebrauch des Namens Theo ist dem Personal vorbehalten.
Schließung der Sprechklappe.
Fortsetzung der Arbeit am Kreuzworträtsel.
Der Ägypter hatte Zeit, sich umzusehen, der hintere Teil des Hauses paßte eher zu einem Heim als zu einem Theater, Terrazzofußboden, Geruch von Schmutzwäsche und Seifenlauge.
Frau Kowski kam die Stiege herunter, hab ich's mir gedacht.
Der Ägypter, noch vor dem Glaskasten, deutete mit gestreckten Händen seine Zwangslage an, er konnte nicht anders.
Wie lange warten Sie schon?
Zehn Minuten.
Die Sprechklappe öffnete sich, bitte?
Aber Theo, immer dasselbe Vorspiel.
Herr Derisch murmelte, je später die Gäste, und schloß die Klappe, Frau Kowski und der Ägypter gingen die Stiege hinauf.
Unnötig, völlig unnötig.
Wo ist Frau Tscharski?
Im Keller, seit zehn Minuten, nein, zwanzig.
Besuchen wir sie?
Sind eh gleich oben.
Ja?

Ich will nicht indiskret sein.
Nur zu.
Was macht Frau Tscharski im Keller?
Verhandeln.
Professor Sprachmann?
Nicht der.
Wer sonst?
Diese jungen Genies.
Ja.
Immer widerspenstig.
Ja, wollen gezähmt werden.
Unersättlich.
Wollen geliebt werden.
Rücksichtslos.
Was haben sie denn verbrochen?
Ein Krippenspiel.
Wie?
Weihnachten mal anders.
Im Sommer?
Im Winter natürlich.
Jetzt?
Wir sorgen vor.
Wie heißt das Krippenspiel?
Mordakte Bethlehem.

Sie hatten den zweiten Stock erreicht, Tür zur Dramaturgie, gingen aber nicht hinein, Frau Kowski war etwas eingefallen.

Vielleicht könnten Sie uns.
Ja?
In dieser anderen Sache weiterhelfen.
Sieg und Frieden?

Sie kehrten um, Maja Kowski verminderte die Schrittzahl, redete gesetzter, Sprachmann hat uns die Geschichte eingebrockt, tausend Jahre Staat, zweitausend Jahre Christentum, viel dahinter, Politik, Geld, Öffentlichkeit, der Intendant ist begeistert, laßt den Professor nur machen, Luna und Maja, ihr greift ihm unter die Arme, wir hatten ihn dann am Hals, kommt jede Woche, fragt, was wir von ihm wollen.

Und er? was will er?

Wir sagen, schreib deinen Text, er liefert Entwürfe, Konzepte, Ideen, Visionen, mischt sich überall ein, in die Regie, in die Dramaturgie, die Besetzung der Rollen mit Personal von der Straße, verlangt die kompliziertesten Requisiten, aber das fertige Stück.

Bringt er nicht?

Hat er nicht.

Sie waren beim Stiegenabsatz angelangt, gingen wieder hinunter.

Wieso?

Weil er hängt.

Das Gespräch verlor sich in einem Gewirr von Instrumentalklängen, im ersten Stock wurde geprobt.

Der Ägypter unterschied ernste und schöne Musik.

Frau Kowski schlug vor, noch ein paar Minuten im ersten Stock zu verweilen, hinten, um die Ecke, das müßte er sich anschauen.

Große feuchte Flecken an der Wand.

Wo hängt er denn?

In seiner Methode.

Stapeln und Hobeln, ich weiß.

Zwölf Abschriften und ein Schippel Fragmente.

Bohren und Sägen.

Eine Abschrift originaler als die andere.

Was fehlt ihm denn?

Das originalste Original.

Die Urnot, stimmt.

Sie haben das Buch gefunden.

Günstig erworben.

Und Sie übersetzen es.

Hin und her.

Wie weit sind Sie inzwischen?

Es zieht sich.
Wie geht es aus?
Es nimmt kein Ende.
Das Unglück?
Das Übersetzen.
Sprachmann meint, alles wird gut.
Eine Redensart.
Er behauptet, ein letztes Gefecht hätte nie stattgefunden, und er wüßte, wo die Nibelungen geblieben sind.
Ja, wo?
Er sagt, der Zug geht nach Westen.
Da bin ich mir nicht so sicher.
Was sagen Sie?
Lieber nicht.
Nun sagen Sie schon.
Na gut, ich versuch's, die Urnot legt sich bei Ortschaften nicht fest, erschöpft sich in Andeutungen, sicher ist nur dies, die Nibelungen wandern, am großen Fluß entlang, das meint auch der Professor, aber an welchem großen Fluß? in welcher Richtung? und an welchem Ufer? links oder rechts? darin stimmen seine Abschriften nicht überein, die Urnot bringt die zahlreichen Versionen auf einen gemeinsamen Nenner, die Nibelungen wandern durch verschiedene Ortschaften, dummerweise wandern die Ortschaften mit, sie ändern ihre Namen, oder sie tauchen unter gleichem Namen wieder auf, manche Namen gibt es sogar hundertfach.
Wo sind sie dann geblieben?
Das weiß niemand.
Die Völker?
Überholen sich selbst.
Die Führer?
Bilden die Nachhut.
Siegfried?
Ist tot.
 Am Ende des Flurs stand eine Tür offen, drinnen wurde

geredet, von draußen sah man einen großen Spiegel, verschnörkelter Rahmen, im Spiegel zwei Frauen, eine älter, eine jünger, beide rundlich, weich, wohl Mutter und Tochter, mit einem blonden Hünen beschäftigt, sie steckten ab, nähten an ihm herum, und neben der Tür, nervös an der Klinke spielend, einen Lehrling oder Gesellen, er hielt seinen Vortrag über die Wichtigkeit der Garderobe, die Damen spendeten ihr Herrenlob.

Bärenpelz und Zobelhut, Köcher
pantherfellbespannt, Bordüren, Pfeile
doppelt stark, die Spitzen handbreit, goldne
Tüllen, unser Mann trägt Lederhosen

Maja Kowski und der Ägypter unterhielten sich diskret.

Lederhosen?

Spätere Handschrift.

Schreibfehler?

Pssst.

Gepriesen sei der Meister aller Klassen
der so viel Kronen als er Zähne hat
und so viel Grausamkeit als Herzensgüte

Ein schwach vorgetragener Vers, fast unhörbar, schloß das Gedicht ab, die Frauen packten ihr Nähzeug zusammen, der Lehrling oder Geselle half dem Hünen beim Umziehen, der stand eine Weile im Hemd da, starrte vor sich hin, wurde blasser und blasser, verschwand im Spiegel, die Dramaturgin und der Ägypter traten den Rückweg an.

Wollten Sie noch was sagen?

Bitte, nach Ihnen.

Wie ist die Szene zu verstehen?

Tribut an den Zeitgeist.

Wie viel Kronen?

So viel Länder.

Wie viel Zähne?

So viel Kriege.

Wie viel Siege?

So viel Niederlagen.

Ein Kubikmeter Zellstoff, kalkweiß, versperrte ihnen den Weg, rechts ging es zur Bühne, links zu den Klos, geradeaus zu einer offenen Tür.

Sie erwähnten den Zeitgeist?

Ja.

Wer soll das sein?

Weiß ich nicht.

Ein Herr, schmale Figur, kanariengelbe Schuhe, zerschlissene Jeans, zernudeltes Sakko, eine Art von Hirtenstab auf dem Rücken, spazierte vorbei, gab dem Würfel einen Fußtritt.

Nothing.

Der Würfel flog in die Kulissen, versperrte eine Nische mit Leitern und Schaltkästen.

Aber Herr Kollege.

Frau Kowski gab ihm einen scherzhaften Stups in den Rücken.

Nichts?

Der Kollege verabschiedete sich mit einer eleganten Drehung.

No thing.

Der Ägypter erkundigte sich.

Wer war das?

MacYavalley, unser technischer Direktor.

Das Ding auf dem Rücken?

Sonderanfertigung.

Sieht aus wie ein Bumerang.

Die Musik war abgeklungen, ausgerechnet jetzt beschwerte sich jemand lautstark über den Lärm.

Unerhört.

Ein Schauspieler?

Hagen, unser Ehrengast, eigentlich Sprecherzieher, Leiter der Akademie für höhere Redekunst.

Was tut er hier?

Frau Kowski senkte ihre Stimme.

Er lehrt uns das Fürchten.

Die Tür geradeaus schlug zu, Frau Kowski öffnete sie vorsichtig, trat dezent ein, hinter ihr, ebenfalls dezent, der Ägypter.

Unerhört, das Gedudel.

Ein fülliger Herr, schwarze Lehrerkleidung, abgeschabter Rock, saß breit zwischen Garderobenständer und Toilettentisch.

Das Gefiedel.

Am Ständer hingen Ringelhemd, Kettenhemd, grün gefärbtes Schwert, heroischer Helm, auf dem Tisch lagen Speckschwarten, Käserinden, Brotkanten.

Das Gewusel.

Die Eindringlinge grüßten stumm, Herr Hagen war noch nicht fertig mit dem Schimpfen.

Schweinerei.

Er rang nach Luft, Frau Kowski nützte die Pause, erklärend, das sei das neue Stück von Bruno.

Wer ist das?

Bruno Lesky, der Komponist.

Wieder so ein Günstling?

Er wisse doch, die Musik zu Sieg und Frieden, man habe lange gewartet, endlich sei sie da, die Urmusik.

So ein Neutöner?

Allein die Partitur, eine Augenweide, sämtliche Noten mit der Hand, das Orchester habe es nicht leicht, bemühe sich aber sehr.

Das nennt ihr Musik?

Herr Hagen knetete die Essensreste mit dem Daumen auf einem Jausenbrett zusammen, öffnete das Fenster, knipste die Kügelchen hinaus.

Wenn das Musik war, war's schlimm.

Der Ägypter gratulierte Herrn Hagen zu seiner Rolle in Sprachmanns Stück, Herr Hagen gratulierte dem Ägypter zu seiner gewählten Ausdrucksweise.

Man verabschiedete sich in aller Form.

Dann Stille.

Im Flur trafen Frau Kowski und der Ägypter die Musikantengruppe, kenntlich an den Instrumentenkoffern, die kleineren unterm Arm, die größeren auf Schultern oder auf Rollen, ein paar Floskeln genügten, wunderbar, perfekt, so kam man locker vorbei.

Wohin jetzt?

Den Probenraum sollte er sich anschauen.

Wo wir einmal da sind.

Der Probenraum wirkte leer, obwohl mit Notenständern angefüllt, im Hintergrund lauerte ein Schlagzeug, friedlich und stumm.

Möchten Sie mal?

Nein, danke.

Draußen erläuterte die Dramaturgin den Zweck der Einrichtung, der Probenraum, ehemals Gemeinschaftsraum, steht dem gesamten Personal zur Verfügung, als Kraftkammer, immer wenn jemand durchknallt, das heißt, vor dem Durchknall, kann sich jemand dort austoben.

Verstehe.

Sie hätte wohl gern länger über das Sozialnetz geplaudert, hielt aber inne, eine Tür nebenan ging kurz einen Spalt weit auf und wieder zu, sie wechselte das Thema, plauderte über die Wände, die Ohren, erhöhte die Schrittzahl.

Zum Keller?

Sie bremste scharf beim Eingang zur Bühne.

Der Ägypter stieß gegen sie an.

Entschuldigung.

Auf der Bühne arbeiteten etliche Handwerker, der Kubikmeter Zellstoff hatte sich ins Hauptfeld verschoben, lag vor dem Orchestergraben, Herr Hagen kam hinzu, bestieg den Würfel mühsam und ungeschickt, rechtes Knie oben, linker Fuß unten, einer der Handwerker, wahrscheinlich der Meister, kenntlich an Schlips und Kragen, hielt ihm die Räuberleiter, ächzend nahm der Mime Platz.

Schaumspritzer stieben wild umher im Meer
wenn Hagen hinprankt wuchtend seinen Speer
erstarrt das ungeschlachte Heunenheer.

Selbst gedichtet?

Frei nach Sprachmann.

Blankvers?

Mit Stabreim.

Großes Solo?

Für den Endsieg.

Die Nische bei den Kulissen versperrte jetzt eine Liege, sperriges Ding, einer der Handwerker arbeitete daran, klappte auseinander, zusammen, stellte höher, tiefer, wiederholte die Tests, zu hoch, zu tief.

Nick Hollow, Macs Assistent.

Klappt nicht?

Herrje.

Nick Hollow steckte selbst in der Liege.

Eingeklappt?

Der Ägypter hatte den Vorgang beobachtet und erlöste den Assistenten mit raschem Griff aus der Zwangslage, der Assistent hob seine verlorene Schirmmütze vom Boden auf, überreichte sie dem Retter zum Dank.

Geschenkt?

Thank Heaven you've come.

Geräusche und Getuschel hinter den Kulissen lenkten von dem Zwischenfall ab, Größeres schien sich anzubahnen.

Ein Festzug.

An der Spitze drei Männer mit Leitern, Farbkübeln, Metallplatten, Drähten und Gummizeug, dann sieben oder acht schrecklich aussehende Leute mit hohen Hüten und Orden, dann zehn oder zwölf pfeifende und scheppernde Musiker mit Schalmeien und Cymbeln.

Die Dramaturgin erläuterte die Abfolge.

Unsere Könige, unsere Helden, unsere frohen Botschafter.

Zuletzt ein Trupp Damen, halbnackt, mit Flossen an den Füßen.

Die Chorsängerinnen?

Wir nennen sie Nixen, Sprachmann nennt sie Meerweiber.

Ah, die Undinen.

Die Abteilung der Könige besetzte die Mitte der Bühne, fing an zu hämmern, zu schleifen, zu schweißen, ein eisernes Gestell stand schon da.

Unser Turm.

Die Abteilung der Musiker besetzte die linke Seite der Bühne, umzingelte den Sprecherzieher auf seinem Würfel, der übte.

Sch sch ch ch s s sch sch ch ch s s.

Es regnete feuchte Krümel.

Die Musiker spielten nach Art einer blökenden Herde.

Jupiterton? Erdton?

Die Helden besetzten die rechte Seite der Bühne, stießen auf ein seltsames Objekt, rot geädert, grüne und gelbe Pocken, zwei Schießscharten, zwei Kanonenrohre.

Unsere Nase.

Kunst?

Billigvariante, statt des ganzen Drachens.

Die Helden stampften auf der Stelle und im Takt.

Was machen die da?

Schrecken verbreiten.

Die Abteilung der Nixen lief kreischend über die Bühne.

Choreographie?

Selbstorganisation.

Herr Hagen legte den Kopf in den Nacken, das Gesicht in die Armbeuge.

Und was macht der da?

Mit dem Schicksal hadern.

Die Helden stampften jeder auf seiner Stelle, gerieten aus dem Takt.

Vive la Bourgogne.

Herr Hagen hob richtungweisend den Arm.

Die Parole geb ich euch bekannt
nimmer gehn wir heim in unser Land

Die Helden verdrängten die Abteilung der Musiker, bezogen Stellung vor dem Würfel, Augen wie Glaskugeln.

Die Prophezeiung flog von Schar zu Schar
da zweifelten die Mannen ganz und gar
an ihrem Mute vor dem grimmen Tod
dirre Hovereise gie in Not.

Die Damen umtanzten die Helden mit klatschenden Flossen, wechselten dann über zu den Königen, umwarben sie mit schmachtenden Gebärden.

Vive le Royaume.

Die Könige arbeiteten unverdrossen weiter.

Vive la Bourgogne.

Die Helden standen zu zweit, zu dritt, zu viert, palaverten, zeigten in diese und jene Richtung.

Der Ägypter erkundigte sich nach dem Sinn des Durcheinanders.

Eine Probe?

Die Dramaturgin erläuterte es ihm.

Ein Experiment.

Wozu?

Was bei den Proben geschieht, soll auch in Wirklichkeit geschehen.

Und was da geredet wird?

Soll auch in Wirklichkeit geredet werden.

Sagt Sprachmann?

Die Dramaturgin wies in den Orchestergraben.

Schaun Sie sich das an.

Der Ägypter folgte der Weisung.

Was soll ich schauen?

Der als Meister kenntliche Handwerker trat zu den beiden an den Bühnenrand.

Katastrophe.

Die Dramaturgin stellte die beiden Herren einander vor.

Unser alter Inspizient, unser neuer Konsulent.

Der Inspizient grüßte flüchtig.

Eine Katastrophe ist das.

Ach, Odo.

Böden morsch, zum Teil unbegehbar.

Die Dramaturgin ergänzte die Aussage, erst kürzlich sei die Harfinistin durchgebrochen, mitsamt Harfe.

Der Inspizient schäumte.

Schimmelparadies.

Sie versuchte ihn zu beruhigen.

Wenn jemand, aus welchen persönlichen Motiven auch immer, das Theater zusperren wollte, wäre das aufgrund der fehlenden Sicherheitsvorkehrungen ohne große Umstände möglich gewesen.

Ein Schimmelparadies ist das.

Der Ägypter dachte an den Ausspruch eines Philosophen im Hinblick auf ein gewaltiges Naturschauspiel und redete vor sich hin, das Bild ist furchtbar erhaben, denn man kann nicht aufhören, sein zurückgeschrecktes Auge immer wiederum darauf zu wenden.

Die Bemerkung blieb unbemerkt.

Wo ist der Hort?

Die Helden hatten sich neu aufgestellt, bildeten einen Keil.

Der Hort ist fort.

Einer mit Trillerpfeife setzte sich an die Spitze.

Ein Lied, drei, vier.

Triller.

Wir ziehn von Ort zu Ort.

Triller.

Der Keil verschwand hinter den Kulissen, die Könige legten die Arbeit nieder, wandten sich den Damen zu, die Damen wandten sich ab, die Könige folgten ihnen, Hagen saß allein auf dem Würfel.

Odo, bitte.

Der Inspizient hielt ihm nochmals die Räuberleiter.

Alsdann?

 Gehen wir.

In der Nische bei den Kulissen werkelte jemand mit Taschenlampe.

Mac? Nick?

Ein älterer Herr, Graubart, soviel konnte man in dem Suchlicht erkennen, ärgerte sich, er habe eine Couch angefordert, das sei ein Streckbett, völlig ungeeignet, er möchte die Quellen der Lust erschließen, in die Tiefen der Seele herabsteigen, Schmerzen und Leiden lindern, Freiheit erkämpfen, in sexueller wie in religiöser Hinsicht, Freiheit für Böcke wie für Sündenböcke, mit diesem Foltergerät käme er nicht einen Millimeter weiter.

Unser Sigmund.

Vor dem Abgang zum Keller lehnten Bilder an der Wand, ein größeres, zirka zwei mal zwei Meter, verdeckt durch zwei kleinere, halbe Breite, gleiche Höhe.

Triptychon.

Zugeklappt.

Links der Hals eines Drachens, gefiedert oder geschuppt, darauf vier gekrönte Häupter, rechts der Schwanz, darauf ein reitender Knabe im lockigen Haar.

Der Knabe?

Die Hoffnung.

Der Drache?

Totgeritten.

Vier Könige?

Drei.

Da ist ein Vierter.

Hat sich hineingemalt.

Der Künstler?

Meister Gibika.

Spielt mit?

Als Altkönig.

Sie waren im Keller angelangt, es wurde wärmer, rechts eine Brandschutztür, links der Gang, an der Decke ein starkes Rohrnetz.

Dieser Tank.

Ölgeruch lag in der Luft.
Think Tank?
Sie faßte ihn bei der Hand.
Luna wartet.
Wo sind wir jetzt?
Vor der Kantine.
Der Ägypter schaute hinein, ein Tisch war besetzt.
Frau Tscharski?
Nicht da.
Frau Kowski entzog ihm die Hand.
Werde ich einspringen müssen.
Er blieb eine Weile an der Tür stehen und schätzte die Lage ein, peinlich, zwei junge Leute, Stachelfrisuren, Lederzeug, beschwerten sich, tausend Kilometer, nur Stau, nur Regen, jetzt die Warterei.
Sie sind Luna?
Tut mir leid.
Wir dachten.
Ich bin Maja.
Luna hat uns extra herbestellt.
Warum?
Wir sollten mit ihr reden.
Gut, ich übernehme den Fall.
Sie sagt, es wäre zu viel.
Was?
Zu viel Text.
Gut, das können Sie übernehmen.
Was?
Kürzen.
Der Ägypter hörte noch einiges mehr, Frau Kowski drängte auf Erledigung, die Hitzköpfe drängten auf Nichterledigung.
Unmöglich.
Warum?
Wegen der Story.
Bethlehem?

Zeitlos.
Der Kindermord?
Komplex.
Der Plot?
Das ist der Komplex.
Anti Ödipus?
Herodes.
Nur zu.
Wir räumen auf, machen Psycho.
Genehmigt.

Der Ägypter bewunderte Frau Kowskis Geschicklichkeit, sie hatte nichts mit der Sache zu tun und doch den Überblick, das war Organisationsberatung.

Was schlagen Sie vor?

Fünf Stunden.

Das Gespräch wurde lebhafter, wechselte zwischen lauten und leisen Tönen, vor allem Zahlen, vier, drei, zwei, und immer den gleichen Sätzen, der Ägypter revidierte sein Urteil, das war Langeweile.

Was sollte er tun?

Er fürchtete, seine Gegenwart könnte die Lage der Beteiligten verschlechtern, und machte ein paar Schritte zur Seite.

Es folgte eine Serie von Kraftausdrücken, mehr oder weniger schmutzig.

Fuck you.

So viel hörte er noch aus der Entfernung.

Dann Stille.

Der Kellergang führte auf ein offenes Tor zu, dahinter auf einen unverputzten Gang in gleicher Richtung, der Ägypter sah links und rechts zwei weitere Gänge, gesperrt durch Holzgitter, die führten ins Dunkel, er folgte dem mittleren, anfangs stärker beleuchteten Gang und gelangte zu einer Stiege aus Bruchsteinen, die führte nach unten in eine schwächer beleuchtete, aus Ziegeln gemauerte Kammer, mit einem Andachtswinkel und einem Schemel zum Niederknien.

Vor den Augen ein schwarzes Fenster.

Ein Nachbild erschien ihm.

Schwert trennt Drachenkopf ab, gekrönte Häupter entfallen, Säge trennt Drachenschwanz ab, reitender Knabe entfällt.

Der Ägypter versuchte eine kumulative Übersetzung.

Capo, Haupt, decapitare, köpfen, da capo a piedi, von Kopf bis Fuß, cazzo, Schwanz, Fuchsschwanz, Säge, Kapital kaputt, Kapitell kaputt, Kappes, Krautkopf, chou, chouchou, chouchoute, choucroute.

Das Fenster flog auseinander.

Im Nachbild erschien ein Vorbild.

Drei Teile.

Links Paradies, rechts Höllensturz.

Er zog aus allem die Wurzel.

Kapitulation.

Im mittleren Teil eine Stadt, grelles Licht, Läden geschlossen, Straßen leer, am oberen Bildrand der Drache, kopflos, schwanzlos, ein Fetzen im Wind, am unteren Bildrand drei große Warnschilder.

Würfel Turm Nase.

Er versuchte eine primitive Übersetzung.

Dé tour nez.

Das wird es sein.

Détournez.

Bis hierher und nicht weiter.

Die Lösung.

Er hatte Jahre an dem Kapitel getüftelt, die Undinen verständigen sich durch Gesang, unübersetzbar, sie teilen den Menschen nichts mit, aber Hagen meint sie zu hören, bis hierher.

Also weiter.

Der Ägypter stand auf, machte einige Schritte, fand den Durchgang, mußte sich ducken und kam in einen engeren Tunnel mit Windungen und zahlreichen Stufen aufwärts und abwärts, der Tunnel zog sich, fünfhundert Meter? tausend Meter? vielleicht sogar einige Kilometer? er beurteilte es nicht mehr, ging nur immer weiter.

Der Tunnel wurde größer und luftiger.

Ein verputzter Gang.

Eine Tiefgarage.

Rechts ein Lastenaufzug.

Daneben Luna Tscharski.

Hab ich's mir doch gedacht.

Die Flügel der Aufzugstür glitten ins Gemäuer.

Bitte sehr, er trat ein.

Viel zu tun?

Sie drückte Parterre.

Geht schon.

Der Aufzug fuhr langsam an, rüttelte leicht, blieb stehen.

Immer dasselbe Vorspiel.

Er berichtete von dem Orchestergraben, seinem Erschrecken und seiner Furcht vor dem Ende aller Dinge.

Unnötig, völlig unnötig.

Er würdigte die Ausführung des Triptychons.

Bühnenbild?

Sie waren im Parterre angelangt.

Claus sagt, wir werfen es auf den Markt.

Zuletzt berichtete er von der Erscheinung im schwarzen Fenster.

Sie traten auf den Gang hinaus.

Wohin jetzt?

Sein Oberkörper deutete eine Rechtsdrehung an, ihr Oberkörper, wohl absichtslos eingehakt, drehte nach links.

Kommen Sie.

Er folgte ihr widerstrebend.

Claus wartete.

Er sah sich um.

Wo?

Im Depot.

Der Gang zog sich scheinbar endlos, der Ägypter überlegte, Bodenbelag, Geruch, Temperatur, die Umgebung kam ihm irgendwie bekannt vor, war er vielleicht schon früher einmal hier gewesen?

Immer geradeaus.

Sie kniff ihn leicht in den Arm.

Schaun Sie da.

An der Wand hing ein Kasten mit Einwurfschlitz.

Was sagen Sie dazu?

Briefkasten.

Für Mitteilungen.

Hier im Keller?

Die graue Zelle.

Ein Geheimbund?

Zur Untermiete, seit kurzem erst.

Sie senkte ihre Stimme.

Diese alten Genies.

Professor Sprachmann?

Nicht der.

Wer sonst?

Diese Böcke.

Ja.

Tun so, als wären sie junge Springer, wollen immer gewinnen.

Ja, ewig leben.

In der Fuge zwischen Wand und Kasten steckte eine Papierrolle, Luna Tscharski zog sie heraus, reichte sie dem Ägypter, er nahm die Papierrolle auseinander, hielt mehrere seidige Blätter mit farbigen Zeichen, rosa, blau, grün, gelb, in der Hand.

Können Sie das lesen?

Mund Brot Brot Welle Tisch Mund Küken Mund Brot.

Worum geht es?

Große Pläne.

Sie legte ihren Kopf besinnlich an seine Schulter.

Die Zukunft?

Der Ägypter vergaß, ihr auszuweichen, so sehr war er in die Lektüre vertieft.

Es geht um den Anfang aller Dinge.
Die Wirklichkeit?
Am Anfang war das Nichts, es schuf alles Leben aus sich, zeugend und gebärend.
Die Wirklichkeit ist unbegreiflich und abstoßend.
Licht und Dunkel.
Aber es besteht Hoffnung, daß sie nichts ist als eine schmutzige Hülle.
Luft und Wasser.
Ein hohes Mysterium liegt in ihr verborgen, vielleicht bieten die zufälligen und flüchtigen Blicke auf die Schönheiten der Natur und der Kunst heimliche Hinweise auf eine ganz andere Sphäre.
Erde und Feuer.
Etwas, das ewig besteht und den Menschen zu sich selber lockt.
Der Ägypter rollte das Papier zusammen.
Wohl doch eine Rechnung.
Verschlüsselt?
Sie übernahm das Papier.
Für Claus.
Wollten Sie noch was sagen?
Bitte, nach Ihnen.
Das Durcheinander im Theater.
Die Proben?
Ich versteh's nicht.
Tribut an den Volksgeist.
Wer ist das?
Der die Macht hat.
Die Mehrheit?
Wer dem Volk aufs Maul schaut.
Die Politiker?
Die Recken.
Recke ist wretch, Schurke.
Die drei Könige?
Magier aus dem Morgenland.

Aber der gemeine Mann?
Der wird immer gebraucht.
Wer gewinnt? wer verliert?
Der übrig bleibt.
Lebend? tot?
Am Ende wird gezählt.
Diese Nibelungen.
Immer in Not.
Würfel, Turm, Nase.
Détournez.
Das heißt?
Verzieht euch.
Sie hatten das Tor zum Depot erreicht.

Sprachmann erkannte die Au nicht wieder, Reste des alten Flusses, Stoppelfelder, kaum frisches Grün, obwohl Frühling, zerzauste Birken und Pappeln, eine Landschaft zum Sterben.

Die Bauwirtschaft florierte.

Das Theater durfte sein Programm fortsetzen, allerdings mit Verzögerung und langwieriger Namensgebung, erst hieß es Flußfestspiele, dann Seefestspiele, dann Freiluftfestspiele.

Politik braucht eben ihre Zeit.

Die Au war rundum ausgehöhlt, von Dämmen und Brücken durchzogen, Wasser quoll aus dem Untergrund, Wasser rann von der Bergwand.

Moräne, lehmig, ocker, schön anzusehen, wohl dem, der hier Bilder malte, weh dem, der hier kletterte.

Große Naturbühne.

Sprachmann hatte sein Stück stark verändern müssen.

Alles außen.

Zwei halbrustikal gekleidete Männer, blaue Kittel, Jägerhüte, schaufelten an einer Grube, der eine unten, bis zu den Knien im Loch, der andere oben, lud den Dreck in einen Karren.

Alberich und Wieland.

Sprachmann beobachtete die Szene durch die Lücken eines Bauzauns, Alberich und Wieland arbeiteten jetzt seit mehr als einem Jahr für ihn, hauptsächlich bei den Vorbereitungen zum Film, außerdem fürs Theater, das Engagement gelang dank seiner Intervention im letzten Herbst, sie hörten auf zu schaufeln, nahmen die Hüte ab, sahen unschlüssig zu einem Stoppelfeld hinüber.

Jemand lag da, grauer Kittel, schien zu schlafen,

Sie riefen, fertig.

Der Mann rappelte sich auf, klopfte sich ab, kam gerannt, stand schon an der Grube.

Odo Acker.

Weitermachen.

Die Arbeiter wehrten sich mit Händen und Füßen.

Tief genug.

Der Inspizient zeigte es ihnen, nicht tief genug, auch mit Händen und Füßen.

Löchlein.

Metertief.

Odo Acker stieg in die Grube, legte sich der Länge nach hinein.

Na?

Geht doch.

MacYavalley spazierte vorbei, gesellte sich zur Arbeitsgruppe, er trug eine gestreifte Weste und gebügelte Hosen, auf dem Rücken den Speer.

Katastrophe.

Die Stimme kam aus dem Graben.

Eine Katastrophe ist das.

Can I help you?

Odo Acker bemühte sich aufzustehen, das rechte Bein oben, das linke unten, kam nicht zurande, MacYavalley ergriff die linke Hand, Odo Acker drehte sich um die eigene Achse, lag wieder unten, versuchte es nochmal, MacYavalley ergriff die rechte Hand, das Experiment gelang.

The show must go.

Odo Acker salutierte.

Ay, ay, Sir.

Für den Umzug aufs Land hatte sich Sprachmann ein stummes Vorspiel erbeten, Siegfried kauert in der Grube, der Drache, träge, satt gefressen, wälzt sich zum Ufer des Stausees, hält wenige Zentimeter vor der Grube, wild schnaubend, und während er nur mit sich selbst beschäftigt ist, sich förmlich überschnaubt, springt Siegfried aus seinem Versteck heraus und haut ihm auf die Nase, die Nase kippt nach hinten und entblößt das Gemächt des Drachens, Pimmel groß wie ein Zaunpfahl, Hoden groß wie ein Ohrensessel, Siegfried nützt die Chance, springt in das Gemächt hinein und richtet sein Massaker an, wollüstig, mindestens fünf Minuten, anschließend nimmt er sein Blutbad.

So war man verblieben.

Stummes Vorspiel?

Wir tun, was wir können.

Die Dramaturginnen hatten sich in letzter Zeit eher zurückgehalten, hin und wieder gab es zwar Kontakt mit Luna, jedoch betont unpersönlich, von Maja hörte er gar nichts mehr.

Boom boom.

Odo und Mac amüsierten sich.

Bumerang.

Odo blies Mac ein paar Staubpartikel von der Weste, wischte nach, Mac zeigte auf einen Trümmerhaufen am Ufer des Stausees.

Was tut der Caterpillar da?

Warten.

Odo rief die Arbeiter zu sich.

Antreten.

Die beiden schulterten ihre Schaufeln.

Zu Befehl.

Abtreten.

Einszwei, einszwei.

Alberich gab den Schritt vor, Wieland folgte leicht hinkend.

Halt.

Die beiden blieben stehen, schauten unschlüssig nach rechts, nach links.

Rührt euch.

Was jetzt?

Odo lief zu seinem früheren Platz im Stoppelfeld, holte sich ein Megaphon.

Panzer.
Das Ungetüm blinkte.
Drei Scheinwerfer, zwei an den Flanken, einer an der Stirn.
Sprachmann schaute auf die Uhr.
Zwölf Uhr Mittag.
Die Männer standen bequem, Schaufeln bei Fuß.
Achtung.
Das Ungetüm warf den Motor an.
Fertig.
Ein paar Enten rauschten vorbei.
Los.
Der Caterpillar näherte sich bedrohlich langsam, die Männer legten die Schaufeln nieder.
Mac warf den Speer in die Luft.
Hip, hip, hurrah.
Der Speer beschrieb einen Kreis, stieg aus dem Kreis in die Höhe, zog oben eine Schleife, kehrte senkrecht zur Erde zurück, landete im Karren.
Sprachmann hatte einen Violinschlüssel gesehen.
Wo?
Mac und Odo untersuchten den Karren.
Da ist er ja.
Das Gerät hatte das Metall durchschlagen, war auf dem Boden gelandet.
Okay?
Mac nahm den Speer in Empfang.
Mach du mal.
Lieber nicht.
It's your turn.
Odo überlegte es sich.
Na gut.
Der Speer beschrieb einen gestreckten Bogen, landete in den Büschen.
Verdammt.
 Sprachmann hatte einen Baßschlüssel gesehen.

Bullshit.
Mac ging das Gerät suchen.
Der Caterpillar hielt auf halber Strecke an, drei Männer stiegen aus, Sprachmann erkannte seine Freunde, die Könige, sie trugen einheitlich schwarzes Lederzeug, Gunther grüßte die Arbeiter.
Hallo, Jungs.
Gernot und Giselher hoben die niedergelegten Schaufeln auf, drückten sie ihnen in die Hand.
Mitkommen.
Der Caterpillar fuhr weiter, Gunther auf dem Führersitz, Gernot und Giselher auf den Trittbrettern, weit hinausgelehnt, winkend, auf dem Dach Alberich und Wieland, die Schaufeln wie Fahnen schwenkend.
Odo brüllte.
Baggern.
Alberich und Wieland verdeutlichten das Baggern symbolisch, mit den Schaufeln ins Leere stochernd, der Caterpillar hielt an, erledigte seine Aufgabe ruckzuck, fuhr dann in Richtung Stausee.
Am Ufer hatte sich viel Volk versammelt.
Sieg, Sieg, Frieden, Frieden.
Sprachmann sah die Menschen und hörte ihre Rufe, die Zeitungen hatten das Ereignis nicht umsonst groß angekündigt.
Sieg und Frieden, Festspielproben.
Außerdem Schönwetter.
Auf einer kleinen Landzunge, Halbinsel im Schilf, hatte das Theater eine künstliche Terrasse errichtet, Hauptquartier des Intendanten, Sprachmann war eigentlich hergekommen, um sich mit ihm über notwendige taktische Maßnahmen zu verständigen, wollte sich aber vorher ein wenig im Gelände umsehen.
Die Grube?
Jetzt tief genug.
Neben ihm hielt ein Möbelwagen.

Die Kunst?

Hera Klitt begrüßte Sprachmann flüchtig, hatte offenbar zu tun, hinter ihr stiegen zwei Helfer aus, sie begrüßten ihn gar nicht, luden gleich ab.

Der Drache?

Schnauze unverändert, Plastikschaum, pockennarbig, zusätzlich ein halber Baum und ein plumper Ohrensessel.

Paßt.

Die Künstlerin erschien nicht ganz glücklich.

Immer diese Sonderwünsche.

Aufs Haar genau.

So werden wir nie fertig.

Ein offenes Kunstwerk.

Sie zog ihre Baskenmütze tiefer ins Gesicht.

Der Schmetterling.

Was ist mit dem?

Gestrichen.

Der kühle Grund? der Sündenpfuhl? das Lotterbett?

Weg.

Der Beichtstuhl?

Weg, alles weg.

Sprachmann ärgerte sich.

Gestrichen ohne Ankündigung.

Ein Jammer.

So war man nicht verblieben.

Dieser Ehwitz.

Auf dem Weg zwischen Graben und Terrasse baute man an einem Gerüst, zirka zwanzig Meter hoch, die Könige hatten den Entwurf geliefert, den Auftrag an Heide Egger weitergegeben, sie sollte den Turm vollenden, Sprachmann entdeckte die Künstlerin in einem Gewirr von Eisenrohren.

Hallo.

Zugleich entdeckte sie ihn.

Komme gleich.

Sprachmann bewunderte ihren Schwung.

Bin schon da.

Sie nahm ihren Helm ab.
Wie läuft's?
Super.
Der Wasserfall?
Einfach super.
Die Feuersbrunst?
Nichts.
Er hörte nur ein Kreischen.
Was?
Das Kreischen kam von einer Säge.
Nichts?
Er hielt sich die Ohren zu.
Nichtung?
Heide Egger war den Lärm offenbar gewöhnt.
Lichtung.
Licht?

Die Handwerker auf dem Gerüst machten Pause, die einen stiegen ab, packten ihre Brote aus, die anderen blieben oben, schauten vor sich hin oder lasen Zeitung.

Was hast du gesagt?
Flutlicht.
Sie setzte ihren Helm auf.
Alles für Sieg und Frieden.
Für mich?
Seid umschlungen, Millionen.

Sprachmann fiel ein, sie wiederholte getreu seine Worte, es war sein Konzept.

Für diesen Ehwitz.
Alles?
Alles.
Er fühlte sich im Moment etwas geschwächt.
Na, dann.
Mach's gut.

Auf einem schmalen Wiesenstreifen lagerten Teile des Ensembles, einzeln und in Kleingruppen, manche ruderten mit den Armen, ballten die Fäuste, klagten die Götter an oder sackten in sich zusammen, und manche probten recht komplizierte heroische Stellungen.

Oho.

Auf halber Strecke zum Stauseeufer saßen zwei ältere Schauspieler an einem Campingtisch, plaudernd bei einer Flasche Wein.

Gibika und Sigmund.

Oho, der Herr Autor.

Sie wiederholten ihren Gruß lautstark.

Der Herr Autor persönlich.

Geradezu offensiv.

Endlich bemerkten ihn auch die anderen Menschen am Ufer.

Der Herr Sprachmann.

Das war ein Hallo.

Angenehm.

Er fühlte sich im Moment gestärkt, wenngleich etwas überschätzt.

Ist ja schon gut.

Am oberen Ufer hatte die Schubraupe gewartet, sie fuhr zuerst langsam, wurde dann schneller, Gunther steuerte sie geschickt am Wiesenstreifen vorbei.

Achtung.

Am letzten Wiesenzipfel lagerte Hilde, sie hatte sich Asche aufs Haupt gestreut und sich bemüht, ihren Busen in klassischer Weise zu zerschlagen, sie stimmte ein Geschrei an.

Ihr Brüder, ihr Brüder.

Giselher hob sie im Vorbeifahren aufs Trittbrett, hielt sie fest in seinen Armen.

Was wollt ihr von mir?

Die Schubraupe setzte heulend und zähneknirschend ihren Weg fort, erhöhte das Tempo und verschwand im Bruchwald am unteren Ufer.

Fehlte da nicht jemand?

Sprachmann hielt es für angemessen, mit Sigmund und Gibika ein paar Worte zu wechseln.

Siegfried?

Der Stern des Nordens geruht zu ruhen.

Wo?

Im Bett.

Der Penner.

Sprachmann mußte sich eingestehen, der erste Siegfried war unfähig, der zweite abgesprungen, der dritte verschlief sämtliche Proben, demnach benötigte man einen vierten Siegfried.

Und?

Ute fehlt.

Hat sich selbständig gemacht.

Treuloses Weib.

Sprachmann ging in Richtung Hauptquartier, bei der Landzunge sah er einen schwimmenden weißen Würfel, darauf mehrere bunte Bikinioberteile.

Aha, die Orakelszene.

Er lehnte sich an den Stamm einer Birke, schaute zum Hauptquartier hin, auf der Terrasse geriet einiges in Bewegung, die als moderne Generäle kostümierten Helden versammelten sich, das Mariandl ging mit Tablett herum, verteilte Getränke, MacYavalley, wieder mit Speer, gesellte sich zu den Generälen, Claus Ehwitz, heute in Bermudashorts, stand in der Mitte, breitete die Arme aus.

Erster Akt, erste Szene.

Wie?

Der Gedanke war schon früher aufgetaucht, jetzt unabweisbar, das Theater arbeitete gegen Sprachmann, das Stück sollte ursprünglich mit der Orakelszene beginnen, er hatte sie wohlweislich nach hinten geschoben, Krisen ereignen sich ja selten am Anfang, meistens später und zu spät, das Theater schob die Orakelszene nun wieder nach vorn.

Sprachmann war hintergangen worden.

Odo?

Der Inspizient überreichte dem Intendanten das Megaphon.

Auftritt Hagen.

Der Held legte los, Meerweiber traf ich, lila Haare, goldne Augen, Silberschaum, brauner Sud, schwarzer Qualm, watete durch das seichte Wasser bis zum weißen Würfel, vergeßlich sind sie, so vergeßlich, beschnupperte einige Bikinioberteile, hier, ich hab was, die Nixen, sieben oder acht, riefen im Chor, nix hat er, nix, nix, er hat nix, Hagen schwenkte die Bikinioberteile hin und her, die Wäsche nahm ich ihnen weg als Pfand, da fingen sie mit dem Geschmuse an, in ihre holde Lockenpracht gewickelt, er warf die Wäsche auf den Steg, ich dacht', ein Horoskop wär' recht und billig.

Hadeburg und Siglinde schwammen auf den Steg zu, schnappten sich die Wäsche, Hagen nahm Deckung vor den Spritzern.

Ehwitz unterbrach die Probe.

Nixen näher ran.

Sprachmann kam zu dem Schluß, Ehwitz hatte das Stück vermasselt, man ging inzwischen getrennte Wege.

Krisen brauchen eben ihre Zeit.

Guten Tag.

Jemand zupfte an seinem Hosenbein.

Guten Tag.

Da zupfte noch jemand.

Alberich und Wieland.

Sie hatten neben ihm auf einem umgedrehten Kahn gesessen, luden ihn ein, Platz zu nehmen.

Dieser Ehwitz.

Je nun.

Schmeißt alles durcheinander.

Wissen wir schon.

Woher?

Das macht er immer so.

Sie erzählten von ihren Erfahrungen beim Theater.

Darf ich?

Er nahm Platz.

Was ist drin?
Material.
Für uns?
Wir schaufeln raus.
Was so abfällt.
Theater vergeht.
Film besteht.
Wann wird gedreht?

II · 2

Mit zwei Männern hatte sie zu tun, Nofretete irrte durch den Wald, mit zwei Männern zugleich, wenn das nur gut ging, der Wald sah heute sehr verwunschen aus, ihr Herz klopfte, wie sollte es entscheiden? gehörte es mehr dem einen und weniger dem andern? hatte es vielleicht schon entschieden? ohne ihr Wissen? sie war in Tücher gekleidet, bunt flatternd, der eine, Stürmer und Dränger, roch meistens nach Kneipe, der andere, Zögerer, meistens nach Tee, Minze wärmt und löst Krämpfe, sagt er, sie mag keine Minze, schmeckt wie Kaugummi, nimm Melissengeist, sagt sie, er mag keinen Schnaps, das Licht rieselte silbern, Boden und Unterholz schluckten es, der eine führte sich auf als Genie, der andere als Gelehrter, fast Priester, nicht heiratsfähig, sagt er, kommt Zeit, kommt Rat, sagt sie, ein Spätsommertag, das Laub hauptsächlich von Buchen, raschelnd, und Nadeln, schrittdämpfend, hauptsächlich von Fichten, Kiefern, allerlei Wurzen, Fettpflanzen, Kriechpflanzen, Nesseln bis zur Hüfte, Farn bis zum Hals, sind da Schlangen? sie verehrte Schlangen, fürchtete sie nicht, Dolden, Glocken, der Wald sah sogar sehr katholisch aus, bei dem Geklingel, eine Wiese, was macht hier eine Wiese? mitten im Wald? und mitten in der Wiese ein Hof, zerfallen, leer? war sicher viel Arbeit hier, früher, sie trat ins Freie, ein Feldweg, hohes Gras, tiefe Spuren, Traktorspuren, allerlei Kraut streichelte ihre Waden, Mannstreu, scharfe

Zähnchen, die beiden wären ja gern Zauberer geworden, der eine wie der andere, und sie konnten doch gar nicht zaubern, hatten nur Tricks aus der Kiste, faule Tricks, und aus Büchern, auch sie las Bücher, aber mehr die nützlichen, wo was drin steht, schlag auf, sieh nach, zum Beispiel Kochbücher, weniger die erfundenen, Schicksalsbücher, Romane, der Narr, Narzissen hatte er ihr mitgebracht, Narzissen, ihr Ruf hallte über die Wiese, man schenkt sie den Toten, wegen des Dufts und wegen der bleichen Farbe, die Nymphe hätte ihn ja gern geheiratet, aber er verschmähte ihre Liebe, dafür rächte sie sich, bannte seinen Blick, er sah dann alles falsch, in jedem Ding sein Wasserzeichen, er hätte sie nicht zurückweisen dürfen, und so hallte es aus dem Wald gegenüber, das Echo wird dir noch die Ohren abreißen, sagt der Gelehrte, nimm Baldrian, sagt sie, das Kraut zum dummen Gesicht, es öffnet die Augen, lindert Selbstsucht und Eifersucht, der eine war der Held, immer tätig, immer schuldig, der andere rührte keinen Finger, war immer unschuldig, die Welt ist schlecht, dachte sie im vollen Lauf und spürte gleich die Ohrfeige, hockte sich nieder, pinkelte, sie hätte nicht so schreien dürfen, Ammons Atem stieg ihr in die Nase, zu ihren Füßen wuchs Johanniskraut, unserer Frauen Bettstroh, heißt auch Herrgottsblut, reinigt und heilt, stellt das ganze Mannsbild wieder her, unsere Frauen geben es ihren Männern, sind ja ganze Weibsbilder, sie pflückte das Kraut, rieb die Blüten, wischte ihre Hand ins Wickelkleid, lief weiter über die Wiese, jetzt kamen Biester, die stachen, sie klatschte sie weg, eine schmale Straße, geteert, was macht hier eine Straße? die Erde erschrickt, die Bäume erzittern, Holzfäller im Anmarsch, neben der Straße ein Schild, Achtung, Tollwut, Füchse stehlen Gänse, mit Tollwut muß man ins Spital, sie kannte Krokodile von Kindheit an, sie bewachten schon ihre Wiege, aber Füchse? nie hatte sie einen gesehen, wer weiß, wo er lauerte, am Straßenrand ein Graben, darin Zementrohre, ein ausgetrockneter Bach führte sie bergauf, sie kletterte, fiel hin, schrammte sich die Knie, der eine war Jäger und Gejagter, Treiber und Getriebener, spaltete den Amboß wie der Blitz die Eiche, selber gespalten, warf die Feinde um wie Zinnsoldaten, selber umgeworfen durch die treulosen Freunde, der andere war der Sanfte, er hob Brunnen und Teiche aus, weidete seine Schafe, predigte den Wölfen, die Anhöhe war erreicht, sie legte sich ins Moos.

Der Recke wagt sein Leben, schafft Neues mit Kraft, sein Werk überschattet den Wald, der Wald überschattet den Mord, wie Sperrholz liegt der Drache am Boden, zersägt, gestapelt, ringsum Späne, Rinden, Reisig, braucht man zum Einheizen, da kommt der andere und spricht, leider, leider, sagt der Schneider, sie reizt, überreizt sich, Pik Hand, sagt sie, der eine Contra, sie Re, der andere Bock, sie spielt aus, die Schwalben schicken euch elf Eier pro Woche, daß die Wolken nicht platzen, am Tag der Hochzeit, der eine sticht ihr das As mit einem Bauern, daß es kein Begräbnis wird, sagt der andere mit strenger Miene, die ländlichen Sitten sind einigermaßen gefährlich, jeder Zug will gelernt sein, geübt und befolgt, sie wachte auf.

Im Land erklang Musik, ein Posthorn? Cottbuser Postkutscher? unter der Erde tanzen Hexen im Kreis, schwarze Pilze, weiße Pilze, Trüffel? ein Schwein müßte man sein, man ginge zum Markt, machte ein Bombengeschäft, über den Wipfeln sah sie hellere und dunklere Wolken, wechselte das Wetter? sie löste ihre Zunge, zwischen zwei Zwetschgenzweigen, nochmal und nochmal, zwischen zwei Postkutschen zwitschern zwei Schwalben.

Mit zwei Männern hatte sie zu tun, Nofretete lief ihnen nach, das konnte nicht gut gehen, trotzdem, ihre Seele brannte, beide hatten den Funken aus ihr herausgeschlagen, sie war an beiden entzündet, nur gemeinsam löschten sie das Feuer, ein Hohlweg führte sie bergab zum Ufer des Flusses, dort wollte sie die Geliebten erwarten und ihnen die Entscheidung überlassen, wer war der Erste? jemand ging ihr voraus, sie erkannte ihn am gelben Kittel, der paßte gar nicht zur schönen Umwelt, und an seiner Tasche, der Sonne entgegen, aber die Richtung stimmte, er arbeitete für die Zeitung, hatte immer zu tun, auch mit Schreiben, Übersetzen, sollte sie ihn rufen? du mein Starker, ein Starker braucht Stärkung, ich komme? sie kroch die Böschung hoch, rutschte, hielt sich an einem Krüppelholz fest, rannte querwaldein, nahm eine Abkürzung, Fischers Fritze putzt Postkutschen.

Sie sah ihn von oben, er näherte sich einer Senke, suchte etwas in seiner Tasche, sein Buch? er fand es, blätterte darin, fing an zu lesen, ließ sich auf einem Baumstumpf nieder, sie nahm Deckung hinter einer Haselnußstaude, schaute durchs Geäst, die Wolken hielten ihr Versprechen, es kühlte ab, wieder erklang Musik, Harfen, viele Harfen, Hochzeitsmusik? ein Rauschen übertönte die letzten Töne, Laub wirbelte auf, der Geliebte befeuchtete seinen Zeigefinger, der Wind wehte vom Tal her.

Vom Tal her erschien der andere Geliebte, Schritt eines Ochsen, Stirn gesenkt, schob er das Wetter? oder schob das Wetter ihn? dann stand er still, ebenso der Wind, der eine legte das Buch beiseite, erhob sich, wollte den anderen begrüßen, der wandte sich ab, der eine bot ihm den Baumstumpf an, wohin gehst du? der andere nahm Platz, ich weiß nicht, der eine fragte, was hast du denn? der andere schniefte, mußte sich dauernd schneuzen, der eine fragte, Taschentuch? das Gespräch zog sich hin, nichts paßte zusammen, und das war das Ergebnis, wir haben das Land verlassen, Brücken abgebrochen, nun, Schifflein sieh dich vor, so mischten sich die Worte in den Ohren, oh je, oh je.

Die Geliebten gingen ihrer Wege, der eine beschwingter, der andere beschwerter, Nofretete überlegte nicht lange und verfolgte den einen, geschützt durch den Wald, aber der Schutz ließ nach, es wurde heller, der Wald öffnete sich wie ein Vorhang und gab den Blick frei ins Tal, sie fand Zuflucht in einer Mulde, hohe Gräser reichten ihr bis zu den Augen, dennoch behielt sie die Übersicht, sah genug durch die Halme, der Weg endete unten am Fluß, man baute dort an einem Park, mit Spielplatz und Pyramide, die sollte wohl noch werden, allerlei Volk lagerte am Ufer, teils nackt, teils bekleidet, einige faul, einige fleißig, was machte jetzt der Geliebte? er trat auf, als wäre er hier zu Hause, ging herum, Zeitung? Zeitung? Zeitung von heute? die Kunden rissen ihm das Blatt aus der Hand, schlugen auf, stand was drin? gaben es zurück, bezahlten sie? wahrscheinlich nicht, Pestilenzwurzen, er sprach eine Gruppe an, zehn oder zwölf Nixen, jüngere und ältere, Zeitung? Zeitung von gestern? sie zerkugelten sich, fragten, Illustrierte? keine Illustrierte? Lachwurzen, dann trat der Zwerg auf, Nofretete erinnerte sich an den Besuch im Garten, sie kamen zu zweit, begrüßten sie als edle Jungfrau, stellten sich als Manager vor, Gauner, sagte der Geliebte, heute war nur einer da, er kam vom Ufer hergelaufen, gab Zeichen, hau ab, das ist ein Befehl, und wenn jemand ihm zuwiderhandelt, macht er Meldung, der Geliebte ließ sich nicht stören, also lief der Zwerg zum Ufer zurück, ein Erdhaufen ragte dort ins Schilf, mit Schotter befestigt, oben eine Platte, darauf ein Thron, ganz oben ein wichtiger Mann, Pharao, so nannte sie ihn für sich, wegen seiner prächtigen Erscheinung, vor dem Erdhaufen hatte sich eine Menschenkette gebildet, wahrscheinlich Bittsteller, geduldig wartend, der Zwerg drängte sich dazwischen, muß melden, muß melden.

Nofretete lag zu weit weg, um alles genau zu hören und zu sehen, eine Veränderung wäre günstig, die Gelegenheit ergab sich mit der Ankunft dreier Herren, sie kamen im Laufschritt daher, vorbei an der Mulde, trugen festliche Gewänder, grün, rot, violett, ein jeder in seiner Farbe, sie hängte sich an wie eine Meßdienerin, verschwand unten in der Menschenkette, fiel gar nicht auf.

Zwei Frauen umsorgten den Pharao, brachten Getränke, wedelten mit irgendwelchen Papieren, da kam der Zwerg und beschwerte sich, jemand verweigert den Gehorsam, wer wagt es? ein toller Mensch, der Kolporteur, ach der?

ihm ist alles erlaubt, der Zwerg griff zu seinem Sprachrohr, Befehl von oben, kauft Zeitungen.

Ein Tumult flußaufwärts lenkte Nofretete vom offiziellen Geschehen ab, ein dicker Mann mit Helm, Feuerfresser, so nannte sie ihn für sich, lehnte an einem Felsbrocken, im großen Halbkreis stand die Menge, neugierig, im Voraus klatschend.

Zwei Nixen badeten im Fluß, eine älter, eine jünger, die erste streckte den Hals heraus, guckguck, der Mann antwortete, gackgack, die Nixen tauchten unter, er hielt dann eine Rede, sie hätten ihm alles Gute gewünscht, und er wollte sich bedanken, deshalb warf er ihre Bikinis ins Wasser, die erste tauchte auf, ich bin die Nichte, die zweite tauchte auf, versuchte, die erste unterzutauchen, ich bin die Tante, die erste tauchte auf, was du kannst, kann ich längst, der Mann fragte, könnt ihr mir auch sagen, ob wir den Krieg gewinnen? die Nichte rief, wahrlich, wahrlich, ich sage dir, ein einziger von euch kehrt heil zurück, die zweite aber rief, die Nichte lügt, und tauchte sie unter, die erste tauchte auf, du Qualle, du Seegurke, willst nur geküßt werden und so weiter, die Tante legte sich auf den Rücken, spielte tote Frau, die Nichte legte sich auf den Bauch, spielte Schmetterling, landete im Schlamm, sang ein Lied, heiße Lohe steigt zum Himmel, der Mann zog ein Eisenhemd über, verhakte sich, schaute aus dem Eisenhemd heraus, was wißt ihr Weiber schon vom Ungemach der Liebe? er war dann mit dem Eisenhemd fertig, schnallte sich einen Gurt um, hob sein Schwert vom Boden auf und steckte es in die Scheide, ein einziger kehrt heil zurück? na, gut, wer ist der Glückliche, wer? beim Felsbrocken ragte ein Steg in den Fluß, den betrat eben jetzt der Geliebte mit erhobenen Armen, Zeitung, Zeitung von heute? die Tante winkte ihm zu, hierher, hierher, er winkte zurück, ich fliege, ich fliege, sie winkte ab, nein, das hatte sie nicht so gemeint, der Mann rief zur Nichte hinüber, die lag noch im Schlamm, und wiederholte seine Frage, wer ist der Glückliche, wer? die Nichte zeigte auf den Geliebten, der Pfaff, da zog der Mann die Stiefel an, wütend, den mach ich naß, ging zum Geliebten und warf ihn in den Fluß, vier, fünf Nixen sprangen hinterher, das Wasser blubberte, die Menge klatschte zufrieden.

Auf einem ruhigeren Wiesenstück flußabwärts standen die drei Herren in ihren festlichen Gewändern, einen vierten Herrn in Badehose beschimpfend, er war gerade erst angekommen, hatte sich schnell umgezogen, zu spät, er mußte knien.

II · 3

Sie hatten ihn aus dem Wasser gezogen, mit Kittel? nein, ohne, erst den Mann, dann den Kittel, wie konnte er nur? mitten in die Proben hineinplatzen, seine Zeitungen verkaufen, und das als Nichtschwimmer? was ist ihm da eingefallen? sie hatten ihn wiederbelebt, von Mund zu Mund? erst auf den Bauch gedreht, dann auf den Rücken, ihn beatmen müssen, er war ja schon halbtot, und ihn ausgezogen, Schuhe, Hemd, Hose, alles klatschnaß, ihn auf ein Gestell gehievt, zum Trocknen, mit Kittel, und während sie sich so plagten, fing er zu reden an, ihr klugen Jungfrauen, wie im Traum, die Frauen waren auch nicht mehr die Jüngsten und fanden das doch sehr seltsam, wie kam er auf solche Gedanken? hatte er einen Schock erlitten? die eine Frau plagte sich vor allem mit dem Kittel, sie wollte erst den einen, dann den anderen Ärmel über die Stange ziehen und bat die zweite Frau um Hilfe, diese brauchte aber beide Hände, um den Mann festzuhalten, sie sagte nur, er rutscht mir sonst weg, jene erwiderte, ich übernehme den Mann, du übernimmst dafür den Kittel, er ließ sich nicht stören, redete munter weiter, da kam der Platzregen.

Er schloß die Augen.

Nach dem Platzregen liefen die Leute zusammen und halfen den Frauen nach Kräften, jetzt hing er oben, die eine Frau klopfte tiefsinnige Sprüche, man fällt nie in den gleichen Fluß, wie das Wetter wieder verrückt spielt, das Feuchte trocken, das Trockene feucht wird, und wie man die fetten Jahre nützt, um die dürren Jahre zu überstehen, oder umgekehrt, die andere Frau verhüllte ihr Gesicht und klopfte ähnlich tiefsinnige Sprüche, vom Sein zum Tode, von der Alltäglichkeit des Daseins und der Geworfenheit, den neugierigen Nachbarn, ihrem zweideutigen Gerede, vom Einzelhandel als Modifikation des umsichtigen Besorgens und vom entschlossenen Vorausschwimmen.

Er sagte lieber nichts.

Es war jedenfalls eine schöne Rettung, besonders schön der Schluß, am Ufer sind vier Kapläne gestanden, nein, eigentlich drei, einer ist gekniet, die Hände gefaltet, nach Empfang des Segens hechtete der eine ins flache Wasser, tauchte mindestens zwanzig Meter weit und schwamm einer Undine entgegen, die hatte die Tasche aus dem Schilf gezogen, ohne Zeitungen, aber mit Buch, sie rief, huhu, ich hab da was, und warf es in die Luft, der Kaplan schnellte hoch wie ein Delphin, fing das Buch und brachte es, auf dem Rücken schwimmend, mit gestrecktem Arm an Land.

So hörte er sie reden.

Die Kollegen von der Kirche staunten nicht schlecht, das Buch war unversehrt, nicht einen Spritzer hatte es abbekommen, das sahen auch die vielen Menschen rundherum, sie stürmten den Gnadenort, fielen nieder auf die Knie und lobten die göttliche Vorsehung.

Warum sollte er an der Geschichte zweifeln?

Das Theater beglaubigte das Wunder und lud ihn ein, das Buch am nächsten Tag in Empfang zu nehmen.

Eine kleine Feier stand auf dem Plan.

Claus Ehwitz, der Intendant, begrüßte ihn als Hauptfigur, Maja Kowski und Luna Tscharski, die Dramaturginnen, Heide Egger und Hera Klitt, die Künstlerinnen, Odo Acker, der Inspizient, MacYavalley, der Cheftechniker, und Hagen, der komische Held, schlossen sich an.

Sprachmann fehlte.

Sie saßen in heiterer Runde auf der Künstlerhauswiese unterm Blauglockenbaum.

Der Intendant berichtete zuerst routinemäßig über die ewige Geldnot und die ewige Zeitnot, mehr Gewicht verlieh er der Sensation in der Au, er reichte dem Ägypter die Hand.

Wo ist das Buch?

Ach ja.

Es lag in einem Marktkorb, eingepackt in Alufolie, Maja Kowski gab es dem Intendanten.

Voilà.

Der Intendant packte es aus, gab es dem Ägypter, der liebkoste den Schatz.

Die Urnot.

Der Intendant betrachtete seine Aufgabe als erfüllt.

Zurück zur Tagesordnung.

Überwältigt vom Glücksgefühl, wandte sich der Ägypter vertrauensvoll an seinen Sitznachbarn.

Ich werde damit vorsingen.

Ist es die Möglichkeit?

Herr Hagen wollte sogleich alles wissen, beziehungsweise, alles schon gewußt haben, was? wann? wo? wie? auf welchen Wegen und mit welchen Mitteln ein ausländischer Kolporteur zum Vorsingen käme.

Annonce in der Zeitung.

Stellenmarkt?

Professur.

Germanistik?

Altes Fach.

Kaum zu glauben.

Der Ägypter versuchte, die sichtbar schlechte Stimmung des Sitznachbarn ein wenig aufzuhellen, indem er den Sachverhalt genauer darstellte, er habe sich beworben, ohne viel zu erwarten, und sei selbst überrascht gewesen, daß er zu den Auserwählten gehörte, es gäbe aber mindestens sieben oder acht andere Auserwählte und davon gewiß zwei oder drei Vorauserwählte, die Stelle könnte übrigens jederzeit gestrichen werden, weil finanzielle Engpässe, undurchsichtige politische Machenschaften, Rivalitäten und ähnliche Imponderabilien die letzte Entscheidung beeinflußten, er harre der Dinge.

Viel Spaß beim Sängerkrieg.

Das sollte ein Witz sein.

Wann fahren Sie?

Morgen.

Der Intendant schaltete sich ein, er hätte das Buch zu gern noch einmal in die Hand genommen und genauer angeschaut.

Aber ja.

Er blätterte behutsam einige Seiten um.

Wer das enträtseln könnte.

Der Ägypter setzte sich neben ihn.

Geheimschrift, verschlüsselt.

MacYavalley gesellte sich dazu.

Fifteen eighty seven?

Der Cheftechniker kannte sich wahrscheinlich aus in Geheimschriften.

Gemischter Code.

Babington?

Aber da verfolgte er die falsche Spur.

Eleven seventy?

So kam er dem Fall schon näher.

Kurzschrift.

Tilbury?

Der Name gab den Anstoß zu einer Paralleldiskussion, die Damen bildeten die eine Parallele, die Herren die andere, auf beiden Seiten ging es um einen John und einen Thomas, zwei berühmte Persönlichkeiten der Kulturgeschichte, die Damen hatten einen gewissen Komponisten und einen gewissen Dichter im Sinn, die Herren einen frommen Notar und einen aufrechter Kanzler, sie hätten dem gleichen König gedient, die Damen hielten unbeirrt an ihren Vorlieben fest, der Komponist und der Dichter hätten einander gesucht und gefunden, die Herren führten unbeirrt ihr Fachgespräch fort, nova ars notaria, first shorthand? secondhand? ich wage zu sagen, third hand, fourth hand, die Kurzschrift immer wieder neu, elfhundertsiebzig, im gleichen Jahr ließ der König den Kanzler, Mord im Dom, wer sagt's denn? Mord in Rom, tironische Noten, ironische Noten? Marcus Tullius Tiro, Protokollant des Senats, Canterbury? der König tat Buße, zwei Tage und zwei Nächte, mit Stachelkleid, am Boden zerstört, das war das System, woher wissen Sie das? ein System ist ein System, was Sie nicht sagen, immer dasselbe, abgekupfert, jedes System besteht aus Rückgriffen, die römische Kurzschrift greift zurück auf die griechische, die griechische auf die ägyptische, und so weiter und so weiter.

Was ist hier die Frage?

Herr Hagen, zu Beginn der Diskussion außerhalb der Runde sitzend, hatte sich unmerklich Zentimeter um Zentimeter vorgearbeitet, saß mittlerweile innerhalb der Runde.

Das weiß niemand.

Er holte tief Luft zu einem Solo.

Die Vollkommenheit eines stenographischen Systems hängt wesentlich von einem auf feste allgemeine Regeln gegründeten, von allen willkürlichen Abweichungen freien Schriftsystem ab, welches dem Zweck der Klarheit einer vollkommenen und gedrängtesten Bezeichnung genügt und daher dem Stenographen den freiesten Spielraum von der kühnsten Abbreviatur bis zur genauesten buchstäblichen Wortdarstellung herab einräumt, von einem Schriftsystem, nach welchem die zuverlässige Wiederentwicklung jeder Kürzung durch eine bestimmte Regel oder durch die einfachen Denkgesetze gewährleistet ist.

Das war's?

Die Gruppe spendete höflichen Applaus.

Eine Definition.

Man überlegte, wie oft der Sprecherzieher während des Redens Luft geholt haben könnte, die Frauen schätzten, dreimal, der Inspizient und der Cheftechniker, zweimal, der Intendant und der Ägypter enthielten sich der Stimme.

Wo haben Sie das denn aufgelesen?

Konversationslexikon.

Neunzehntes Jahrhundert?

Kommen wir zur Sache.

Der Intendant bat den Ägypter, in der Mitte der Runde Platz zu nehmen und von seinen Erfahrungen als Übersetzer zu berichten.

Gern.

Herr Hagen mußte zur Seite rücken.

Das Buch?

Der Ägypter berichtete zunächst von der Entdeckung und dem ehrlichen Erwerb des Buchs, von den spontanen Reaktionen der Nibelungenforschung und dem Paradigmenwechsel.

Datierung?

Neuntes, zehntes Jahrhundert.

Die Urschrift in Kurzschrift?

Einfach, aber nicht leicht.

Auf feste allgemeine Regeln gegründet?

Schwankend.

Zwischen kühnster Abbreviatur und genauester buchstäblicher Wiedergabe?

Immer im Widerstreit.

Durch einfache Denkgesetze gewährleistet?

Verzeihen Sie.

Herr Hagen hatte es wohl richtig erkannt, die Gruppe machte sich über ihn lustig, indem sie Stellen aus seiner Rede zitierte.

Da stimmt was nicht.

Der Intendant fragte zurück.

 Was?

Alles Mumpitz.
Der Intendant erteilte ihm einen Verweis.
Unser Übersetzer hat das Wort.
Herr Hagen schwieg.
Der Intendant erteilte ihm dann doch ein Lob, er habe sich immerhin die größte Mühe gegeben, das Wesen der Stenographie in einem Satz zu erfassen.
Darf ich Ihnen etwas zeigen?
Bitte.
Der Ägypter schlug eine passende Seite auf.
Zum Beispiel.
Eine Häufung von geraden Linien und Schleifen, aufsteigend oder absteigend, die Richtung ist entscheidend.
Cascando.
Calando.
Hin und wieder läuft es auch verkehrt rum, gegen den Strich, aufsteigende Zeichen bedeuten Abstieg, absteigende Zeichen Aufstieg, die Umgebung ist entscheidend.
Bad news are good news?
So ungefähr.
Wer anderen eine Grube gräbt?
Ein spezieller Fall.
l ll // _
Okay.
Die Diskussion veranlaßte die Gruppe zu manch kluger Bemerkung.
On the road?
Unterwegssein.
In dürftiger Zeit.
Es gibt kein Verweilen am Ufer des Lebensstroms.
Krieg und Frieden.
Das meiste ist vieldeutig.
Herr Hagen brach sein Schweigen.
Es heißt Sieg und Frieden.
Der Ägypter suchte eine Methode, um Herrn Hagen versöhnlich zu stimmen.

Was halten Sie davon?
= = =
Stumpfsinn.
Und davon?
≠ ≠ ≠
Ein ausgemachter Humbug.
Ω?
Schluß jetzt.
Der Ägypter setzte den allgemeinen Lehrgang fort.
Ein Kapitel für sich sind die Täuschlinge.
Nie gehört.
Gerade Linien statt Schleifen und umgekehrt.
Zum Beispiel?
Σ für S ζ für z ξ für x
x für u?
Herr Hagen stand auf, verkündete, er müsse gehen, ging aber nicht, die Gruppe ließ ihn in Ruhe.
Interessant sind auch die Schwindlinge.
Zum Beispiel?
°
Das heißt?
Ein ° heißt, es kommt nicht zur Sprache, weil von vornherein klar ist, was man meint, kurzum, du kannst mich mal oder ich könnte dich.
Die Gruppe hatte verstanden.
Und das?
° °
Ein doppelter Schwindling heißt, es kommt zur Sprache, weil von vornherein klar ist, daß man es nicht so gemeint hat, kurzum, du Fehlgeburt, hätte ich beinahe gesagt.
Die Gruppe ergänzte selbsttätig.
Du Idiot, du Vollidiot, du Vollkoffer, du Trottel, du Träne.
Beinahe, und das?
° ° °
Ein dreifacher Schwindling heißt, ich wollte eigentlich nichts sagen.

Die Gruppe ergänzte wieder selbsttätig.
Das ist ja, da geht einem ja, man wird ja wohl noch.
Der Ägypter klappte das Buch zu.
Genug?
Die Gruppe bat um eine Fortsetzung, der Kurs sei außerordentlich spannend.
Na gut.
Er zeigte die letzte Seite.
√
Eine Wurzel.
Aus der Verwirrung?
Babylon.
MacYavalley rieb seinen Rücken am Blauglockenbaum.
Pursuit of happiness.
Herr Hagen hatte sich anscheinend beruhigt, verkündete, er möchte einen Vorschlag machen.
Jede Person nenne eine Ursache.
Wovon?
Von dem, was uns am Herzen liegt.
Der Vorschlag kam gut an.
Urknall, Ursuppe, Urschleim, Urviech, Urvolk, Urnot, Urangst.
Heide Egger errechnete die Summe im Kopf.
Urgefühl der Sorge.
Odo Acker bat um einen Nachtrag.
Urlaub.
Der Nachtrag wurde abgelehnt.
MacYavalley zog die Wurzel aus der Summe.
Invisible hand.
Bei einfacheren Texten hat man es bald entschlüsselt.
Und?
Bei schwierigeren Texten braucht man ziemlich viel Geduld.
Und wenn man fertig ist?
Fängt man wieder an.
Die Dramaturginnen flüsterten, stellten dann ihre Frage.

Würfel Turm Nase?
Détournez.
Wie wir wissen.
Troubadoursprache.
Die Wurzel?
Das Weibliche auf Erden.
Sie klatschten in die Hände.
Keine Ursache.
Sie erklärten ihm, seine Ideen seien wegweisend für sie gewesen, und er dürfe sie nicht mehr verlassen, er gehörte zu ihnen.
Ihm wurde etwas mulmig.

II · 4 Abenddämmerung, Buchsbaumhecken säumten den Weg zur Ritterburg, spendeten ein warmes Lila, Alberich und Sprachmann gingen jeder in seiner Spur, Kopfhörer um die Ohren, sie hörten zugleich die Arie, sangen zugleich mit.

Nun schwinde die rote Scham
Werde kalt und hart wie du kannst
Heiaho Heiaho
Heiahohoho
Heiah

Sie nahmen die Kopfhörer ab, legten sie um den Hals.
Na, Servas.
Die werden sich wundern.
Wenn wir kommen.
Wenn wer zu Haus ist.
Na, Servas.
Übertrieben wirkte lediglich die Art, wie sie links und rechts ihre Aktentaschen schwenkten.
Schlimm.
Was macht Bruno derweil?
Komponiert.

Alles neu?

Schon im Kasten.

Toll.

Alberich lobte Sprachmann für sein Organisationstalent, Wissenschaft, Literatur, Bühne, derweil Film, die perfekte Performance, Sprachmann lobte Alberich für seine Pudelmütze, sie stand dem frisch gebackenen Projektleiter doch besser als der Jägerhut.

Was macht dein Drehbuch?

Entwickelt sich.

Zeig mal.

Jeden Tag ein anderes.

Zeig mal dein letztes.

Mein letztes ist immer das vorletzte.

Klar.

Sie hielten vor dem finsteren Haus, probierten die Klinke, erst einzeln, dann zu zweit, das Tor war schwerstens verriegelt.

Werma glei hom.

Alberich nahm einen Balken von einem Holzstoß und rammte das Tor.

Aber Alberich.

Hat ihm schon.

Das Tor öffnete sich ohne ihr Zutun, schrecklicher Knall, schreckliches Hundegebell, gleißendes Licht fiel auf die Eindringlinge.

Gotisches Gewölbe, Ziegelboden, Kalkwände.

Dann nochmal Lärm, diesmal Pauken und Trompeten.

Und Stille.

An der Wand gegenüber ein Ölbild im dreiteiligen Rahmen, zirka acht Quadratmeter, darauf ein Drache.

Vierköpfig oder fünfköpfig, man sah nicht genau.

Partielle Blicksperre.

Das gleißende Licht machte die Kühle besonders spürbar.

Die Eindringlinge näherten sich dem Bild.

Partielle Maulsperre.

Sie wichen zurück, hielten es in dem diffusen Hintergrund nicht aus, gingen wieder einen Schritt vor.

Die Aktentaschen hatten sie achtlos auf den Boden gestellt.

Sprachmann schaute in verschiedene Richtungen, zu den schmalen Fenstern, zur Wendeltreppe.

War da nicht ein Hund?

Alberich maß Sprachmann von Kopf bis Fuß, als wollte er den Fluchtweg der Worte erkunden.

Wo soll er gewesen sein?

Die Worte sickerten durch die Schuhsohlen, krochen über den Ziegelboden und sammelten sich bei einem grob geschnitzten Schaukelpferd, dem einzigen Requisit in der Halle.

Alberich gab ihm einen Tritt.

Kein Hund.

Sprachmann setzte nach, warf das Schaukelpferd zum Tor hinaus.

Das Tor fiel krachend zu.

Wieder Lärm.

Diesmal Muschelhörner.

Und wieder Stille.

Sprachmann mußte etwas sagen.

Also das.

Alberich legte den Kopf an seine Schulter.

Ist Kunst?

Bühnenbild.

Keine Kunst?

Das Theater hat es bestellt, das Museum kauft es dem Theater ab, schenkt es der Kirche, die Kirche schenkt es der Bank, die Bank gibt es dem Museum, das Museum gibt es dem Künstler zurück, der Künstler überarbeitet und verkauft es zum doppelten Preis.

Sittenbild?

Wertgesichert.

 Alberich umklammerte Sprachmanns Oberarm.

Er bewegt sich.

Das Bild warf sich auf, rosa Fleisch drückte gegen die grünen Schuppen, lief dunkelblutrot an, schwitzte, sonderte eine klebrige Masse ab, die Masse füllte die Furchen im Panzer, verkrustete sofort.

Er kommt.

Alberich legte den Kopf an Sprachmanns Rücken, fragte hintenherum, ist er noch da?

Und wie er da ist.

Sprachmann hatte die Szene erwartet, typische Filmszene.

Wie denn?

Zungen wie glühende Schwerter, Zähne wie Ambosse, in den Lücken die Opfer, zermalmte Häupter.

Marjandjosef.

Da, eine Stimme.

Ich bin untot, ohne Ende, urlebendig.

Die Stimme klang fremd.

Ungeboren, ohne Herkunft, uranfänglich.

Kam die Stimme aus dem Bild oder aus dem Off?

Ich hüte den Hort.

Alberich machte einen Schritt nach vorn.

Zeig mal, was du draufhast.

Ich bin das Wunder der Wunder.

Zeig mal dein Gold.

Der Drache schwieg.

Sprachmann schloß zu Alberich auf.

Versuchen wir's apotropäisch.

Wie?

Schaden abwehrend.

Zauberei?

Sprachmann erwähnte einige völkerkundlich überlieferte Tricks, man schieße scharf, nehme geweihte Kugeln, stecke Mistgabeln in die Erde, lege Dachschindeln verkehrt auf, halte der Bestie einen Spiegel vor, gebe ihr ekelhafte Speisen, faules Fleisch, gefüllt mit Widerhaken, Kuchen aus Fett und Haaren, Schlaftee für eine ganze Kompanie.

Beten?
Von mir aus.
Soll ich ihm den nackten Hintern zeigen?
Auch gut.
Ich bin die Sünde der Sünder, die Reue der Reuigen, die Buße der Büßer.
Ist er blind?
Mit sich selbst beschäftigt.
Taub?
Rufen wir ihn an.
Losch loh.
Nicht so.
Schweinsdreck.
Mit richtigem Namen.
Wie heißt er denn?
Das müssen wir herausfinden.
Ein Rätsel?
Dreimal darfst du raten.
Aha, eine Prüfung.
Ein Quiz.
Wie im Fernsehen?
Drei Runden.
Fein.
Alberich fing an.
Fafnir?
Der Drache rührte sich.
Fasolt?
Ein leichtes Zungenflattern schien anzudeuten, man befand sich auf dem rechten Weg.
Leopold?
Die Bestie holte tief Luft.
Na?
Wie der Mensch seine alten Kleider ablegt und neue Kleider anzieht, so leg ich meinen alten Körper ab, zieh mir einen neuen an.
 Und?

Der Drache lag platt auf dem Bauch, ausgepumpt, viermäulig, fünfmäulig, die Lefzen herabhängend.

Das hätten wir.

Was jetzt?

Nächste Runde.

Fang du an.

Ladon?

Gekicher.

Leviathan.

Gelächter.

Tiamat.

Gestöhne.

Wieder nichts?

Leider.

Alberich bemerkte sachkundig, der Ton habe ziemlich unecht gewirkt, alles aus der Konserve.

Schwacher Trost.

Eine Gemeinheit.

Nun du.

Wünsch mir was.

Viel Glück.

Rübezahl?

Der Drache antwortete mit erheblicher Verzögerung.

Waffen stechen ihn nicht.

Er wurde leiser.

Feuer brennt ihn nicht.

Froschkönig?

Er sagte nichts mehr.

Tja.

Alberich nahm seine Mütze ab, stülpte sie um, zog sie über die Augen, die Nase, das Kinn.

Das Licht ging aus.

Apparat kaputt?

Das Licht ging an.

Treffer?

Jubelmusik.

Jackpot.

Sprachmann und Alberich vollführten einen Freudentanz, stießen zusammen, fielen zu Boden, wälzten sich.

Ein Pfiff beendete die Feier.

Achtung.

Sie standen auf, stellten sich ins Tor.

Ein Sturm ging los.

Die Drachenköpfe wirbelten herum wie Puppen im Kasperltheater, rissen ihre Mäuler auf, zeigten ihre Zahnlücken und gespaltenen Zungen, dem größten Maul sah man bis in den Schlund hinein.

Es wird ernst.

Ein Frosch sprang heraus, gleich hinter ihm ein zweiter, ein dritter, dann ein siebter, ein neunter, ein zehnter, der erste klatschte auf den Ziegelboden, der zweite auf ihn, der dritte auf die zwei, der vierte auf die drei, zuletzt alle aufeinander.

Jedem war eine Krone angewachsen.

Die Königlichen.

Alberich wischte sich mit seiner Mütze die Augen.

Was machen die da?

Pornographie.

Wie?

Multiplikation.

Die Frösche hatten ihre Zahl inzwischen verdoppelt, die eine Hälfte trieb es weiterhin im Untergrund, die andere Hälfte beobachtete das Treiben auf den Stufen der Wendeltreppe und in den Fensternischen.

Die Reserve.

Alberich wollte die beiden Aktentaschen in Sicherheit bringen, wischte sich die Hände.

Schweinerei.

Vielleicht hatten die Frösche ihre Zahl auch vervierfacht.

Das ging so dahin.

Wie werden wir das Gesindel wieder los?

Wir haben eine letzte Chance.

Welche?
Triffst du nur das Losungswort.
Alberich wehrte sich, er brauchte kein Losungswort, er hätte nie eins gehabt, und wenn er es doch gehabt hätte, wäre es in Verlust geraten, der Partner möge für ihn einspringen.
In Gottes Namen.
Sprachmann zielte auf den Drachenkopf mit dem größten Maul.
Python.
Ein Echo kam zurück.
Typhon.
Sprachmann repetierte.
Typhon.
Python kam zurück.
Das Echo verlor sich im Gewölbe, Python gegen Typhon, Typhon gegen Python, fiel ineinander, brach ab.
Also das.
Alberich mußte etwas sagen.
Ist kein Losungswort.
Sprachmann legte ihm die Hand auf die Schulter.
Was denn sonst?
Ein Zauberwort.
Der Spuk ist vorbei.
Wo sind die Köpfe hin?
Sprachmann wies auf das Bild.
Unverändert der Drache im dreiteiligen Rahmen, Rumpf und Schwanz und Tatzen übergreifend, unverändert das ganze Gemälde.
Die Frösche?
Sprachmann wies auf den Ziegelboden und die Kalkwände, ein paar Krümel, ein paar Schmutzspuren.
Waren sie überhaupt da gewesen?
Alberich kniete vor dem Bild nieder, untersuchte die Fugen im Ziegelboden.
Nichts.

Wieder ein Knall.

Das Bild hatte sich ohne fremdes Zutun geschlossen, sichtbar jetzt die Kehrseiten der Flügel.

Links das Paradies, rechts der Höllensturz.

Sprachmann staunte, der Künstler hatte die Flügel nach der Rücknahme des Werks stark verändert, der Baum der Erkenntnis lag geschlägert, eine offene Wunde in der Landschaft, Kettensägen kreuz und quer, manche übereinander wie Schwerter beim Gefecht, in der Höhe eine gekrönte Frau, wohl zum Himmel auffahrend, in der Tiefe ein gekrönter Mann, umgeben von Reptilien und allerlei Mischwesen, dem üblichen Höllengezücht, und an den Rändern beider Flügel Hunde und Wölfe, heulend im Zwielicht.

Kitsch?

Symbolischer Realismus.

Kein Kitsch?

Schau die Frau.

Die da oben?

Hildiko.

Unsere Hilde?

Eine für zwei.

Und der da?

Gundahari.

Unser Gunther?

Die wahre Geschichte.

Worum geht es?

Die Historie.

Sprachmann entschied sich, Alberich nichts mehr zu verschweigen, dabei ahmte er die erprobte Rede eines Reiseführers nach, ein persönlicher Ton wirkte in kulturellen Angelegenheiten doch am besten.

Es geht um den Hintergrund der Urnot.

Erzähl.

Vor zirka anderthalbtausend Jahren nahmen die Hunnen die Burgunder von der Karte, sie warfen Gunther in eine Schlangengrube, vergewaltigten seine Brüder und sperrten die Gefolgschaft in einen Narrenturm, siebzehn Jahre später heiratete Attila die edle Hildiko, die Hochzeit scheiterte jedoch schicksalhaft, während des ausgedehnten Gelages konsumierte Attila zwei Doppler pannonischen Weines.

Uhudler?

Er kotzte sich die Seele aus dem Leib.

Heckenklescher?

Fiel tot um.

Schießgewehr?

Alberich, du störst.

Was ist mit Hilde?

Enterbt.

Der Hort?

Unauffindbar.

Eine Tragödie.

Sprachmann wechselte das Thema.

Schau, wie er lauert.

Der Lustmolch.

Daß alles stirbt, was er ansieht.

Der Spanner.

Nachtschädling, Luftschädling, Hellewurm, Helletracke, Tievels Bote, Tievels Trut, er haust in Höhlen, frißt Menschen, ein untadeliger Held wird die Jungfrau aus seiner Gewalt befreien.

Hörst du?

Alberich sagte nichts.

Ursprünglich steht er in einem günstigeren Licht und genießt überwiegend Anerkennung für seine Taten, seine Heimat ist der ferne Osten, er hilft mit beim Bau der Häuser, Dörfer und Städte und schützt die aufblühenden Reiche vor Lüge, Heuchelei und Korruption.

Alberich?

Hier.

Wo bist du?

Hier.

Im mittleren Osten bändigt er die Gewässer der Hochgebirge, an die Felswand gekettet, Salz leckend, löst er den Stau der Flüsse, so strömen sie durch die Täler und Ebenen zum Meer hin, brüllend wie die Kühe zu ihren Kälbern.

Was machst du?

Alberich steckte unter der Wendeltreppe.

Nichts.

Flaschen sortieren?

Ja.

Im nahen Osten ist er einer der höchsten Götter, er schützt die Entrechteten, wer ihn mißachtet, soll verflucht sein.

Nichts drin.

Alberich war zurückgekehrt.

Er lähmt den Sonnengott, verstümmelt den Wettergott, sogar Blitz und Donner sind dem Drachen unterlegen, Zeus büßt im Zweikampf die Sehnen ein.

Oh weh.

Alberich holte ein kleines altes Geldstück aus seinem Overall, behauptete, er habe es in der Schmutzecke gefunden.

Tinnef?

Ein Dreier.

Sprachmann entschied sich, das Fundstück über Gebühr zu würdigen, dabei ahmte er die erprobte Rede eines Vermögensberaters nach, ein sachlicher Ton wirkte in finanziellen Angelegenheiten doch am besten.

Wunderdreier.

Gibt's das?

Er mindert den Blutfluß, mehrt den Geldfluß.

Alberich erwähnte die längst fälligen Zahlungen für den Film.

Man hebe ihn auf.

Für Material.

Und hüte ihn.

Für Personal.

Er verdoppelt sich von Tag zu Tag.

Laufzeit?

Bis er zum Wundertaler angewachsen ist.

Das dauert?

Bis man den Drachen im Leibe hat.

Hüte du ihn.

Sprachmann schlug vor, der Kollege möge für ihn einspringen.

Den Teufel werd' ich.

Er habe doch Ökonomie studiert.

Betriebswirtschaft.

Das Geld fließe immer in den eigenen Haushalt zurück.

Gehen wir zu Bett?

Sie nahmen ihre Aktentaschen.

Auf der Treppe zum ersten Stock redete Sprachmann unverdrossen hinter Alberich drein, man werde den Reichtum nicht los, außer mit ehrlicher Arbeit.

II · 5

Das universitäre Zentrum für außergewöhnliche Kreativität war nach drei Jahren zufriedenstellender Performance umbenannt worden, es hieß jetzt Zentrum für Kreativität, Flexibilität und Mobilität, die Informatik mochte der wundersamen Kompetenzvermehrung nicht widerstehen, zumal der Rektor einen ihrer Mitarbeiter erwählt hatte, das Zentrum zu leiten, dieser ärgerte sich jedoch, bei aller Freude über den Karrieresprung, über die neu geschaffene Raumnot, dreizehn von einundzwanzig Quadratmetern gingen verloren, das Zentrum für außergewöhnliche Nischenprodukte brauchte den Platz, und die geretteten acht Quadratmeter reichten fürs nackte Leben, als Sitzgelegenheit diente ein Fahrradsattel, gehalten durch ein Rohr und eine Felge mit Gummireifen, vor ihm standen zwei Drahtgestelle, darauf Computer, rechts das Ruhebett, gestreifte Decke, geblümte Kissen, links ein

Kühlschrank, darauf eine etwas gewagte Wohnzimmerplastik, Marmor, stark geädert, vor ihm rechts befand sich die Tür, vor ihm links das Fenster, lang gestrecktes Oberlicht, unten ein Schreibtisch, Modulbauweise, mit Schubladen für Disketten, an den noch übrigen Wänden hingen Borde, alle gleich im Querschnitt, dreieckig, die Flächen glatt, Kanten abgerundet, verschieden groß und verschieden bestückt, Waschpulverkartons, Turnschuhe, ein mechanischer Wecker, zwei digitale Wecker, drei Spardosen aus Porzellan, eine Überspardose aus Glas, darin fünf analog gefertigte Miniaturspardosen, das Ganze gut aufgestellt, Service von nebenan, Zentrum für visuelle Anschaulichkeit.

Nichts war wie früher, nichts war passiert.

Das Programm zur Rettung der natürlichen Intelligenz lag auf Eis, das Nebenprogramm, ehemals Hauptprogramm, betraf im ersten Schritt die Suche nach dem abgestürzten Text, im zweiten Schritt die Suche nach dem verlorenen Original, beide Schritte führten irgendwie ins Leere, denn kaum jemand, abgesehen von einigen Querköpfen, interessierte sich für den ursprünglichen Zustand eines Dokuments, das Hauptprogramm, ehemals Nebenprogramm, betraf die Abgestürzten selbst, zuerst in Form der Rhetorik, Trösten und Vertrösten, dann in Form des Consulting, auch hier kam weniger heraus, denn die Abgestürzten gaben sich der Selbstreflexion hin und fühlten sich in ihrem geistig entrückten Zustand sauwohl, ihr Elend schweißte sie auf immer zusammen, weshalb sie eines Tages den Beratervertrag kündigten.

Schriftlich, per Post.

Sie wollten keinesfalls mehr gerettet werden.

Lieber blieben sie unter sich.

Sie hatten sich umbenannt, hießen jetzt die graue Zelle, und führten weiterhin ihre Gespräche, ohne Betreuung, dafür herrschaftsfrei, autonom, interpassiv, wie sie sagten, und öfters, eines der Resultate übermittelten sie ihm per

Mail, Protokoll der hundertdreiundvierzigsten Sitzung, plus Attachement.

Aus der Odyssee.

Wann er nach Itata? Itapa? käme.

Er bestätigte den Empfang und gab diverse technische Mängel zu, bei der Aufzeichnung der ersten Seminare habe er leider ein suboptimales Medium benützt, die vielversprechende Schreibmaschine.

Sie funktionierte ursprünglich als eine Art Hörgerät mit Frequenzanzeige, Sonograph, wurde umgerüstet, mit Tastatur ausgestattet und im Zentrum für spirituelle Fortbildung deponiert.

Er befreite sie vom Staub, faßte sie näher ins Auge.

Ein Programm schwebte ihm vor.

Der Sonograph hilft ja nur, daß man die i e ä a o ö u ü erkennt, die andern muß man erraten, weil diskrete Hinweise fehlen, an deren Stelle tritt ein indiskretes Rauschen, deshalb die korrupte Wiedergabe.

Itata oder Itapa oder Ixtapa.

Aber was will man schon?

Die Störung ist immer und überall, liegt im System, das Programm müßte also bei den Regeln der Korruption ansetzen, und zwar auf drei Ebenen, im ersten Schritt auf der Ebene der Information, im zweiten Schritt auf der Ebene der Kommunikation, im dritten Schritt auf der Ebene des gemeinsamen Algorithmus.

Statt einer Antwort übermittelte ihm die graue Zelle das Protokoll der hundertvierundvierzigsten Sitzung.

Plus Attachment.

Es heißt Ithaka.

Der blanke Hohn.

Er ließ die Sache auf sich beruhen und erledigte die Korrespondenz mit Sprachmann.

Guter Typ, obwohl Publizist.

Seine Nibelungen allerdings, ein Schuß ins Knie.

Die Technik war in Ordnung, auch der Schlüssel paßte.

Sprachmann meinte ja, er hätte die Technik im Griff, er steckte also den Schlüssel in sein korruptes Textkonvolut hinein, drehte ihn aber nicht von links nach rechts, sondern von rechts nach links, dabei warf er die häufigsten Wörter weg und behielt die seltensten, also dein, mein, sein, weib, leib, treue, reue, tot, rot, blut, tut, gut flogen raus, ber, ebyr, elch, schelch, lewe, swin, wisent blieben drin.

Selber schuld.

Am Institut für Publizistik hing ein Schild, außer Betrieb, man stand vor der Tür und wunderte sich, der Professor nicht da.

Erst nach Monaten kam über mehrere Zusteller eine Ansichtskarte mit Lindwurm und freundlichem Gruß, gehen wir mal auf ein Bier?

Das Treffen fand tatsächlich statt.

Theatercafé.

Es bot sich die Gelegenheit, dem Klienten seine handwerkliche Methode, Hobeln, Schleifen, Leimen, Bohren, auszureden und die zeitsparendere Häufigkeitsanalyse ans Herz zu legen.

Arabische Kryptologie.

Man macht zwei Listen, die eine enthält die Buchstaben einer offenen Botschaft, die andere die Buchstaben einer geheimen Botschaft, dann zählt man auf der einen Liste, wie oft jeder Buchstabe vorkommt, und macht eine Reihung, zum Beispiel, e kommt in unserer Sprache am häufigsten vor, ist Erster, n folgt mit Abstand, ist Zweiter, i und s und r folgen dicht gedrängt, sind Dritter, Vierter, Fünfter, das geht durch bis zum Letzten, anschließend zählt man, wie oft jeder Buchstabe in der geheimen Botschaft vorkommt, macht gleichfalls eine Liste und sieht an der unterschiedlichen Reihung, wer wen vertritt, der Code ist geknackt.

Sprachmann trank drei große Bier.

Der Sinn der Übung?

Korrupte Wiedergabe ist in der ganzen Welt üblich, sogar in der Wüste, die Araber bewerteten daher die häufigsten

Wörter, die hört man wahrscheinlich richtig, weil es immer die gleichen sind, als die klarsten, und die seltensten Wörter, die hört man wahrscheinlich falsch, weil es nie die gleichen sind, als überflüssig.

Der Klient hatte verstanden.

Die Anwendung allerdings.

Leider bot sich später keine Gelegenheit mehr, ihm die Fehlerquelle zu verraten, der Informatiker entschied sich, dem Portier ein Mail zu schicken.

Bitte weiterleiten.

Mündlich.

Eine etwas krumme Sache aber würde er für sich behalten, das Gutachten des Zentrums für Kultur und Konflikt.

Schon vor einiger Zeit eingelangt.

Gutachten zu seinen Erhebungen, die Verfasserschaft des Nibelungenliedes betreffend.

Die Germanistin, sie trug zwei Bindestriche im Namen, hatte sich entschlossen, seine Methoden lächerlich zu machen.

Format.

Geschlechterkampf.

Strategie.

Verdachtsmomente ausstreuen.

Angriffsziel.

Das Patriarchat.

Devise.

Der Autor ist eine Autorin.

Dichterin oder Sängerin.

Womöglich Dame.

Seine Erhebungen hatten nach Versicherung durch mehrere ausgewiesene Kulturexperten zu dem Resultat geführt, der Autor besitze eine ans Künstliche grenzende Intelligenz und eine schwarze Seele, er schleiche von Burg zu Burg, lauere den Sängern auf, stehle ihnen die Ideen, gebe vor, er sei nur gerade in der Nähe gestanden und habe ihnen zugehört, kümmere sich aber nicht um Mundart,

Brauchtum, fromme Sitte, pendle von Kloster zu Kloster, merke sich, welche Stoffe wieder aktuell wären, Seide aus Ninive, Zobel, Hermelin, welche Schnallen, welcher Schmuck, und sehe lächelnd zu, wie sich die Krieger für den Frieden aufopferten, ein verwöhnter Bursche.

Sie wandte ein, das sei männliche Logik.

Ihre Erhebung hatte zu dem Resultat geführt, die Frau besitze eine ans Natürliche grenzende Intelligenz und ein heiteres Gemüt, sei ins Kloster eingetreten, ehelos, kinderlos, unbeschwert von den Sorgen des Alltags, dennoch geistig voll auf der Höhe, sie erzähle vom Schicksal zweier Frauen, die eine wird um ihre Wahl betrogen, schlägt zurück, die andere wird um ihr Erbe betrogen, schlägt zurück, die eine verschwindet spurlos, die andere geht zu den Hunnen, und wie sie miteinander reden, Kriemhilds Mann, Brunhilds Mann, ein fahrender Dichter oder Sänger, den Regeln der Gastlichkeit und der Männerherrschaft unterworfen, hätte sich eine derart freie Ausdrucksweise nicht erlaubt, so reden nur Frauen, wie heutzutage beim Kaffeeklatsch, Utes Mann ist tot, Kriemhilds Sohn hat Mumps, Brunhilds Sohn studiert jetzt Erwachsenenbildung.

Er wollte einwenden, das sei weibliche Logik, zögerte aber.

Warum eigentlich nicht?

Er hatte die Frauen vergessen.

Schlimm.

Er mußte ihnen Recht geben und Recht behalten.

Peinlich.

Er löste den Widerspruch durch Anfertigung zweier Listen, auf der einen bezeichnete er die Schwachpunkte der gegnerischen Argumentation, auf der anderen die Schwachpunkte der eigenen Argumentation, die Reihung der Punkte traf er nach Maßgabe der ihm günstig erscheinenden Vorstöße und Rückzüge.

Erstens.

Er hat sämtliche Würdenträger der Zeit, Adel und Klerus, die Heimkehrer von den Kreuzzügen, auch die Untauglichen, die Spötter, Gaukler und Gelehrten in seine Statistik einbezogen, zugegeben, die Frauen sind ihm entgangen, dafür fehlten auf der Gegenseite die Arbeiter und Bauern.

Zweitens.

Die Geschichte beginnt mit der alten Mär, kühner Recken Streit, Freud und Leid, viel zu tun, schwenkt aber gleich in der nächsten Strophe um, es wuchs in Burgund ein edles Mädchen heran, das war das schönste der Welt, ihretwegen müssen dann die kühnen Recken ins Gras beißen.

Drittens.

Ein Mann unserer Kultur lernt schon als Jüngling, sich anständig zu benehmen, er läßt der Frau den Vortritt, zum Beispiel auf schmalen Stiegen, sie könnte stürzen, das war im Mittelalter bestimmt genau so, wir kennen doch die Szene, ein Mann fängt an zu erzählen, wir glauben, jetzt kommt wieder die Geschichte von Kameradschaft, Ehre und Pflicht, aber er lenkt ein, zuerst kommt die Frau, und öffnet ihr die Tür.

Viertens.

Der Mann, vor allem ein Minnesänger oder Troubadour, hat Zurückhaltung geübt und darin eine regelrechte Kunst entwickelt, die Frau ist hingegen eher unkünstlerisch veranlagt, wegen der Konkurrenz, sie sucht ja immer nur Streit, man nehme die Szene vor der Kirche, das Gezeter, daraus folgt zum Schluß ein Chaos, der Mann hat der Frau den Charakter voraus, er ärgert sich nicht, er handelt.

Fünftens.

Frauen meinen, ehrlich zu reden, weil sie es ehrlich meinen, aus dem Herzen oder aus dem Bauch, Männer meinen, unehrlich zu reden oder zu lügen, weil sie den Frauen nach dem Mund reden, ihnen zu Liebe, das heißt, die Männer sind höflich, daran knüpft die These an, der Autor habe durchaus die Sprache der Frauen beherrscht, passiv wie aktiv, und sie äußerst kompatibel verwendet.

Sechstens.

Es ist ja alles nur, um ihnen einen Gefallen zu tun, denn gefällig mußte so ein langes Dokument schon sein, rund zehntausend Verse nach der letzten Abschrift, wer sollte das lesen? oder vorlesen? und anhören? die Männer hatten dafür wirklich keine Zeit.

Siebtens.

Immer das gleiche Lied, die gleiche Leier, der sinnlose Konflikt, hier nehmen sich die Männer die Zeit und schreiten ein, gebieten Fairness, jedem das Seine, jedem das Gleiche, die Regeln gelten noch heute in der Demokratie, Frauen schauen da nur zu und wollen wissen, wie hoch sitzen die Reiter? wer sitzt am höchsten? beim Turnier wie beim Fußballspiel im Fernsehen, Regeln sind ihnen unbekannt, aber ständig müssen sie urteilen, was die Männer da wieder falsch machen, wie faul, wie gemein, oder sie feuern sie an, beim Schmieden, beim Zweikampf, hau drauf, und dann wundern sie sich, daß alles kaputt geht.

Achtens.

Tatsächlich haben sie Ahnung vom Lagern und Horten, von Accessoires, Tüchern, Gürteln, Stiefeln, wissen sie viel, Hosen? Männersache, Kochen? Männersache, aber die hemmungslose Näherei und Stickerei, die Marke auf dem Hemd, tödlich.

Er war fertig.

Beim Resümieren der Argumente stellte er fest, daß er den Frauen mehr Recht gegeben hatte als notwendig.

Er ließ ihnen den Vorsprung.

Wieland wollte Geld sehen, Alberich teilte ihm mit, das ginge nicht, Geld sei unsichtbar geworden.

Wie?

Über Nacht.

Was?

Sie mißtrauten einander, so war es immer zwischen ihnen, darauf konnten sie sich verlassen, und deshalb zankten sie sich auch dauernd, Alberich meinte, der Vetter sei mißtrauischer als er, was der heftig bestritt, seiner Meinung nach war das Mißtrauen bei Alberich stärker entwickelt, weil genetisch, was der wieder heftig bestritt, er meinte, er hätte dem Vetter die längste Zeit viel zu sehr vertraut, in den meisten Fällen zum eigenen Schaden, und außerdem, die Neigung zu Lug und Trug sei soziologisch.

Alb bleibt Alb.

Und Familie bleibt Familie.

So oder so.

Wir sind aus gleichem Holz.

Sie hatten im Bergwerk geschlafen, traten jetzt vors Felsentor, streckten sich.

Echt Scheiße das Wetter heute.

Es herbstelt.

Sie waren um zehn verabredet, Termin beim Bürgermeister, Ansuchen um Geld für nächstes Frühjahr, großes Volksfest, Ersatz für die gekappte Kulturwoche im Sommer.

Gehen wir uns waschen.

Ententeich?

Der Bürgermeister verhandelt nur mit sauberen Leuten.

Kleidung?

Von weitem sahen sie aus wie ein Scherenschnitt.

Tracht.

Alberich verspürte Lust, jemand in den Hintern zu treten.

Ach, nein.

Wieland klagte über seine Bandscheiben.

Ach, ja.

Alberich mußte sich sehr bemühen, seine Gefühle nicht offen zu zeigen.

Was machen die Geschäfte?

Gute Frage.

Bei Geschäften spielten andere mit, da hielten sie zusammen wie Pech und Schwefel.

Mit wem fangen wir an?

Sprachmann.

Gute Antwort.

Alberich erstattete Bericht, wie er dem Partner zuletzt den Rücken gestärkt hätte, von der Burg, dem Drachen, dem Quiz und den Fröschen, wie sie in der Nacht kaum schlafen konnten, ohne Getränk, die Flaschen leer, nicht mal Betten gab es, nur Matratzen, und von dem Geruch in der Halle, Weihrauch, Rosen, Mischung aus Friedhof und Kirche, die Geschichte mit dem wunderbaren Dreier sparte er sich auf, wer weiß, wann man ihn braucht.

Klingt gut.

Wieland nahm den Bericht zustimmend zur Kenntnis, stieg selbst voll ein, er habe den Partner von Anfang an, schon damals bei der Begegnung im Park, durchschaut, die Geschichte von den zwölf Sekretärinnen, den so und so vielen Nibelungenliedern, der Oper, der Hauptaktion oder Staatsaktion, dem Welttheater, der Odyssee des zwanzigsten Jahrhunderts, alles heiße Luft, dann die Geschichte vom Film, alles leere Kilometer, bis sich da was bewegte, nächste Woche ging ja was, endlich, der Dreh am Hindarberg, wenigstens ein Stück weit, und wie sie ihm jeden Wunsch von den Lippen abgelesen hätten, Material besorgt, die Apparate und das ganze Klumpert, alles zum besten Preis, nicht mal angeschaut hat er das Zeugs, und als er zur Kasse gebeten wurde, beim ersten Termin, morgen, hat es geheißen, beim zweiten Termin, übermorgen, ich kann dir sagen, eine Zitterpartie.

 Der Mann ist fertig.

Während des Zähneputzens behandelten sie einmal wieder das Rätsel ihrer Identität.

Wer sind wir?

Das Problem war immer dasselbe und die Lösung immer vergnüglich, weil nur sie mitspielten und weil sie die passenden Redensarten fast auswendig kannten.

Sind wir Weißalben?

Sind wir Schwarzalben?

Alberich spuckte aus.

Sie stammten von Naturgeistern ab, daran hielten sie beide fest, sie wollten nur genauer wissen, ob sie der oberen oder der unteren Schicht angehörten, Alberich berief sich vorzugsweise auf eine höhere Geburt, König Oberon und dessen überirdische Wohnung, Wieland berief sich vorzugsweise auf eine mittelständische Geburt, das Handwerk, den goldenen Boden, die Sittlichkeit und die Moral.

Du Streber.

Du Spießer.

Alberich reichte Wieland die Zahnbürste.

Nicht nötig.

Früher war überhaupt alles anders.

Unsereins hat geschwitzt.

Die Zeit der Alben war nach Sonnenuntergang, in sommerlauen Mondnächten, Titanias Töchter waren feurig und außerordentlich schön.

Geschmiedet, gewebt, gebacken.

Mit silberschimmernden Kleidern angetan, das Licht der edlen Steine und Metalle erhellte die Sphären zwischen Himmel und Erde.

Goldfäden, Spinnennetze, Pustekuchen.

Titanias Töchter liebten die Musik und das Tanzen, zuweilen buhlten sie mit Menschensöhnen, doch waren derartige Verbindungen nur im Anfange glücklich.

Unsereins hat geschuftet.

Wieland zog die Luft durch Mund und Nase und Rachen ein, schleimte sich aus, öffnete die Hose.

Du solltest dich.

Alberich machte drei Schritte seitwärts, fand eine geeignetere Stelle zum Waschen, kam nach kurzer Zeit zurück.

Ich denke.

Wieland hielt schamlos die Stellung.

Also was?

Die Natur gab uns Dasein.

Denkst du.

Leben gibt uns die Kunst.

Sprüche.

Und Vollendung die Weisheit.

Nichts als Sprüche.

Alberich verteidigte die vornehme Wortwahl mit dem Argument, daß sie einmal dazu gedient hätte, Sprachmann von der Sinnhaftigkeit eines gemeinsamen Filmprojekts zu überzeugen.

Wer's glaubt.

Wieland schwankte.

Wird selig.

Alberich knöpfte ihm die Hose zu, wischte ihm den Speichel vom Mund, legte ihn fürsorglich ins Gras.

Wer's nicht glaubt.

Hält die Klappe.

Alberich sah ein, die Wortwahl vorhin war für Wieland wohl doch zu hoch, am besten, er führte ein paar konkrete Beispiele an, also redete er von ihrer gemeinsamen Zeit beim Theater, Dasein heißt eine Rolle spielen, das lernte man auf der Bühne, Leben heißt Intrigieren, das lernte man hinter den Kulissen, und Vollendung ist die Verbeugung vor dem jubelnden Publikum.

Od, od.

Wieland drehte sich zum Ufer hin, schlug mit der flachen Hand aufs Wasser.

Kacke.

Alberich fuhr unbeirrt fort, die lustigste Zeit war vor den

 Aufführungen und nach den Aufführungen, kaum trafen

die Mitglieder des Ensembles zusammen, da tuschelten und kuschelten sie auch schon, am Morgen fielen sie dann auseinander, alle voneinander enttäuscht.

Wieland schlug nochmal aufs Wasser.

Entenkacke.

Alberich wunderte sich.

Du warst doch Zeuge.

Wieland behauptete, nichts gesehen und gehört zu haben.

Soll ich dir auf die Sprünge helfen?

Bitte.

Wo fangen wir an?

Wieland spannte seinen maroden Körper.

Bei den Intrigen.

Sehr gut.

Wie geht's mit Siegfried?

Unser Wechselbalg, der erste stand eine Ewigkeit vor dem Spiegel, klare Fehlbesetzung, tauscht man halt aus, der zweite betätigte sich als Rausschmeißer in einem Nachtlokal, erschien alle heiligen Zeiten zu den Proben, tauscht man halt aus, der dritte war eines Tages untergetaucht, wir haben die Stadt durchsucht.

Und?

Er ist nicht mehr aufgetaucht.

Was sagt man dazu?

Wieland meinte, sich an die Bemerkung eines Schauspielers erinnern zu können, stützte den Oberkörper halb auf, warf den Kopf pathetisch in den Nacken.

Der Herr geruht zu ruhen.

Richtig.

Alberich freute sich über Wielands erwachendes Interesse und lobte sein Gedächtnis.

Der vierte Siegfried?

Sprachmann hat ihn gefunden.

Wo?

Am Bahnhof.

Wann?

Gestern.

Wie geht's mit Hilde?

Schläft schon im Stehen ein.

Siegfried soll sie wach küssen?

Im Theater und im Film.

Schlägt sich doppelt und dreifach?

Wir zweigen ab.

Die Könige?

Laufen über.

Der Vater?

Hat sein wüstes Leben hinter sich gebracht, arbeitet stetig, unbekümmert um Erwerb und Besitz, will nur noch Künstler sein.

Da muß man zugreifen.

Wir wickeln ab.

Der andere Vater?

Läuft über voll Schmerz und voll Zorn.

Warum?

Das Theater hat ihn angeschmiert.

Die Mutter?

Kann bleiben.

Lohnt sich nicht?

Will nur schöne Nixe sein.

Die andere Mutter?

Rasendes Weib, laut und nichtsnutzig, scharf auf neue Männer, neue Gesichter.

Kann bleiben?

Ist schon weg.

Gekündigt?

Macht ihren eigenen Laden auf.

Jugendtraum?

Playback.

Wie meinst du das?

Playback ist, wenn man den Vorlauf des Lebens durch einen Nachlauf in Erinnerung ruft, man wiederholt eigentlich nur die verlogenen Szenen.

Ach ja.
Wenn der Partner das wüßte.
Sprachmann?
Er hat ja keine Ahnung.
Aber er glaubt uns.
Sein Pech.
Wo ist noch Treue?
Und edler Sinn?
Daran man sich erfreue?
Sie steckten die Köpfe zusammen.
Wie hast du doch so recht.
Nun winselt ihr und bettelt.
Einst Herr.
Nun aller Knecht.
Na, dann.
Wieland stand plötzlich auf, als wäre er nie behindert gewesen.
Halt, rascher Vetter.
Ich geh.
Warte.
Bin schon weg.
Sei kein Frosch.
Bin mein eigener Chef.
Alberich klaubte das Waschzeug zusammen, rollte es ins Handtuch, folgte Wieland langsam und widerwillig.
Dann geh halt.
Wieland blieb stehen.
Ich warte.
Alberich holte ihn ein.
Und übrigens.
Was?
Wieland setzte sich auf einen Baumstumpf mit Schild von der städtischen Waldlehrpfadbetreuung, Salix alba tristis, Trauerweide, seufzend, das Spiel ist aus.
Welches Spiel?
Man merkte es ihm an, ein Gewicht lag auf der Seele,

wahrscheinlich bereitete er ein umfassendes Geständnis vor.

Na?

Wieland seufzte nochmals schwer.

Nofretete?

Er fand sie am Bahnhof, schlafend, in einem Kleid von glitzernder Schlangenhaut, sie schlug die Augen auf, bot ihm den Mund zum Kuß, er verzichtete, sie ließ ihn nicht los, komm mit mir, er widerstand ihren Lockungen, wohin? in meine Laube, wo ist sie denn, die Laube? ich zeig's dir, er gab den Lockungen nach, ging mit ihr, sie führte ihn zum Schloßteich.

Gab es da Morcheln?

In Scharen.

Buschwindröschen?

Unter einem Baldachin von reifen Trauben.

Da war sie also, die Laube?

Alberich vermutete, es wird wohl mehr Herbst gewesen sein.

In der Laube war ein Tisch.

Und auf dem Tisch?

Ich kann dir sagen.

Ein Buch?

Und was für eins.

Die Urnot?

Genau.

Hab ich mir gedacht.

Das Buch gehört euch Männern.

Hat sie gesagt?

Ein Geschenk.

Alberich überlegte kurz, als sie noch zu zweit an Nofretete herantraten, damals im Schloßhof, und sie um Kooperation ersuchten, sie hatte ja den Zugang zum Ägypter und den Zugriff zum Buch, lehnte sie ab, sollte er es allein geschafft haben, mit seinem Charme?

Unglaublich.

Es ist aber so.

Aha.

Alberich wollte nicht ausschließen, daß Wieland die Wahrheit sagte, und er hätte ihm sogar, falls er wieder eine seiner Lügen auftischte, die schwache Beichte aufgrund einiger guter Argumente durchgehen lassen, aber die plumpe Entgegnung reizte ihn.

Hast du's angenommen?

Schon klappte er zusammen.

War mir zu heiß.

Es folgte die zweite Beichte.

Wieland traf sie im Großmarkt an der Kasse, und zwar gestern zu Mittag, sie stand neben ihm, verrucht geschminkt, sie wußte von dem Filmprojekt und daß er mit den Dreharbeiten zu tun hätte, ob er ein Wort für sie einlegen möchte? da wäre er auf die Idee gekommen, sie könnte nächste Woche anfangen.

Als was?

Skriptgirl.

Alberich begutachtete Wielands neuen Jägerhut, er stand ihm doch besser als die Pudelmütze.

Perfekt.

Unser Partner?

Weiß nichts von seinem Glück.

Wir sind uns trotzdem einig?

Der Mann ist fertig.

Auf dem Weg zum Rathaus besprachen sie die Geschäftslage insgesamt, Wieland klagte zum wiederholten Mal über den zähen Geldfluß, Alberich beschwor eindringlich den großen Schnitt zum Schluß, man müsse sich eben in Geduld fassen, die erste Million käme vom Theater, nächsten Monat, sicher, die zweite Million vom Kulturamt, nächstes Jahr, todsicher, der ganze Umsatz könnte ihnen allein zufließen, oder man gründet eine Stiftung, es gibt ja viele von diesen Goldgruben, zugesperrte Fabriken, freie Baugründe, und viele von diesen Leuten, Baulöwen, Immobilienhaie, Erben und Erbinnen, Witwen, die lassen gern etwas springen, wegen der Steuer und wegen der nötigen Verluste, die Reichen unterstützen gern die Tüchtigen, man muß sich halt trauen, sie anzusprechen, sie warten ja nur darauf, daß man sie anspricht.

Unglaublich.

Das ist Fundraising.

Die Reichen warten auf uns?

Sie sind eigentlich arm.

Glaubst du?

Weil sie kaum Freunde haben.

Ach so.

Arme Leute haben da schon eher Freunde.

Verstehe.

Weil sie unter sich sind.

Alle arm.

Reiche Leute haben bestimmt weniger Freunde.

Weil sie unter sich sind?

Alle reich, alle zerstritten.

Jeder hat mehr als der andere.

Wir gewinnen.

Alberich griff in die Tasche seiner Feiertagshose, holte eine Münze hervor.

Kleingeld?

Wundertaler.

Ich sehe Blech.

Man hebe ihn auf und hüte ihn, er vermehrt sich von Tag zu Tag.

Laufzeit?

Bis man den Drachen im Leibe hat.

Wann soll das sein?

Bald, sehr bald.

Wieland zierte sich.

Bei dir ist er am sichersten aufgehoben.

Er vermehrt sich hundertprozentig.

 Hüte du ihn.

Sprachmann hatte alle Hebel in Bewegung gesetzt, fehlten noch Alberich und Wieland, seine Heinzelmännchen, und da waren sie auch schon, ohne sie hätte er das alles nicht geschafft.

Im Morgengrauen sollte es losgehen, halb acht, Nofretete kam um sieben, damit nichts schief ging, wie sie sagte, sie gehörte neuerdings dazu, als Skriptgirl.

Sprachmann konnte von Glück reden.

Außerdem kam das Equipment, große Kameras für Alberich und Wieland, kleineres Gerät für ihn, die Kollegen schulten ihn ein.

Digital.

Habt ihr eine Gebrauchsanweisung?

Gehabt.

Sie zeigten ihm die Knöpfe, Zoom, Rücklauf, Vorlauf, langsam, schnell, Aufnahme, Stop.

Was siehst du?

Sprachmann sah viel Himmel, hellblau, rosa, wenig Flachland.

Nehmen wir auf?

Erst der Knopf.

Ach, so.

Siehst du den Punkt?

Wo?

Oben.

Ja, ich sehe ihn.

Dann ist Aufnahme.

Was jetzt?

Stand by.

Alberich half ihm, den passenden Knopf zu finden.

Hausfrauenkamera.

Sprachmann fand die Bemerkung ziemlich respektlos.

Also bitte.

Wieland drängte sich dazwischen.

Für Jung und Alt.

Vermutlich wollte er Alberichs Bemerkung etwas abmildern.

Was ist mit meinem Drehbuch?

Alberich drängte sich dazwischen.

Kein Problem.

Sprachmann hatte begriffen, er sollte sich in technischen Dingen zurückhalten, aber man wird sich wohl noch als Autor verteidigen dürfen.

Es geht um die Entsprechung von Bild und Text.

Gib her.

Nofretete übernahm das Gerät.

Schauen wir mal.

Sprachmann dankte ihr mit einem Lächeln.

Bitte.

Einen Ausbruch des alten Streits um Illusion und Wirklichkeit konnte er sich wahrhaftig nicht leisten, nicht hier und nicht jetzt.

Da haben wir's.

Nofretete betätigte den Rücklauf.

Film ab.

Die Kamera schwenkte über das Flachland.

Schön, sehr schön.

Sprachmann mußte sich zusammenreißen, die ganze Nacht über hatten sie geschuftet, Gräben gezogen, Lichter gesetzt, mit zwölf Arbeitern von der Agentur, Alberich und Wieland führten die Kolonne an, zuletzt ließen sie sogar die leeren Getränkedosen aufklauben, natürlich ohne Schlaf, ohne Frühstück, die Nerven lagen blank.

Wunderbar.

Seine Heinzelmännchen waren eigentlich seine Riesen, sie beherrschten nicht nur die Technik, sondern auch die Logistik, er konnte sich dafür ganz den kreativen Aktionen widmen, von ihm gingen die Impulse aus, daß der Film überhaupt produziert wurde, und von ihm stammte ja auch das künstlerische Konzept.

Schau mal dahin.

Das Zoomen schien Nofretete besonders zu gefallen.

Und zu mir.

Sie nahm dann die Schauspieler aufs Korn, sie standen etwas verloren am Rande, Sprachmann würde sie mit der Zeit noch zusammenschweißen.

Er schaute zu ihnen hin.

Den neuen Siegfried hatte er im letzten Moment für den Film gewonnen, zwei Portionen Hirtenspieß, zwei Teller Pommes Frites, zwei Bier und eine Aufwandsentschädigung reichten aus, ebenso einfach gewann er Hilde, sie übernahm gern zwei Rollen zugleich, Kriemhilde und Brünhilde, wie im Theater, die drei Könige spielten sowieso unentgeltlich.

Alle mal herhören.

Alberich und Wieland ließen das Ensemble antreten.

Hat jeder seinen Text?

Sprachmann erinnerte sich an seine Bühnenpraxis als Schüler, damals spielte er in einem Stück, ohne den Text zu kennen, es klappte trotzdem, weil die Gruppe zu ihm hielt, sie sagte ihm ein, was er zu sagen hatte, und er trug es vor, als wäre es von ihm.

Wo sind die Väter?

Kommen später.

Sprachmann war es bisher nicht gelungen, die Väter definitiv zu verpflichten, Sigmund hatte seine Teilnahme an immer neue Bedingungen geknüpft, zuerst, daß er nur dann mitmachte, wenn ihm das Drehbuch gefiel, und als ihm seine Rolle schließlich einleuchtete, verlangte er eine Korrektur nach der anderen, Gibika hatte schriftlich erklärt, er wäre dabei, wenn seine Familie es zuließe, die Söhne sollten aufhören mit Politik, die Tochter sollte kochen lernen, und die Mutter sollte sich gefälligst aus allen Künsten heraushalten.

Klappe.

Bild elf.

Nofretete las den Regietext.

Siegfried sitzt vornübergebeugt auf dem Pferd, ohne Steigbügel, verkrallt in die Mähne, man sieht nicht, ist er wach? schläft er? das Pferd bleibt stehen, er hebt seinen

Oberkörper, reibt sich die Stirn, zirka fünfzig Meter vor ihm liegt die Wallburg wie ein Kuchen auf dem Tablett.

Megaphon?

Sprachmann übernahm.

Dem Helden war, als ob in der Feste ein Licht brennte, das lohte zum Himmel.

Alberich und Wieland stimmten begeistert ein.

Ah, die Waberlohe.

Nofretete las weiter.

Allmählich zeichnet sich ab, der Kuchen besteht aus Theaterrequisiten, Waffen, Möbel, Jagdtrophäen, zerbeulte Blasinstrumente stecken wie getrocknete Früchte in einem Teig.

Voice over.

Und als er näherkam, stand ihm ein Wald von Schilden entgegen.

Nofretete flüsterte Sprachmann ins Ohr.

Schildern.

Schilden ist richtig.

Wer sagt das?

Poppo, mein Zeuge.

Kenn ich nicht.

Sprachmann besann sich, irgendwie hatte sie Recht, tatsächlich standen allerlei Schilder herum, Betreten verboten, Rauchen verboten, Baden verboten.

Sagen wir Schildernwald?

Gut.

Nofretete las mit Inbrunst.

Siegfried trägt einen Ring an der Hand, dreht am Ring, küßt ihn, die Geste verleiht ihm seherische Kraft, die Kraft nimmt zu, sein Blick durchdringt sogar das Feuer.

Voice over.

Und in der Mitte der Feste wehte ein Banner.

Klappe.

Bild zwölf.

Auf einem steinernen Bett liegt ein menschliches Wesen hingestreckt, gerüstet durch einen Panzer.

Alberich und Wieland meldeten sich.

Wo ist die Waberlohe?

Weg?

Nofretete beruhigte die beiden.

Die Lohe ist in unserm Liede Blendwerk, sie erlischt, weil Siegfried ohne Furcht und Tadel ist.

Weil was?

Alberich sprang aus seinem Versteck, ohne Kamera.

Bist deppert?

Wieland sprang ihm nach, gleichfalls ohne Kamera.

Spinnst du?

Bisher lief alles planmäßig, Sprachmann wollte ja zeigen, wie die Dreharbeiten funktionieren, und damit zwei Ebenen schaffen, die Realität des Films und die Realität des Filmens fielen zusammen, so entstand eine Art von dritter Realität.

Auch eine Wahrheit.

Um die Wallburg herum hatten die Arbeiter vier Nester eingerichtet, an der vorderen Front lag das Kamerateam, dahinter lagen Sprachmann und Nofretete, gleich unter der Wallburg die drei Könige, für die Väter gab es einen ruhigeren Platz auf halber Höhe.

Schau, die alten Herren.

Nofretete zoomte das vierte Nest heran.

Sie sind doch gekommen.

Sprachmann wies Nofretete zurecht, nicht jetzt, trat aus dem Nest heraus, mit Megaphon.

Feuer an.

Alberich und Wieland unterstützten ihn.

Waber, waber, lohe, lohe.

Siegfried.

Der Held schaute zur Regie und in die Kameras.

Ja?

Die Befreiungsarie.

Er versuchte zu singen.

Ah, das Krahkrah.

Feuer aus.

Nofretete las stockend weiter.

Siegfried ist bei der Figur angelangt, prüft die Schärfe seines Schwerts, holt zum Schlag aus, läßt es eine Weile schweben, haut neben die Figur, zerlegt den Stein in zwei Hälften, die Figur fällt scheppernd zu Boden, bleibt unversehrt, da staunt er, nach mehreren Sekunden des Staunens untersucht er den Panzer, den Helm, den Sehschlitz, schaut tiefer, erkennt ein Gesicht, Augen wie glühende Strudel, die werfen ihn um, halb liegend, halb sitzend lugt er zwischen den Fingern zum Panzer hin, bewegt sich was? nach mehreren Sekunden des Wartens nimmt er dem Menschenkind den Helm ab und merkt, es ist ein Weib, eingezwängt in seine Brünne, er versucht, die Brünne zu öffnen, ihm fehlt nur das richtige Werkzeug.

Jetzt die Könige.

Sie werfen verabredungsgemäß Granaten, Siegfried hebt die Granaten gedankenlos auf und befördert sie irgendwohin, sie treffen die Fahnenstange und explodieren, das Banner fällt zu Boden, da erwacht das Weib.

Ich bin die Walküre.

Sie erhebt sich ganz von selbst aus ihrem Schrott, breitet die Arme aus.

Ich heiße Hilde.

Siegfried erstarrt.

Mein Brünneneichbaum.

Sie berührt ihn am Arm, nimmt ihm das Schwert ab, deutet ihm, er möge ihr folgen.

Mein schimmernder Schildbaum.

Das Banner dient nun als Picknickdecke.

Bier bring ich dir, gemischt mit Stärke und stolzem Ruhm, voll ist's von Runen, Zauber und Glücksstäben, vernimm also die Lehre, mit Speck fängt man Mäuse, jeder kehre vor der eigenen Tür, das Herz blutet dir, wenn du erbitten mußt dein Mahl alle Mittag.

Alle was?

Alberich und Wieland unterhielten sich laut in ihrem Nest.

Allemal Jause, allemal Pause.

Alle mal herhören.

Die Könige verließen ihr Nest, liefen auf die Kameras zu.

Mahlzeit.

Das war nicht planmäßig.

Sprachmann ärgerte sich doch ein wenig, zugegeben, es war beabsichtigt, daß das Schicksal in die Geschichte hineinspielte, aber jetzt hatte er das Gefühl, daß er fast die Kontrolle über den Film verlor, und Nofretete schien das Gefühl zu teilen.

Ist Mahlzeit falsch?

Es heißt Mahl alle Mittag.

Sie drückte ihm die Kamera in die Hand.

Auf zum vierten Nest.

Sie begaben sich zu den alten Herren.

Klappe.

Bild dreizehn.

Sigmund und Gibika liegen wie die Dörrfische in der Kiste, die Gesichter zum Himmel gerichtet, die Hände auf den Schößen, die schwarzen Anzüge, die Schuhe mit den unbenützten dünnen Sohlen, die silbernen Krawatten, das gesamte Arrangement deutet auf ein Leichenbegängnis hin, sie sind aber nicht tot, aus ihren Mündern bröckeln Worte, nach und nach Sätze.

Bier, Met.

Inzwischen geht das Leben auf der Wallburg weiter, die Töne der überirdischen Sphäre schwingen in das Nest der Altkönige hinein und vermischen sich mit den Tönen der unterirdischen Sphäre.

Ich sage, Bier, ich sage, Met.

Bier, sagt mein Übersetzer.

Sie schüttet ihm Met ins Horn, sagt mein Übersetzer.

Bier ist ein Minnetrank.

Met ist ein Gedächtnistrank.

Ach, was.

Lockert die Zunge.

Nach Eurer Lesart.

Was sagt sie zu ihm?

Mein Brünneneichbaum.

Wenn ich das schon höre.

Mein schimmernder Schildbaum.

Unerträglich.

Mein Stichblatt, mein Steuerblatt.

Das ist kein Gedicht mehr.

Esse viel Knoblauch, meide Meineide, hau Lügnern aufs Maul und wisse stets, was sich geziemt.

Das ist eine Predigt.

Unterbrich mich nicht.

Eh.

Hat er sie denn unterbrochen?

He, er hat He gesagt.

Vernimm also die Lehre, willst du ein Weib gefügig machen, sing ihr ein Lied, schmeichelnd soll reden und Geschenke bieten, wer des Mädchens Minne begehrt, den Liebreiz loben der leuchtenden Jungfrau.

He, he.

Was sagt er jetzt?

Nichts.

Und sie?

Wer wirbt, gewinnt.

Ja, ja.

Hat er Ja gesagt?

Ja.

Einmal?

Zweimal.

Und wenn du nicht weißt, wohin du dich wenden sollst, wende dich vertrauensvoll an mich, ich habe dir Runen mitgebracht, Gerichtsrunen, Machtrunen, ich tu alles für dich, nur eines mußt du selber tun, ritze ein N auf deinen Nagel.

 Was ist das wieder, ein N?

Meines Wissens.
Man weiß nie.
N bedeutet vielleicht Not.
Angst?
Und Nagel, was könnte das sein?
Sein Schwert?
Da war doch mal was.
Das ewig Weibliche.
Zieht uns hinab.
Hinan.
Hinab.
Hinan.
Jetzt spricht sie ihm sogar den Namen ab.
Wie soll er denn heißen?
Sigurd, Sigoald, Sigirich, Sigismer, je nachdem.
Je nach wem?
Dem Vater.
Dann seid Ihr?
Ich denke, schon.
Sigmund?
Derselbe.
Mein Name ist Gibika.
Freut mich.
Angenehm.
Und Eure Brut?
Vier insgesamt.
Söhne?
Gunther, Gernot, Giselher.
Die lustigen Gesellen dort?
Beim Volke sehr beliebt.
Eine Tochter?
Die grimme Jungfrau dort.
Hilde?
Dieselbe.
Der Name Gibika ist ungewohnt, habt Ihr noch andere Namen?

Gibicho, Gibeche, Gjuki, je nachdem.

Je nach wem?

Dem Vater des Vaters.

Dem Gründer?

Er ruhe in Frieden.

Sigmund dreht leicht den Kopf zum Nachbarn, lächelt.

Sind wir nicht alle längst gestorben?

Der Nachbar beantwortet die freundliche Geste.

Wir leben.

Wo seid Ihr abgestiegen?

Im Elysion, auch Feld der Seligen genannt.

Da habt Ihr Schwein gehabt.

Immer noch besser als im Hades.

Stimmt.

Oder im Tartaros.

Das ist das Letzte vom Letzten.

Und Ihr? wo seid Ihr abgestiegen?

Im Hel.

Nicht Walhalla?

Die nehmen nur Helden.

Habt Ihr denn keine anständigen Narben vorzuweisen?

Ich bin einst kampflos ausgeschieden.

Recht so.

Die Zeit der Unholde ist wohl vorbei.

Hoffen wir's.

Schwarz wird die Sonne, Erde sinkt ins Meer, Glutwirbel umwühlen den allnährenden Weltbaum.

Aus, kein Wort mehr.

Sprachmann beendete die Szene, er hörte die Alten noch reden, meine Übersetzung, deine Übersetzung, unser Lied, Euer Lied, hörte aber nicht mehr hin, ein großartiger Abschluß.

Gibika hatte eine Garantie verlangt, daß Ute keinesfalls mitspielte, so hat er sie ausgespielt, und Sprachmann gibt es dem Kerl noch schriftlich, die Frau ist dem Professor wurscht, Frauen sind ihm überhaupt wurscht, aber jetzt spielte sie die Männer aus, sie hat ihren Plan reifen lassen, sechs Wochen Bedenkzeit, die Rache war süß und kalt, Ute gründete eine neue freie Landbühne.

Heute überschlugen sich die Dinge, schon am Vormittag, zehn Uhr Gemeindeamt, Besprechung mit dem Bürgermeister, mühsam, am Ende erfolgreich, wegen der Nebeneffekte, Urlaub bei Freunden, Lebensqualität und so weiter, elf Uhr Pfarramt, Besprechung mit Kaplan Hilduin, frisch, fromm, fröhlich, man befand sich auf gleicher Wellenlänge, beim Lindenblütentee, der Segen kam von oben, fehlte der Segen von unten, die Gemeinde mußte das Projekt ja wollen.

Am Abend also Basisarbeit, am Nachmittag ging Ute die Schrittfolge für sich durch, ein erster Schritt wäre die Präsentation des Rahmens, sie würde die Frage stellen, unter welchen Umständen die neue freie Landbühne an die Öffentlichkeit trat, dazu gehörten ein Verein, wegen der Gelder, und ein Spendenkonto, da machte sie sich keine Sorgen, ein zweiter Schritt wäre die Präsentation des Inhalts, das Stück hieß Sieg und Frieden, Sprachmann hatte vergessen, den Titel zu schützen, er sollte sich nur giften, wenn er von der Übernahme hörte, auch da machte sie sich keine Sorgen, ein dritter Schritt wäre die Präsentation des Konzepts, als gefeierte Schauspielerin eröffnete sie den Abend mit einer Leseprobe.

Der Bürgermeister hatte gemeint, der schönste Platz für jede Art von Basisarbeit sei das Wirtshaus, man sitzt und redet zwanglos, das Publikum ist in der Regel gemischt aus Stammgästen, man kennt sich, und aus Laufgästen oder Urlaubsgästen, man lernt sich kennen, oft bemerkt man bei der Gelegenheit, daß man sich sowieso schon gekannt hat, vor allem, wenn ein Laufgast oder Urlaubsgast mit den Jahren schon Stammgast geworden ist, auf dem Campingplatz oder Bauernhof, Ute hingegen hatte gemeint, ein exklusives Publikum wäre günstiger, denn sie beabsichtigte ein entsprechend exklusives Casting, jede Frau und jeder Mann, wer immer zur heimischen Bevölkerung zählte, sollte in dem Stück eine Rolle spielen, wer sich zum Beispiel ein Leben lang als Nibelung aufgeführt hat, ist es auch auf der Bühne, und wer immer ein Hunne war, soll es auf der Bühne bleiben, nicht zuletzt ginge es um die Frauen, sie durften ihre Weiblichkeit endlich in vollen Zügen genießen, aktiv und offensiv, die Neigung zum Theaterspiel hielte die ganze Truppe zusammen, deshalb verdiente das Ensemble den Namen Neigungstruppe, das Argument überzeugte schließlich den Bürgermeister.

Eine Volkstruppe?

Handverlesen.

Ich bin dabei.

Am Nachmittag setzte sich Ute zum Probelesen vor den Spiegel, langes Leinenkleid, ungegürtet, schmucklos, loser Faltenwurf, offenes Haar, lediglich am Hals trug sie einen Goldreif in Form einer geflügelten Schlange.

Sieg und Frieden handelt vom Schicksal einer Königsfamilie, im Mittelpunkt steht Hilde, ihre Brüder Gunther, Gernot, Giselher herrschen gemeinsam über das Reich Burgund, sie verehren ihre Schwester inniglich, aber Hagen, ein wichtiger Berater und Freund des Hauses, verehrt sie am inniglichsten, das ist, man wird es ahnen, der Knoten, denn Hilde liebt einen anderen, sie wendet sich ab von Hagen, um nur an ihrer Liebe festzuhalten, und das gilt bei den Burgundern einmal als Hochmut oder Hoffart, die Königinmutter verspricht den Söhnen, der Jungfrau Eigensinn zu brechen, man möge sie nur walten lassen, während sie auszögen, um zu kämpfen, zu siegen und Frieden zu verbreiten, Hilde und ihre Gespielinnen sind früher in Samt und Seide einhergegangen, nunmehr verrichten sie niedrigste Dienste, winden Garn, spinnen Tuch und Leinen, die edle Königstochter selbst muß den Ofen heizen, mit ihren blonden Zöpfen den Staub von den Möbeln kehren und draußen am Ufer des Flusses, trotz Wind und Wetter, die Kleider der Höflinge waschen, Gudrun, ihre beste Gespielin, wäscht mit, inzwischen vergehen dreizehn Jahre, da entsinnt sich Siegfried seiner Liebe zu Hilde, er rüstet seine Scharen und Schiffe, erreicht nach stürmischer Fahrt die Küste, rudert stromaufwärts, landet unbemerkt in einer Bucht und geht an Land, um Hilde zu suchen, Hariulf, sein bester Freund, geht mit, zur gleichen Zeit waschen Hilde und Gudrun gerade Wäsche, da sehen sie einen prächtigen Schwan heranschwimmen, er ist ein Bote von Gott und ruft ihnen mit menschlicher Stimme zu, Rettung ist nah, schwimmt dann weg, die edlen Jungfrauen besprechen die seltsame Erscheinung und versäumen sich daher im Waschen, darob schilt sie die Königinmutter, am nächsten Morgen hat es geschneit, vergeblich bitten Hilde und Gudrun um Schuhe, es gibt keine, barfuß waten sie durch den Schnee und schauen dabei sehnlichst zum anderen Ufer des Flusses, da gewahren sie eine mit zwei Männern besetzte Barke, sie laufen, ihrer Blöße sich schämend, davon, aber Siegfried und Hariulf holen sie ein, die Wäscherinnen zittern, Wind und Wetter haben ihnen die Haare zerweht, weiß blitzt ihre Haut durch die klatschnassen Hemden, was die Helden natürlich bedauern, sie bieten ihre Mäntel an, Hilde lehnt Siegfrieds Mantel ab, Gudrun nimmt Hariulfs Mantel an, woraufhin er sie nach der Königstochter befragt, sie sagt, die Königstochter sei Jammers gestorben, da kommen den Helden die Tränen, doch bald wird ihnen allen Trost und Wonne, Hilde und Siegfried erkennen einander an den Verlobungsringen, sie tragen sie ja an den Fingern, und fallen sich glücklich in die Arme, dann scheiden die Helden mit der Zusicherung, sie kehrten zurück, ehe die Sonne morgen aufgehen werde, Hilde wirft die Wäsche achtlos in den Fluß, und als sie zur Burg gelangt, schilt sie die Königinmutter, sie habe sich selbst weggeworfen, Hilde aber sagt, sie willige ein in die Heirat, die ihr angetragen, das hört auch Hagen, er eilt freudig herbei und läßt die beiden Jungfrauen mitsamt ihren Gespielinnen kostbar bekleiden und köstlich bewirten, allein die Königinmutter fürchtet Unheil, Hilde hat nämlich seit dreizehn Jahren zum ersten Mal gelacht, reichen Lohn verspricht Hilde derjenigen Gespielin, die ihr als erste den Morgen verkündet, die Jungfrauen stehen also vom Aufgang des Abendsterns bis zum Abgang des Morgensterns am Fenster, da sehen sie, noch in der Dämmerung, lauter lichte Schiffe auf dem grauen Fluß und wecken Hilde, ein Heer ist gekommen, die Wäsche der Burgunder zu röten, was sich ja dann auch bewahrheitet, Siegfried bläst in sein Heerhorn, daß die Ecksteine aus den Mauern fallen, er allein nimmt achtzig Recken gefangen, Hariulf schont nicht einmal die Kinder in der Wiege.

Ute stockte, Kindermord? war das heutzutage noch zumutbar? sie entschied sich für die Überlieferung und setzte das Probelesen fort.

Hagen flüchtet ins Ausland, die Königinmutter packt ihre Sachen, Hariulf reißt sie hinweg von den Truhen und tötet sie, Gunther, Gernot und Giselher verlieren ihre Kronen, nachher richten sich die Gäste in Hildes Heimat neu ein, bauen Burgen und werden seßhaft, im letzten Akt findet die große Hochzeit statt, Hilde heiratet Siegfried, Gudrun heiratet Hariulf.

Ute betrachtete die geflügelte Schlange an ihrem Hals, ein Geschenk zur Verlobung.

Das mythische Tier stellte den Kosmos dar, den Anfang und das Ende aller Dinge, Gibika hatte ihr seinerzeit den Sinn genau erklärt, der Anfang frißt das Ende, das Ende frißt den Anfang, und so weiter, was früher war, frißt das Spätere, was später kommt, frißt das Frühere, aber sie hatte ihn eigentlich nicht verstanden, und außerdem, damit schloß sie die Reflexion vorm Spiegel ab, der Mann ist für sie gestorben.

Sie behielt das Leinenkleid an, abends brauchte sie einen Mantel, der Jahreszeit entsprechend, und Stiefel, es könnte schneien.

Hochwürden empfing sie vor dem Gasthaus, hielt ihr die Tür auf, es sei voll wie sonntags in der Kirche.

Der Bürgermeister kam hinzu, nahm ihr den Mantel ab.

Um nicht zu sagen, angerammelt.

Die Stiefel?

Drei Dirndln, vielleicht sechzehnjährig, setzten sich ihr zu Füßen, wechselten die Stiefel gegen Sandalen aus.

Der Bürgermeister erklärte, die Dirndln seien die Schönsten weit und breit.

Welche?

Alle drei wollen die Schönste sein.

Welche?

Hilde natürlich.

Kommt nicht in Frage.

Warum?

Hilde bin ich.

Der Bürgermeister war sichtlich enttäuscht, man hatte ihn nicht ausreichend informiert, und hängte den Mantel der Diva achtlos über einen Schippel anderer Mäntel.

Hochwürden beschwichtigte ihn.

Selig sind die, die auf Gewalt verzichten.

Der Bürgermeister ergänzte den frommen Spruch.

Sie werden das Land erben.

Ute gestand sich ein, sie hätte von Anfang an klarstellen müssen, die Rolle der Mutter war nichts für sie, im Theater trat sie ein paar Sekunden lang auf, verschwand dann in der Kemenate, nein, sie spielte die Tochter.

Denn viele sind berufen, wenige auserwählt.

Ute bewunderte Kaplan Hilduins Gerissenheit, nur ein Mann Gottes kannte solche Tricks, mit dem doppelt mäßigenden zweiten Spruch nahm er den einfach mäßigenden ersten Spruch zurück und gestand zugleich ein, daß er sich geirrt haben könnte, mit dem Eingeständnis der eigenen möglichen Verfehlung lenkte er den Bürgermeister von Utes wirklicher Verfehlung ab und bot ihm überdies die Chance, die erlösenden Worte selbst in den Mund zu nehmen und umzudrehen.

Denn viele sind auserwählt, wenige berufen.

Hochwürden nahm das Wortspiel zustimmend zur Kenntnis.

Der Politik sei's gedankt.

Ute dankte den drei Dirndln für die Sandalen.

Beim Casting sehen wir uns wieder.

Sie zogen ein ins Gasthaus, Ute in der Mitte, Hochwürden rechts, der Bürgermeister links, das Publikum spendete Applaus, die Wirtin führte die Gruppe zum Stammtisch, dort saßen bereits die übrigen Mitglieder des Komitees, ein Arzt, ein Notar, ein General, ein Studienrat, letzterer außer Dienst.

Ute hatte sie alle gut präpariert.

Nach dem ersten Gang, Eröffnung durch den Bürgermeister, Präsentation der Statuten durch den Notar, Präsentation des Sparbuchs durch den General, dem zweiten Gang, Präsentation des Stücks durch den Studienrat, und dem dritten Gang, Präsentation des Konzepts durch Utes Leseprobe, empfahl der Arzt einen Zwischengang, Toiletten, frische Luft.

In der Pause wurde eifrig getrunken und diskutiert, Väter redeten mit Söhnen, Mütter mit Töchtern, Freundinnen mit Freundinnen.

Ute durfte sich beglückwünschen, bis jetzt lief alles wie geschmiert, niemand beanstandete den Kindermord.

Fehlte noch das Casting.

Zuerst meldeten sich die schon bekannten drei Dirndln, sie spielten die Rolle der Hilde gern zu dritt.

Ute mußte das Anerbieten zurückweisen, aber ein Ersatz fiel ihr ein, die Rolle der Gudrun.

Die Dirndln schmollten.

Der Arzt legte sich ins Zeug, erwähnte die Gespielinnen,

die wären ja auch nicht ohne, jetzt legten sich mehrere Mütter ins Zeug, die Gespielinnen wären an ihre Töchter vergeben.

Ute berührte die Schlange an ihrem Hals.

Fressen die Alten die Jungen, oder fressen die Jungen die Alten?

Der Notar hatte die rettende Idee.

Warum nur zwei Hochzeiten?

Der General außer Dienst schlug ein Reserveaufgebot in gleicher Stärke vor.

Gertrud und Gerwin, Ortrud und Ortwin.

Ute hörte den Kaplan und den Bürgermeister miteinander tuscheln, kostenneutral?

Wir bitten um Vorschläge.

Die Besetzung erfolgte auf Zuruf.

Als problematisch erwies sich das Ende der Runde, weil der Studienrat außer Dienst nochmals eine Aufstockung beantragte.

Warum nur vier und nicht sieben Paare?

Wieder tuschelten der Kaplan und der Bürgermeister miteinander, zu teuer.

Das Publikum schwieg.

Als unproblematisch erwies sich die Besetzung der männlichen Hauptrollen, der General außer Dienst kannte jemand, unwiderstehlich in seiner Kampfeswut, den empfahl er für Siegfried, der Arzt kannte jemand, die Haare mit bunten Fäden durchflochten, den empfahl er für Hariulf, der Gemeindeamtssekretär empfahl sich selbst für Hagen.

Zuletzt fragte der Notar, wer spielt die Mutter?

Die leihen wir uns.

Daraufhin hob das Komitee die Gläser.

II · 9 Funkelnder Himmel im Westen, vom Fenster des Schlafsaals aus, Sprachmann betrachtete den großen Wagen, Schwanz und Hinterteil des großen Bären, Wagen auf der Kippe, Deichsel nach unten, Bär auf dem Rücken, Endstück mal fünf nach oben ergibt Pfad zum Polarstern, angehängt der kleine Wagen, Schwanz und Hinterteil des kleinen Bären, zwischen den Bären der Drache, langgezogenes Fragezeichen, der Kopf weit entfernt, wie abgeschlagen, schon bei Herkules.

Im Parterre knallten Türen, die Ägypter kamen nach Hause.

Unterhalb des Polarsterns die Milchstraße, darin Kassiopeia, wollüstige Nixe, Brust gespitzt wie ein W, fünf Sterne dritter Größe, strahlende Brosche, neben ihr der Gatte, Kepheus, König der Äthiopier, verhältnismäßig bescheiden, rechter Balken des W mal vier nach unten ergibt Pfad zum linken Fuß der Tochter, Andromeda bringt ihr Sühneopfer für die Mutter dar, sie ist an den Felsen geschmiedet, ein Meerungeheuer will sie fressen, aber sie wird gerettet, fährt mit den Eltern zum Himmel, der große Wagen holt die Familie ab, fährt mit ihr zur Milchstraße.

In der Küche schepperte Geschirr.

Andromeda reicht wegen ihres Umfangs etliche Lichtjahre über den Rand der Milchstraße hinaus, streckt sich wie ein langgezogener Gedankenstrich, der Kopf weit entfernt, wie verloren, schon bei Pegasus.

Die Ägypter, Sprachmann kannte sie flüchtig, insgesamt sieben Mann, polterten die Stiege herauf, besetzten den Schlafsaal, einer nach dem andern entleerte seine Tragtasche, stapelte den Inhalt auf die vorhandenen Papiertürme, Zeitung zu Zeitung, Beilage zu Beilage.

Sprachmann war eingeladen worden, hier in der Ritterburg sein Werk zu vollenden.

Die Ägypter kannten auch ihn nur flüchtig.

Er versuchte zu grüßen.

Was gibt's denn bei euch zu essen?

Heut hamma Lamm.

Er wünschte guten Appetit.

Die Ägypter warfen ihre Kittel auf einen Haufen und polterten die Stiege wieder hinunter, Sprachmann setzte sich an den Tisch vor dem Fenster, ihm war nach Drehbuch zumute.

BILD 33 RITTERBURG AUSSEN/INNEN/TAG

AUFBLENDE

Graues Land im Osten, vom Fenster des Schlafsaals aus.

In der Nähe Stallgeräusche, Melkmaschine, klappernde Eimer, Kühe, Schweine.

Misthaufen, krähender Hahn.

Der Hahn beschließt sein Krähen, verläßt den Misthaufen, überquert den Hof.

Schönes Tier.

Türenknallen.

Wie auf ein Signal kommen sieben Ägypter, durch ihre Kittel als Kolporteure gekennzeichnet, aus der Burg. Seltsamerweise verrichten sie die Arbeit von Bauernknechten, einige schleppen altmodische Holztröge, einige schieben Karren, zwei drehen Blechtonnen schräg vor sich hin.

Sie schaffen die Behälter an den Rand des Hofs und kippen sie mit Schwung über eine niedere Mauer. Die Geräusche lassen darauf schließen, daß sich hinten allerhand Dreck angesammelt hat.

Sprachmann sah sich im Schlafsaal um, überflog die Matratzen, die Papiertürme an der Wand, die Kittel.

Und zum Himmel hinauf.

Perseus, der Lichtgott.

Innerer linker Balken des W mal drei nach unten ergibt Pfad zur ausgestreckten Hand oder zum Sprungbein des Perseus, Sprachmann wußte nicht genug über die Verteilung der Punkte, mehr wußte er über die Geschichte.

Zeus kommt als goldener Regen zu Danae, sie lebt eingesperrt in einem Kupferturm, und zeugt Perseus, als Jüngling befreit dieser seine Mutter aus dem Kupferturm und legt sich mit ihr in eine Kiste, darin fahren sie übers Meer und landen auf einer Insel, ein Fischer zieht die Kiste an Land, da sind sie erst einmal in Sicherheit, später errettet Perseus dann auch Andromeda, am liebsten möchte er sie gleich vom Felsen weg heiraten, aber das geht nicht, er muß warten, weil vor ihm schon ein anderer gewartet hat, Andromedas Onkel, am liebsten möchte Perseus den Rivalen gleich beseitigen, eine heikle Angelegenheit.

Es wurde kühl im Haus, Sprachmann schloß das Fenster, es roch nach Orient.

Couscous? Raz el Hanout?

Er hörte Musik.

Bauchtanzmusik?

Unabhängig von der Geschichte ereignet sich die Sache mit der Medusa, sie hat Schlangen am Kopf und am Gürtel, eine hängende Zunge, gefletschte Zähne und einen versteinernden Blick, wer ihr nahetritt, ist tot.

Ein schreckliches Weib.

Das Abenteuer beginnt mit dem Bruder des Fischers, dieser ist König auf der Insel und möchte Danae zur Königin machen, aber Perseus enthüllt einige der vielen Untaten des Königs und droht ihm, die Enthüllungen zu veröffentlichen, der König trägt ihm deshalb auf, bring mir das

Haupt der Medusa, so gedenkt er Perseus loszuwerden, zum Glück zeigen Hermes und Athene dem Helden den Weg zu den Graien, das sind die Schwestern der Medusa, sie haben von Geburt an graue Haare, eiserne Krallen und nur ein Auge, das benützen sie gemeinsam, indem sie sich beim Sehen abwechseln, Perseus erwischt sie, als sie einmal nicht aufpassen, und stiehlt ihnen ihr Auge, das wollen sie mit aller Gewalt zurückbekommen, er verspricht, es ihnen zu geben, wenn sie ihm den Weg zu den Nymphen zeigen, die Nymphen sind ja immer sehr freundlich, sie schenken Perseus ein Paar Flügelschuhe, einen Beutel und eine Tarnkappe, Hermes legt ein Sichelschwert drauf, Athene einen Spiegel, so ausgerüstet, nähert sich Perseus der Medusa, ohne riskieren zu müssen, daß ihr Blick ihn versteinert, sie sieht ihn nämlich nicht, weil er die Tarnkappe anhat, und er sieht sie nicht, weil er sie nur im Spiegel sieht, er enthauptet sie, steckt das Haupt in den Beutel, hebt sich in die Lüfte, fliegt zum Felsen, wo Andromeda angeschmiedet ist, tötet das Meerungeheuer, dann den Onkel der Andromeda, fliegt mit ihr zur Insel, wo Danae festsitzt, versteinert den zudringlichen König und dessen ganzes Gesinde, fliegt nach Argos, um Andromedas Großvater Akrisios zu besuchen, tötet ihn versehentlich beim Diskuswerfen und fliegt am Ende zum Olymp, um Athene das Haupt der Medusa zu überreichen.

Sprachmann war müde.

Der Kopf senkte sich auf den rechten Arm, die Schreibhand hielt noch die Füllfeder.

Er hörte ein vornehmes Hüsteln.

Nofretete, festlich gekleidet, blaue Kronenkappe mit Edelsteinbordüre, goldene Stirnbinde mit Königsschlange, das Emblem teilweise abgebrochen, steht im Türrahmen, Sprachmann steht am Fenster, schaut lässig über die Schulter, gar nicht erstaunt, er wirft einen Blick auf den Schlafsaal, der Raum ist merkwürdig geschrumpft, die Perspektive verkürzt, der Fluchtpunkt in gefährlicher Nähe, die Papiertürme ragen bis zur Decke, neben der Tür liegt eine Matratze, darauf ein Mann, als solcher erkennbar an den Schuhen, das Gesicht ist unter der Jacke versteckt, ein Nachtkästchen begrenzt das Lager am Kopfende, es hat Platz für etliche Wörterbücher, Märchenbücher, Häkeleien und Webereien, Teekanne, Schwenktiegel, Mokkatasse, alles so verstrebt, daß nichts umfällt, der Baustil erinnert an ein Fachwerkhaus, Sprachmann malt mit Kreide eine Figur auf seinen Schreibtisch.

Das ist das Haus vom Nikolaus.

Er steht nun eingeklemmt zwischen Fenster und Schreibtisch, Nofretete ihm gegenüber, ihr Blick trifft den seinen.

Oh, Poppo.

Er weicht ihrem Blick aus.

Welch wonniger Frühlingsmorgen.

Sie tritt zum Schreibtisch, sieht die Kreidezeichnung.

Oh, mein Poppo.

Er stellt fest, der Schreibtisch ist neu, und die Kreide ist schwarz wie Tinte.

Oh, Nofretete.

Sie geht um den Schreibtisch herum.

Habe ich dich geweckt?

Zartes Ziegelrot tönt ihre Haut, die Fältchen in den Nasenkurven und im Lippenschwung erzittern leicht.

Sagtest du eben Poppo zu mir?

Es ist mir herausgerutscht.

Ach, dieses Atems wonnig warmes Gedüft.

Er streichelt ihre rechte Braue.

Ich liebe dich.

Ich mich auch.

Er will ihr rechtes Auge küssen.

Sollt ich auch sterbend vergehn.

Sie entzieht sich, wendet sich zur Tür, kehrt mit zwei Plastiksäcken zurück, stellt sie ihm vor die Füße.

Gehören dir.

 Sie kniet nieder, öffnet den einen Sack, nimmt einen Papierpacken heraus, schwenkt ihn dreimal über ihren Kopf, während sie eine Art von Zauberspruch aufsagt.

Nacht der Vernichtung neble herein.

Sie hält sein Theaterstück in den Händen.

Trauriges Dunkel trübt meinen Blick.

Sie öffnet den anderen Sack, nimmt einen Papierpacken heraus, liest mit klarer Stimme.

Tauch aus dem Dunkel und sieh, sonnenhell leuchtet der Tag.

Sein Drehbuch?

Er greift ihr von hinten an die Kronenkappe.

Faßt dich mein Arm, umschling ich dich fest, schlägt meine Brust brünstig die deine, zünden die Blicke.

Sie spricht mit belegter Stimme.

Wart' ein Weilchen.

Sie kniet nochmals nieder, verstaut das erste Manuskript im zweiten Sack, das zweite Manuskript im ersten Sack, schaut ihm in die Augen.

Aus der Traum.

Der Schlafsaal lag da wie vorher, Türme, Matratzen, Kittel.

Nofretete?

Sprachmann überlegte kurz, wo sie geblieben sein könnte.

Wo waren die Plastiksäcke, die Matratze, der Mann?

Die Füllfeder lag am Boden, er hob sie auf, säuberte sie mit einem Stück Zeitung, dabei passierte es ihm.

Ein Klecks auf dem Tisch.

Aber jetzt lief die Feder, es drängte ihn zur nächsten Szene.

BILD 44 SCHREIBHÄUSCHEN INNEN/NACHT

Bretterbude, ähnlich einem Zeitungskiosk. Drinnen sitzt Poppo, leicht erhöht, umgeben von enthaarten Tierhäuten, Pergamenten. Vor ihm eine Tür mit Fensterklappe. Hinter ihm Regale, darin etliche Federkiele. Seitlich hohe Stapel Folianten, ein Stapel reicht bis zum Dach. Poppo kratzt, schabt, wischt, bimst.

POPPO Hoiho, hoiho, hau ein, hau ein.
schaut zur Decke
Verfluchtes Licht.

Ein Wackler in der Neonröhre. Sturm kommt auf, rüttelt an der Bude. Dazu unheilvolle Musik. Die Tür fliegt aus den Angeln, ein Wanderer tritt auf. Er trägt Wolfspelz, Speer, Schlapphut. Unter dem Schlapphut sticht ein scharfes Auge hervor.

POPPO zuckt zusammen
Au weia.
GAST hebt die rechte Hand zum Gruß
Heil dir, Poppo.

Der Gruß wirkt Wunder. Das Licht wackelt nicht mehr. Der Sturm beruhigt sich, die Bude steht fest, die Tür sitzt wieder in den Angeln. Dazu wohlgefällige Musik.

POPPO reibt sich die Nase
Heil dir, Wanderer.
GAST will sich setzen
Dem wegmüden Gast gönne hold des Hauses Herd.
POPPO zeigt auf den Boden
Hab weder Herd noch Sitzgelegenheit.
GAST sieht ein lockiges Vlies am Boden
Ritter?
POPPO Beamter.
GAST hebt nochmals die Hand
Heil dir, weiser Reimeschmied.
POPPO Bin weder Schmied, noch sing ich ein Lied.
GAST Du wirst singen.

Poppo bricht in helles Lachen aus. Der Gast wirft Poppo einen stockfinsteren Blick zu. Dabei springt der Augapfel aus seinem Schädel heraus, schießt auf Poppos Schädel zu. Poppo sieht einen Spiralnebel.

GAST ganz nah
Ich bin Odin.
POPPO will unterm Pult verschwinden
Mein Führer?
GAST zieht Poppo mit der Grußhand an den Haaren
Weitermachen.

Der Spiralnebel zerfällt. Odins Augapfel fliegt zurück zum Absender. Poppo richtet sich auf.

GAST Lachend muß ich dich lieben, lachend will ich erblinden.
POPPO Mir strahlt zur Stunde Siegfriedens Stern.
GAST zieht den Schlapphut tiefer ins Gesicht
Lachend zugrundegehn.

Poppo legt die Hand ans Ohr. Ist jemand auf dem Dach? Er hört Flötentöne. Siegfrieds Lockweise? Der Wanderer ist verschwunden.

ABBLENDE

Sprachmann betupfte den Klecks mit dem Zipfel eines Papiertaschentuchs, ohne Erfolg, die Tinte lief weiter aus, wo waren jetzt die Ägypter? hatten sie ihr Lamm gegessen? kamen sie jetzt nach oben? Stille herrschte unten.

Kein Siegfried stand am Himmel.

Kein Odin.

Kein Walhalla.

Fünfhundert Türen, jede breit genug für achthundert Männer zugleich, alle tapfer, alle tot, aber geheilt, davon kündete kein Sternbild, Sprachmann fragte sich, warum der Himmel so ungerecht war, und schrieb gleich noch eine Szene, aber mit Bleistift.

BILD 34 RITTERBURG INNEN/AUSSEN/TAG

Poppo steht mit aufgerissenen Augen im Schlafsaal. Er wendet sich zum Fenster.

Wo Grau war, ist Karmin geworden.

Die Stallgeräusche.

Der stolzierende Hahn.

ÜBERBLENDUNG

Am Rand des Hofs, nah am Abhang, grast ein Pferd, darauf ein Reiter. Er sitzt vornübergebeugt, Kopf auf dem Nacken des Tiers, die Hände in die Mähne verstrickt. Er ist wohl sehr lange geritten, ohne Steigbügel, und er hat sich wohl nie gewaschen.

Im Hintergrund Stimmen.

Siegfried lebt.

Neben der Tür die Matratze. Alberich und Nofretete unter einer Decke. Sie scheinen sich zu vergnügen.

ABBLENDE

Der Komponist sah einem anderen Komponisten ziemlich ähnlich, vielleicht, wenn man den Bronzekopf vom Foyer der Staatsoper hernahm, ähnlicher als sich selbst, er hatte sich im Hügelland südlich des Sees ein Haus gebaut, Blick frei übers Tal, Biokläranlage, Quelle, Moorbad, Blumen, Fliegen, Frösche, Nattern in nächster Nähe, es fehlte ihm nichts für sein Leben und Schaffen, außer die Verbindung zur kultivierten Umwelt, so waren die meisten Menschen, die ihn oben mit ihrem Auto besuchen wollten, gezwungen, mehrfach in die Irre zu fahren, egal wie er sich abmühte, ihnen den rechten Weg zu weisen, telephonisch, postalisch, per Mail oder per Fax, denn siebenmal nördlich? siebenmal durch den Wald und einmal die Kehre auf der Kuppe und wieder südlich? auf welcher Kuppe? dann war die Gegend dünn besiedelt, weshalb man nicht fragen konnte, wo geht's hier zu Bruno Lesky? oder wenn man schon einen der wenigen Siedler erwischte, mußte man nicht glauben, daß man eine Antwort bekam, der Komponist gehörte erst seit zehn Jahren zur Gemeinde, war noch neu, folglich saß er die längste Zeit selbst im Auto, um seine Besucher zu suchen, und hatte fast nichts, nein, gar nichts von seinem Haus, dem freien Blick und der Natur und der Qualität rundum, manchmal mußte ein Traktor die Gäste aus einem Acker, Misthaufen oder Gebüsch herausziehen, manchmal die Feuerwehr, bis es ihm zu bunt wurde, er lud niemanden mehr ein.

Die beiden Künstlerinnen lebten und schufen eine Autostunde entfernt, auch in einem Hügelland, aber mehr östlich, zwischen anderen Seen, schon vor Jahren hatten sie ihren Besuch angekündigt, damals wegen des Theaters, Kunst und Musik und Sprache ineinander, spartenübergreifend, so hatte es sich der Autor gedacht, ohne Rücksicht auf Zeit und Geld und Arbeit, das ging schief, weil das Theater sein Haus verlor und den Verlust nicht verkraftete, aber die Idee setzte sich in den Köpfen fest, wirkte anregend und beunruhigend, sie durchfuhren eine Gartenlandschaft, zum Teil schneebedeckt, zum Teil aufgetaut, patzige Erdfarben kamen hervor, die Straße wurde breiter, die Sicht staubiger, wohl vom Salz, die Gärten verschwanden, Märkte, Großmärkte, Parkplätze, Großparkplätze deckten die Gegend zu.

Der Komponist hatte seine erste produktive Phase mit einem deutlichen Rückzug beendet, und zwar für alle überraschend, die Kritik wäre geneigt gewesen, seinen Aufstieg zu feiern, in seinem Frühwerk gab es ja Anzeichen einer beginnenden Karriere, und reagierte zutiefst enttäuscht, aber er konnte erklären, daß er sich den Schritt reiflich überlegt habe und daß es sich lediglich um den Rückzug seiner Person handle, man war also gezwungen, seine Entscheidung zu respektieren, wobei die Frage blieb, ob man den Rückzug seiner ganzen musikalischen Schaffenskraft befürchten müßte, dazu hatte er stets die Antwort parat, auch wer nichts tut ist tätig.

Auf der Autobahn ein Stau, Blockabfertigung, die Sonne tauchte die Warteschlange in ihr fadenscheiniges Licht, man stieg aus, weil andere ausstiegen, unterhielt sich über den Tunnel, die Arbeiten, ob die mal fertig werden? die Frauen stiegen nicht aus, ließen nur die Scheiben herunter, zwecks Lüftung, vor ihnen stand ein Lieferwagen, die Hecktüren halb offen, aus dem Innenraum kam ein Jammern, au weh, au weh, und ein beharrliches Zureden, Zeitung, Zeitung von heute, das Jammern hielt an, das Zureden verstärkte sich, du Ärmste der Armen, bist Gast gewesen, und sie haben dich nicht beherbergt, der Jammer ging über in ein Schluchzen, das Zureden in ein empörtes Betteln, keine Zeitung? selber schuld.

Der Komponist brachte die zeitgenössische Musik trotz seines Rückzugs ein erhebliches Stück vorwärts, und zwar zurück zur Stille, er wollte diesen Schritt zunächst symbolisch interpretiert wissen, die Wirklichkeit ist ja nie wirklich still, aber er lehnte die traditionelle Produktionsweise einmal ab, sie ist nichts weiter als ein ständiges Hinschaffen und Herschaffen, und genau das langweilte ihn, stattdessen entwickelte er die Methode des kurzweiligen Wegschaffens, sein Wahlspruch lautete, Klingklang ist Verbrechen, folglich radikalisierte er seinen Rückzug, ein Beispiel, die Sängerin singt so unerhört hoch, daß man keinen Ton mehr hört, ein anderes Beispiel, der Sänger verschluckt die Selbstlaute, benützt ausschließlich Mitlaute, oder der Komponist baut die Instrumente nach speziellem Bedarf um, schreibt Sonaten für unterkühltes Klavier, verschnupftes Akkordeon, pfeifendes Cello und dergleichen, so kommt allerhand Originalität zustande, unverkennbar sein Werk, die Kritik sollte es später seiner mittleren Schaffensperiode zuordnen.

Eine Kiste auf drei Rädern fuhr vorbei, Leberkäs, heißer Leberkäs? ein Motorrad mit Polizist kam hinterher, stoppte neben den beiden Künstlerinnen, alles zurück, gilt auch für Sie, meine Damen, weiter, weiter, ein Rotkreuzauto hielt neben der Warteschlange, die Hecktür des Lieferwagens flog auf und bot eine Erscheinung wie in der Kirche, Heide und Hera dachten an den Ägypter, wie sie ihn wiederbelebt hatten, diesmal saß eine Frau in der Bildmitte, drei Männer stiegen aus und begleiteten die Frau zum Rotkreuzauto, einer ging dann Zeitungen verkaufen, Hera kaufte ein Blatt, suchte den Kulturteil, fand sich erwähnt und schimpfte.

Der Komponist kam nicht umhin, öfters ins Tal zu fahren und das Publikum von der Sinnhaftigkeit seines Wandels zu überzeugen, die Aufführungen glückten, obwohl die Zuhörer nicht allzu zahlreich waren, meistens Verwandte oder Bekannte, eines Abends lernte er jemand kennen, den er noch nie gesehen hatte, eine Chorsängerin vom Theater warnte ihn, sie kenne den Neuen, er sei ein schwieriger Mensch, der Komponist erwartete daher eine eher miese Kritik, die Aufführung dauerte drei Stunden, nachher, er hatte kaum Zeit, die im Saal verstreuten Notenblätter einzusammeln, stürmte der Mann auf ihn zu, er sei zwar ein blutiger Anfänger auf dem Gebiete der ernsten Musik, aber das, aber das.

Der Stau war vorbei, Heide und Hera fuhren mit im Lieferwagen, das eigene Auto tat es nicht mehr, und die Männer kümmerten sich um den Service, einer blieb am Seitenstreifen, wartete auf den Pannendienst, Heide und Hera saßen hinten im Laderaum, zwei Klappsitze, um sie herum Zeitungen, die Männer redeten über Motor, Getriebe und derlei Dinge, einmal drehte der Fahrer den Kopf zur Seite, fragend, wie sie das hingekriegt hätten, den ersten Gang rein, was sie nicht wußten, und wieder raus? was sie auch nicht wußten, dafür antwortete Hera ganz allgemein, aufwärts oder hinab, so oder so, an der Stelle widersprach der Beifahrer, Schluß oder Schlupf, das sei doch ein Unterschied, daraufhin führte Hera ihre Theorie genauer aus, Seele wird Körper, Kraft wird Reibung, Wärme wird Motor, Getriebe wird Seele, der Beifahrer fügte hinzu, Sprit wird auch wieder teurer, der Fahrer nahm nicht teil an dem Gespräch, schüttelte nur den Kopf, die Kupplung ist im Arsch.

Der als schwieriger Mensch angekündigte Kritiker hielt den Atem an, als bekämpfte er einen Aufruhr der Gefühle, und setzte stockend fort, eine Musik wie diese habe er noch nie gehört, so häßlich, der Komponist erschrak, aber der Satz war nicht zu Ende, und so wunderschön, drei Stunden Grauen der Hölle, fünf Minuten letztes Gefecht, der Komponist dankte und lud den Mann ein, ihn zu besuchen, in seinem Haus habe er noch viel bösere Töne auf Lager, weder seine Frau noch seine Kinder dürften sie hören, der Besuch kam leider nie zustande, trotz fester Zusage, handgefertigten Lageplans und Karte eins zu zehntausend.

Hera und Heide hatten vergessen, sich nach der leidenden Frau zu erkundigen, wo ist sie geblieben? Spital, sagte der erste, Gefängnis, der zweite, was hat sie denn? will nicht Zeitung lesen, die Männer erkundigten sich ihrerseits nach Heides und Heras Tätigkeit, sie wären doch Künstlerinnen? stimmt, Malerei? Töpferei? stimmt, Sieg und Frieden? stimmt, die Frauen schauten sich verblüfft an, was wußten die Männer noch alles von ihnen?

Es stand in der Zeitung und wurde mehrfach im Radio wiederholt, Bruno Lesky kooperierte mit Sprachmann, ein Oratorium sollte entstehen, die Meldungen änderten sich aber von Interview zu Interview, zuerst sollte das Stück vor drei Jahren fertig sein, zum Jubiläum der Nation, dann zum Jubiläum des Abendlands, mittlerweile zur Eröffnung der Mehrzweckarena am Fluß, der Komponist rechnete bei seiner Arbeit in Sekunden, beim Oratorium rechnete er mit weiteren drei Jahren Wartezeit, er hätte die Sache gern mit Sprachmann geklärt, kam aber nicht an ihn heran, und weil ihm das Projekt immer zweifelhafter erschien, plante er eine Ouvertüre für jeden möglichen Anlaß, zehn Minuten Rauschen und Brausen.

Die Männer gaben zu, sie hätten die Künstlerinnen verfolgt, es wäre nur zu ihrem Vorteil, wohin fahren wir eigentlich? wohin ihr wollt, die Künstlerinnen schauten sich wieder verblüfft an, woher wußten die Männer, wohin sie wollten? da sagten sie es ihnen auf den Kopf zu, wir fahren zu Bruno, Heide sank in sich zusammen, stammelte etwas von Verborgenheit, was Hera kaum beeindruckte, sie flüsterte der Freundin zu, anything goes.

Es stand im Netz, der Komponist bereitete eine Chor-offensive vor, an sämtlichen schöneren Dorfplätzen des Landes sollten Gruppen auftauchen, jeweils in ihrer Tracht, aber nicht wie üblich nur mit ihren einsamen und verlassenen Heimatliedern, sondern mit einer gewaltigen Hymne, es wäre Sonntag, die Glocken läuteten, die Chöre kämen aus ihren Kirchen heraus, und nach dem Verstummen der Glocken fing der Gesang an, mehr als zweitausendvierhundert Strophen, sechs Monate könnte es dauern, dann hätten die Chöre die Hymne durchgesungen, der Komponist werde die Auswahl und den Schnitt übernehmen, Sprachmann das Marketing.

Und was macht ihr so? fragten die Frauen, die Männer

redeten jetzt ins Blaue hinein, Business, Heide hielt ihnen ihre schwindlige Ausdrucksweise vor, während Hera schlichtend eingriff, Kraut und Rüben? der Beifahrer wies hinter die Sitze, mit dem Zeug da, die Frauen verstanden nicht, das da? er drehte seinen Oberkörper nach hinten und schob einige Zeitungen beiseite, unser Kerngeschäft, Heide und Hera halfen ihm und stießen auf den Grund des Geredes, lauter Spielgeld, genäht oder gebrannt oder gestanzt, in kindlichen Farben und Größen, achtlos ausgeschüttet, sie stellten fest, auf jedem Stück prangte die Nachbildung eines ihrer Kunstwerke, die Männer beruhigten sie, nur keine Panik.

Die Nachricht im Netz ärgerte den Komponisten, denn er wußte nichts von einer Choroffensive, Sprachmann hatte den volkstümlichen Dauergesang wahrscheinlich frei erfunden und die Medien dafür eingespannt, solch vorauseilender Geschäftsgeist lag dem Komponisten fern, näher lag ihm ein Zeitgewinn nach Noten, Moratorium statt Oratorium, beim Schreiben der Partitur fiel ihm jedoch eine Schwäche seines Konzepts auf, die Verzögerung der auditiven Einsätze führte zwangsläufig zu einer Verzögerung der visuellen Einsätze, sie betraf nicht nur die Noten, sondern auch das Erscheinen der Musiker auf der Bühne, ihre Handgriffe, ihr Mienenspiel und das Dirigieren, die Partitur führte also zu einer Art nervösem Stillstand, er hoffte, daß die Künstlerinnen ihm aus der Patsche halfen, und stieg in sein Auto.

Die Männer hatten sie verfolgt und wurden selbst verfolgt, die Frauen bemerkten es, als sie vor einer Raststätte standen und neben ihnen ein ähnliches Auto mit ähnlichen Männern anhielt, die fremden Verfolger warteten, bis die Frauen und ihre Verfolger ausstiegen, und schlenderten ihnen nach, beim Betreten der Raststätte riefen die eigenen Verfolger laut, dies ist eine Übernahme, und fügten leise hinzu, freundliche Übernahme, die Frauen gingen hinein, sahen eine Kasse, einen Kaufladen, die

Stiege zu den Klos und fanden es in Ordnung, weil sie es schon kannten, die Männer führten sie unverzüglich zur Theke, aber da erlebten sie etwas sehr Seltsames, auf den Barhockern saßen die Verfolger der Verfolger, erst waren sie hinter ihnen, jetzt vor ihnen, wie hatten sie das nur hingekriegt?

Sie waren fünf, ein Portier hatte sich zugemeldet, vom Museum, er hatte gehört, daß man eine Publikation plante, und obwohl ihm einiges daran nicht geheuer war, merkwürdige Gliederung, beliebig erscheinende Themenauswahl, wollte er gern mitmachen, hauptberuflich arbeitete er, vom Aufsperren bis zum Zusperren, vorn in der Halle, nebenberuflich, vor Dienstbeginn und nach Dienstschluß, hinten im Archiv. **II · 11**

Frühlingsloch, Schafstage, Gemeinde im Bergland und Festzelt, eine Musikgruppe mit Mexikanerhüten spielte Schlager aus der Jugendzeit, wenig Publikum, die meisten dürften gegangen sein, ein leicht betrunkener Rest stand gedrängt am Ausschank, der Museumsportier bat die Leute, ihn vorbeizulassen, und fürchtete einen Moment lang um seine Gesundheit, wahrscheinlich beschimpften sie jeden, den sie zum ersten Mal sahen.

Er fand einen Tisch in einer Ecke des Festzelts.

Es zog am Rücken.

Er wechselte den Platz, bestellte einen Apfelsaft.

Es zog an den Knien.

Aber er saß nun mal da.

Die Portiers hatten hier oben ein Gipfeltreffen vereinbart, sie ließen auf sich warten.

Er mußte mal raus.

Mobiles Ersatzklo, üblich bei Massenveranstaltungen, immer stinkig, immer ekelhaft, er pinkelte ins Freie.

Kalt heute.

Er verschaffte sich etwas Bewegung, ging um das Festzelt herum, schaute sich die Umgebung an.

Mächtige Kirche.

Groß, eigentlich zu groß für das Dorf, Westwerk im Süden, zwei Türme, gotisch, spät, sehr spät, das Schiff um neunzig Grad verdreht.

Merkwürdige Konstruktion.

Schon vor Jahren hatte er den Gemeinderat darauf hingewiesen, das ganze Dorf war falsch eingenordet, weil die Kirche falsch stand, im Mittelalter stand sie vielleicht in der richtigen Richtung, muß aber später gedreht, sozusagen, entostet worden sein, und er hatte angeboten, die Ursachen der Achsverschiebung zu erforschen.

Die Straße glänzte noch vom Regen, Schwaden stiegen auf, umhüllten ein barockes Zwiebeltürmchen.

Der Gemeinderat plante damals eine Jubiläumsschrift, und der Museumsportier hatte einen wesentlichen Beitrag dazu geliefert, über die Machenschaften der reichen Herren, über die Lebenskunst des Volkes, mit vielen lustigen Episoden, Anekdoten, Gruppenphotos, original aus dem Archiv.

Die Schwaden verzogen sich.

Statt einer Antwort schickte man ihm ein Werbeprospekt, das Dorf hielte mit jährlich zweitausend Sonnenstunden den Landesrekord, es hätte das meiste Licht, ferner bunte Wiesen, stille Wälder, in Hinkunft setzte der Gemeinderat auf die Wanderer und Radfahrer.

Das Zwiebeltürmchen hob sich klar vom Himmel ab.

Der Museumsportier wußte jetzt nicht mehr, wo ihm der Kopf stand, schaute er nach links, fiel ihm die alte Welt ein, schaute er nach rechts, die neue Welt.

In der Mitte Berge und dunkle Wolken.

Dahinter Ausland.

Er drehte sich um.

Der Gemeinderat gab sich nicht einmal die Mühe, seinen Beitrag abzulehnen, weder schriftlich noch mündlich, im

Gegenzug gab er sich nicht einmal die Mühe, die fertige Jubiläumsschrift in die Hand zu nehmen.

Die Kollegen kamen mit dem Dienstwagen.

Warum sagt ihr denn nichts?

Du warst schon weg.

Mit dem Bus.

Tut uns leid.

Und vorher?

Der Dienstwagen war besetzt, kam in letzter Minute, die Chefin hat ewig lang gefackelt, bis sie ihn hergegeben hat.

Eine ganze Stunde?

Gehen wir ins Zelt.

Ziemlich ungemütlich.

Gehen wir ins Wirtshaus.

Der Theaterportier saß als erster am Kachelofen.

Hier ist es schön.

Der Energieportier tastete ab.

Die heizen sogar im Juni.

Der Universitätsportier und der Regierungsportier setzten sich an den großen Tisch neben dem Kachelofen, der Museumsportier stand unschlüssig an der Tür.

Komm, setz dich her.

Habt ihr keine Tagesordnung?

Die vier befreundeten Portiers wechselten vielsagende Blicke.

Ist der Neue noch zu retten?

Der Regierungsportier ging zu ihm hin, klopfte ihm auf die Schulter.

Erzähl mal.

Was?

Von deiner Arbeit.

In der Halle? im Archiv?

Was dir lieber ist.

Der Museumsportier setzte sich, kramte in seiner Aktentasche, dick angefüllt, holte eine Mappe heraus, legte sie auf den Tisch.

Gar ein verderblich Jahr?
Gut.
Wann es kamen die Turkhen und die Ungrischen in das landt und kamen auch die haberschreck und ward groß pestilentz und was eyn unwetterlich jar, das vill trydt auf dem veldt belyb und verdarb.
Turkhen? Ungrische?
Fremdlinge aus dem Osten.
Haberschreck?
Heuschrecken.
Trydt?
Getreide.
Der Theaterportier meldete sich zu Wort.
Wer will Schnaps?
Die Wirtin brachte zweimal Bier, zweimal Most, einmal Apfelsaft.
Habt ihr was Spezielles für Dreckwetter?
Zirm.
Fünfmal, bitte.
Der Museumsportier korrigierte die Bestellung nach unten.
Viermal.
Er griff in seine Aktentasche, holte eine schwarz gebundene Abhandlung heraus, der Universitätsportier staunte.
Dissertation?
Projekt.
Sehr gut.
Die Wirtin brachte viermal Zirbenschnaps, der Museumsportier korrigierte die Bestellung wieder nach oben.
Doch fünfmal.
Der Regierungsportier nickte wohlwollend.
Ausgezeichnet.
Wehrkirche mit Wehrmauern, Wehrtürmen, Wehrgängen.
Wo sind die Standpunkte?
Bei den Gucklöchern.
Wer greift an?
Die Fremdlinge.

Auf dem Berg? das dauert doch, bis die mal oben sind.
Zu umständlich.
Der Museumsportier verteidigte sich, dem Projektantrag gemäß sei das Dorf dauernd bedroht worden, damit forderte er den Widerspruch der Kollegen erst recht heraus.
Die reiten doch durch.
Räumen ab.
Salzämter, Zollämter, Finanzämter.
Was im Tal zu holen ist.
Der Museumsportier überlegte sich einen unauffälligen Rückzug, erwähnte gewisse Schätze, Silbermünzen und Schmuck, versteckt im Gemäuer, in Kisten und Krügen, im Hochmoor, im Brunnen oder unter einem Bildstock.
Zu geringfügig.
Aber wenn es so geschrieben steht?
Die Bauern hatten keine besonderen Schätze.
Und die Ritter?
Die haben ihnen auf den Kopf geschissen.
Wozu dann die ganze Wehranlage?
Gegen sich selbst.
So könnte es gewesen sein.
Der Museumsportier beugte sich dem Urteil der Mehrheit, verdrehte seine Meinung sicherheitshalber gleich um hundertachtzig Grad.
Ja, so war's.
Er wechselte das Thema.
Diese Nibelungen.
Der Universitätsportier horchte auf.
Wer?
Diese Heimatlosen.
Der Universitätsportier äußerte eine Vermutung.
Waren die mal hier?
Schon möglich.
Und sind die hiergeblieben?
Nicht auszuschließen.
Dann sind wir die Fremdlinge.

Der Universitätsportier brachte ein anderes Projekt ins Spiel, ein wirklich hochkarätiges Forschungsprojekt, davon könnte er manches erzählen, die Gutachten gingen ja durch seine Hände, ein Professor namens Sprachmann hätte bewiesen, die Nibelungen wären nicht abgewandert, sondern zugewandert.

Genau das, sag ich ja.

Der Museumsportier entnahm seiner Mappe die Kopie eines Briefs mit Siegel.

Schenkungsurkunde.

Wer schenkt wem was?

Der Inhalt, ich fasse zusammen, der Kaiser überträgt, dem Rat eines nahen Verwandten folgend, einem entfernten Verwandten namens Waltuni ein Stück Land.

Hier?

In der Gegend?

Mit Gütern und Schulden.

Der arme Verwandte.

Muß annehmen.

Unbedingt.

Weil zurück an den Kaiser gehört sich nicht.

Weiterschenken?

Gehört sich schon gar nicht.

Was soll er machen?

Sein Eigentum schützen.

Der Energieportier beteiligte sich nun stärker am Gespräch, denn Eigentum spielte in seinem Wirkungsbereich die größte Rolle, er führte aus, die ganze Welt sei je nach dem Eigentum in eigentümliche Ländereien eingeteilt, die Berechnung erfolge je nach den Schätzen in Grund und Boden oder dem Schätzwert, überall sei nämlich ein Wert drin, in den Tiefen, den Höhen, in den Gebirgen, den Gewässern, eigentümlich seien auch die Grenzen, sie werden in der Regel durch Mauern, Türme, Zäune gekennzeichnet.

 Planken? Schranken?

Der Regierungsportier brachte die Lichtschranken ins Spiel.

Motten umschwirren das Licht.

Der Theaterportier fand den Ausdruck unzutreffend.

Motten schwirren nicht.

Was tun sie sonst?

Stauben.

Der Museumsportier bemerkte ein wenig angerührt, er möchte seine Geschichte fertig erzählen, niemand hörte ihm zu.

Ein bißchen Unruhe.

Du wackelst, schniefst, zuckst mit der Wimper.

Fehlalarm.

Der Museumsportier entnahm seiner Tasche ein in Leder gebundenes Buch.

Das ist Waltunis Lied.

Der Universitätsportier fragte nach.

Ein Lied?

Der Inhalt, ich fasse zusammen, König Gibika erkauft den Frieden, indem er Hagano, einen Knaben edlen Geschlechts, mit kostbaren Geschenken ausgestattet, zu Attila sendet, ganz ähnlich erkauft der Heermeister Alpharo den Frieden, er sendet den Knaben Waltuni zu Attila, Jahre später entflieht Hagano, von Attila in höfischen Sitten und in den Künsten des Krieges erzogen, der Geiselhaft, nochmals Jahre später folgt ihm Waltuni, zu Hause angekommen, fallen sie sich in die Arme.

Selen ist ein Zellschutzfaktor.

Stärkt die Abwehr.

Radikalenkiller.

Da ruft Hagano, freut euch mit mir, mein Geselle Waltuni kehrt heim von den Hunnen.

Entschuldigung.

Der Theaterportier beugte sich über den Tisch.

Muß mal raus.

Der Museumsportier rieb sich das Schienbein.

Schnell, es ist dringend.

Gunthari stößt mit den Füßen den Tisch um und ruft, freut euch mit mir, auch der Schatz, den König Gibika dem König der Hunnen gesandt, ist gerettet.

Der Theaterportier kam vom Klo zurück.

Wo waren wir zuletzt?

Der Museumsportier trat aus der Ofenbank heraus.

Am Ende.

Die Moral von der Geschichte?

Der Museumsportier nahm wieder seinen Platz ein.

Es gibt keine.

Das sollen wir glauben?

Waltuni verliert die Schwerthand, Hagano das rechte Auge, Gunthari ein Bein.

Aber dann?

Aus.

Nichts mehr?

Der Museumsportier schaute zur Decke.

Nur Verluste.

Die andern schauten ebenfalls zur Decke.

Dieser Attila.

Diese Hunnen.

Der Energieportier nützte die Gelegenheit, um auf die springenden Punkte seiner Argumentation hinzuweisen.

Grenzsteine.

Was ist damit?

Wer Grenzsteine mißachtet, gefährdet das Eigentum.

Daraus folgt?

Eine Staatskrise.

Der Regierungsportier zeigte sich äußerst beunruhigt.

Eine Staatskrise darf nicht sein.

Was können wir tun?

Abschieben.

Wen?

Aufschieben.

Was?

Der Museumsportier hatte eine Idee.
Rote Linien.
Der Regierungsportier stimmte erleichtert zu.
Womit wir die Staatskrise verhindern.
Der Energieportier ergänzte.
Das Eigentum sicherstellen.
Die Portiers sammelten weitere Ideen.
Fahnenstangen.
Schilder.
Markierungen.
Hier tritt man aus, hier tritt man ein.
Stacheldraht.
Wechselstuben.
Der Museumsportier war mit sich zufrieden, die Portiers hatten seinen Vorschlag positiv aufgenommen, er nützte die Gelegenheit, um seine Kritik hinsichtlich der geplanten Publikation einzubringen, er beanstandete vorweg das Kapitel Verzögerung der Zeit.
Ist es nicht schrecklich?
Nein.
Immer nur warten?
Nein.
Warten auf nichts?
Der Regierungsportier ging in der Gaststube auf und ab, schaute nachdenklich aus dem Fenster, drehte sich unvermittelt zum Museumsportier hin, klopfte ihm auf die Schulter.
Gründen wir einen Verein.
Ziel?
Beschleunigung der Zeit.
Der Museumsportier hatte nichts einzuwenden.
So ersparen wir uns eine Menge Sorgen.
Die leeren Kilometer.
Damit konnten auch die anderen leben.
Die Jahre.
Wo alles still steht.

Vielleicht Jahrzehnte.

Die Durststrecken.

Wir sind der Vorstand.

Die Gründer erhoben sich von ihren Sitzen, bildeten einen Kreis.

Karli?

Ja.

Du machst den Schriftführer.

Zwentibold?

Ja.

Kassier.

Theo?

Ja.

Controlling.

Friedbert?

Der Museumsportier hielt seine Hand hin.

Hier.

Der Regierungsportier barg die Hand in seinen Händen.

Mein Stellvertreter.

Ja, Wandelbert.

Der Museumsportier übernahm die Rechnung für alle.

Zahlen.

Neun Bier, zwei Most, ein Apfelsaft, zweiundzwanzig Zirbn.

Im Dienstwagen besprachen sie den operativen Teil, Friedbert sollte die Statuten entwickeln, er schlug vor, das Buch in die Statuten hineinzunehmen, eine Seite pro Monat, in zwölf Jahren wäre die Sache erledigt, sie fuhren schnell, zu schnell für die Straße, die Grenze der Verzögerung ist der Leerlauf, sagte Wandelbert, das gilt für jede Politik, Vorsicht, Rechtskurve, sagte Theo, Bankette nicht befahrbar, die Grenze der Beschleunigung ist der Crash, sagte Zwentibold, das gilt nicht nur für die Wirtschaft, Vorsicht, Linkskurve, sagte Karl, die Leitplanken, die Pfosten, sagte Friedbert, oh Mann, oh Mann, das war knapp.

Drachendenkmal, umgeben von einem Zeltlager und Holzbuden, Läden noch unten, sieben Uhr, schon Tag.

Rumold tritt aus seinem Zelt, schief sitzender Helm, macht ein paar Schritte, etwas Gymnastik.

Sindold kommt aus einer Fußgängerzone heraus, überquert die Straße, nähert sich dem Kameraden leicht schwankend, stört ihn bei einer Kniebeuge.

Entschulen.

Keine Ursache.

Sie helfen einander lachend auf die Beine.

Heil Rumold.

Heil Sindold.

Alter Sauschädel.

Rotissier, wenn ich bitten darf.

Dann Küchenbulle.

Alter Mostschädel.

Sommelier, wenn ich bitten darf.

Senile Bettflucht?

Spätdienst.

Frühbeisl?

Überstunden sind mir Pflicht.

Besondere Vorkommnisse?

Darf nichts sagen.

Geheimnisse?

Sindold wirft sich vertrauensselig an Rumolds Brust.

Weil du es bist.

Könntest dich auch mal waschen.

Heut war wieder die Hölle los.

Siegfried?

Der Mann hat ein Stehvermögen.

Was spricht er?

Bier her, Bier her.

Oder er fällt um?

Der Mann hat sich dem Drachen übergeben.

Wer noch?

Der Professor.

Wie üblich?
Hat sich am Boden gewälzt.
Der Traumtänzer.
Vom Himmel fällt ihm sein günstiges Los.
Braucht nichts mit Müh zu erstreben.
Stößt sich gesund in der Sprache Schoß.
Da meint er den Schatz zu erheben.
Sie deklamieren zugleich.
Er gräbt und schaufelt, solange er lebt.
Und gräbt, bis er endlich sein Grab sich selber gräbt.
Alle Rechte bei ihm.
Wen hast du noch beobachtet?
Wo ein Siegfried ist.
Da ist auch Hilde?
Steht ganz in seinem Licht.
Wie sieht sie denn jetzt aus?
Nimmt zu und nimmt ab wie der Mond.
War Siglinde da?
Hat kurz reingeschaut.
Wegen Sigmund?
Ist gleich wieder gegangen.
Aber wo ein Sigmund ist?
Da ist vermutlich auch Gibika.
Scheinen sich gut miteinander zu vertragen.
Wie Arsch und Hose.
Von Sigmund hört man ja allerhand sagen.
Dann und wann ein Glaserl zuviel?
Er les' in den Sternen.
Was steht drin?
Die großen Dinge, die nahen und fernen,
Sind im Eck gesessen, haben sich heimlich verständigt.
Was könnt' es Wichtiges gewesen sein?
Wohl Schweinskram.
Beim Sternelesen fährt doch oft der Fehlerteufel drein.
Ich weiß, wie's damit ist.

Alberich?

Das graue Männlein pflegt bei nächtlicher Frist.
So um Mitternacht?
Aus verborgenen Gründen zu ihm zu gehn.
Wer hätte das gedacht.
Und immer ist was Großes darauf geschehn.
Erzähl mir nichts.

Hunold tritt aus seinem Zelt, voll adjustiert, Ohren verstöpselt, offener Mund, bleibt einige Schritte vor den Kameraden stehen.

Wir sind bankrott.
No na.
No na net.
Hunold nimmt die Stöpsel aus den Ohren.
Habt ihr gehört?
Na, was.
Der Bürgermeister ist gefeuert.
Wie?
Die Hunnen kommen.
Wo hast du's her?
Frühnachrichten.
Bad news are good news.
Still, wer wird solche Worte wagen.
Good news are bad news.
Was ich denke, will ich sagen.
Alter Halsabschneider.
Kämmerer, wenn ich bitten darf.
Dann sag's uns unverblümt.
Das Wort ist frei, die Tat ist stumm, der Gehorsam blind.
Der Spruch ist weltberühmt.
Fürwahr, dies meine Worte sind.

Acht Uhr, das Zeltlager liegt schon in der Sonne, vor dem Rathaus geschieht nun wirklich Großes.

Aufmarsch mit Blasmusik, an der Spitze die Stadtrichter, Festtagskleidung, in der Mitte auf hohem Roß, reich geschmückt, hoher Besuch, im Gefolge die Medien.

Der Zug hält.

Eine fremde Stimme über Lautsprecher heißt den Besuch willkommen, das Land grüßt den Gewaltboten.

Rüdeger.

Er steigt ohne Hilfe vom Roß, man reicht ihm ein Mikrophon, er lehnt ab, spricht wie ein neuzeitlicher Demokrat, er komme als Gleicher unter Gleichen, die Stadtrichter bilden einen Halbkreis hinter ihm, die Recken einen Keil ihm gegenüber.

Dankwart, Gere, Ortwin, Volker.

Rumold, Sindold.

Hunold.

Rüdeger wendet sich zuerst an die Recken.

Liebe Herren, bedenkt's mit Fleiß, s'ist der Banken Will' und Geheiß.

Dankwart tritt vor.

Werden uns viel um die Banken scheren.

Ein Stadtrichter tritt vor.

Laßt uns das nicht zweimal hören.

Dankwart gerät in Rage.

S'ist aber doch so, wie ich gesagt.

Gere tritt vor.

Ja, ja, wir können's nicht verhehlen, der Mammon hat hier zu befehlen.

Mehrere Stadtrichter stimmen ihm zu.

Gefesselt und geknebelt sind wir.

Das soll göttlich Recht sein?

Stabilitätspakt.

Rüdeger wendet sich an beide Seiten.

Wenn milde Gaben Lust am Leben machen, dann sind's nicht immer krumme Sachen.

Ortwin tritt vor, brüllt.

Wollt ihr den totalen Führungswechsel?

Beide Seiten stimmen ihm zu.

Allzeit bereit.

Wer übernimmt?

Das Volk.

Dankwart, Gere und Ortwin treten in ihre Reihe zurück, Rumold bleibt hinten stehen, erlaubt sich den Zwischenruf.

Wer übernimmt die Geschäfte?

Rüdeger weist Rumold in höflichem Ton zurecht, er habe ja Verständnis für das geäußerte Anliegen, ein edler Ritter sei einmal gezwungen, die Grenzen seines Landes zu schützen, er möge dennoch Verständnis für einen grenzüberschreitenden Gedanken aufbringen und deshalb, auch dann, wenn er den Gedanken nicht in allen Einzelheiten nachvollziehen könne, zumindest sein prinzipielles Einverständnis hinsichtlich der geplanten Fusion bekunden.

Sindold bleibt ebenfalls hinten stehen, erlaubt sich den Zwischenruf.

Wer trägt die Verantwortung?

Rüdeger weist Sindold in sehr sachlichem Ton zurecht, die Verantwortung übernehme Century Gothic, der Konzern habe ihn ermächtigt, den Umbau der gesamten Kultur an Ort und Stelle abzuwickeln.

Die Medien rücken näher.

Wir sind dran.

Nachdem der Plan zuvor geheim gewesen, nur Optionen verglichen und Meinungen ausgetauscht worden seien, hätte die Öffentlichkeit erst ganz zuletzt von dem Vorgang erfahren sollen.

Die Stadtrichter horchen auf.

Ganz zuletzt?

Das sagt alles.

Rüdeger weicht einen Schritt zurück.

Vertrauliche Planspiele sind völlig normal, sonst könnten wir unsere Ideen gleich im Fernsehen oder im Rundfunk übertragen lassen, und die Konkurrenz schaut zu.

Die Medien halten ihre Stellung.

Wir sind immer noch dran.

Rüdeger wendet sich direkt an sie.

Da nun das Projekt doch irgendwie durchgesickert ist,

dürfen wir die Dinge beim Namen nennen, die Medien sind geschützt, kein Leid soll ihnen widerfahren, Century Gothic übernimmt nur das Theater, die Kunst, die Musik, den Film, sagen wir, zu fünfzig Prozent, der Konzern erwirbt ferner das Recht, der Stadt und dem Land den Weg zu weisen, nebst Zugriff auf die Vermögenswerte.

Die Stadtrichter reden durcheinander.

Die woll'n uns schlucken? das woll'n wir doch mal seh'n, ab morgen wird zurückgeschluckt.

Rüdeger nützt die Konfusion.

Wer übernimmt das Generalsekretariat?

Volker tritt vor.

Wie wär's mit Hagen?

In Zukunft werden wir leider auf seine Mitarbeit verzichten müssen.

Na gut, ich mach's.

Die Blasmusik tuscht, Rüdeger reicht Volker ein Formular.

Bitte.

Das kann ich immer unterschreiben.

Ein Stadtrichter bietet den Herren Siegellack an.

Feuerzeug?

Volker steckt das Formular in die Hosentasche.

Und wer's nicht glaubt, läßt's bleiben.

Rüdeger nickt zufrieden.

Das nennt man Handschlagsqualität.

S'is worscht.

Rüdeger lächelt nachsichtig.

So weit die heimatliche Zunge klingt, ein jeder solches fertig bringt.

Rumold tritt vor.

Wer zahlt?

Ein jeder zahlt die Hälfte und verdoppelt seine Chancen.

Wie heißt das Spiel?

Winwin.

Sindold tritt vor.

Wer schafft an?
Century Gothic.
Und wir sind draußen?
Rüdeger stellt sein Lächeln ein, erklärt, er habe keinerlei Verständnis für derlei Bedenken, edle Ritter seien einmal dazu auserwählt, für Ruhe und Ordnung zu sorgen, aber wenn sie nicht bald schwarze Zahlen lieferten, sollten sie gefälligst kündigen.
Rumold und Sindold senken den Kopf.
Game over.
Hunold tritt unerschrocken vor.
Eine Mitteilung.
Er liest von seinem Handy ab.
Century Gothic ist übernommen worden.
Wann?
Gerade eben.
Jemand hält Hunold das Mikrophon vor die Nase.
Wer?
Ein gewisser Attila.
Rüdeger bestätigt die Meldung.
Der Oligarch.
Das Mikrophon wandert zu ihm.
Ein Mann von Welt?
Er hat gar viele Namen.
Etzel?
Totomundo.
Rüdeger will weiterreden, muß aber innehalten, denn wieder geschieht wirklich Großes.
Acht Uhr dreißig, Bauernkutsche, zwei Haflinger, oben eine schöne Frau, ländliche Tracht, mit Waldhorn.
Frau Helche.
Ein Raunen geht durch die Menge.
Das ist sie.
Die Chefin.
Attilas Gattin.
Volker tritt an die Kutsche heran, bietet seinen Arm zum

Ausstieg, sie bleibt sitzen, legt das Waldhorn ab, sie möchte eine Geschichte erzählen.

Das Mikrophon wandert zu ihr.

Eine Parabel.

Geht's um Winwin?

Zur Feier des Tages.

Oh, laßt hören, Herrin.

Im Hochland, unter Eis und Fels verschüttet, liegt das Reich des Zwergenkönigs Laurin, elf Söhne hat er, Siegfried führt das Banner, viel Wunderbares wird von ihm erzählt, das hört Herr Etzel, wittert Wettbewerb und reitet hin mit elf der kühnsten Mannen, ein Endspiel wär' ihm recht, das hört der Zwergenkönig gar nicht gern, doch ist's die Sitte, zweiundzwanzig Mannen, ein jeder kühn, ein jeder todesmutig, ein jeder sagt Grüß Gott, mein lieber Freund, und haut ihm auf die Glocke, das geht zwei Tage und zwei Nächte so dahin, zum Schluß steht's unentschieden.

Die Rede stockt.

Elf zu elf?

Einige in der Menge rechnen.

Da stimmt was nicht.

S'is worscht.

Frau Helche erkundigt sich bei Rüdeger, wer war das?

Volker.

Der neue Generalsekretär?

Frei gewählt.

Nun treten erst die wahren Meister an, zwei Tage lang steht's immer unentschieden, am dritten Tag streckt Etzel seine Waffe, verlangt ein Schwert für sich, das schärfer einbeißt, doch Siegfried wittert Wettbewerbsverzerrung, fordert eidliche Bestätigung, daß niemand dieses Mittel je gebrauche, Etzel stößt die Klinge in die Erde, setzt sich mit dem Hintern auf den Griff und schwört, des Schwertes Schneide sei gesichert, Siegfried glaubt's, zu spät bemerkt er den Betrug, springt den Verräter an, blutüberströmt, doch ist das Spiel gelaufen, unter Etzels Feueratem schmilzt die Hornhaut ab wie Kerzenwachs, da kommt der Zwergenkönig hergeritten, lädt die Helden ein zu froher Gastung, die findet statt auf luft'gem Plan mit duft'gem Obst und sangeslust'gen Vögeln, so wird der Handel gütlich abgewickelt.

Man applaudiert.

Frau Helche hebt die Arme, breitet sie huldvoll aus, ergreift das Waldhorn, die Zügel, und Abfahrt.

Blasmusik.

Die Menge zerfällt.

Rüdeger will sein Pferd besteigen, Dankwart tritt ihm eilig entgegen.

Hier bin ich.

Nun, wer kommt noch von den andern?

Niemand.

Rüdeger gibt Dankwart Zeichen, folgt mir unauffällig, sie treffen sich im Gasthaus.

Auf ein Wort.

Soll's losgehn? sollen wir was unternehmen? mir dürft Ihr trauen, stellt mich auf die Probe.

Gemach, gemach.

Ich höre.

Dies gefällt mir.

Ich bin nicht von denen, die allein mit Worten tapfer sind.

Klingt gut.

Und kommt's zur Schlacht, das Weite schimpflich suchen.

Sehr schön.

Ich bitt' Euch, Herzog, stellt mich neben Volker.

So so.

Denn Treue ist kein leerer Wahn.

Na ja.

Ich sei in Eurem Bund der Dritte.

Es wird sich zeigen.

Ich bitt' Euch, Herzog, lasset Vorsicht walten, es halten hier noch viele mit dem Volk.

Es ist so, wie es ist.
Wie's ist? was Teufel?
Man muß dem Volk aufs Maul schaun.
Wie es spricht?
Es sind nicht blöde Leute.
Keinesfalls.
Was kann man tun?
Dem Volk aufs Maul haun.
Richtig.
Rüdiger strafft sich.
Ich befehle Euch zu überprüfen, wer Freund will heißen oder Nestbeschmutzer.
Dankwart duckt sich.
Das hätt' ich nicht erwartet.
Seht's Euch an.
Rüdeger unterbreitet eine Urkunde.
Wa, was? des Oligarchen eig'ne Handschrift?
Dankwart liest.
Also sind sämtliche Getreuen angehalten, Weisungen allein von Rüdeger, sein Wille, hm, ja, so, ja ja, ich gratuliere Euch.
Ihr unterwerft Euch dem Befehl?
Ich, aber.
Faßt nur Mut.
Ich soll entscheiden?
Ob Ihr mit uns geht.
Oder?
Euren Sold verliert.
Oh mein Gott.
Eure Firma heißt in Zukunft Century, sie wird Euch retten, machen wir es kurz, entsagt Ihr dem Gewinn?
Ich denk nicht dran.
Ihr sagt Euch von den Nibelungen los?
Fehlt es an Brot, die Not trennt alle Bande.
Ihr seid bereit?
 Als Vorstandsmitglied, wenn ich bitten darf.

Mich freut's, daß Ihr im Guten Euch gefügt, den ersten Schlag führt Ihr am Nachmittag mit unserer Elite, die marschiert, wohin Ihr wollt, macht Schluß mit dem Theater, zerstört den Park am Fluß, setzt den Intendanten fest, die Dramaturginnen, habt Acht, wie blinde Selbstzerstörung soll's erscheinen, dann knöpft Euch den Professor vor, versprecht ein sattes Abstandshonorar, daß er das Drehbuchschreiben unterlasse, und das Filmen, Zwerg Alberich gibt weitere Befehle.

So soll's geschehn, gedenkt mir's aber auch durch Provision.

In welcher Höhe?

Dem Ernst der Lage nach.

Ich werd's erwähnen.

Der Kanal erfüllte einmal den Zweck einer Wasserstraße, Flöße und Kähne fuhren zwischen See und Stadt hin und her, bis andere Verkehrsmittel aufkamen und das Landwegenetz erweiterten, der Kanal entwickelte sich zu einem langgezogenen Tümpel, geeignet für tiefsinnige Betrachtungen, zum Beispiel ein Prosastück über den Wind in den Gräsern an den Hängen, schwer zu mähen, oder eine Kritik der Schlingpflanzen und Algen, wer war da zuständig? die Feuerwehr? das Militär? und vielleicht ein Traktat über das Ende aller Dinge, beginnend mit den Schuhen, Fahrrädern, Dosen am Grund, und schließend mit dem Kopf des Kanals, den Kaimauern, dem Regulierhäuschen, der Gedenktafel und der Fußgängerbrücke, erinnernd an die vorletzte Kaiserin, nichts rührte sich mehr, nichts wurde mehr umgeschlagen, ein verlassener Hafen.

Ein besserer Gast, an der Kleidung als solcher erkennbar, trat aus dem Café oberhalb der Kaimauern heraus, schaute in Richtung Kreuz und Hochhaus, machte ein paar Schritte, schaute mehrere Male, als suchte er jemand, drehte sich um und betrat die Fußgängerbrücke, ging ungefähr bis zur Mitte, blieb stehen, sah eine ganze Weile auf den Graben, vorn scharf eingeschnitten, hinten an den Rändern zerlaufend, dazwischen drei, vier andere Brücken, verschwindend im wirren Gegenlicht, setzte seinen Weg fort, vorbei an einer Kirche, dem Pfarrhaus, einer Druckerei, einem Kindergarten, nahm Platz auf einer Bank, zog ein Buch aus der Tasche seines Sakkos, schrieb etwas hinein, kam zurück, blieb nochmal stehen, aufs Geländer gestützt, und steckte das Buch in die Tasche, einmal schaute er auf seine Armbanduhr, die Sonne versank heute am entferntesten Punkt des Horizonts, schon hinter den Bäumen.

Der Gast war weggegangen, vom Kindergarten her näherte sich eine Gruppe Erwachsener auf Fahrrädern, sie stiegen ab, schoben die Fahrräder bis zur Straße und fuhren in Richtung Stadt.

Das Café erfüllte einst den Zweck eines Hafencafés, nach dem Niedergang des Hafens den eines normalen Cafés, nach dem Niedergang der Kaffeehauskultur insgesamt den symbolischen Zweck eines Monuments, der neue Pächter, verdienter Wirt des Feinschmeckerlokals, hatte den Laden übernommen, das filzige Inventar durch glatte Sachen ergänzt und ihm einen bedeutsamen Namen gegeben, es hieß nun Café Geist, Herr Igor, verdienter Stammgast des Feinschmeckerlokals, hatte den Namen vorgeschlagen, das Wort prangte draußen über der Eingangstür, Handschrift in Leuchtschrift, ein Kunstwerk.

Vom Kanal aus gesehen, wirkte das Café fast erhaben, Brückenkopf auf steiler Felswand.

Eine Frau, dunkles Haar, straff verknotet, saß allein am Fenster, schaute in die Dämmerung hinaus.

Mit zwei Männern hatte sie zu tun gehabt, mit beiden zugleich, und Schluß gemacht, in erträglichen Abständen, der eine hatte ihr gesagt, sie sei zu allem fähig, wollte sie antreiben zum Kabelschleppen, der andere hatte ihr gesagt, sie sei zu gar nichts fähig, außer Nägelfeilen, Nasepudern, Zehenlackieren, da ging also nichts weiter, mein halbes Leben stürmt ich fort, verdehnt die Hälft' in Ruh, und du, du Menschenschifflein dort, fahr immer, immer zu.

Sie hatte sich früh genug in die freie Wirtschaft hinein entwickelt, Transport, Logistik, zuerst noch mit den Zeitungen, das Geschäft lief gut, hörte aber auf, weil der ganze Straßenhandel aufhörte, neues Gesetz? Finanzamt? sie wußte nicht warum, reagierte flexibel, eröffnete einen Handel mit Gags und Geschenken, am besten ging dieses Spielgeld aus Metall, Stoff oder Plastik oder Gips, farbig gestaltet für kleinere Beträge, golden gestaltet für größere Beträge, der Handel boomte zu Anfang, fing nach einem Jahr zu tröpfeln an und endete nach zwei Jahren im

Ausverkauf, die Kolporteure redeten ihr zu, sie könnte die Firma retten, wenn sie nur wollte, aber sie ahnte schon, da ging wieder nichts, und wandte sich dem Recycling zu, es gab ja allerlei rückständiges Zeug im Land, ebenso gab es Interessen an einer Entsorgung, darauf gründete sie ihr Konzept, den Krempel einstampfen, einschmelzen und als kulturelle Rohmasse vermarkten, so machte die Firma in kürzester Zeit ordentlich Gewinn, die Kolporteure hatten ihre Arbeitsplätze, und sie sah sich um in der Welt, besuchte Tagungen und Kongresse, lernte Männer kennen, Global Players, hörte sich ihre Geschichten an, wie sie das Glück verfolgten oder wie sie vom Glück verfolgt wurden, zuletzt hatte sie selbst das größte Glück, sie traf den Richtigen, hoch auf dem alten Turme steht des Helden edler Geist, der, wie das Schiff vorübergeht, es wohl zu fahren heißt.

Er hatte ihr versprochen, er käme mit dem Flugzeug, wenn nicht gerade ein Streik stattfände oder ein Vulkan ausbräche, nur für sie, und er nähme sie unter seine Fittiche, eines Tages wäre sie dann die Tochter eines Weltkonzerns, sie bringe die Kreativität ein, er die Technik, die Energie, die Finanzen, er schlug vor, Freitag, früher Abend, sie schlug vor, Café Geist, seit einer Stunde saß sie jetzt hier, und einen Algorithmus wollte er mitbringen, sie hat noch gefragt, was das denn sei? da hat er gelacht, ich schreib's dir auf, ein Algorithmus ist ein System, mit dem jeder User maßgeschneiderte und seinem Bildungsgrad entsprechende Programme herunterladen kann, das leuchtete ihr ein, auch sonst hat er sie gründlich aufgeklärt, alles Gerümpel, was die Menschen belastet, entsorgt sich von selbst, nur keine Sorge, das schaffen wir, wir beide, er hatte beim Geheimdienst und beim Militär angefangen, war Politiker geworden, inzwischen oberster Herr beim Weltkonzern, mit ihr wollte er das größte Ding der Mediengeschichte drehen, Sieg und Frieden, vor einem Jahr noch ein Baby, demnächst ein Gigant, sie könnte sich ja die schönsten Stellen aussuchen, sie als Frau, und ab ins Netz damit, vielleicht auch eine ganze Serie produzieren, zu einer Flatrate von monatlich Neunneunundneunzig für HD, dies Herz so fest und wild, die Knochen voll von Rittermark, der Becher angefüllt, es gab kein Zurück, der Kellner brachte unaufgefordert einen dritten Espresso.

III · 2 Sprachmann hatte sein Ziel erreicht, nach langwierigen, zähen Verhandlungen, er war jetzt Programmdirektor mit Vollmacht und sattem Gehalt, der Mann für wahre Geschichten, seine Agenden betrafen im Wesentlichen die Schlüsselszenen, ein Team von jungen Filmemachern hatte das vorhandene Drehbuch umgearbeitet, weil es nicht mehr paßte, zu viel Reflexion, zu wenig Aktion, das nahm er zur Kenntnis, so sehr es ihn schmerzte, ein Movie auf der Höhe der Zeit erforderte eben Hitze, Beat, Drive, nur der Blankvers, sein Markenzeichen, konnte bleiben, die Rechte an der Urnot, Abschrift der Abschriften, lagen inzwischen bei der Century Gothic, er hatte sie hergegeben, denn original, was heißt das schon? in Wirklichkeit geht es doch immer um die Liebe, das Gefühl von Nähe und Geborgenheit, oder das Verbrechen, die lustvolle Angst vor dem Bösen, genau diese Komponenten hatten ihm gefehlt, die Genehmigung der Kurskorrektur war nun seine Sache, er traf pünktlich ein, um die Aufnahme der so genannten Elefantenrunde zu begutachten.

Prächtiges Landhaus über dem Tal, Eichentisch, Holzbänke, Rosenhecke, reife Marillen, rundum Weinberge.

Im Besitz der Century, die erneuerte Schlüsselszene hieß Elefantenrunde, weil nicht nur Führungskräfte der Firma, sondern auch Partner und Kunden mitspielten.

Vor der Tür die Familie, empfangsbereit, Rüdeger in Lederhose und Walkjanker, Frau Gotelinde und Tochter Mariandl in Dirndln.

Fünf Kameras.

Besuch im Anmarsch, Ostgoten von rechts, Hildebrant

mit Goldhelm, Hadubrant mit Silberhelm, beide in Rennfahrerkleidung, Westgoten von links, Boso und Sancho in Kampfanzügen.

Gotelinde eröffnet.

Edle Herren, reich und übermächtig,
Der Himmel schickt Euch, uns in letzter Not
Langfristige Kredite zu gewähren,
Engel, seid gegrüßt, wie war der Flug?

Hildebrant antwortet teilnahmslos.

Nicht schlecht.

Hadubrant distanziert sich als Sohn vom Vater.

Ich hätt' nicht übel kotzen können.

Gotelinde überhört die unfeine Äußerung.

Gott gab mir leider nur die eine Zunge,
weshalb ich schwerlich mit dem gleichen Kuß
euch zwei bewirten kann.

Sie streckt die Arme aus, zieht erst den Vater, dann den Sohn zu sich heran.

Jedoch zwei Küsse
tun Euch Recken ohne Unterschied
denselben Dienst.

Sie verabreicht Vater und Sohn jeweils einen ausgedehnten Filmkuß.

Boso mischt sich ein.

Die hat's faustdick.

Sancho bestätigt Bosos Meinung.

Du sagst es.

Hildebrant wischt sich den Mund.

Zu mild gezüngelt, für uns harte Knochen.

Hadubrant widerspricht dem Vater.

Ich fand's ganz nett und lehrreich, hier die Quittung.

Er küßt die Tochter statt der Mutter.

Zumal die Schönheit zweifach vor uns steht.

Wie das?

Hildebrant überhört den gefährlichen Doppelsinn der Äußerung.

Boso mischt sich nochmals ein.

Sie sind tatsächlich.

Sancho teilt die Ansicht.

Zum Verwechseln ähnlich.

Hildebrant stellt nun seine Handlungsfähigkeit unter Beweis.

Ach, so.

Er stößt Hadubrant zur Seite, küßt ebenfalls die Tochter statt der Mutter.

Pardon, ich habe Sie verwechselt.

Die Mutter tritt hinter die Tochter, nimmt sie in die Mitte, zieht Vater und Sohn zu sich heran, küßt sie, stößt sie wieder weg, die Tochter küßt den jeweils Freistehenden, daraus entwickelt sich ein Tanz.

Zwei Minuten, stumm.

Hildebrant ist müde, steigt aus, entschuldigt sich, hebt zu reden an.

Ihr habt gewonnen, kommen wir zur Sache.
Kennt Ihr das Spiel, wer ist der größte Tor?
Wenn einer mit der Lampe geht und schreit,
mein Geld ist weg, man hat es mir gestohlen.
Kommt nicht immerfort die Bank zu Hilf'?
Ihr seht es jeden Tag und findet's traurig,
wenn Wertverlust und Ahnungslosigkeit
die Taschen leeren und den Wohlstand mindern.
Bringt nicht zu guter Letzt die Bank uns Glück?
Ein Himmelreich auf Erden wird erstehen,
das von Milch und Honig überquillt,
wo jeder jedem von den Augen abliest,
was sein Herz begehrt.

Der Hausherr unterbricht den Gast, nuschelnd, den Heimvorteil nützend.

Wer zahlt die Zinsen?

Hildebrant entschlägt sich der Antwort.

Was wir schulden, schuldet uns die Welt.
Es ist der Plan des ungehemmten Pöbels,

Daß wir uns abarbeiten bis aufs Blut
Und den Ertrag an Faulenzer verschenken.
Boso erschrickt.
Was sagt er da?
Sancho erschrickt.
Er will uns Mores lehren?
Rüdeger reicht Boso und Sancho die Bibel, sie setzen sich an den Eichentisch, schlagen eine berühmte Stelle auf.
Die Letzten werden die Ersten sein.
Mutter Gotelinde und Tochter Mariandl nehmen den Gästen gegenüber Platz.
Und wir?
Rüdeger begütigt sie.
Seid eh die Ersten.
Nicht die Letzten?
Hildebrant lobt sie für ihren Scharfsinn.
Ihr habt den Nagel auf den Kopf getroffen.
Rüdeger winkt ab.
Das Spiel ist aus.
Hadubrant versteht nicht.
Wir kämpfen bis zuletzt.
Die Frauen erbeten sich die Bibel von den Männern, lesen einander vor, ereifern sich.
Doch pflegt nicht immerzu das Weib die Wunden?
Hildebrant und Hadubrant schauen unschuldig in die Luft, Boso und Sancho pfeifen eine Stierkampfmelodie.
Gotelinde erhebt sich.
Edle Herren aus dem wilden Westen.
Gewähret mir die Gunst.
Boso zeigt auf Hildebrant.
Der aus dem Osten.
Sancho bekräftigt die Ausrede.
Tut's mit Freude.
Rüdeger fängt an zu singen.
Ja, der Wein, der Wein.
Hildebrant setzt seine Rede fort.

Hier stehn wir Goten, weit gereist vom Schwarzmeer,
die Einheit eines Königreichs bewachend,
und dort steht ihr, zerstritt'nes Volk.

Gotelinde schenkt reihum Wein ein, Rüdeger nickt ihr zu.

Ist gut.

Das Mariandl verzieht sich mit Boso und Sancho an den Rand des Gartens und in die Büsche, Hildebrant und Hadubrant nehmen am Tisch Platz, Gotelinde zwängt sich zwischen die beiden, besetzt mit der einen Pohälfte Hadubrants Knie, mit der anderen Hildebrants Knie, Rüdeger steht genüßlich lächelnd hinter ihr, Hildebrant kommt zum Ende seiner Rede.

Die Wurzeln sind ja gleich, und gleicher Saft
durchströmt die Adern.

Rüdeger flüstert Gotelinde ins Ohr.

Wird scho wer'n.

Gotelinde flüstert Rüdeger ins Ohr.

Da wird nix.

Sprachmann fand die Umsetzung der Schlüsselszene vortrefflich gelungen, der Volksmund hatte hier Regie geführt, und es war doch reine Poesie.

III · 3 Auf dem Weg zum Vergnügungspark besprachen Maja und Luna die Lage nach dem Umsturz, die Kultur des Landes beim Weltkonzern, das Theater stillgelegt, eine Schweinerei, die Politik und die Wirtschaft hielten es für ihren Gewinn, aber das Publikum und die Freunde wußten Bescheid, ein ganzes Jahr lang hatte der neue Eigentümer nichts unternommen, man konnte nur hoffen, daß er demnächst eine Entscheidung traf, sollte man Sieg und Frieden wieder ausgraben? das Programm ändern? oder überhaupt zusperren?

Schwere Zeiten.

Du sagst es.

Schier zermürbend.

Sag ich auch.

Claus Ehwitz im Dienst der herrschenden Klasse, Coaching, Consulting, Odo Acker und MacYavalley in wechselnden Jobs, Reparaturen, Flickschusterei, die Bühnentechnik insgesamt am Boden, das Orchester auf Reisen, die Dramaturgie nicht einmal störend.

Verlorene Liebesmüh.

Doch dieser Schweiß.

Wir spenden ihn gerne und stolz.

Hagen gekündigt, die Generäle führungslos, die Könige abgesetzt, Sigmund und Gibika von morgens bis abends auf der Couch, Karten spielend, Herzog zog Herz, Siegfried meistens beim Bodybuilding, Hilde endlich beim Fernsehen, sie hat es geschafft, kommt sicher nicht zurück.

Keiner zwingt uns zu Willen.

Quer durch Not.

Stampft unser Schritt.

Während sie so gingen, trafen sie den Ägypter, er saß auf einem Baumstumpf, Wanderschuhe, Hirtentasche, Anorak, und fragte, ob er ihnen Gesellschaft leisten dürfte, sie antworteten, ja, gern, sie gingen öfters denselben Weg, wären aber nicht mehr sicher, ob es derselbe Weg sei, zu vieles hätte sich verändert, statt der Pfade breite Schneisen, statt der Ruheplätze Turnplätze mit Geräten und Nummern und Schaubildern, der Ägypter beruhigte die Frauen, er kenne den Weg, eine halbe Stunde noch, und sie wären am Ziel.

Sie nahmen ihn in ihre Mitte.

Was meint ihr so?

Ach, nichts.

Was redet ihr so?

Dies und jenes.

Über die Leute?

Selbstverständlich.

Sprachmann?

Der kann uns gestohlen bleiben.
Was hat er denn getan?
Sich kaufen lassen.
Und sonst?
Könnte besser sein.
Was macht die Dramaturgie?
Bist du so fremd geworden, daß du nicht weißt?
Was sollte ich wissen?
Ein Umsturz hat stattgefunden.
Was habt ihr denn getan?
Nur gelitten.
Der Ägypter schwieg.
Und was tust du so?
Lesen, schreiben, rechnen.
Was denkst du?
Dies und jenes.
Er schaute gelegentlich in den Wald hinein, als suchte er Pilze.
Was macht die Übersetzung?
Es wird.
Dein Sang der Gesänge?
Ist fast fertig.
Hebt sich zur Sonne?
Je näher das Ziel.
Land, sei bereit.
Desto weiter der Weg.
Vorwärts die Zeit.
Eine alte Geschichte.
Wage den Streit.
Der Sang hört auf.
Wie? wann?
Nach drei Vierteln und einem Sechzehntel Gesamttext.
Was dann?
Fängt eine neue Geschichte an.
Die Frauen blieben stehen.
Aber nein.

Aber ja.

Sie gingen weiter, er folgte ihnen.

Soll ich's erzählen?

Wir bitten darum.

Es war in einer Winternacht, mehrere fremde Völker überschritten die Grenze zwischen Westen und Osten, ein mächtiger Strom, in mittelalterlicher Kurzschrift sah er aus wie ein Schürhaken, zog sich vom Gebirge im Süden zum Meer im Norden, da kamen die Völker her, aus dem Nebel, eisig muß es gewesen sein, denn der Fluß, noch ungezähmt, breit, in Nebenarme zerlaufend, war zugefroren, da sind sie also rüber, rund dreißigtausend, die Kinder, die Frauen, die Alten auf ihren Karren, die meisten hungrig, krank, auch die Krieger auf ihren Pferden, ein frommer Mann will gesehen haben, wie sie die Städte und Dörfer in Trümmer und Asche legten.

Brich auf und stürme.

Zermalmen im Schutt das Modergewürme.

Der fromme Mann hat wohl reichlich übertrieben, aber die Kirche hat ihm geglaubt und ihn später heiliggesprochen, in Wirklichkeit waren die Völker bettelarm, auf Barmherzigkeit angewiesen, so kamen sie ans andere Ufer, da fanden sie einen Marktflecken, Häuser und Stallungen aus Holz und Lehm, in der Mitte eine Burg aus Stein und eine Garnison, eine kleine Heimwehr hielt noch die Stellung, wohl halben Herzens, manche stammten ja von der rechten Seite des Flusses, hatten auf der linken Seite Bürgerrecht erworben und waren den Fremden gar nicht fremd, weil selber gemischt, aber mit festem Wohnsitz und Eigentum, deshalb um die Zukunft besorgt, und manche hatten ihre Leute wahrscheinlich eingeladen, kommt zu uns, hier gibt es Brot und Wein, gepflasterte Straßen, Wasserleitungen, in einigen Häusern auch Fußbodenheizung.

Das war's?

Die Frauen bedankten sich.

Und so geschah es?

So ungefähr.
Sie baten um eine Fortsetzung.
Das Ende vom Lied?
Er verlangsamte seine Schritte, blieb stehen.
Ist noch in Arbeit.
Nichts zu erzählen?
Ein Achtel, ein Zweiunddreißigstel, ein Vierundsechzigstel Gesamttext.
Sie gingen weiter, er folgte ihnen.
Vielleicht doch?
Wir hören.
Nur eine Kostprobe?
Mit Vergnügen.
Der Anfang vom Ende ist der Zwiespalt.
Wie üblich.
Zwei Völker, zwei Lager, auf der einen Seite die Nibelungen, die geborenen Sieger, sie wollten sich herumschlagen, Kriege gewinnen, auf der anderen Seite die Burgunder, sie wollten bleiben, wo sie waren und wie sie waren, angenehme Nachbarn, redlich, bieder, kannten sich aus im Holzbau, in der Herstellung von Metallspiegeln, Gürtelschnallen, Drachenfibeln, erlernten den Weinbau, besetzten die mittleren und höheren Ämter des Landes.
Die Häuser mit Fußbodenheizung?
Selbstverständlich.
Die Könige?
Sie hießen Gundichar und Gundomar und Gislahar.
Das Land ging zugrunde?
So melden böse Zungen.
Es blühte auf?
Das Lied widerlegt die These, die Burgunder hätten die Welt erobern wollen.
Sie wollten den Frieden?
Das Lied gesteht zuletzt ein, sie wurden abgeschoben.
Wegen mangelnder Qualifikation?
Im Gegenteil.

Überqualifiziert?
Sie wurden in den Süden verschickt.
Hinter finsterschwerem Gebirg'.
Liegt das Land der Sonne brach.
Links.
He, wer schreitet da rechts aus?
Links.

Der Ägypter wollte umkehren, aber die Frauen redeten ihm zu, bleib doch, der Tag geht schon zur Neige, und weil es ein warmer lauschiger Sommerabend war, fügte er sich ihnen, so erreichten sie ihr Ziel, aber als sie den Vergnügungspark am Flußufer sahen, staunten sie nicht schlecht, das Gelände war wieder einmal rundum aufgegraben worden, zurückverwandelt in eine Großbaustelle.

Bruno Lesky war nahe daran, das Spiel aufzugeben, nach drei Anläufen, Heide Egger und Hera Klitt wohnten sehr versteckt, und er konnte sie beim besten Willen nicht finden, trotzdem hatte er neuerlich seinen Besuch angekündigt, diesmal komplett ausgestattet, mit Zeichnung von Hand, Buntstift und Tempera, Straßen, Flüsse und Seen, Höhen und Ebenen, eingestreut Burgen, Kirchen, Wirtshäuser, aufschlußreich die zusätzlichen Illustrationen, sie verwiesen auf besondere Ereignisse in der Gegend, an einer Gabelung, er hätte links abbiegen sollen, fuhr aber rechts, in das gewagteste Bild hinein, eine Mannschaft stand dort mit offenen weißen Hemden, Haare strähnig, Gesichter angespannt, müde, wohl von der Sauferei in der Nacht, zirka zwanzig Offiziere, alle hielten Pistolen in den Händen, teils auf einen Gegner, teils auf den eigenen Körper gerichtet, was war das? ein Selbstmörderclub? ein Gruppenduell? schwer zu sagen, die Sekundanten ringsum schienen gar nicht zu wissen, welche Regeln hier galten, beleidigten und bespuckten sich, stießen einander die Zylinder vom

Kopf, die Künstlerinnen hatten freundlicherweise ihren Kommentar hinzugefügt, mit Bleistift neben dem Bild, Tod und Verwesung, Bosheit und Gemeinheit, Bruno Lesky ließ sich nicht beirren, fuhr geradeaus weiter, die Straße wurde enger, erst Forstweg, dann Feldweg, tiefe Traktorspuren erschwerten das Fortkommen, er mußte anhalten, eine knappe Stunde, hatte der Computer vorhergesagt, zwei Stunden war er jetzt unterwegs, er stellte den Motor ab und legte die Stirn ans Lenkrad, ob sich die Fahrt überhaupt lohnte? schon mehrmals hatte er sein Ziel verfehlt, das erste wäre die Begegnung mit Sprachmann gewesen, Musik und Poesie ineinander, das Stück hätte vor vier Jahren fertig sein sollen, zum Jubiläum der Nation, es wurde nicht fertig, das zweite die Begegnung mit Maja Kowski und Luna Tscharski, Sprachmann hatte ein Oratorium bestellt, zum Jubiläum des Abendlandes, die Mehrzweckarena, Freilichtbühne oder Vergnügungspark, hätte vor einem Jahr eröffnet werden sollen, die Eröffnung fand nie statt, Bruno Lesky konnte von Glück reden, daß er mit dem Oratorium aufgehört und mit dem Moratorium angefangen hatte, er hob den Kopf vom Lenkrad und faßte neuen Mut, die Künstlerinnen könnten ihm gewiß helfen, eine audiovisuelle Phantasie, wie setzte man die in Szene? womöglich das alte Farbenklavier zum Leben erwecken? kurzum, er mußte da durch, mit Beharrlichkeit und Geistesgegenwart, mehrfachem Hin und Her und viel Schlammaufwurf schaffte er die Kehre, er wollte zurück zur Straße, aber es gab in dem Gelände wohl kein Zurück, vorher war er bergab gefahren, nun ging es wieder bergab, keine Spur mehr von der Straße, stattdessen wieder ein Feldweg, anders als vorher, und ein Wald, eine Öffnung, eine Lichtung, er fuhr behutsam, im ersten Gang, wie gepolstert auf dem weichen Boden, zwischen Farnkraut und zarten Stauden, Hanf? und blieb stehen, die Lichtung hatte sich in eine Märchenwiese verwandelt, Sylphen und Sylphiden umschwebten die Klüfte einer Felswand, und Nymphen, ganz und gar ätherisch, tummelten sich an einem Quell, nie zuvor hatte er solche Schönheiten gesehen, er verharrte noch auf seinem Sitz, als ein dickbäuchiger Mensch mit Pferdefüßen, Silen? auf das Auto zutrat und ihn bat auszusteigen, das tat er gern, zumal ihm der andere recht sympathisch war, angenehme Stimme, tiefes Dis, und ihn einlud, am Erntedankfest teilzunehmen, er fragte, heute? ist das Fest nicht vorbei? stimmt, sagte der andere, das gilt für euch, aber nicht für uns, wir feiern jeden Tag Erntedank, und Gäste sind uns immer willkommen, seht nur, es ist angerichtet, dabei deutete er in Richtung eines Obstgartens am Ende der Märchenwiese, dort hatten sich schon zehn oder zwölf von diesen merkwürdigen Gesellen versammelt, trinkend, lachend, tanzend, und zwei oder drei lagen schlafend auf einem Heuhaufen, außer Gefecht, also folgte er höflich der Einladung, ging gemessenen Schritts, langsam, langsamer, sehr langsam, getragen? er vergaß, wann das war und wie genau, nur eines behielt er im Gedächtnis, die von der untergehenden Sonne angestrahlte Wolke, ihr dreifaches Licht, Purpur, Orange, Blaugrün, darin erkannte er den klassischen Farbenakkord, h dis fis, und schlief ein, er hätte ewig so liegen können, aber ein Traktor weckte ihn, dicht vor ihm die Kühlerhaube, über ihm der helle Tag und um ihn herum hochgewachsene Gräser, der Farbenakkord war jetzt um einen Halbton verschoben, c e g, wie in manchen Madonnengemälden, rote Wangen, blaue Augen, blondes Haar, aber die Empfindung hielt nicht lange, das Bild zerfiel, als er den Kopf hob und klarer sah, hinten am Traktor hing sein Auto, er stand auf und wandte sich an den Fahrer des Traktors, was ihm einfiele, sein Auto abzuschleppen? der Fahrer, vermutlich Landwirt, schaltete den Motor aus, was haben Sie gesagt? der Komponist wiederholte seine Frage, erhielt jedoch keine Antwort, sondern die Gegenfrage, wer er sei, wo er herkomme, wo er hinwolle, der Komponist nannte seinen Namen und geriet ins Stocken, schaute links, schaute rechts, die Märchenwiese, der Felsen, die Quelle, das Obstgärtchen, alles weg, wo war er denn? die Zeichnung, die hätte er jetzt gebraucht, und wo war die Zeichnung? der Traktorfahrer beobachtete ihn eine kurze Weile, schmunzelnd und, wie es den Anschein hatte, von oben herab, setzte aber gleich zum Sprung an, stand schon neben ihm, zog ein lose zusammengerolltes Papier aus seiner Latztasche und hielt ihm das vor die Nase, wir befinden uns am unteren Rand der Karte, da war sie, die Zeichnung, ob sie im Auto lag? im Gatsch ist sie gelegen, Bruno Lesky dankte dem Mann für die Mühe und legte den Finger auf ein Bild am oberen Rand der Karte, die Künstlerinnen hatten auch hier ihren Kommentar hinzugefügt, auf der Frattn verschlaft die Sun, das kenne er, und es sei völlig richtig, sagte der Mann, wir befinden uns auf einer Frattn, er fuhr fort, wenn die Erde einmal aussieht wie ein zerrissener Rock, geht die Welt unter.

III · 5 Das Zentrum für Kreativität, Flexibilität und Mobilität war wegen hervorragender Performance nochmal umbenannt worden, es hieß jetzt International Agency of Creativity, Disponibility, Flexibility and Mobility, auch der Standort des Zentrums war verschoben worden, es befand sich jetzt außerhalb der Universität, im ehemaligen Haus eines Tennisclubs, die Duschkabinen adaptiert für individuelles Lernen, der Gesellschaftsraum für Palaver, und die Getränkebar für Arbeit an unlösbaren Problemen, ein Gastprofessor hatte den Schwerpunkt eingeführt, die Ausstattung war die alte, verteilte sich neuerdings auf siebzig Quadratmeter, alles in allem ein Fortschritt.

Nichts war wie früher.

Viel war passiert.

Die Kontakte zur grauen Zelle hatte der Informatiker abgebrochen, sein Computer behandelte Meldungen irgendwelcher Splittergruppen als Spams.

Die Lautverschiebung lag auf Eis.

Die sprechende Schreibmaschine stand wieder im Zentrum für spirituelle Fortbildung, wurde dort gehegt und gepflegt.

Die Kooperation mit Sprachmann lag auf Eis.

Den entschlüsselten Text hatte der Informatiker nochmal verschlüsselt.

Ein Resultat seiner Arbeit, die Autorschaft des Textes betreffend, gab den Anstoß zu einer langwierigen Auseinandersetzung mit der Frauenforschung.

Als erster Impuls wirkte sein Gutachten vor fünf Jahren, als zweiter Impuls das Gegengutachten der Frauenforschung, als dritter Impuls sein Gegengegengutachten, in der Folge griff ein zügelloser Mailverkehr um sich.

Zuletzt hatte er die Kolleginnen ermutigen wollen, ihn nur zu widerlegen und ihm Saures zu geben, allein seine Freundlichkeit ärgerte sie.

Sie mailten ihm, er wäre verklemmt.

Er schickte einen Lexikonartikel.

Verklemmung, englisch deadlock, Konkurrenz, englisch concurrency, entsteht bei wechselseitiger Benutzung von Betriebsmitteln durch nebenläufige oder gegenläufige Prozesse, zum Beispiel, ein Prozeß verfügt über das Betriebsmittel A, benötigt das Betriebsmittel B, momentan verfügt ein anderer Prozeß über das Betriebsmittel B, benötigt das Betriebsmittel A, es kommt zum Stau, nichts geht weiter, wir kennen das vom Autofahren, Verklemmung zweier Schlangen beim Linksabbiegen, keines der auf der Kreuzung stehenden Autos kann sich bewegen, weil keines das geeignete Betriebsmittel hat, das heißt, es fehlt die Straßenfläche, denn darüber verfügt momentan die andere Schlange, man mag nun annehmen, Rückwärtsfahren wäre die Lösung, in diesem Fall ein frommer Wunsch, weil jedes Auto in einer eigenen Schlange steht und nicht darauf wartet, daß das hinter ihm stehende Auto mit dem Rückwärtsfahren beginnt, A wartet auf die Freigabe der vor ihm liegenden Straßenfläche durch B, B wartet auf C, C wartet auf D, D wartet wiederum auf A, das Beispiel zeigt, wie sich aus der Verklemmung eine geschlossene Kette des gegenseitigen Aufeinanderwartens ergibt.

Wo bleibt die Anwendung?

Er bat um etwas Geduld.

Ähnlich liegt der Fall im Nibelungenlied, wie die chuniginne mit ander zerwurfen, neudeutsch, wie die Königinnen sich miteinander verklemmten, Kriemhild und Brünhild haben sich beide fein gemacht, jeweils mit ihren Hofdamen, fertig zum Kirchgang, beide wollen das gleiche, als erste durchs Portal, die eine sagt, soll doch sehen jedermann, ob ich vor dir eintreten kann, die andere sagt, das kannst du nicht, solange der König lebt, die eine sagt, deiner ist nicht meiner, meiner ist der erste, deiner ist der zweite, die andere sagt dasselbe und legt nach, deiner sollte meinem mal Steuern bezahlen, nichts geht also weiter, es kommt zum Stau, beide Königinnen warten, daß die andere ihr den Vortritt läßt, aber das ist praktisch nicht ausführbar, denn es fehlt das nötige Betriebsmittel, in unserem Fall ein Portal für beide Königinnen, jede steht in ihrer Schlange, ein Rücktritt hätte zur Folge, daß die Hofdamen umfielen wie Dominosteine, es geht nur theoretisch, Siegfried und Gunther müßten beide die Ersten sein, beides wäre wahr und zugleich falsch, weil der Erste nicht zugleich Zweiter, der Zweite nicht zugleich Erster sein kann, so laufen die Prozesse nebeneinander und gegeneinander, wir stoßen hier auf das Prinzip der Endlosschleife, englisch repeat, die Geschichte erreicht mit dem Streit der Frauen ihren kritischen Punkt, die frouwen waren beide harte zornich gemuot, das heißt, stinksauer, Kriemhild drängelt sich vor, Brünhild hält sie auf, die eine schimpft, du Kebse, die andere schimpft zurück, was sagst du da? willst du mich verkebsen? die eine sieht sich nun gezwungen, mit ihrem Wissen herauszurücken, Siegfried lag mit Brünhild im Bett, sie leitet davon ab, daß ihr Mann auch deren Mann war, sogar der erste und einzige, der andere Mann kam dazu, aber als Zweiter, und diese Frau will erste Königin sein? erste Hure ist sie, wir stoßen hier auf das Prinzip des Schlamassels, englisch interleaving, grundsätzlich besteht nämlich immer die Möglichkeit, daß sich ein Prozeß in einen anderen Prozeß hineinschiebt, wie beim Mischen der Spielkarten, die Prozesse prozessieren sozusagen selbsttätig und eröffnen völlig unkontrollierte Zugriffschancen auf gemeinsame oder für den separaten Gebrauch gesperrte Betriebsmittel, Brünhild weint also, und Kriemhild rauscht mit ihren dreiundvierzig gezählten Hofdamen an ihr vorbei, hinein in den Gottesdienst, das Schicksal nimmt dann seinen Lauf, Brünhild glaubt nicht, daß Kriemhild die Wahrheit sagt, verlangt Beweise, die sind vorhanden, goldener Ring und Gürtel, Brünhild erkennt sie, es sind ihre Sachen, und Kriemhild trägt sie am eigenen Leib, wie kommt sie dazu? geschenkt, sagt sie, Siegfried legte sie mir aufs Bett, nachdem er als Erster mit dir geschlafen hatte, Brünhild kann sich nicht erinnern, daß sie mit einem ersten und einem zweiten Mann zugleich im Bett lag, beim besten Willen nicht, denn der eine war sichtbar, den hängte sie an den Nagel, der andere unsichtbar, den liebt sie eigentlich immer noch, aber das kann sie ja nicht wissen, mit dem Ergebnis, Siegfried muß sterben, eine Lösung scheint unmöglich, außer, man sprengt das Portal.

III · 6

Café Geist, später Nachmittag, sie kamen einer nach dem andern zur Tür herein, drei oder vier hatten sich zuvor draußen versammelt, laut redend, inzwischen acht, sie nahmen wortlos, mit entschlossenen Mienen, am größten Tisch Platz, eine Reihe rückenfrei, mit Blick zur Wand und zum Fenster auf den Innenhof, eine Reihe mit Blick auf den Kanal, der Kellner nahm die Bestellungen entgegen.

Fünfmal Tee schwarz, dreimal Tee grün.

Die Gäste warteten geduldig.

Er brachte Brezeln und Salzstangen.

Ist was?

Nichts.

Sorgen?

Nichts als Sorgen.

Er wußte schon aus zuverlässiger Quelle, die angespannte wirtschaftliche Lage der Printmedien, bedingt durch Ölpreis, Papierpreis, Sozialpolitik, Sparpolitik hatten das Ende des Straßengeschäfts herbeigeführt, die Kolporteure verschwanden von den Kreuzungen, dann der Handel mit den Geschenkartikeln und dem künstlerisch gestalteten Spielgeld, sie arbeiteten gut, wahrscheinlich zu gut, kauften massenhaft ein und gingen pleite.

Es ist aus.

Macht euch keine Sorgen, sagte einer, zwei oder drei andere widersprachen, machen wir aber.

Geht immer was weiter.

Der Kellner brachte den Tee.

Viel zu tun?

Jede Menge.

Weil immer was anfällt.

Was so abfällt.

Sie tranken ihren Tee in kleinen Zügen.

Alles muß raus.

Kram.

Krempel.

Kramuri.

Das Boot ist voll.

Übervoll.

Wir entsorgen.

Der Kellner wußte auch das aus zuverlässiger Quelle, sie arbeiteten für eine neue Firma, dazu gehörten drei gebrauchte Lieferwagen, eine Lagerhalle, ein Stapelplatz.

Weg damit.

 Zurück zum Staub.

Zur Grube.
Zur Höhle.
Wir stauben ab.
Schleichende Veränderungen in den Bereichen Natur und Körperkultur, Volkstum und Heimat hatten dem Land stark zugesetzt.
Tschatsch.
Das Land ist voll.
Übervoll.
Wir enttschatscheln.
Die echten Künstler und Künstlerinnen kümmerten sich um ihr Seelenheil, suchten das Weite oder wechselten den Beruf.
Es geht zurück.
Ins Nichts.
Brezeln und Salzstangen waren keine mehr da,
Zimzum.
Der Kellner brachte Nachschub und erkundigte sich.
Zimzum?
Die Gruppe wandte sich an ihren Wortführer.
Erklär du das.
Muß ich?
Du kannst es am besten.
Der Wortführer nahm sich notgedrungen der Frage an.
Was denkst du?
Nichts.
Irgendwas denkst du immer.
Dann alles Mögliche.
Alles und nichts?
Vielleicht.
Alles und nichts ist eins.
Und wenn der Kopf voll ist?
Geht nichts mehr rein.
Eben.
Schmeiß alles raus.
Wohin damit?

Der Wortführer überlegte.
Zurück an den heiligen Geist.
Also das ist Zimzum.
Der Kellner glaubte, das Wichtigste verstanden zu haben.
Und was macht euer Chef?
Wer?
Der Alte.
Die Gruppe war sich wieder unschlüssig.
Welcher Alte?
Der Ägypter.
Sofort antworteten drei oder vier.
Der hat ausgedient.
Drei oder vier andere widersprachen.
Gehört zu uns, ist unser Mann.
Daraufhin redeten sie ziemlich durcheinander.

Er hat gesagt, hat er nicht, hat er wohl, du bist der Fels, hat er wem gesagt? uns, ihr seid der Fels, hat er dir gesagt? oder Felsen, ihr seid die Felsen, das sagst du, auf uns will er bauen, wie? auf diese Felsen, was? ein Haus will er bauen, was für ein Haus? keine Macht der Unterwelt wird dieses Haus erschüttern, hat er gesagt? und er gibt uns auch die Schlüssel, welche Schlüssel? die Schlüssel zum Paradies, du hast einen Sprung.

Wo?
In der Schüssel.
Die Diskussion klang allmählich ab.
Was du heute kannst entsorgen.
Das wird morgen?
Getrennt sein, gebunden sein.
Weiß der Himmel.
Der Wortführer bestellte einen Wodka.
Noch jemand?

Der Kellner ging den Wodka holen, hielt sich am Buffet auf, redete mit der Wirtin, in der Zwischenzeit erzielten die acht Leute einen Kompromiß.

 Getrennt oder gebunden.

So oder so.
Der Kellner brachte zwei Wodka, einen für den Katholiken, einen für sich.
Wohl bekomm's.
Geht aufs Haus.
Die Wirtin gesellte sich hinzu, brachte ein Bündel Ansichtskarten mit.
Jedem das Gleiche.
Geschenkt?
Jedem das Seine.
Man dankte.
Auf jeder Ansichtskarte das gleiche Bild.
Was ist damit?
Die Wirtin wandte sich an ihren Kellner.
Erklär du das.
Muß ich?
Du kannst es am besten.
Der Kellner versuchte sein Glück.
Das Bild zeigt uns den Herrn Igor, wie er so dasitzt, Füße gespreizt, auf dem Oberschenkel ein Bierzettelblock.
Die Wirtin vervollständigte die Charakteristik.
Einziger Zigeiner.
So nannte er sich selbst.
Einziger?
Weil einzigartig.
Sind wir alle.
Er schreibt von links nach rechts.
Und?
Denkt von rechts nach links.
Tun wir auch.
Schreibt, was er denkt, denkt, was er schreibt.
Muß ein Genie sein.
Der Kellner merkte, er hatte sich verredet, die Wirtin half aus.
Was macht eigentlich Nofretete?
Viel am Hals.

Sie läßt sich ja gar nicht mehr bei uns blicken.
Leitet die Firma.
Viel unterwegs?
Sie ist unsere Himmelstochter.
Ihr seid zufrieden?
Was sie sagt, tritt ein.
Eine Festgesellschaft mit frisch duftenden Damen und Herren strömte ins Café Geist.
Hallihallo.
Der Kellner geleitete sie an einen separaten runden Tisch.
Wie Sie wünschen.
In dem Moment ertönte draußen Blasmusik.
Eine Tuba.
Auf der Brücke spielte jemand solo.
Tam tatam tatatatatam tatam tatam tatatatatam.
Und da capo.
Der Tango bewirkte einen großartigen Eklat, Gläser klingelten, Korken knallten, Fenster flogen auf, die Festgesellschaft und andere Gäste lehnten sich hinaus, rücksichtslos lachend und brüllend.
Ein Spielmann? eine Spielfrau?
In der Dämmerung sah man nur den Schattenriß, jedenfalls eine männlich gekleidete Person, steifer Hut, Cut, sie beendete das Stück nach einem knappen Tatat, klemmte das Instrument unter den Arm, nahm den Hut ab und wedelte damit aufgeregt hin und her, wegen einer Gefahr? in der Dämmerung sah das Café wirklich so aus, als wäre es an die Kaimauer angeklebt und könnte bei der nächsten stärkeren Belastung in den Abgrund stürzen, die Person schulterte die Tuba, trat ins Licht.
Das Publikum klatschte.
Frau Helche.
Attilas Gattin.
Fenster zu, Tür zu.
Der Applaus verebbte.

Die Männer am großen Tisch hatten nicht geklatscht, Frau Helche setzte sich zu ihnen.

Alles gut?

Nichts gut.

Wenn ihr Sorgen habt.

Nein danke.

Wendet euch an mich.

Nein danke.

Frau Helche stand auf.

Weitermachen.

Sprachmann war abermals aufgerückt, nach nur zwei Jahren Praxis, jetzt Chefideologe, zuständig für die Philosophie der Century Gothic, das Drehbuch und die rein handwerklichen Dinge konnte er anderen überlassen, der Aufsichtsrat und Attila, der oberste Herr persönlich, hatten ihn zuletzt gebeten, eine der neu erfundenen Szenen, die so genannte Abschiedsrunde, auf ihre politische Wirksamkeit hin zu überprüfen, es handelte sich um die letzten Tage des Theaters, eine Rechtfertigung der Übernahme, diese sollte ja, freundlich oder feindlich, nicht nur legal, sondern vor allem auch, um den Interessen des Volkes und der Medien zu genügen, legitim erscheinen, er kam pünktlich an. III · 7

Das Theater im ersten Stadium der Renovierung.

Der Ägypter und der Portier treten ins Freie, geblendet von der Abendsonne, unter ihnen die Treppe, Steinhaufen, Sandhaufen, Mengen von Gerümpel und Baumaterial, es hat geregnet, aber der Tag ist warm, der Boden fast trocken.

Ein Kran, die Restwolken.

Drei Kameras.

Der Ägypter und der Portier lösen ein Kreuzworträtsel.

N, Herr Dozent?

Sicher T, Herr Theo, TONNE statt NONNE.

Senkrecht ergibt sich dann TOT, nicht NOT.

Das ändern Sie und fertig.

Der Portier bedankt sich, der Intendant und der Inspizient quälen sich durch den Haupteingang.

Bitte, nach Ihnen, Claus.

Bitte, nach Ihnen, Odo.

Sie stellen sich neben den Ägypter und den Portier, zugleich fährt ein Motorrad vor, MacYavalley steigt ab, ohne Helm, ohne Schirmmütze, er wirkt irgendwie unausgeglichen, hinter ihm fährt ein Möbelwagen vor, in der Kabine Hagen und die Dramaturginnen, sie steigen aus, der Sprecherzieher geleitet die Damen wie ein Tanzlehrer zur Freitreppe, sie stellen sich neben den Intendanten.

Hey.

MacYavalley wirft der Gruppe seinen Speer vor die Füße.

Here I am.

Er senkt seinen Kopf, dabei entschlüpfen ihm einige schmutzige Worte, Claus Ehwitz reagiert souverän, tut so, als hätte er nichts gehört, nimmt den Speer auf, wiegt ihn in der flachen Hand.

Als ich meinen Dienst antrat.

Er blickt in die Ferne.

Dieses wunderschöne Haus war regelrecht verschandelt, jahrelang hat man nichts hineingesteckt.

Odo Acker nickt zustimmend.

Und diese Attacken.

Das Volk.

Gegen eine denkmalgeschützte Bausubstanz.

Die Medien.

MacYavalley gibt seine devote Haltung auf, wiederholt seine Ansprache.

Hey, here I am.

Ehwitz läßt den Speer ungeschickt fallen, der Speer zerbricht.

 Damn.

Die Frauen spüren, MacYavalley ist nervlich am Ende, sie geleiten ihn zur Freitreppe, legen ihn auf die untere Stufe, setzen sich neben ihn, Köpfe gesenkt, so wirken sie irgendwie fromm.

Okay.

Im Komponistenpark tauchen zwei Arbeiter auf, die Schaufeln geschultert, Alberich und Wieland.

Ehwitz fragt Maja.

Sind die noch bei uns?

Luna antwortet ihm.

Nur zu Besuch.

Odo Acker scheint mehr zu wissen.

Die Verräter.

Das nächste Paar taucht auf, ebenfalls zu Fuß, schwarze Plastiksäcke geschultert, Hera Klitt und Heide Egger.

Ehwitz blickt weiterhin in die Ferne.

Eine Schwierigkeit beim Theater ist die, daß alles Handeln gewissermaßen in einem bloßen Dämmerlicht verrichtet wird, was noch dazu nicht selten wie eine Mondscheinbeleuchtung den Dingen einen übertriebenen Umfang und ein groteskes Aussehen gibt.

Hera Klitt tritt vor die Gruppe hin.

Schaut's.

Sie präsentiert ihren Plastiksack, holt eine Handvoll Stoffetzen heraus, streut sie über die Einzelteile des Speers.

Heide Egger tritt vor die Gruppe hin.

Schaut's.

Sie präsentiert ihren Plastiksack, holt eine Handvoll Dreckklumpen heraus, streut sie über die Stoffetzen.

Schaut's.

Hagen greift ihr dreist in den Plastiksack.

Das wollen wir doch mal sehn.

Heide Egger wehrt sich.

Nichts drin.

Hera Klitt stimmt ein Lied an.

Das Grab ist leer.

Hagen öffnet seine Hand, ein Krümel liegt drin.

Das ist alles?

Der Ägypter stößt den Portier an, der Portier den Inspizienten, der Inspizient den Intendanten.

Claus?

Ehwitz übernimmt den Krümel.

Für den Sieg.

Der Ägypter winkt Alberich und Wieland zu sich.

Für den Frieden.

Er zeigt auf das Zeug am Boden.

Entsorgen?

Alberich und Wieland präsentieren ihre Schaufeln.

Auf zum letzten Gefecht.

Halt.

Ehwitz hindert sie an der Arbeit.

Auf diesen Haufen.

Alberich und Wieland pfeifen ihr eigenes Lied.

Vorwärts und nicht vergessen.

Ehwitz setzt ein zweites Mal an.

Auf diesen Haufen will ich.

Hagen fuchtelt mit den Armen.

Habt Acht.

Am höchsten Punkt der Baustelle, vor blankgeputztem Himmel, erscheint eine großartige Figur, Purpurmantel, Raumfahrerhelm, synthetische Stimme, geradezu außerirdisch.

Laßt ab von euren Sünden, weichet.

Der Oligarch.

Alberich und Wieland gehorchen.

Attila.

Eine gelungene Überraschung.

Sprachmann hatte es nicht erwartet, der oberste Herr spielt selber mit, ursprünglich sollten Special Effects für die Epiphanie reichen, eine Pappfigur wäre billiger gewesen, aber Attila genießt offenbar die Szene, es folgen zwei weitere denkwürdige Erscheinungen, am Ende des Gerüsts, wo sonst Eisenstangen herausragen, stehen Palmen, und wo sonst Dachdecker arbeiten, sitzt ein blonder Reiter, schaukelnd auf einem Pferd aus Holz oder Plastik.

Phantastisch.

Claus Ehwitz steht noch da mit seinem Krümel.

Wem übergebe ich?

Der Portier fühlt sich angesprochen.

Die Schlüssel?

Odo Acker zeigt in die Höhe, die Epiphanie ist erloschen.

Wie viele?

Odo Acker zählt die Köpfe der Anwesenden.

Vierzehn.

Die Anwesenden umringen Claus Ehwitz.

Da sind ja die Schlüssel.

Statt des Krümels liegen drei Schlüssel auf seiner Hand.

Gold? Silber? Bronze?

Claus Ehwitz befragt Odo Acker.

Vierzehn durch drei?

Einige rechnen still, einige laut.

Ich opfre mich.

Hagen hat am lautesten gerechnet, Claus Ehwitz übergibt ihm den bronzenen Schlüssel, fragt den Portier.

Drei durch vierzehn?

Der Portier öffnet den Mund, bringt mühsam eine krumme Zahl heraus.

Reden ist Silber.

Claus Ehwitz übergibt ihm den silbernen Schlüssel, legt den goldenen an die Lippen, schaut in die Runde, der Ägypter zieht den Kopf ein, will sich hinter dem Portier verstecken.

Schweigen ist Gold.

Der Ägypter nimmt den Schlüssel an.

Muß ich?

Ihre eigene Wahl.

Sollte er sich um den Kram kümmern, Sprachmann fand die Lösung völlig legitim.

Drei lukrative Spielzeiten, Ute war schuldenfrei und sorgenfrei, die neue freie Landbühne schlug ein wie eine Bombe.

Von allen Seiten hagelte es Beifall, von Seiten des Publikums, der Politik, der wachsamen Kritik, und es gab Subventionen.

Sie spielte eine Rolle wie nie zuvor, als Gründerin und Eigentümerin, als technische und künstlerische Leiterin, Prinzipalin, so nannten sie die Mitwirkenden, und als Hilde, so hieß sie in der Öffentlichkeit.

Anfangs hatten sich die Leute das Maul zerrissen, ihr nur Steine in den Weg gelegt, nach den ersten Erfolgen gingen alle mit.

So der Bürgermeister, er äußerte bei Gelegenheit, obwohl grundsätzlich immer auf ihrer Linie, Bedenken hinsichtlich der Finanzierung, das Theater könnte sich über die Jahre auswachsen, eine zu hohe Effizienz geriete leicht außer Kontrolle und hätte wohl ihren Preis, aber dann stieg die Landespolitik ein, änderte ihren Nachtragsvoranschlag zum Kulturbudget, so sagt man doch? und gewährte einen Vorantragsnachschlag, nicht ohne Auflagen, klarerweise, Sieg und Frieden mußte ein Renner werden, die örtlichen Vereine, Heimatvereine, Gesangsvereine, auch Firmen sollten die Bühne nützen, schließlich hätte die Fremdenverkehrswirtschaft Interessen angemeldet, ließ gleich einen Aufkleber herstellen, mit Siegessäule und Friedensabzeichen, die wollten alle was vom Kuchen abbekommen.

Inzwischen war eine Schauspielerin namens Siglinde für die Ute im Stück eingesprungen, sie wirkte schon im Stadttheater mit, fühlte sich jedoch zunehmend unausgelastet, auf der neuen freien Landbühne konnte sie sich voll entfalten, spielte die schlechte Mutter, Hellseherin oder Wahrsagerin.

Nun hagelte es neuerdings nicht nur Beifall, sondern auch Pflichten, darum schrieb Ute im letzten Winter eigenhändig eine Fortsetzung.

Sieg und Frieden, Teil zwei.

Sigurd hat Hilde erobert, nachher sind die beiden einigermaßen glücklich, für eine gewisse Zeit und leider nicht bis zum Lebensende, denn sie haben allzu verschiedene Vorstellungen vom Glück, Sigurd ist meistens draußen, Hilde meistens drinnen, eines Tages kommt ein schwarzer Prinz zu Besuch und erobert Hilde.

Auf dem Turnierplatz oder auf der Jagd, man weiß nicht genau, berichten einige Augenzeugen ihrem König von dem Unglück, Högni habe ihm die Frau geraubt, daraufhin fährt Sigurd mit seinen Mannen übers Meer gen Norden, gelangt zu den Schafinseln oder Federinseln, so hat man das Inselreich genannt, und wie er auf der Hauptinsel landet, findet er daselbst Högni mit seinem Volk, das sind Fischer, Hirten, Lehrer, Druiden, auch Frauen, aber kaum Ackerbauern, die gibt es natürlich weniger, weil da weniger wächst.

Sigurd schickt nun seinen Herold aus, der ruft mit schrecklicher Stimme, wir sind die Nibelungen, wir versenken euch in den Meeresgrund.

Die Botschaft rührt jedoch keine Menschenseele, dem König entlockt sie nicht mal ein Hohnlachen, und das Volk geht ungerührt seinen täglichen Verrichtungen nach, fängt seinen Dorsch und seinen Grindwal, schert seine Schafe, sammelt seine Vogeleier, verarbeitet die Fischleber zu Tran, das Vlies zu Wollzeug, die Daunen zu Bettzeug.

Hilde geht nun zu Sigurd und bietet einen Kompromiß an, wir sind ein gutes Volk, still, ernst, gastlich und wohltätig, unsere Lebensart ist einfach, unsere Wohnung aus Holz, viele von uns essen Knoblauch und erreichen ein hohes Alter, also laß uns in Ruhe.

Sigurd hüllt sich in Schweigen, Hilde geht traurig nach Hause, Högni schlägt Hilde vor, sie sollte ihrem Mann einen zweiten Kompromiß anbieten.

Högni schickt dich heim, willst du das aber nicht, so sucht er dich heim.

War's das? fragt Sigurd.

Und keine Gnade darfst du erwarten.

Der kann mich am Arsch lecken, sagt Sigurd.

Genau das reibt Hilde ihrem Högni unter die Nase.

Die Mordrecken rüsten sich zum Zweikampf, Ort der Handlung ist ein Hartplatz, Sand und Strand gibt es ja dort seltener, im Innern des Landes erheben sich Terrassen, die heißen Hamre, und spitze Berge, die heißen Tinder, sie rennen also gegeneinander, furchtbar ist ihr Toben, Högni brüllt wie ein Stier, stürmt mit knirschenden Zähnen und funkelnden Augen, Sigurd schreit wie ein Heer von zehntausend Möwen, schwenkt ein Tuch, weicht aus und sticht Högni durch die Halsringe, der liegt schon unter seinem Schild, springt aber auf, sticht Sigurd in den Rücken und schlägt ihm ein Bein ab, trotz der Hornhaut, Sigurd humpelt nun um Högni herum und spaltet ihm von hinten den Helm, das Blut rinnt über die glasigen Augen, Högni sieht nichts mehr, stürzt, auch Sigurd stürzt, noch im Sturz bohrt er Högni sein Schwert in die offene Kettenhose, schließlich liegen sie scheinbar sterbend nebeneinander, das ist der Augenblick für Hilde, sie eilt herbei, murmelt ihren Zauberspruch, Blut zu Blut, Glied zu Glied, und leimt die Teile wieder zusammen, im Schatten eines Fichtenbaums harren die Mordrecken neuen Streites, Sigurd stellt die Frage, ob sich der Aufwand gelohnt habe, es war ein Irrtum, sagt Högni, er zweifle überhaupt am Sinn einer Auseinandersetzung zwischen allzu starken Männern, denn sie provozierte ein Gottesurteil, und das laufe doch immer auf ein Unentschieden hinaus, Sigurd nestelt an seinem Schwert, es sei nämlich unentscheidbar, sagt Högni, wer den stärkeren Gott habe, also biete er dem Rivalen einen dritten Kompromiß an, etliche Truhen Gold, Sigurd antwortet, zu spät bietest du mir das, denn nun hab ich mein Schwert gezogen, das ist von Zwergen geschmiedet, nie führte ich vergeblich einen Hieb mit ihm.

 Wie wär's mit einem Freundschaftsspiel?

Aber ja, warum auch nicht?

Sigurd steckt sein Schwert zurück in die Scheide, und Högni nützt die Gelegenheit, um ein Mißverständnis aufzuklären, er habe gestern gemeint, er könnte Sigurd daheim in seinem schönen Hügelland besuchen.

Sonst noch was?

Eure Liebfrauenmilch.

Sie fahren also beide mit ihren Schiffen gen Süden, galoppieren dann durch die Wälder, die Auen und kommen wohlbehalten an.

Ein Gewitter ist nun fällig.

Die Gestaltung des Gewitters übertrug Ute dem örtlichen Fußballverein.

III · 9

Weinkeller, schummriges Licht, vornehmes Zusammenspiel von Wachauergrün und Burgunderrot, im Hintergrund, zur Decke hin, schmale Kathedralfenster mit Erzengel, Lanze und Schwert, Drachen und Höllengetier, sie verleihen dem Keller eine religiöse Aura.

Im Vordergrund Regale mit Flaschen.

Sigmund liegt schräg auf seiner Klappcouch, in der Hand einen Pokal aus Kristallglas, er wendet sich rückwärts zu den Fenstern, bemerkt kennerhaft.

Ein Jugendwerk von Euch, Gibika?

Der Meister hat in einer Nische zu tun gehabt, Flaschen sortieren, Leergut beseitigen, Scherben aufkehren, widmet sich jetzt Sigmund.

Alterswerk.

Sigmund räkelt sich auf der Klappcouch, bar jeden Schuldgefühls, er hätte dem Gastgeber durchaus helfen können.

Ja, das Unbehagen.

Wieso?

Groß, sehr groß.

Wie kommt Ihr darauf?
In der Kultur.
Sigmund schnuppert an seinem Pokal.
Hochkultur.
Gibika verschwindet nochmals in der Nische.
Mein Reich.
Nur beste Lagen.
Gibika hat sich ein eigenes Glas geholt, billiges Probierglas.
Mein Reich ist nicht von dieser Welt.
Er nippt an seinem Glas.
Wo ist es denn?
Zwischen anderen Reichen.
Da seid Ihr wohl König.
Zwischen anderen Königen.
Einsame Klasse.
Man hat's nicht leicht.
Grand Cru.
Immer die Medaillen.
Die Siege?
Die Kriege.
Bündnisse?
Immer die Verträge.
Knebel?
Die neuen Gesetze.
Fesseln?
Das Gerede.
Schikanen?
Lohnt sich nicht.
Ja.
Wenn ich könnte wie ich wollte.
Ja, was?
Hätte ich den Job längst hingeschmissen.
Habt Ihr denn nichts abgezweigt?
Keinen Heller.
Nichts herausgeholt?
Keinen Batzen.

Umschichten?
Hab's versucht.
Auslagern?
Hab's getan.
Der Hort?
Weg.
Er muß doch irgendwo geblieben sein.
Alles weg.
Das Erbe? die Güter? das Hausgold?
Erledigt.
Gesichert?
Im Ausland.
Schön gefinkelt.
Ich bin.
Was denn noch?
König gewesen.
Ach, nein.
Und Ihr, Sigmund?
Von mir gibt's nichts zu erzählen.
Eure Geschichte?
Nicht der Rede wert.
Ihr untertreibt.
Meine Methode.
Allzu vornehm.
Nun bricht es doch aus Sigmund hervor.
Mein Sohn.
Mitfühlend setzt sich Gibika ans Fußende der Couch.
Siegfried?
Mein Sohn hat mich verlassen.
Oh, mein Gott.
Eure Tochter ist schuld.
Lenkt nicht ab.
Sie gelobte Keuschheit lebenslänglich.
Ihr verdrängt.
Mein Sohn gelobte ihr innigste Minne.
Das ist halt der Brauch.

Um nur einer zu dienen.

Das sagt man halt so.

Einer oder keiner.

Entspannt Euch.

Gibika übernimmt den Pokal.

Schließt die Augen, denkt, Ihr liegt auf einem Floß, Ihr spürt Eure Glieder, das träge Wasser trägt Euch, Ihr fühlt Euch schwer, alles an Euch ist schwer, die Arme die Hände, die Füße, der Kopf, die Schultern, die Knochen, das Herz, so schwer, so schwer.

So schwer.

Sigmund fällt in Trance.

Jung, einst war ich einsam, wandelte ich, da wußte ich den Weg nicht.

Frühere Erlebnisse fallen ihm ein.

Der Mann ist des Mannes Lust.

Odins Lied?

Da stand starre Schutzwehr, mit lodernden Scheitern ward mir der Weg gewiesen, eine Hindin sah ich aufs Bett gebunden.

Des hohen Sprechers hohes Lied?

Er sah die Maid schlafend auf dem Hügel liegen, so wunderbar und weckte sie und sie sah ihn an, so geheimnisvoll und er sang ihr ein hohles Lied.

Hohes Lied.

Er sang und sang aber sie verstand ihn nicht oder hörte ihn nicht und bat ihn, das Lied zu wiederholen, alles nochmal von vorn, nur diesmal langsamer und deutlicher, Silbe für Silbe und Wort für Wort und Satz für Satz, so kamen sie gar nicht mehr ins Bett.

Und?

Gibika nimmt einen Schluck, schaut auf seine Armbanduhr, auf Sigmund, die geschlossenen Augen, dann auf die Glasmalerei.

Siegfried und Hilde sitzen vorm Kamin, beide im Nachthemd.

Sie wirft ihm Hölzer zu.

Er nimmt jedes Holz andächtig in die Hände, liest einen Spruch ab, wirft es ins Feuer.

Trau keiner Frau.

Ihr Herz ist gedreht auf geschwungner Töpferscheibe.

Trug wohnt in ihrer Brust.

Trau keiner Frau.

Ihre Liebe gleicht unbeschlagnem Roß auf glattem Eis.

Mutwillig, zweijährig und übel gezähmt.

Hilde schmiegt sich an, flüstert Siegfried etwas ins Ohr, er weicht aus.

Schön redet, wer schlecht denkt.

Er ergreift ein letztes Holz, seine Miene verfinstert sich.

Bring mir den Hammer, die Braut zu weihen.

Sie will ihm das Holz abnehmen, berührt es, ist zutiefst erschüttert.

Er wirft das Holz in den Kamin.

Im Feuer spielt sich Infernalisches ab, Hilde bricht kreischend auseinander.

Kriemhilde, Brünhilde.

Siegfried nimmt die Verdopplung gelassen hin.

Das Feuer geht über in die Glasmalerei, die geht über in Sigmunds Pupillen, der erwacht aus seiner Trance.

Hat man Worte?

Gibika wundert sich.

Euer Sohn ist gut erhalten, meine Tochter ist gespalten.

Sigmund bittet um den Pokal.

Wie geht's ihr denn inzwischen?

Teils teils, die eine empfing einen Schwan, gebar einen Sohn, schlug sich durch als leidende Mutter.

Und dann?

Fuhr in den Himmel auf.

Die andere?

Fuhr zur Hölle, empfing den Teufel, gebar einen Sohn, kam zur Erde zurück, schlug sich durch als Königin, ermordete zehn andere Könige.

Für wen?

Für ihren ermordeten König.

Eine Walküre.

Der Racheakt wurde mit dem Tod durch Herumschleifen geahndet.

Am Schwanz eines Pferdes?

Wie üblich.

Wer hätte das gedacht?

Lex Gundobadi.

Dieselbe zweimal.

Na ja.

Gibika leert das Probierglas.

Und wie geht's ihm inzwischen?

Sein Trauma ist geblieben.

Wie das?

Wälsungen.

Hab davon gehört.

Das Blut.

Ist ja gut.

Wie man's nimmt.

Eine Tragödie.

Er wollte vielleicht nur sein Ich behaupten.

Mit Gewalt?

Diebstahl, Lustraub, Ehebruch.

Erpressung, Notzucht, Tötung?

Er wollte einfach siegen.

Der Hund.

Er hat dann auch Buße getan, lebte ähnlich enttäuscht wie Hilde, getrennt von der Welt und irgendwie müde, zuletzt warf er sich einen Speer ins Kreuz.

Er sich selbst?

Macht des Schicksals.

Wie geht das?

Der Mensch vermag viel, unendlich viel, wenn er nur recht will.

Und wenn er oben ist?

Fällt er wieder runter.
Alles kaputt.
Noch ein Gläschen?
Sigmund erhebt sich.
Besser als Met.
Gibika erhebt sich.
Und besser als Bier.
Sie stehen nachdenklich vor den Regalen.
Da ist ja das Völkergemisch.
Burgunder, Langobarden, Edelzwicker, Gewürztraminer.
Und so weiter und so weiter.
Tausendundeine Flasche.
Minus eins?
Macht tausend.

III · 10

Die Stadt war einmal in großen Zügen erweitert worden, hatte es aber nicht geschafft, ihren Kern bis zu den Mauern auszudehnen, viel Platz blieb übrig, was sollten die Bürger sich denken? Freiraum ohne Nutzen? das erschien ihnen so maßlos wie eine Freiheit ohne Zwang, deshalb widmeten sie den Platz dem heiligen Geist, nannten ihn Heiligengeistplatz, nach der Kirche, die stand schon vorher da, versammelten ihre Autobusse in der Mitte, richteten Haupthaltestellen ein, sechs oder sieben, und stellten ein Kaufhaus an den Rand, ein bißchen modern, ein bißchen altertümlich, um die Mauern zuzudecken.

Es ist Abend.

Ein Handwerker namens Herkules, bärtig, muskulös, Löwenfell über den Schultern, kniet auf dem Boden, bearbeitet den Stein wie ein Doktor den Brustkorb, hört und klopft ab.

Ein Nagel wächst aus dem Pflaster heraus.

Der Kopf ist mit einer Null verziert, noch ein Kopf, noch eine Null, manchmal haut Herkules auch daneben, es wächst dann nichts heraus, aber im Untergrund tut sich was.

Ein Erdbeben?

Herkules klopft und lauscht, klopft und lauscht, murmelt vor sich hin.

Null zu Null zu Null zu Null.

Es ist Morgen.

Der neue Anzeigenturm, angeblich wegen der Uhrzeiten, Temperaturen und Ozonwerte, tatsächlich wegen der Idee errichtet, den Blick der Passanten vom Kaufhaus abzulenken, hatte es aufgrund administrativer Bedenken nicht geschafft, die im Entwurf der Architekten vorgesehene Höhe zu erreichen, jetzt sah er aus wie ein Gasometer mit angeschlossener Würstelbude.

Aufmarsch von Osten.

Lastwagen mit Popmusik und tänzelnden Nixen, im Gefolge die Stadtrichter, normale Festtagskleidung, und Volker, gehobenere Festtagskleidung.

Ein Lautsprecher informiert.

Der Sieg ist unser.

Die Popmusikband spielt.

Love love love.

Es ist Mittag.

Herkules setzt die Arbeit vom Vortag fort.

Null zu Null zu Null zu Null.

Die Zahl dreizehn wächst aus dem Pflaster heraus, er hebt den Kopf, schaut zur Heiligengeistkirche, zur Sonnenuhr, nickt.

Wer sagt's denn.

Der Platz scheint leicht zu beben.

Herkules reinigt sich mit dem Finger das Ohr, fördert einen Pfropfen zutage, haut auf die nächsten Steine, erzeugt noch mehr Nullen.

Der Platz ist festgenagelt.

Gerettet.

 Es ist Nachmittag.

Aufmarsch von Westen.

Lastwagen mit Popmusik und tänzelnden Nixen, im Gefolge die Vertreter der Century Gothic, Dankwart, gerüstet, mit Helm, dann Ortwin, Gere, gerüstet, ohne Helm, zuletzt Rumold, Sindold, Hunold, Anzug, Hut.

Ein Lautsprecher informiert.

Der Sieg ist unser.

Die Popmusikband spielt.

Love love love.

Die Lastwagen fahren langsam aufeinander zu, die Bands spielen weiter wie bisher, passen sich nicht an, spielen jede in ihrem Takt, dabei überlagert sich die Musik, aus Vierteln werden Achtel, aus Achteln Sechzehntel, aus Sechzehnteln Zweiunddreißigstel und so fort, klingt sowohl beschleunigt als auch verzögert.

Die Lautsprecher unterbrechen die Musik.

Wir digitalisieren.

Klingt gleichfalls beschleunigt und verzögert.

Die Lastwagen halten neben einem neu erbauten Brunnen, Stoßstange an Stoßstange, stellen den Motor ab, Volker und Dankwart gehen aufeinander zu, ihre Handys nutzend, bleiben immer wieder stehen, miteinander redend oder irgend einer Autorität gehorchend, zuletzt im Abstand von zwei Metern, sie begrüßen sich in aller Form.

Große Gesten.

Der Brunnen enthält kein Wasser, stattdessen Papiertaschentücher, Pappteller, Plastikbecher, Zigarettenschachteln und ähnliches weggeworfenes Zeug.

Volker deutet mit offenem Mund und erhobenem Zeigefinger an, man hätte gern Flüssiges, Dankwart deutet seinen Recken in gleicher Weise an, man müßte da was tun, sein Bruder Ortwin deutet mit geschlossenem Mund und erhobenem Zeigefinger an, er opfert sich, dem wird stattgegeben, er steigt auf den Lastwagen, schlägt einen Zapfen in ein Faß, füllt Bier in die bereitstehenden Krüge, das dauert eine gewisse Zeit, die andern Vertreter der Century

Gothic gehen inzwischen spazieren, führen philosophische Gespräche, ihre Handys nutzend.

Fragen oder Nichtfragen,
Das ist hier das Sein.

Vielleicht reden sie auch nur mit sich selbst.

Die Stadtrichter knien nieder, nehmen das Bier in Empfang.

Fanfaren.

Volker verkündet.

Wir sind die Herren der Welt.

Donnergrollen.

Ein Sturm fegt über den Platz hinweg, die Stadtrichter und die Vertreter der Century Gothic flüchten, die Lastwagen mit ihren Nixen und Popmusikbands fahren los.

Das Unwetter zieht vorbei.

Aufmarsch von Norden.

Der Sandlerchor.

Ihr Anführer hebt die Zeigefinger zum Gesang.

Die Politik wird runderneuert oder
ausgetauscht, die Farbe abgewetzt,
der Name wird vom Wind davongetragen,
und keiner kann mehr sagen, wie er heißt.

Der Brunnen hat sich aufgelöst, sauber verlegte Pflastersteine bedecken den Ort.

Es ist Abend.

Herr Igor, erkennbar am Perlonmantel und am schräg sitzenden Hut, bemüht sich, einen Nagel aus dem Platz herauszuziehen.

Zwei Reporter photographieren das Geschehen.

Herkules kommt hinzu.

He, du.

Zwei Polizisten kommen hinzu.

Was machen Sie da?

Kunst.

Schon wieder?

Rettung der Welt.

Bewilligt?
Nein.
Erster und zweiter Polizist wechseln vielsagende Blicke.
Sie heißen?
Herr Igor schweigt.
Stehn's auf.
Er gehorcht widerstrebend.
Papiere?
Er zeigt seinen Ausweis.
Meine Wenigkeit.
Die Polizisten überprüfen den Ausweis, geben ihn zurück.
In Ordnung.
Herkules mischt sich ein.
Und meine Wenigkeit?
Die Polizisten gehen.
Wünschen frohes Schaffen.
Herr Igor greift Herkules ans Löwenfell.
Kaputtmacher.
Herkules greift Herrn Igor an den Perlonmantel.
Hilfe, Hilfe.
Die Polizisten bleiben kurz stehen, geben Bescheid.
Wandalen brauchen keine Hilfe.
Herkules dreht Herrn Igor den Arm auf den Rücken.
Reporter, Reporter.
Der Hut fällt zu Boden.
Hier her, hier her.

Die Reporter sind sofort da, die Polizisten beobachten den Streit erst aus sicherer Entfernung, nähern sich dann dem Tatort, der eine legt Herrn Igor Handschellen an, der andere führt ihn ab zum Wagen, die Reporter machen mehrere Bilder, zuletzt erwischen sie gerade noch den zerbeulten Hut und die geplatzte Rückennaht des Perlonmantels.

Sie waren dreizehn, der Verein zur Beschleunigung der Zeit hatte Fuß gefaßt, immer mehr Portiers traten ihm bei, drei kamen vom Krankenhaus, fünf andere von den Kassen und vom Finanzamt, alle zugleich, damit stieg natürlich der allgemeine Aufwand, man traf sich nicht mehr wie es sich ergab, sondern gut vorbereitet, mit Tagesordnungspunkten und so weiter, der Museumsportier hatte recht brauchbare Statuten entwickelt, jetzt aber, nach einstimmigem Beschluß der Vollversammlung, eine Novelle ausarbeiten müssen, sie erging, ebenfalls nach einstimmigem Beschluß der Vollversammlung, an den Universitätsportier, mit dem Ersuchen, sie an Professor Sprachmann weiterzuleiten.

Das hatte man davon.

Der Universitätsportier schob das Kuvert auf seinem Schreibtisch hin und her, ließ es unter dem Telefonbuch verschwinden, zog es wieder hervor, öffnete es, las nochmal den Text, fand nichts an ihm auszusetzen, trotzdem.

Sein loses Maulwerk.

Er hatte behauptet, den Professor Sprachmann gut zu kennen, der könnte sicher sagen, ob die Novelle rundum wasserdicht wäre, dabei hatte er ihn seit Jahren nicht mehr gesehen.

Er fragte erst einmal im Institut nach.

Ist er da?

Du hast Glück, Karli, er kommt gerade rein, holt seine Sachen ab.

Er ging hinüber ins Sekretariat.

Schön, Sie zu sehen, Karli.

Für Sie, Herr Professor.

Sprachmann wies auf das Klebeetikett.

Nicht für Sie?

Weitergeleitet.

Was soll ich?

Der Verein zur Beschleunigung der Zeit bittet höflichst um ein Gutachten.

Von mir?

Der Portier setzte fort, der Herr Professor könne sich denken, worum es hier geht, die vielen Gutachten, erst vor fünf Jahren, für den Staat, dann vor zwei Jahren, für die Zweitausend nach Christus, wenn die an die falsche Adresse geraten wären, er habe immer korrekt weitergeleitet, nicht zu früh und nicht zu spät, immer pünktlich, wie das der Verein jetzt mit System betreibe, er brauche jedenfalls neue Statuten.

Sprachmann wünschte dem Verein viel Glück.

Nur mal überfliegen, Herr Professor, ich bitte Sie.

Weil Sie es sind, Karli.

Sprachmann gab das Kuvert zusammen mit einem Haufen Drucksachen in einen Wäschekorb.

Wird abgeholt.

Zwei Monate später, beim Lochen und Abheften, fand er das Kuvert wieder und öffnete es.

Auf der ersten Seite die Novelle, betreffend Mitgliedschaft.

Sprachmann blätterte um.

Auf der zweiten Seite die Novelle, betreffend Ergänzung des Handbuchs.

Kleines Wartelexikon.

Von Abwarten bis Zuwarten.

Auf der dritten Seite ein Beispiel betreffend Weiterleiten.

Aus den Geschichtsquellen.

Der Kaiser leitet, dem Rat eines näheren Verwandten folgend, diverse Ländereien im Südosten des Reiches mitsamt unbeweglichen Schätzen an einen entfernteren Verwandten weiter, die beweglichen Schätze leitet er, dem Rat der Kaiserin folgend, an einen Schwager der Kaiserin weiter, die Schulden und Erkenntnisse leitet er, dem Rat des Schwagers der Kaiserin folgend, an eine Schwägerin des entfernteren Verwandten weiter, die Schwägerin heiratet einen Widersacher, der Kaiser verschickt ihn ins gelobte Land und läßt ihn, nachdem er den Kreuzzug mit viel Glück überlebt hat, auf dem Rückweg ermorden, die Schwägerin leitet ihre Güter an die Kirche weiter, stiftet ein Kloster, wird Stiftsdame.

Gezeichnet F.

Die Story gefiel Sprachmann nicht schlecht, er konnte sich ein Interesse der Century Gothic an den beweglichen und unbeweglichen Schätzen vorstellen und rang sich dazu durch, dem Verein unter die Arme zu greifen.

Wer ist F?

Er befragte den Universitätsportier telephonisch.

F ist Friedbert.

Wo?

Im Museum.

Gehen wir hin.

Zusammen?

Es war ein grauer Morgen.

Bis sieben Uhr tat ein Nachtwächter Dienst im Museum, der Universitätsportier befragte ihn.

Wo ist Friedbert?

Kommt nachher.

Wann?

Das weiß niemand.

Sprachmann verschaffte seiner Empörung Luft.

Kommt er überhaupt noch?

Der Universitätsportier sprang für den Kollegen in die Bresche.

Sonst ist Friedbert immer pünktlich.

Sprachmann nahm die Entschuldigung mit Humor zur Kenntnis.

Er wird die Zeit beschleunigt haben.

Der Nachtwächter wünschte einen schönen Tag.

Gute Nacht.

Sprachmann und der Universitätsportier vertraten sich die Beine in einer Grünanlage mit archäologischen Funden neben dem Museum.

Warum sind die Steine alle kaputt?

 Weil man sie zerstört hat.

Wer war das?
Irgendwer.
Die Feinde?
Ungarn, Hunnen.
Nibelungen?
Irgendwelche Feinde.
Wir selbst?
Sprachmann wechselte das Thema.
Es herbstelt.
Mit Verlaub, Herr Sprachmann.
Der Professor wunderte sich über die formlose Anrede.
Wie doch die Zeit vergeht.
Riecht nach Schnee.
Geben wir der Zeit einen Tritt.
Wie meinen Sie das?
Bitte setzen Sie sich.
Sprachmann ließ sich auf einer Grabplatte nieder.
Ziehen Sie die Füße an.
Sprachmann gehorchte.
Denken Sie an früher.
Und jetzt?
Es war elf, sie saßen im Archiv.
Der Museumsportier bedauerte, er sei schon um sechs da gewesen, womit er dienen könnte?
Eine Auskunft bitte.
Es soll mir eine Ehre sein.
Sprachmann hielt es für ratsam, nicht gleich mit der Tür ins Haus zu fallen.
Wer war der entferntere Verwandte?
Herr Friedbert ging zu seinen Stahlkästen, zog eine Schublade zur Hälfte raus.
Waltuni?
Er zog die Schublade zu drei Vierteln raus.
Waltilo?
Wenn eine Schublade runterfiel, fielen mehrere Schubladen runter.

Walthari?

Wenn ein Stahlkasten umfiel, fielen mehrere Stahlkästen um.

Danke, das genügt.

Sprachmann hielt es für ratsam, den Museumsportier vor einem Unfall zu bewahren.

Wo sind die Schätze?

Herr Friedbert setzte sich auf ein Feldbett.

Unbewegliche Schätze.

Er faltete die Hände.

Gab es nicht.

Die beweglichen Schätze?

Hat der Staat.

Wie?

Die Nibelungen haben die Schätze gehoben, gehortet und bewacht, ohne Vorteil, deshalb sind sie wohl ausgestorben, dann kam eine Weltwirtschaftskrise, deshalb hat der Kaiser die Schätze abholen lassen.

Alles weg?

Sprachmann und der Universitätsportier standen draußen.

Herr Professor?

Sprachmann genügt.

Was macht Ihre Urnot?

Vergessen Sie's.

Ihr Theater? Ihr Film? Ihr Lebenswerk?

Nichts mehr da.

Was bleibt?

Elektronik.

Herr Sprachmann?

Bitte?

Warten wir's ab.

Das Geschäft lief auf Hochtouren, es war Frühlingsbeginn, am Mittag noch regnerisch, am Abend klar und trocken.

Die Glaskuppel, die Geräte aus alter Landwirtschaft, Butterfässer, Karrenräder, die Vitrinen mit den heimischen Weinsorten, die Souvenirs, der Kaffeegeruch, das Salatbuffet, alles paßte zusammen.

Hilde stand an der Bar und schaute versonnen dem Treiben in der Raststätte zu, die Mehrheit der Gäste rastete irgendwie rastlos, überwiegend in Knäueln, einige wenige saßen eher bewegungslos da, alleingelassen mit ihrem Getränk.

Sie wußte jetzt sicher, es ging ihr gut, obwohl sie bisher manches ertragen mußte, Abschied vom Theater, Abschied vom Film, Fortbildung, Umschulung, hartes Training auf der Bühne des Lebens, dann die Partnerschaft mit Siegfried, früher war es ja noch lustig, die Rolle wurde öfters neu besetzt, aber dieser vierte Siegfried blieb an ihr hängen, inzwischen schlug sie sich das dritte Jahr mit ihm herum.

Am Anfang sollte er als unbelehrbarer jugendlicher Held auftreten, und zwar in seiner Rolle, jetzt tat er dasselbe im normalen Alltag, seine Sprache reichte gerade für den Hausgebrauch, längere Sätze verwirrten ihn, und wenn er sich gar nicht mehr auskannte, wandte er sich seinem Sport zu, übte Speerwerfen, Steinewerfen, Weitspringen, oder er wandte sich ab, als hätte ihn jemand belästigt, in der Weise hatte er sich letzte Woche wieder von ihr abgewandt, sagte ein einziges Wort, Morgenrot, den Sinn des Worts durfte sie sich auf ihre Weise zurechtdeuten, er wollte schon immer in den Orient reisen, ins Land seiner Väter, mit dem Fahrrad.

Allmählich merkte sie, die Gäste in dem Lokal kamen nicht her, um zu jausnen, sich die Füße zu vertreten und zu lüften, sie spielten ein Spiel.

Jeder gegen jeden.

Soll er doch abhauen mit seinem Fahrrad, er hat sich nur zurückentwickelt, sie hingegen hat sich immer vorwärtsentwickelt, sich konsequent verbessert, je mehr er sich verschlechterte.

Waren die Gäste hier Geschäftsleute?

Viele hatten nämlich außer dem Getränk so ein Notebook bei sich.

Oder Agenten? Spione?

Zwei kleinwüchsige Herren spielten hier ganz klar die erste Geige, sie trugen gleiche Anzüge und Hemden.

Auf den silbernen Krawatten die Symbole $ und € und &.

Der eine saß in einer Kabine, umgeben von Apparaten, Tastaturen und lauter Bildschirmen, wichtig wie ein Pilot, der andere lief dauernd im Verkaufsraum herum, sammelte Geld ein, dabei bewegte er sich so schnell, daß man ihn immer wieder aus dem Auge verlor.

Ein flimmerndes Schriftband am Dach der Kabine machte Reklame.

Lake Side, Silicon Alps, Think Tank.

Und so weiter.

Die beiden Herren gaben in bestimmten Abständen jeder die gleichen Zwischenrufe von sich.

Tip Top Hip Hop Flip Flop.

Dazu kamen ununterbrochen Meldungen aus einer versteckten Tonquelle.

Höhenflug Sphinx, Ödipus ex, Antigone lustlos.

Und so weiter.

Nach einer Meldung brach eine größere Schar von Mitspielern in einen wahren Begeisterungssturm aus.

Century Gothic übernimmt MS Gothic.

Eine kleinere Schar von Mitspielern ging dafür mit hängenden Köpfen zur Kasse.

Der bewegliche Herr bat um Ruhe.

Ohne Erfolg.

Er rief dann mit schriller Stimme, Ruhe, Ruhe, Handel ausgesetzt.

Das hatte Erfolg.

 Pause.

Hilde studierte die Getränkekarte, neben ihr schwang sich jemand auf den Barhocker.

Gnä' Frau?

Der bisher unbewegliche Herr.

Was darf's denn sein?

Wer die Qual hat.

Sein Name war Wieland.

Hat keine Wahl.

Hilde überlegte.

Wieland? Wieland?

Der Herr schien ihr bekannt.

Irgendwie.

Ein schwarzer Filzstift umkreiste ein Angebot auf der Karte.

Wie wär's mit Ohdrödir?

Ein roter Filzstift umkreiste den schwarzen Kreis.

Unser Zaubertrank.

Nichts für mich.

Ein goldener Filzstift versah den roten Kreis mit einer Krone.

Inländer Vulkanausbruch.

Na gut.

Herr Wieland bestellte zwei Ohdrödirs.

Weil Sie es sind.

Ein zwangloser Fachvortrag ersetzte das beim ersten Treffen übliche zwanghafte Gerede.

Die Century wird ihre Position im Spitzenfeld halten, da sie auf qualitativ hochwertige Produkte setzt und die Wende zu virtuellen Strukturen vollzogen hat, gefragt sind hocheffiziente Technologien und hochspezialisierte Manpower.

Das ist Manneskraft?

Harte Arbeit, sehr richtig, hier haben wir großen Nachholbedarf.

Ach ja.

Vor allem das mittlere Management operiert immer noch auf viel zu niedrigem Niveau.

Wer hätte das gedacht.
Sie hoben die Gläser.
Das Zeug schmeckte.
Herr Wieland winkte der Barmaid.
Noch zwei.
Der bewegliche Herr stellte sich dazu, erhöhte.
Noch drei.
Hilde erkannte ihn sofort.
Alberich?
Bisher hatte sie ihn nur im blauen Kittel und mit Jägerhut gesehen, jetzt sah sie ihn elegant.
Was machst du denn hier?
Kohle.
Ach so.
Hilde erkannte zugleich auch Wieland, sie betrachtete interessiert die Krawatten.
Hübsches Design.
Hat Herkules erfunden.
Die Firma zahlt?
Corporate Identity.
Und was macht ihr hier?
Geldwirtschaft.
In welchem Segment?
Alberich bewunderte Hildes Sachverstand.
Gute Frage.
Hilde erklärte, als Schauspielerin habe sie gelernt, gut zuzuhören und einen Text nachzusprechen.
Wieland übernahm die Antwort.
Im Segment der Kommunikation und der geistigen Getränke.
Er hob sein Glas.
Da ist Century Gothic auch schon drin.
Wieland hob sein Glas.
Auf den Vulkanausbruch.
Hilde hob ihr Glas.
Ein Hit.

Noch drei.

Hilde hatte Feuer gefangen, erkundigte sich nach der Strategie.

Gute Frage.

Alberich übernahm die Antwort.

Strategie ist Zielorientierung.

Zum Beispiel?

Wir machen einen Plan, vernetzen uns, bis ein Produkt ausfinanziert ist, dann fließt das Geld ab, zugleich fließt die Realität ab, am Ende ersparen wir uns das Produkt, es findet nichts mehr statt.

Toll.

Sie prosteten sich sechsmal oder achtmal zu.

Ganz toll.

Wieland betätigte eine Glocke.

Rien ne va plus.

Alberich nahm Platz in seinem Cockpit.

Faites vos jeux.

Ab ging die Post.

Yi Gothic Yu Gothic Yu Yahei.

Und während die Gäste ihr Spiel machten, legte Hilde einen Samba auf die Theke.

Sie erntete frenetischen Applaus.

Toll, ganz toll.

Analysten trauten ihr ein beträchtliches Potential nach oben zu.

Am Tag bevor es losging, sechs Uhr abends, betrachtete der Ägypter die Landschaft von seinem Fensterplatz aus, unten alles in Blüte, oben noch Schnee, der Fensterplatz grau.

Seit fünf Jahren wohnte er mit seinen Freunden auf der Burg, die Könige hatten ihnen hier eine Unterkunft geboten, kostenlos und zur freien Nutzung, jeder schlug sich durch wie er konnte, die einen als Besorger, helfend beim Ackern und beim Vieh, die andern als Entsorger, helfend beim Recycling, die Geschäfte liefen, auch er hatte seinen Weg gemacht, ein rätselhaftes Buch war ihm zugefallen, die Übersetzung war ihm eingefallen, der Einfall führte ihn an den Punkt, wo es keine Rückkehr mehr gab.

Hin und wieder, in den Arbeitspausen, traf er die Dramaturginnen, trank mit ihnen Tee und ließ sie reden, Sprachmann tauchte immer seltener auf, und wenn er auftauchte, dann hingerissen von seinem sensationellen Job, ein Nervenbündel, der Ägypter hörte ihm zu, ohne das Gehörte zu begreifen, die restliche Zeit verbrachte er mit der Übersetzung des Buchs.

Damit war er heute fertig.

Morgen wurde sein Zimmer frei, ein neues Leben sollte anfangen, Professur im Ausland, fünf Jahre zu fünfzig Prozent, und er sollte fliegen, er fürchtete sich ein wenig vor dem Flug.

Die Berufungskommission hatte entschieden, daß sie ihn brauchte, seine Methode verspreche, demnächst den gesamten kulturwissenschaftlichen Kanon zu revolutionieren, und er war der Einzige, der die Anwendung beherrschte.

Er kam erst im Laufe der Übersetzung auf die Idee, er besaß den sechsten Sinn, dieser ist anscheinend schwer zu fassen, aber es gibt ihn, er verhält sich unauffällig, ist gesichtslos, gehörlos, gefühllos, geruchlos, geschmacklos, trotzdem immer mit dabei, als Dirigent der anderen fünf Sinne.

Wie die Berufungskommission erklärte, leuchtete ihr vor allem die Disposition der Urnot ein, erstes Kapitel, Siegfried der Maulheld, zweites Kapitel, Siegfried der Versager, Kapitel drei und folgende, Schatzsuche, Kapitel fünf und folgende, Jagdgesellschaften, Kapitel acht und folgende, Liebe und Leid, gelungene und mißlungene Hochzeitsnächte, Kapitel dreizehn und folgende, das Asyl, Kapitel einundzwanzig und folgende, Bestattung und Grabpflege, Kapitel vierunddreißig, Fegefeuer.

Dazu zwei Anmerkungen.

Schön geputzt, die Frauen, flattern zuviel.

Ungepflegt, die Männer, saufen zuviel.

Er hatte den Kollegen gesagt, es handle sich um einen frühen Heimatroman, neuntes oder zehntes Jahrhundert, sie erwarteten einen Projektantrag.

Transparentes Übersetzen.

Er wandte seinen sechsten Sinn auf die Landschaft.

Wo Häuser verrotteten, standen prächtige neue Höfe, wo Dächer zerbrachen, leuchtete frisches Ziegelrot, wo eine Schweinefleischfabrik die Gegend beschmutzte, weideten Schafe und Ziegen, in einem der Dörfer stand ein Minarett, und er sah die Menschen, Männer bei der Arbeit, Frauen beim Tratsch unter der Linde.

Der Abschied fiel ihm doch schwer.

Ob er überhaupt hier wegkam?

Maja und Luna sollten ihn morgen zum Flugplatz begleiten.

Ein Jahrmarkt hat sich vor dem Rathaus breitgemacht, Wurstbratküchen, Schaukeln, Gummikletterwände für die Kleinen, Schnapstheken für die Großen und andere Holzbuden behindern die Sicht auf den Drachen, der Senat der Stadt hat den Rummel erlaubt, wegen der wachsenden Schulden und wegen der kommenden Wahlen, die zwei Buchhandlungen stehen leer, die Apotheke, früher eine der schönsten im Land, ist neu ausgestattet worden, und Taxis gibt es immer noch genug.

Zwischen Rathaus und Jahrmarkt steht ein Public Viewing, Sprachmann betritt die Bühne mit gemischten Gefühlen, er soll einen Werbefilm für den sanften Tourismus präsentieren, das Skript fußt auf seinen Ideen, auch die Form ist von ihm, das beweist der Blankvers, aber der Inhalt ist anders, er soll trotzdem den ganzen Streifen so vertreten, als wäre er von ihm, er drückt auf einen Knopf.

Morgengrau, beim Drachen ein schlafender Ritter, Pferdegetrappel, in hohlen Gassen verklingend, Morgenrot, der Ritter erwacht, setzt sich auf.

Sie geben niemals Frieden, diese Krieger,
solln sie doch allesamt zum Teufel gehn
und Blut und Wasser schwitzen in der Sorge,
daß ein andres Land ihr eig'nes Land
aus Neid und Niedertracht verderben möchte.
Sie nennen's Urnot wie ein teures Gut,
das ihnen anvertraut in frühen Zeiten,
mit Wonne pflegen sie daher den Brauch,
empfund'nes Leid dem Nächsten anzuhängen.
Ein Fremder ist bei ihnen ewig Feind,
und wenn's ein Freund ist, der den Freund belächelt,
dann heißt es, Volksfeind raus, wir sind das Volk.
Die Urnot schützt und bindet sie zusammen
ganz wie ein Rutenbündel einst, doch jetzt
ist's eine Geißel, ich nenn's Abwehrschwachsinn.
Der Ritter steht auf.
Jahrein, jahraus hör ich den Hilferuf,

Herr Eckewart, wir haben uns verlaufen,
wo ist der Notausgang im Nirgendland?
Ich sage bloß, jetzt haltet eure Klappe,
am Anfang war Natur, wie Gott sie schuf.
Schaut an den Mist, ihr seid die Katastrophe.
Solche Antwort hören sie nicht gern
und hauen auf mich drauf mit ihren Pritschen,
ihrem Trallalla, ich könnte sterben,
doch widersteh' ich tapfer jedem Hieb,
indem ich abtauch.
Er legt sich hin.
Bin ich erst am Boden,
glauben sie, ich wär' schon tot, und sehn nicht,
wie ich blinzle, aber unten liegend
merk ich ja, wie jeder nach mir schielt,
um mir die Waffe zu entwenden, heda.
Er springt auf, zieht sein Schwert.
Wer da? rufe ich, wer will mein Schwert?
Ein Königreich geb ich für einen Rucksack.
Er steckt das Schwert in die Scheide.
Da staunen sie, die Träger der Kultur,
und lauschen untertänigst meiner Lehre.
Er hebt die Stimme wie ein Prediger.
Ihr seid ja nunmehr ganz, ja mehr denn ganz
verloren, dennoch wollt ihr nur gewinnen.
So empfehl' ich Bundschuh, Jakobsmuschel,
Gamaschen, Lodenmantel, Regenschutz,
ihr wandert dann auf euren eig'nen Wegen
unten durch.
Er stochert in der Luft herum.
Strapaze ist das Ziel.
Er verbohrt sich im Luftloch, hängt irgendwie fest.
So fürchtet euch.
Er wirft das Schwert achtlos weg, setzt sich.
Und sonst nichts auf der Welt.
Er legt sich hin.

Die Century hat die Abteilungen für Theater und Film ausgelagert, Dankwart, Hunold, Rumold und Sindold erhalten ihre Güter zurück, versöhnen sich mit den Lehensherren und spielen weiter in den Wäldern.

Auftritt der burgundischen Königsmacht.

Dankwart eröffnet das Spiel.

Halt.

Gunther, Gernot und Giselher ziehen nach.

Wer da?

Hunold, Rumold und Sindold ziehen nach.

Wer da?

Eckewart liegt am Boden.

Ob der wohl schläft?

Eckewart reibt sich die Augen.

Sie kommen wie zur Schlacht.

Dankwart löst sich von der Spitze, hebt ein Schwert auf, Eckewart greift um sich, faßt ins Leere, Dankwart überreicht ihm das Schwert.

Wie geht's, wie steht's? sagt an, wo sind wir hier?

Eckewart erhebt sich, steckt das Schwert in die Scheide.

Im Mittelpunkt.

Dankwart wird gleich ungeduldig.

Ich frag, in welcher Gegend?

Eckewart reibt sich die Stirn.

Am Nabel oder Zipfel.

Die Könige reden untereinander.

Wo?

Dankwart erklärt es ihnen.

Am Arsch.

Zu Eckewart.

Ihr steht im Brennpunkt großer Umwälzungen?

Ich leiste was ich kann, Kulturarbeit.

Wohl Falknerei und Waffengang?

Bei Gott nicht.

Froh am Wege lagernd? Minnesang?

Mit großer Müh' das Volk zur Einkehr führend.

Gunther wendet sich um, erschrickt.
Ich suche meine Knechte, hat jemand?
Gernot und Giselher erklären es ihm.
Die Mannen sind, wenngleich ein wenig murrend, schnell und mutig uns vorausmarschiert.
Wohin?
Eckewart steht stramm.
Ins nächste Wirtshaus.
Eingekehrt?
Gunther wendet sich an Gernot und Giselher.
Was soll man glauben?
Die Brüder winken lässig ab.
Der hat nichts zu reden.
Eckewart stellt sich bequem hin.
Ich red' für mich und Markgraf Rüdeger.
Gunther ist überrascht.
Was hör ich? Rüdeger?
Mein Arbeitgeber.
Sindold und Hunold haken ein.
Gibt's unbebautes Bauland?
Wie man's nimmt.
Rumold hakt ein.
Gibt's Küche?
Sterz.
Wer kocht?
Frau Gotelinde.
Eckewart setzt den Helm auf.
Gott schütze Euch.
Dann laßt uns bitte geh'n.
Moment, zahlt Maut zuerst.
Die Könige reden untereinander.
Der Hort ist fort.
Eckewart hört mit, tritt den Königen in den Weg.
Wer hat ihn denn verschoben?
Gernot antwortet ruhig.
Angelegt.

Dem Drachen in den Rachen?

Giselher fügt ebenso ruhig hinzu.

Mündelsicher.

Eckewart kramt in seinem Beutel, findet ein Pergament, rollt es mit strenger Miene auf.

Die Strafe ist geschmalzen.

Gernot antwortet apathisch.

Schweinerei.

Giselher fügt ebenso apathisch hinzu.

Wir sind ja ohne Land.

Eckewart läßt keine Gnade walten.

Wie viele Leute?

Gernot hält die Hände hoch, spreizt alle Finger.

Zehn mal tausend Mann?

Und keinen Cent.

Gunther zieht ein funkelndes Kleinod von seinem Ringfinger ab.

So nehmt den Nibelungenring als Pfand.

Eckewart steckt das funkelnde Kleinod auf seinen Mittelfinger.

Einschließlich Solidaritätsabgabe.

Dankwart beendet das Spiel.

Auf geht's, und meldet eurem Volk, wir kommen.

Hunold, Rumold, Sindold verschwinden im dunklen Wald, Gernot und Giselher wollen ihnen folgen, stolpern über eine Baumwurzel, Gunther und Dankwart laufen plötzlich los, stoßen zusammen, so entsteht ein Handgemenge.

IV · 4 Lauschiger Garten, Gelage im fortgeschrittenen Stadium, Gotelinde ist mit Alarich und Amalrich beschäftigt, Mariandl sitzt auf Attilas Schoß, in ihrem Rücken Pater Notker, er trinkt viel, will immer wieder etwas sagen, schafft es nicht und begnügt sich damit, Mariandls Stellung abzusichern, sie redet viel.

Die Goten sind die Guten, gell, Herr Attila?

Der Ehrengast antwortet nicht, Rüdeger kommt hinzu, schenkt Wein ein.

Gut genug, mein Schatz.

Gotelinde unterbricht kurz ihre Beschäftigung.

Ist jeder Gast.

Mariandl will es genau wissen.

Und dieser hier?

Rüdeger stellt den Krug ab.

Ist besser als die andern.

Gotelinde setzt leise sprechend fort.

Die Welt ist schlecht.

Mariandl hat es gehört.

Ein schiaches Drecksloch, gell?

Rüdeger will vermitteln.

Ein bisserl lernschwach ist das Mariandl.

Aber Vater.

Der Ehrengast will vermitteln.

Hör auf deinen Pater,

Sei ein braves Fräulein, sitz schön still.

Das kann ich nicht, weil Pater Notker schiebt mich.

Hör den heil'gen Geist.

Notker ergänzt schwer atmend.

Spiritus Sanctus.

Dietrich übersetzt.

Wiho atum.

Alarich und Amalrich entwinden sich Gotelinde.

Halga Gast.

Heilago.

Geist.

Gotelinde stimmt ihnen widerstrebend zu.
Ein alter Hut, der Gast ist heilig.
Attila weise zum Mariandl.
Hör die Lehr', ich singe dir ein Lied.
Am Anfang war das Wort ein leiser Windhauch,
dann ist es Fleisch geworden durch den Laut,
der heil'ge Geist war dran, er ist der Schieber,
über Kehlkopfknorpel, Zapferl, Zung'
und Zahnreihn schob er's über deine Lippen,
das wahre Wort den Menschen voll ins Ohr.
Mariandl gibt ihm ein Busserl.
Voll Rohr, ich hör's.
Doch sag ich dir, beim Hören
bist du nicht allein, der Geist hört mit.
Die Muschel ist geöffnet, nachher spürst du's
hinterm Trommelfell, zu spät, es steckt
im Hirn, da kriegst du's nicht heraus.
Notker hat mehrmals in die Rede hineingestammelt, deutet auf seinen Kelch, Rüdeger schenkt ihm nach.
Salute.
Gotelinde hebt ihren Kelch.
Die nenn ich feine Gäste, die ich.
Rüdeger schenkt auch ihr nach.
Prost.
Nicht rauskrieg, wie's mir paßt.
Auftritt der Burgunder in neuer Formation, vorn Eckewart, in der Mitte die Könige, zuletzt Hunold, Rumold, Sindold, alle mit Rucksäcken.
Abteilung.
Die Gruppe wirft ihre Rucksäcke ab, besetzt den Hauseingang.
Halt.
Rüdeger kümmert sich.
Was darf's denn sein?
Nur klares Wasser.
Gotelinde ruft schallend hinüber.

Feine Gäste krieg ich da herein.

Das Mariandl läßt sich nicht halten, landet unterm Tisch, Notker, Alarich und Amalrich rutschen nach.

Wer pist du?

Sochtu waz?

Die Burgunder stehen auf, Gunther gibt eine Erklärung ab.

Wir sind bankrott.

Mal wieder abgestürzt?

Stimmen von unten.

Wi snelle riche kunige zegiengen.

Nu ist zit.

Rüdeger bringt eine Wasserkanne.

Doch schweigen wir von dem.

Stimmen von unten.

Daz wir denken, wi wir selve enden.

Attila schaut nach, was los ist.

Sochtut was an erdo?

Alarich und Amalrich kommen zum Vorschein.

Usa sela.

Notker kommt zum Vorschein, bietet Kredit an, Eckewart überreicht dem Ehrengast den Ring der Nibelungen.

IV · 5 Die Agency of Creativity, Disponibility, Flexibility and Mobility bespielte nach mehrjähriger Ausbauzeit den Tennisplatz und einen zweiten dazu, sie umfaßte Copyshops und Workshops, fünfundfünfzig Mitarbeiter, fünf Projektleiter und einen Chefcontroller.

Dessen Aufgabe bestand darin, den universitären Mailverkehr auf Krisenanzeichen hin zu überprüfen und digitale Konflikte im Keim zu ersticken, er löste seine Aufgabe vorbildlich.

Das Amt zehrte dennoch an seinen Kräften, allein in fünf Tagen erhielt er dreizehn Mails von der Frauenforschung, neuerdings umbenannt in Nemesis.

Eine Person mit geschlechtslosem Vornamen hatte sein acht Jahre altes Gutachten zur Autorschaft der Nibelungen nochmals angefochten, sie gab keine Ruhe.

Ein kniffliger Fall.

Wie redete man die Person eigentlich an?

Mit jeder Sendung korrigierte sie ihre Biographie, einmal schrieb sie als Mann, einmal als Frau, dann als Abt oder Äbtissin, Kirchenfürst oder adlige Witwe, und mit jeder Sendung legte sie eine gesteigerte Reue an den Tag, die Not der Nibelungen sei ihre beziehungsweise seine Schuld, sie beziehungsweise er hätte das Lied, wenn nicht selbst gedichtet, zumindest in Auftrag gegeben, dem Geständnis folgte stets der Hinweis auf ein Weltleid überall, man sehe sich nur die Homepage der Agency an, die sei voller falscher Daten, der ganze Laden eine Dreckschleuder.

Etc.

Gestern kamen fünf Mails zur Frage des Tischrückens, fünf Mitglieder der Nemesis könnten das Ereignis bezeugen, sie seien am Tisch gesessen, rückend und auch klopfend, um Kontakt mit dem Urheber oder der UrheberIn aufzunehmen, auf einmal hätten sie Stimmen aus dem Jenseits gehört, ein Mann beschwerte sich leise, er wollte sein Gold zurück, eine Frau wollte das Gleiche, dann wurde es lauter, ein Kirchenfürst verlangte Steuern, eine adlige Witwe verlangte Zollprivilegien, er beanspruchte Gaben aus privater Hand für die öffentliche Hand, sie erwähnte ihre hohe Geburt, und sie wolle auch den König der Hunnen heiraten, er warnte sie, ein tödlicher Unfall werde den König ereilen.

Was sollte man dazu sagen?

Der Chefcontroller befragte einen Kollegen, spezialisiert auf unbrauchbare alte Lexika und deren digitale Verwertung.

Die Auskunft erfolgte unverzüglich.

Ein bedeutender Naturforscher des neunzehnten Jahrhunderts hat gezeigt, daß beim Tischrücken lediglich

Selbsttäuschung im Spiel sei, insofern, wie er durch zu diesem Zweck von ihm konstruierte Dynamometer bewies, Personen, die ihre Hände auf den Tisch legen, bald beginnen, unbewußt einen beträchtlichen Druck auszuüben, der nur in eine bestimmte Richtung gelenkt zu werden braucht, um den Tisch in Gang zu bringen.

Bitte weiterleiten.

Nemesis antwortete unverzüglich.

Ihr könnt uns mal kreuzweise.

Der Chefcontroller besann sich auf seine Fähigkeiten als Informatiker, stellte ein Setting aus älteren und neueren Daten zusammen, rechnete bis zur fünften Stelle hinterm Komma durch und teilte den Leuten mit.

Die wahre Liedermacherin heißt Pippa von Klosterniederburg.

IV · 6 Fabrikgelände, Lagerhalle, großer Tisch, Lampe mit grünem Schirm, Nofretete schreibt, rechnet, vergleicht, macht sich Notizen.

Im Hintergrund vier Container, im Vordergrund allerlei Antiquitäten, Bilder, Vasen, Geschirr, Möbel, Tücher, Waffen, Siegerpokale, Bierkrüge, Jagdtrophäen, Sessel, Sofas, Betten, ein jedes in seinem Schimmer, seitlich Teile von Kulissen, Kirchen, Paläste, Gärten, Hütten, Gebirge.

Zwei Arbeiter kurven mit Gabelstaplern herum, laden auf, laden ab, kommen einander manchmal nahe, stoßen fast zusammen.

Nofretete spricht laut für sich.

Kramuri, Kramamuri, Kramasuri, Krasimuri, Krawuri.

Erster Gabelstapler bremst.

Wo soll der Hackstock hin?

Container.

Erster Gabelstapler hupt.

Brauchmüll oder Heizmüll?

Nofretete scheint ihn zu überhören, liest aus einem Buch vor.

Chramer gip die Varwe mir

die min Wengel röte.

Also was?

Damit ich die jungen Mann an ihr

dank der Minnenliebe nöte.

Zweiter Gabelstapler bremst.

Die Säcke?

Container.

Nofretete scheint auch ihn überhört zu haben.

Zweiter Gabelstapler hupt.

Zweckmüll oder Ziermüll?

Erster Gabelstapler dreht eine Runde, bremst, stellt sich neben zweiten Gabelstapler.

Was ist drin?

Zweiter Arbeiter steigt ab.

Spielgeld.

Erster Arbeiter steigt ab.

Schaun wir mal.

Zweiter Arbeiter öffnet einen der Säcke.

Buntes Spielgeld.

Krimskrams.

Erster Arbeiter öffnet einen anderen Sack.

Spielgeld in Gold.

Kripskraps.

Nofretete ruft ihnen zu.

Alles muß raus.

Wird gemacht.

Die Arbeiter steigen auf, fahren ab in Richtung Tor.

Moment.

Sie halten an.

Habt ihr überprüft?

Sie steigen ab.

Haben wir.

Gezählt?

Sicher.
Gewogen und zerteilt?
Alles.
Sie schauen zur Decke der Lagerhalle.
Das glaub ich nicht.
Nofretete geht zu den Arbeitern, überreicht ihnen eine Liste.
Dann fangt mal an.
Kein Problem.
Die Arbeiter nehmen sich den dritten und den vierten Sack vor.
Da ist wieder Spielgeld.
Was für Spielgeld?
Durchsichtig, mit irgendwelchen Drachen drauf.
Was für Drachen?
Die Arbeiter nehmen die Liste zu Hilfe.
Sechs Wasserdrachen, sechs Flugdrachen, sechs Bodendrachen.
Nofretete errechnet auf ihre Weise.
Macht sechshundertsechsundsechzig Höllentiere.
Stimmt.
Das Dunkel ist der Ursprung aller Dinge.
Wie?
Die Arbeiter öffnen den vierten Sack.
Sechs Köpfe, sechs Hörner, sechs Diademe.
Ein Tohuwabohu.
Wie?
Die Sterne fallen vom Himmel herab.
Wie im Märchen.
Wir behalten es auf.
Das Spielgeld?
Gehen zur Börse.
Mit dem Tschatsch?
Der Tag wird kommen.
Die Arbeiter besteigen ihre Gabelstapler, fahren zum Tor hinaus.

Nofretete schaltet ein Kofferradio an, Morgengymnastik, legt sich auf eine Matte, turnt gelangweilt mit, dazu leise Einkaufsmusik.

Vor dem Tor, zwischen Schrotthaufen und aufgetürmten Papierballen, Dialog von Gabelstapler zu Gabelstapler.

Was glaubst du?

Null.

Irgendwas glaubst du immer.

Dann Sechs.

Du hast nur das eine im Kopf.

Und du?

Ich träume.

Wovon?

Irgendwas.

Von großer Kohle?

Kohle ist Tod, muß ich nicht träumen.

Wovon träumst du dann?

Das meiste vergesse ich.

Am liebsten?

Vom fliegenden Teppich.

IV · 7

Frühling, heller Vormittag im Künstlerpark, zwei junge Autoren lesen aus ihrem neuen Stück.

Mordakte Bethlehem.

Luna verweist einleitend auf die Textsorte, Schauspiel in fünf Akten, Blankvers, die ehrwürdige Form, unvergänglich, denn Rückkehr sei immer auch Umkehr, wie beim Auto, ohne Gangschaltung käme es ja nicht einmal aus der Garage raus, das habe Sprachmann gezeigt, bei der Gelegenheit wolle sie zugleich dessen epochale Leistung würdigen, er habe schon vor Jahren, bevor er in die Industrie abwanderte, alle Zeit darauf verwendet, die Poesie der Alten ins moderne Leben zu übertragen, die Literaturkritik möge zwar einwenden, daß er kaum etwas selbst gedichtet habe, doch wandle manch unentdecktes Talent auf seinen Spuren.

Wo ist er denn?

Er wollte doch kommen.

Abschließend verweist Luna auf die Hauptzüge des nun fertigen Stücks, die Luzidität, die Subtilität, die Unerbittlichkeit.

Das Publikum erwartet die Lesung in Liegestühlen.

Vorn drei bekannte Sandler.

Im Mittelfeld Claus, Odo, Mac, Gibika, Sigmund, zurück von ihrer Dreijahrestournee.

Hinten mehrere Unbekannte.

Die jungen Autoren treten vors Mikrophon, lesen abwechselnd jeweils vier Verse.

Schwarz war die Welt, es blitzten lange Messer,
ein König fürchtete um seine Macht,
die sollte ihm kein fremdes Kind bestreiten,
drum schlug er alle Neugebor'nen tot,
da färbte sich der Boden feurig lohend,
und wer es sah, versah sich an dem Bild,
die Völker gruben Löcher in die Tiefe
und stießen auf der Hitze wahren Grund.

Ein Sandler ruft dazwischen.

Der Schatz?

Ein zweiter.

Im Silbersee?

Der Vortrag stockt.

Luna kennt den Text fast auswendig, setzt fort.

Dort in den Höhlen.

Die jungen Autoren gehen mit.

Wohnten Drachen, die den Schatz beäugten,
nun gab es argen Hader, schlimmen Neid,
denn jeder gierte nach den Kostbarkeiten,
Tod den Wächtern, schrien sie zornentbrannt,
der Schatz steht denen zu, die ihn erobert,
dies ist unser angestammtes Recht,

von Gott im Himmel und Natur gegeben,
so ging's dahin, In Strömen floß das Blut.
Die beiden atmen schwer.
Und weiter?
Wie's versiegte, war's geschieden.
Ja, was?
Das Erz.
Zum Beispiel?
Das Publikum nimmt lebhaft teil am dramatischen Geschehen, bereichert es nach Kräften mit eigenen Gedanken.
Kupfer.
Zinn.
Neun Teile Kupfer.
Ein Teil Zinn.
Macht Bronze.
Wo bleibt das Gold?
Die Erde hat's gefressen.
Das Wasser ausgeschwemmt.
Der Wind verweht,
Der Rest?
Ist Kohle, Stahl, Petroleum.
Silizium.
Luna dankt dem Publikum für die Anregungen.
Silentium.
Die Autoren haben das Wort, nachher gibt es Prosecco, das Publikum versammelt sich.
Hallo.
Sigmund kommt später hinzu.
Geht's um Kultur?
Er reibt sich das Gesicht, etwas schläfrig.
Um Politik.
Theater.
Was ficht euch an?
Wir fühlen uns geleimt.
Wie das?
Die Götter wissen's.

Sprecht, erzählt.
Das Publikum schweigt verlegen, Luna springt ein.
Ein Fehlschlag.
Menschliches Versagen halt.
Wen trifft die Schuld?
Das Parlament.
Das Publikum will es jetzt doch besser wissen.
Das Kapital.
Sigmund genießt den Widerstand.
Mord am Es.
Am was?
Am Es, vollführt vom Überich.
Man bleibt noch Stunden unter sich.

IV · 8 Geblümte Tapeten mit Bildern, auf jedem Bild eine Dame in Begleitung, eine mit Schwan, eine mit Stier, eine mit doppelköpfigem Hund, ferner ausladende Clubsessel, Marmortische, gepolsterte Hocker, Spiegelbar, Spannteppich, Frau Ute hatte sich die Innenarchitektur so gewünscht, ein Experimentierfeld für das Ensemble, zugleich ein Kompetenzzentrum für jedermann.

Das Theaterstück hatte sich mittlerweile stark verändert, der Inhalt auf dem neuesten Stand, die Form noch sehr altertümlich, den Text publizierte Frau Ute schon vor der Premiere auf ihrer Homepage.

Erste Szene.
Gudrun sitzt unbewegt auf ihrem Hocker, Heidelinde, Rosalinde und Gerlinde teilen sich zu dritt einen Sessel, kichernd miteinander beschäftigt, Hadewig, Hadegund und Hadamud räkeln sich einem Besucher zu Ehren auf dem Teppich, Puffmusik, ein Handy meldet sich, der Besucher kramt das Handy umständlich aus seiner Felljacke, redet mit gepreßter Stimme.

Ich kann jetzt nicht, muß Überstunden machen.
Er steckt das Handy weg.
Hadewig rückt näher.
Bin ich schön?
Ich hör nicht, was du sprichst.
Hadegund rückt näher.
Dann sieh mich.
Deine Kulleraugen mag ich.
Hadamud rückt näher.
So spüre meine heißen Lenden.
Das Handy piepst wieder.
Herrje.
Der Besucher nimmt das Gespräch an.
Ich hab' dir doch gesagt, ich kann jetzt nicht.
Wie? so? ach so, Herr Generaldirektor.
Hadewig redet ihm drein.
An einem Maienmorgen stahlst du keck
mir fünfzig Knospen aus dem Rosenhage.
Der Besucher hebt die Stimme.
Selbstverständlich, wird sofort erledigt.

Zweite Szene.
Der Besucher hat sich als Hunne zu erkennen gegeben, er unterhält die Nixen in der für ihn typischen schlechten Manier, neu hinzugekommen ist Volker, gekleidet in brauner Landestracht, mit Fiedel, er benimmt sich wie ein wahlwerbender Politiker, erst ruhig, am äußersten Eck der Bar sitzend, dann lautstark, auf seine Funktion verweisend, gelegentlich entlockt er seiner Fiedel ein paar Töne, Gudrun gesellt sich zu Heidelinde, Rosalinde und Gerlinde, die Mädchen liegen ineinander verknäuelt, sie küßt deren Stiefel, beim Niederbeugen entdeckt sie Alberich unter einem Tisch in der Ecke, sie faßt ihn scherzhaft am Bart.

Ich bin betrunken, Mann, vom prallen Leben, und mich dürstet noch.

Volker tritt vor.

Chanson gefällig?

Gudrun wirft ihm eine Kußhand zu, die Nixen applaudieren.

Volker singt.

Es gibt bei uns recht wundersame Bräuche,
wir hauen, stechen, schlachten, räuchern Speck,
und schnackseln sogar besser als die andern,
dies ist mein allerliebstes Heimatland,
wo wir mit unsrem Blut die Grenzen schrieben,
das Vatererbe schützten ungeteilt,
kein Fremdling wird solch hohes Gut erschleichen.

Der Hunne hat sich während des Vortrags lebhaft um Gudrun gekümmert, ihr die Stiefel ausgezogen, die Fußsohlen geküßt, die Stiefel angezogen, Gudrun beendet das Techtelmechtel mit einem inbrünstigen Schrei.

Zuuugaaabeee.

Volker erkundigt sich.

Was darfs denn sein?

Alberich drängt sich dazwischen.

Was Scharfes.

Vom Totenschiff?

Dann spielt uns, bittschön, Schrammeln.

IV · 9 Kuranstalt, Park, Zusammenspiel von dunklerem und hellerem Grün, Menschen hingekleckst, die meisten ziemlich gleich, in weißen Bademänteln, Personal abgestuft, Ärzte strahlend, Schwestern und Pfleger etwas irdischer, zwei ältere Herren besprechen sich auf ihren Pritschen.

Was kommt nachher, Sigmund?

Massage.

Mit wem?

Nixen.

Aha.

 Wie üblich.

Und was vorher?
Gehen.
Dachte ich mir.
Früher sind wir geritten.
Hoch zu Pferde.
Auf schön beschnitzten Thronen gesessen.
Ja, früher.
Auf Schilde gehoben.
Und in Sänften.
Getragen.
Sanft.
Heute gehen wir.
Eine Farce.
Müssen wir aber.
Warum?
Krafttraining.
Wozu?
Heilsplan nach Dienstplan.
Da schau her.

Ein Sozialarbeiter in Bergschuhen, elastischer Latzhose und kariertem Hemd führt einen Pulk verzückt lächelnder nordischer Geher an die Pritschen heran, hält eine Abschlußrede.

Ist das nicht Eckewart?
Sieht ganz so aus.
Euer Gefolgsmann?
Der ist für uns verloren.
Untreu geworden?
Abtrünnig.
Ein Jammer.
Und Euer Siegfried?
Der ist für uns gestorben.
Hab so was gehört.
Von wem?
Aus Eurem Mund.
Ach ja.

Der Sozialarbeiter wendet sich den älteren Herren zu.
Na?
Also.
Wie fühlen wir uns denn heute?
Beschissen.
Dann woll'n wir mal.
Gibika und Sigmund erheben sich jeder mit einiger Mühe, Eckewart gibt Hilfestellung.
Und los.
Sie gehen zwanzig Meter.
Erste Drehung.
Die beiden Alten erdulden das Krafttraining ohne erkennbare Gegenwehr, verständigen sich dabei auf ihre bewährt subversive Art.
Also das.
Ist wohl der Heilsplan.
Ein ordentliches Chaos.
Jeden Tag Aufklärung.
Die Regel.
Termine.
Der Weckruf.
Good morning.
Der Singsang.
Essenszeiten.
Übungszeiten.
Schlafenszeiten.
Immer eins nach dem andern.
Zwischenzeiten?
Warten, warten.
Eckewart schreitet ein.
Atmen, atmen.
Wie?
Zweite Drehung.
Gibika und Sigmund reichern den therapeutischen Flachsinn weiterhin mit ihrem krankhaften Tiefsinn an.

Also das.

Ist wohl der Dienstplan.
Eine chaotische Ordnung.
Laufgräben.
Stützpunkte.
Fluchtwege.
Überall Hinweisschilder.
Ein Irrgarten.
Eckewart bittet um Ruhe.
Atmen, atmen.
Durch die Nase?
Dritte Drehung.
Früher war eigentlich mehr Platz.
Für uns Könige.
Ein Hofstaat.
Ja, früher.
Heute ist eigentlich weniger Platz.
Für die Menschheit.
Jedem das Gleiche.
Die Chance.
Das große Glück.
Jedem das Seine.
Das letzte Hemd.
Eckewart mischt sich ein.
Atmen, atmen.
Lippenbremse?
Vierte Drehung.
Wo sind nur die Werte geblieben?
Welche?
Die echten.
Im Blut.
Der Nährwert?
Alles zählbar.
Der Mehrwert?
Alles zahlbar.

Sigmund hustet, stolpert, fällt hin, Eckewart zückt sein Meßgerät, überprüft die Sauerstoffsättigung.

Grenzwertig.
Das heißt?
Entspannen.
Wie?
Schließt die Augen und denkt ihr fahrt zum Himmel ihr spürt keinen Schmerz ihr fühlt keine Schuld ihr habt kein Gewissen und ihr habt keine Angst ihr könnt nicht fallen selig schaukelnd in den Knien der Engel.
Gibika betet ehrfürchtig nach.
Selig schaukelnd in den Knien der Engel.
Sigmund schüttelt sich, steht auf.
Das war's?
Eckewart legt nochmal sein Meßgerät an.
Sehr gut.
Kaum zu glauben.

IV · 10 Bruno Lesky hatte schon mehrfach versucht, sich mit der Kunst zu arrangieren, das Arrangement kam nicht zustande, er schob es auf, bis er es vergaß oder bis es ihm doch wieder einfiel.

Diesmal versuchte er es per Anhalter, ein Kleinbus der Firma Zimzum nahm ihn mit, das Logo stand drauf, groß und fetzig, sieben Männer saßen drin, schmutzig, aber lustig, sie kannten den Weg.

Hera Klitt? Heide Egger? fahren wir hin, sie wiesen ihm einen Notsitz zu.
Bruno Lesky?
Derselbe.
Komponist?
Ganz richtig.
Eh super.
Auf dem Boden lagen kleine Zettel mit Drachenzeichnungen.

Spielgeld.

Geht zurück.

Zur Fabrik.

Rückmalerei.

Der Kleinbus fuhr sehr schnell, Bruno Lesky sah gespannt gradaus, vorn eine Kurve, in der Kurve ein Bauernhäuschen, schon verdammt nah, aber die Männer hatten das Fahrzeug sicher im Griff, setzten es knapp neben die Gartenmauer, Hera empfing die Männer herzlich, am herzlichsten natürlich Bruno, wo war er all die Jahre nur geblieben? und wies ihnen den geräumigen Tisch in der Stube zu, Kaffee? Tee? Himbeerkuchen? das hörten die Männer gern, und während sie jausneten, entschwand Hera ins Bad, sie war ja noch voll Farbe und Schaum, mußte sich erst aus der Arbeit herausschälen, auch der liebste Besuch kam manchmal ziemlich ungelegen.

Sie fuhren dann weiter zu Heide Egger.

Der Komponist bewunderte eine Landschaft in Dur, schwingend zwischen Orange, Blau und Lila, hin und wieder schoben sich Wolken über den Akkord, verminderten die Töne, Blau wurde Blaugrün, Feuerrot wurde Burgunderrot, das ergab eine Landschaft in Moll, die Asphaltstraßen stachen ins Bild hinein, der Stich ergab den modernen Unterton.

Ein Feldweg führte zu Heides Hangparzelle, der Kleinbus parkte mit größerem Abstand neben der Töpferwerkstatt, die Männer öffneten den Kofferraum, luden mehrere Kübel Tonscherben aus.

Spielgeld.

Geht zurück.

Zur Fabrik.

Heide setzt neu zusammen.

Sie begrüßte die Gesellschaft halb entzückt, halb entgeistert, sie hatte ein böses Wort gehört.

Fabrik?

Was sonst.

Das ist ein Atelier.

Der Komponist war auf der Schwelle stehen geblieben, trat nun ein.

Bruno, du?

Heide bemerkte ihn erst jetzt, umarmte ihn deshalb umso kräftiger.

Du hier?

Er wollte ja schon früher mal vorbeischauen.

Und warum so plötzlich?

Die Straßenverhältnisse, das Kartenmaterial.

Was redest du?

Das Auto war kaputt.

Sie ließ es gelten.

Heute gibt's Biosuppe.

Während Heide den Herd überwachte, besichtigten die Männer die Wohnung, unter anderem ein Regal, darin Gläser mit toten Tieren, Eidechsen, Fledermäusen, den Holzboden, darauf Schiffe oder Fische, gebrannt oder geröstet, die Wände, daran Bettwäsche, leimverstärkt, sie tauschten unsichere Blicke

Was sind das für Sachen?

Bruno klärte sie auf.

Das ist Kunst.

Die Biosuppe war fertig, sie löffelten sie dankbar aus, anschließend besichtigten sie den Garten, ein frisch gestrichener Lattenzaun schützte das Anwesen,

Bruno dachte an ein Klavier.

Die Konstruktion.

Weniger schwarze als weiße Tasten.

Warum?

Es sind weniger Halbtöne als Ganztöne.

Warum nur?

Irgendwas stimmte da nicht.

Warum?

Der Verein bestand mittlerweile aus zwanzig Mitgliedern, die Portiers der frühen Jahre saßen im Vorstand, der Regierungsportier als Obmann, der Energieportier als Kassier, der Universitätsportier als Schriftführer, dieser hatte zuletzt die Idee, auch Nichtportiers, sofern geeignet, als Mitglieder aufzunehmen, zum Beispiel den Studenten.

Die Vollversammlung schlug vor, der Kandidat möge sich bewerben.

Der Student, inzwischen vierunddreißigstes Semester, konnte mit hervorragenden fächerübergreifenden Kenntnissen aufwarten, ohne jemals in einem Fach Prüfungen abgelegt zu haben, er traf selbst die Wahl, welchem Forschungsgebiet er sich zuwandte, zum Beispiel der Verfasserschaft des Nibelungenlieds, er hatte nicht lange danach suchen müssen, die Story ergab sich aus der Inventarisierung von zirka fünfzig Gutachten, gesammelt in Ordnern, aufbewahrt in seinem Wohnmobil.

Jetzt endlich trat er damit an die Öffentlichkeit.

Sie waren zwei, ein fahrender Sänger und eine fahrende Sängerin, Poppo und Pippa, so hießen sie aber erst später, am Anfang nannten sie sich die Wilden, wie es sich für Troubadours gehörte, Troubadours sind ja erfinderisch, und so erfanden sie sich selbst, das ging damals ohne Geburtsurkunde, sie lernten sich bei einem Ritterspiel kennen, ihm gefiel die Aufführung, ihr gefiel die Aufführung, nach einer Stunde gefielen sie sich selbst besser als die Aufführung, warum auch nicht? Ritterspiele werden ja eigentlich wegen der Liebe gemacht, man schaut nicht richtig hin und hat noch keine Ahnung, worum es sich in dem Stück handelt, schon hat es geklingelt, in der nächsten Zeit kamen sie natürlich voll zusammen, das ging damals ohne Heirat, immer dichtend, vortragend, laut, mit Laute, auf dem Markt, bei Hof oder auf dem Hof, drinnen oder draußen, nachher zogen sie durch die Lande, Troubadoure und Troubadourinnen gab es ja damals genug, und betrieben ihr Gewerbe unter verschiedenen Namen, Poppo hieß einmal Pabo, dann Peppo und abwechselnd Azzo, Ezzo, Ozzo, Uzzi, Pippa hieß einmal Helma, dann Emma, Imma oder Hemma, sie hieß wieder Pippa, als sie einen Tanz zu einer Ballade von Poppo aufführte, aber weil die Ballade viel zu lang war und Pippa sich gezwungen sah, so zu tanzen, als könnte sie jeden Moment tot umfallen, verlor sie die Lust an der Schaustellerei und wandte sich ausschließlich dem Heldenlied zu, sie einigten sich auf ein gemeinsames Projekt, der Nibelungen Not, achtunddreißig Abenteuer, er die Hälfte, sie die Hälfte, den Anstoß dazu gab ihnen ein gewisser Kürnberger, er hatte den Sieg in einem Sängerkrieg errungen, wurde des Plagiats überführt und getötet, Poppo und Pippa mußten fliehen, weil sie als Komplizen galten, den ersten Teil schrieben sie auf der Flucht, den zweiten Teil im Exil bei den Ungarn, die schoben sie bald ab, in einem Kloster fanden sie ihre Ruhe.

Der Regierungsportier war dienstlich als Chauffeur unterwegs, deshalb brachte der Universitätsportier den Antrag stellvertretend zur Abstimmung.

Jeder dafür?

Genehmigt.

IV · 12 Die Raststätte hat enorm zugelegt, sich rundum zu einer City erweitert, sie umfaßt mehrere Hotels und Restaurants, Salons und Studios für Gesundheit, Schönheit, eine Bankfiliale, ein Casino mit Festsaal.

Der Festsaal wird heute eingeweiht.

Century Gothic berichtet über acht Jahre Kulturarbeit.

Eine Revolution.

Sprachmann in der ersten Reihe, ihm zur Seite die führenden Persönlichkeiten des Landes, hinter ihm die Parteigänger und Mitläufer.

Die Firma feiert seinen Abschied.

Golden Handshake ist angesagt.

Sprachmann darf sich glücklich schätzen, er hat es so weit gebracht, daß er zuletzt gar nichts mehr tun mußte, es war ja schon alles getan, und er hat die Steilwand seiner Karriere so trittsicher erklettert, daß ihm gar nichts mehr passieren konnte, sein künstlerisches Werk hat sich irgendwie von selbst aufgelöst, ist in die Kommunikation der Massen eingeflossen, ebenso hat ihm stets die Vernunft bei der Bewältigung der schwierigsten Probleme geholfen, ein paar Mikrochips halfen mit, und die Probleme lösten sich von selbst auf, die Vernunft wurde Wirklichkeit.

Eine Million.

So viel läßt sich die Firma den Handschlag kosten.

Auf der Bühne das Präsidium.

In der Mitte seine Exzellenz, Herr Attila.

Ihm zur Linken Frau Helche, zur Rechten das Mariandl, seine neue Gespielin, anschließend Hildebrant und Hadubrant, die Schwertträger, rechts außen Rüdeger, der Gewaltbote, und Frau Gotelinde, links außen ein Vertreter der Bediensteten.

Über den Köpfen eine Leinwand.

Power Point.

Das Gesicht seiner Exzellenz erleuchtet den ganzen Festsaal.

Der Vortrag dauert siebenundfünfzig Minuten.

Der originale Attila schweigt.

Power Point aus.

Für die Zeit nachher ist Unterhaltung vorgesehen.

Licht an.

Volker mit Fiedel.

Seine einführende Rede dauert zwei Minuten.

Er bedankt sich für den Text, Sprachmann habe den Text in seiner Jugend verfaßt und erinnere sich wohl nicht, aber die Musik finde alles wieder, sie entstehe aus Erinnerung und rufe in Erinnerung, deshalb sei sie ewig gültig.

Oh, hehres Weib, wie tief bist du gesunken?

Der Stier kam viel zu nah an dich heran

Mit seiner Wünschelrute, war's der Südwind?
Der Nordwind war's, er wehte durch die Tür
und fand mich schlafend, doch mein Herz erbebte,
ich hatte mein Gewand schon abgelegt,
wie sollt' ich's wieder anzieh'n in der Eile?
Er sprach zu mir, steh auf, du Schöne, komm,
laß mich in deinem Schoß entspannen,
du bist ein Garten voller Balsamduft,
Gewürzrohr, Henna, Koriander, Myrrhe.
Wie Nardenblüten sind die Lippen, süß
der Mund, die Brüste gleichen einer Herde
Ziegen, die herumspringt im Gebirg.
Ich sprach zu ihm, geh weg, du Pfeife, geh,
hör auf mit dem Gedudel und Geflöte
und schau mich nicht so unersättlich an,
dein Blick ist starr vor glühendem Begehren,
da packt' er mich und ließ mich nicht mehr los,
bis durch des Meeres und der Liebe Wellen
in einem andern Erdteil ich erwacht.
Licht aus.
Licht an.

Volker hat das Weite gesucht, die Bühne steht leer, das Präsidium ist abgeräumt, die Besetzung insgesamt verschwunden.

Power Point.

Das Buffet ist eröffnet.

Sie hatten ihn am Flugplatz empfangen, gleich ins Aussichtscafé geleitet, zum ersten Interview, fürs Radio, dann in die Stadt, höchstes Hochhaus, zum zweiten Interview, fürs Fernsehen.

Der Spätsommer hielt an, die Sonne stand milchig, glasig am Himmel, als wollte der Tag nicht enden.

Auf der Terrasse die Gesellschaft.

Der Gastgeber und die Gastgeberin, bereits die jüngere Generation, die Honoratioren der Stadt, in Korbsesseln sitzend, das Kamerateam und einige Schaulustige.

Die Fragen stellte eine Studentin der Betriebswirtschaftslehre, sie arbeitete vermutlich als Volontärin.

Ob der Ägypter seine Professur im Ausland nach fünfjähriger Laufzeit erfolgreich absolviert und die Urnot flächendeckend positioniert habe.

Er sagte mehrmals freundlich, kein Kommentar.

Die Antwort störte das Fernsehen nicht im Geringsten, das Gerede gehörte ja zum Radio.

Unergiebig aber das Bild.

Kein Emotionswert.

Er trat ans Geländer der Terrasse, breitete die Arme aus, links zum Himmel, rechts zur Erde, drehte sich um die eigene Achse, schneller, hob und senkte die Arme wie ein gelenkiges Flugzeug, vereinigte so Himmel und Erde.

Zwei Parallelen.

Mikrokosmos, Makrokosmos.

Treffen sich wo?

Die Leute applaudierten.

Er fühlte sich nun doch genötigt, eine profunde Erklärung abzugeben, er habe die Urnot gestückelt und gestreut, vierunddreißig Abenteuer auf acht Archive verteilt.

Warum denn?

Die Urnot sei das Eigentum aller Menschen.
Ob er nicht ein Recht darauf hätte?
Ein glücklicher Zufall.
Das war's?

V · 2 Sprachmann hatte erreicht, was zu erreichen war, die Freiheit von den Sorgen des Alltags, er durfte spazieren gehen.

Auf einem seiner Spaziergänge entschied er sich, sein Leben zu ändern, bisher diente ihm die Kunst dazu, die Wirklichkeit zu beeinflussen, jetzt diente sein Leben dazu, die Kunst zu beeinflussen, für sein neues Leben legte er sich den alten Namen Poppo zu.

Sein Weg führte einmal wieder durch den Wald, diesmal zu einem flachen Teich, darin saß ein dicker Frosch, der quakte ihn an, Sprachmann hielt inne.

Zugleich tauchte am Ende des Teichs ein anderer auf, er war mit dem Fahrrad gekommen, stieg ab und hielt ebenfalls inne, Sprachmann hob grüßend den Arm, der andere schien ebenfalls grüßen zu wollen, öffnete den Mund, brachte aber keinen Laut heraus, bestieg sein Fahrrad, stemmte sich in die Pedale und flüchtete zurück in den Wald.

Daraufhin ertönte ein Rasseln, Sprachmann vermutete, von einer Schubraupe, sie mußte durch die Pilze gerasselt sein, heuer war ja ein Pilzjahr, immer durchgerasselt, und da war sie auch schon, holte aus und stieß in den Teich hinein, nochmal, nochmal, drehte sich, sank tiefer, tiefer, und verschwand.

In dem Moment trat die Frau an seine Seite.
Hallo.
Nofretete, du?
Ja, Poppo.
Du der Frosch?
Sie legte ihm den Finger auf den Mund.

Sei ruhig.
Er unter dem Finger.
Erlöse mich.
Sie nahm den Finger von seinem Mund.
Aber ja.
Er faßte sie am Handgelenk.
Wie denn?
Sie umschloß seinen Daumen, als wollte sie zeigen, wie man betet.
Pilze suchen.

Claus, Maja, Luna, Odo und Mac kamen von einer Bergwanderung zurück, sie warfen ihre Klamotten auf die Ofenbank. V · 3

Sigmund und Gibika waren nicht gewandert, dafür mit Most und Brettljausen bestens versorgt.

Claus hatte die Leute zu dem Ausflug angeregt, zehn Jahre waren sie getrennt marschiert, gelegentlich hatten sie sich zwar öfters getroffen, aber ohne Plan und Idee, jetzt sollte es gelingen, die Kräfte zu sammeln.

Er leitete die Lagebesprechung ein, das alte Theater sei einmal verloren, die Century habe es übernommen, stillgelegt und umgebaut, eine Wunderwelt mit Kegelbahn, Boule, Bowling und solchen Scherzen sei daraus geworden.

Die Männer stimmten Claus lebhaft zu.
Sollen sie sich totsiegen, die Goten.
Die Frauen bestärkten die Männer.
Sollen sie brüllen, keiner zwingt uns zu Willen.

Claus hielt es für ratsam, seine Leute zu bändigen, man wisse ja, daß der Verlierer nicht selten im Überfluß lebt, während der Sieger im Mangel verkommt.

Was heißt hier Mangel?

Ausgezehrte Dörfer und Städte, abgemähte, zertretene Felder, trockene Brunnen.

Und was heißt Überfluß?
Zu viel Gier, zu viel Geld.
Nicht für uns.
Claus eröffnete seinen Geheimplan, ein Geheimbund werde die Ritterburg übernehmen und dem Theater zur Verfügung stellen.
Geheimbund?
Graue Zelle.
Was machen die Könige?
Wollen gern mitspielen.
Wo ist Sprachmann geblieben?
Der kommt nicht wieder.
Dann machen wir also Burgfestspiele?
Bei einem Rückzug geht es ja darum, nicht weiter nachzugeben, als es die Umstände erfordern.

V · 4 Brunnen im Dichterpark, Hilde sitzt am Marmorrand, rührt gedankenverloren mit zwei Fingern im Wasser, ein Radfahrer bremst knapp vor ihren Füßen.
Hallo.
Hilde schaut an ihm vorbei.
Hallo.
Wir sind wieder da.
Ihr Blick geht zur Stadtmauer hinauf, und wie war's in der Wildnis, Siegfried?
Na ja, da gibt's halt viele Fahrräder.
Bei den Hunnen?
In der Nähe vom Flughafen, da hat man noch ein paar Autos gesehen, aber nachher sind die Straßen immer breiter geworden, und immer mehr Fahrräder, da wird der ganze Hausstand mitgenommen, das sind Fuhren.
Fuhren?
Wie Traktorfuhren, eigentlich.
Ach, Hilde nützt die Sprechpause, um Siegfried mit den

neuesten Entwicklungen in der Heimat vertraut zu machen, erwähnt die Theatergruppe, der wahre Held sei ja doch er gewesen.

Und jetzt?

Sollte er unbedingt dabei sein.

Na ja.

Ihr sei nämlich zu Ohren gekommen, daß es weiterging mit der Komödie, man wollte die Reste aufarbeiten, draußen in der Ritterburg, und sie vermute, daß ein Geheimbund die Führung übernommen hat.

Siegfried hört ihr kaum zu.

Dort gibt's halt so viele Führer, für jede Stadt ist ein eigener Führer zuständig, und der Führer, der uns am Flughafen empfangen hat, der ist immer mitgefahren, und in jeder Stadt ist dann ein eigener Führer gekommen, und der Hauptführer hat gesagt, er versteht teilweise die Sprache von denen nicht, die haben auch so viele Sprachen.

Beeindruckend.

Aber eng ist es dort, vierundzwanzig Quadratmeter für eine Familie.

Reden hat er wohl gelernt bei den Hunnen.

V · 5

Schweren Herzens hatte der Informatiker auf seinen Arbeitsplatz verzichtet, die Laufzeit seines Projekts war überschritten, das Ziel unterschritten, das Geld weg, also gründete er eine eigene Firma mit dem Schwerpunkt Instrumentelle Nothilfe, das ging gut, wo mit Hausverstand gar nichts mehr ging, man zahlte ihm üppige Honorare, aber auch er zahlte seinen Preis, jederzeit erreichbar, fast ohne Schlaf.

Verfluchte Wissensexplosion.

Eine Einladung entschädigte ihn für sein Unglück, namhafte Fachleute des fernen Ostens hatten ihn erwählt, an ihrem Programm zur Rettung des Anscheins mitzuwirken, das Mail der Scientific Community verriet einen stark religiösen Hintergrund.

Glanz des Himmels, Tochter der obersten Gottheiten, sperrte eines Morgens ihr Haus zu, drehte das Licht aus, darauf beschlossen die anderen Gottheiten, Glanz des Himmels zu überlisten, der erhabene Steinschneider machte einen großen Spiegel und hängte ihn vor ihr Haus, die erhabene Schreckenstänzerin zeigte ihre Brustwarzen und hob den Saum ihres Gewandes bis unter den Gürtel, da lachten die anderen Gottheiten so laut, daß die Ebenen der Welt erzitterten, Glanz des Himmels öffnete dann doch das Tor einen Spalt und fragte, was los sei, die erhabene Schreckenstänzerin antwortete, wir haben da was, das ist besser als du, also kam Glanz des Himmels ein klein wenig hervor, in dem Moment nahm sie der erhabene Liebespfeil gefangen und gebot ihr, öfters zu scheinen, nie wieder durfte sie unentschuldigt fehlen.

V · 6 Turnierplatz unter der Burg.

Nordischer Dreikampf.

Knüppelwerfen, Felsbrockenstoßen, Weitspringen.

Gunther, Gernot, Siegfried.

Auf der Tribüne die burgundische Generalität.

Hagen, Volker, Dankwart, Ortwin, Gere, Sindold, Rumold, Hunold, Eckewart.

Wieder vereint.

Volker beurteilt das Geschehen, Fiedel hebend, Fiedel senkend.

Auf einem Söller Hilde.

Unter dem Söller Kaplan Frechulf.

Siegfried ruft Lei.

Gunthers Knüppel rutscht aus, überschlägt sich, tänzelt umher und landet in einem Sack Hafer.

Leilei.

Gernots Knüppel fliegt zehn Meter, dreht sich, kommt zurück, das dreimal.

Leileilei.

Hilde beugt sich über die Brüstung, fragt Kaplan Frechulf, was meint er mit Lei, Hochwürden?

So was wie Horuck.

Siegfried ruft Ho.

Gunther und Gernot rufen Hoho.

Ruck.

Siegfried wirft seinen Knüppel über die Dächer des Nachbardorfes hinaus.

Zuck.

Gunthers Felsbrocken bleibt in der Luft stehen, dreht ab und landet in einem gotischen Maßwerkfenster.

Siegfried ruft Wumms.

Gernots Felsbrocken rutscht ihm aus der Hand, legt sich ihm zu Füßen.

Was meint er mit Wumms, Hochwürden?

So was wie Rumms.

Gunther und Gernot rufen Rawumms.

Siegfried wirft den Felsbrocken über die Dächer der weiter entfernten Dörfer hinaus.

Bauz baradauz.

Gunther rennt los, verfehlt den Absprungbalken, läuft im Kreis, landet auf Gernots Schultern.

Zack.

Siegfried springt über Mauern und Zinnen.

In die Burg hinein.

Zum Söller heraus.

Hilde hängt ihm einen Drachenorden um den Hals.

Heut ist er toll in Form, der Herr Schildbaum.

V · 7 Turmgemach, gotisches Maßwerkfenster, an der Wand gegenüber Fresko mit sterbendem Drachen, in der Mitte die Klappcouch.

Gibika liegt, Sigmund sitzt am Kopfende, macht sich Notizen, schwaches Tageslicht fällt auf den Notizblock.

Fangen wir an.

Wo waren wir stehengeblieben?

Wo er will.

Beim Met? beim Bier?

Wurscht.

Weib und Gesang?

Gibika wartet auf eine intelligentere Ansprache, räkelt sich, will Sigmund ins Gesicht schauen, der wehrt geschickt ab.

Er ist am Wort.

Jetzt säuselt sie ihm die Ohren voll, nennt ihn Schildbaum.

Wie heißt er denn nun wirklich?

Friedel.

So kann jeder heißen.

Euer Sohn doch.

Meiner?

Sigmund löscht hastig seine Notizen, rennt zur Tür hinaus, ein Felsbrocken fliegt durchs Maßwerkfenster, trifft den sterbenden Drachen im Fresko, der Drache schlägt wild um sich, wirft den Felsbrocken mit dem Schwanz auf die Couch, die klappt zusammen.

Grelles Licht fällt ins Turmgemach.

Gibika hat Glück, der Felsbrocken trifft das Kopfende der Couch, verfehlt ihn um Haaresbreite, er steht auf, folgt Sigmund, den kauf ich mir, an der Tür kommt ihm Sigmund entgegen, demütig.

Und Eure Tochter?

Keine Ahnung.

Hilde?

 Ist Tochter gewesen.

Euer Land?
Nichts mehr übrig.
Wovon lebt Ihr dann?
Vom Abwickeln.
Dann braucht Ihr doch Kredit?
Immer.
Gut, ich bin die Bank.
Gebt nur her.
Moment, ich gebe, Ihr nehmt, Ihr gebt, ich nehme.
Das ist alles?
So wird Geld gemacht.

Sie setzen sich auf die Couch am Boden, ein Klappteil dient jeweils als Lehne, der Felsbrocken dazwischen als Tisch.

V · 8

Frau Ute hatte den Durchbruch geschafft, Bombenvertrag mit Century Gothic, drei Serien fürs Fernsehen, eine zeitkritische mit viel Krieg, eine historische mit viel Kostüm und eine realistische mit viel Familie, Treue und Untreue.

Attila, der Herr des Konzerns, unterzeichnete den Vertrag selbst, nachdem er ihren Vorspann zur ersten Serie gesehen hatte, sie spielte die Hauptrolle.

Die Mannen kämpfen, bis sie tot umfallen und zu Stein werden, wer nicht tot umfällt, begibt sich ins Zelt zum Schlafen, in der Nacht schleicht Gudrun aufs Schlachtfeld und erweckt die versteinerten Mannen durch ihren Zauberspruch, Knochen zu Knochen, Sehne zu Sehne, am nächsten Morgen kommen die nicht versteinerten Mannen aus ihren Zelten und kämpfen gegen die zum Leben erweckten Mannen, so wüten sie Tag für Tag, wieder fallen die Stärkeren tot um, werden zu Stein, und wieder begeben sich die Schwächeren ins Zelt zum Schlafen, sobald es aber tagt, stehen die Toten auf, ergreifen die Waffen und kämpfen und kämpfen und kämpfen.

Der heimische Fußballverein wollte von Beginn an mitwirken, doch ging den Stürmern schon im Training die Luft aus, Frau Ute brachte die Serie deshalb in eine leichtere Form.

Darüber hinaus plante sie eine Publikation ihrer Schriften zum Theater, es hatte sich ja so manches angesammelt.

Sieg und Frieden war inzwischen ein Renner, viele Fans hielten immer noch diesen als abgängig gemeldeten Sprachmann für den Autor, sie aber wußte es besser, ein Engel hatte ihr die Hand geführt.

V · 9 Burghof, Söller, Siegfried hebt die Hand zum Gruß.
Heil.
Hilde ziert sich.
Er ist wie grüner Lauch, der im Grase wächst.
Siegfried krault sie am Kinn.
Heile.
Wie glutrotes Gold vor grauem Silber.
Heile, heile.
Kaplan Frechulf befragt das Publikum.
Was meint er mit heile, heile?
Minnen.
Hilde setzt das Techtelmechtel fort.
Mein Falke.
Siegfried gibt Hilde einen Klaps auf den Po.
Heja.
Hilde entzieht sich dem Techtelmechtel.
Du kannst mit mir.
Musikanten sammeln sich unten im Hof.
Komm, tanz mit mir.
Giselher tritt auf den Söller heraus.
Tanz vor ihm, Kind.
Hilde legt los.
Heja.

Giselher klatscht dazu in die Hände.

Heja, heja.

Gunther und Gernot werfen Felsbrocken und Speere in die Luft.

Heja, heja, heja.

Volker dirigiert die Musikanten mit der Fiedel, sie geben eine Tarantella.

Hilde singt.

Tanz vor mir Kind, da auf dem Söller, ich will dir nichts tun, nur seh'n, wie vor den Augen mir Böller auf Böller der heißesten Wollust vorübergeh'n.

Siegfried begleitet den Gesang mit schwachen Zurufen.

He.

Den Tag lobe abends, den Mann im Tode, das Eis eh es bricht.

Du.

Dreh dich nur hurtig, hör es nur klingen, laß schlüpfen die Würmer ins Ohr, denn bist du erst Witwe, verlierst du die Schwingen und wandelst im Trauerflor, tanz vor mir Kind.

He, du, ha.

Die lange Nacht liefst du umher im Felde wie zwischen den Böcken die Ziege, nun endlich bist du gerettet, oh komm.

Hilde fällt Siegfried um den Hals.

Oh, komm in meine Wiege.

Da auf dem Söller?

Kaplan Frechulf segnet das Paar.

Heile, heile.

V · 10 Zerstörtes Turmgemach, die alten Herren sitzen am Boden, Gibika beugt sich vor, streckt huldvoll seine Hand aus, greift an Sigmunds Rückenstütze, das Fußende der Couch.

Ich belehne Euch.

Na und?

Ihr werdet mir fortan treu sein.

Sigmund beugt sich vor.

Ich gelobe Euch.

Gibika lehnt sich zurück.

Ich glaube Euch.

Sigmund betrachtet gedankenschwer den Felsbrocken.

Ich schulde Euch.

Wieviel?

Sagt Ihr es mir.

Was glaubt Ihr denn?

Ich vertraue Euch.

Gibika breitet die Arme aus.

Ich helfe Euch.

Sigmund legt den Kopf auf den Felsbrocken.

Ich gehöre Euch.

Gibika streichelt Sigmunds Kopf.

Ich liebe dich.

So gib schon her.

Gibika zählt Sigmund einige Kiesel in die hohle Hand.

Da hast du.

Sigmund sieht den Schotter.

Geschissen.

Gibika beendet sein Streicheln mit einer Kopfnuß.

Dein Problem.

Sigmund empört sich.

Herrje.

Was willst du mehr?

Mir reicht's.

Wer sagt's denn.

Frau Siglinde kommt herein, sie hat gewiß an der Tür gelauscht.

Was ist das hier wieder für ein Saustall.

Höhere Gewalt.

Wer räumt auf?

Niemand.

Wieso?

Geht nicht.

Auf dem Felsbrocken liegt eine goldene Plastikmünze, sie ist wahrscheinlich durchs Fenster hereingeflogen.

Und das hier?

Alles Gute kommt von oben.

Blitz und Donner?

Ein Geschenk des Himmels.

Siglinde zieht sich zurück.

Sigmund gibt dem Partner seinen Wunderblock.

Nichts drauf?

Sigmund gibt dem Partner seinen Bleistift.

Ach ja.

Gibika schreibt eine Zahl mit etlichen Nullen.

Dankeschön.

Sigmund nimmt den Wunderblock an sich, versteckt ihn in seinem Schlafrock.

V · 11

Der Verein zählte vierunddreißig Mitglieder, immer mehr Jüngere traten ihm bei, vor allem Nachtportiers, man hatte sie trotz Bedenken der Älteren, was mußte ein Nachtportier denn können? Türen aufsperren? Trinkgeld nehmen? gähnen und sich wieder schlafen legen? am Ende doch zugelassen, und wie es in jeder gesellschaftlichen Institution mal so ist, keine Herde kommt ohne Leittier von der Stelle, meistens gerät einer an die Spitze, weil er halbwegs biegsam oder schmiegsam ist, in diesem Fall aber waren die Nachtportiers eine Bande, sie wollten ja nur an die Macht.

Der Regierungsportier, der Universitätsportier, der Energieportier, der Theaterportier und nach einigem Zögern auch der Museumsportier traten von ihren Ämtern zurück.

Sie begründeten ihren Rücktritt mit den Statuten, ursprünglich sei es das Ziel gewesen, die Zeit zu verzögern, später, die Zeit zu beschleunigen, weder das Thema der Verzögerung noch das der Beschleunigung interessierte die Nachtportiers, es war ihnen egal, weil sie ja anders arbeiteten als normale Portiers, sie hatten ihre Couch oder ihren Polstersessel und rührten nur dann einen Finger, wenn sie aus ihrem Nichtstun herausgeklingelt wurden.

Zuletzt hatten die Neuen aber doch irgendwie Recht, eine gewisse Lahmheit machte sich breit, und der Verein tat nichts dagegen, so waren die seinerzeit geplanten Themen, der Steg, das Warten, der Teppich, der Schlüssel, in der Schublade gelegen, wenigstens zur Frage des Schlüssels könnte den Neuen was einfallen.

V • 12 Erleuchtetes Haus, offene Fenster, sie saßen Rücken an Rücken wie Puppen, Hera mit roter Kappe, Heide mit karierter Schiebermütze, beide kräftig singend, vor dem Gartentor parkte ein Überlandlinienbus der Firma Zimzum, Männer in gepflegten Anzügen stiegen aus, zuletzt der Komponist Bruno, ein Teil der Gruppe versammelte sich am Lattenzaun, tauschte vielsagende Blicke.

Alkohol?

Bruno klärte sie auf.

Musik.

Im Grunde hatten die Männer nicht Unrecht, der Gesang kam vom Alkohol, aber die Melodie kam von weither, und der Text klang rein und wahrhaftig.

Seele wird Wasser.

Glutwind verwandelt die Erde.

Bruno hörte gebannt zu, ein heilig nüchternes Vorwegsein umnebelte das Dasein der trunkenen Frauen.

Ratten der Luft.
Drachen und Fledermaus.
Alles wird ruchbar.
Nach anfänglichem Zögern stimmten auch die Männer in den Gesang ein.
Wir sammeln.
Gebeine.
Wir lesen.
Gedichte.
Wir verlesen.
Müll.
Die Frauen setzten fort.
Der Auswurf der Welt.
Daraufhin ergab sich ein Wechselgesang.
Chips.
Internetbrei.
Coins.
Börsengeschrei.
Die Frauen beendeten den Gesang.
Unsichtbares muß her.
Daraufhin öffnete sich das Gartentor, ein Teil der Gruppe ging schon hinein.
Bruno sah links und rechts Bohnenstangen.
Gschpenster?
Bruno klärte die Männer auf.
Das sind Tasten, nichts als Tasten.
Sie setzten sich in Bewegung, schneller, schneller, hoben ab, weiße Tasten, schwarze Tasten, gleich viele.
Aber die Männer blieben bei der Meinung, es wären Gespenster, bestiegen in aller Eile den Bus und fuhren weg.

Ritterburg, erster Stock, am Flipchart der Ägypter, am runden Tisch die Graue Zelle. VI · 1

Alles Weltgeschehen verläuft in Perioden, eine Periode umfaßt drei oder vier Zeitalter, in jedem Zeitalter verfällt ein Altes und entsteht ein Neues, Fragen?

Was kommt demnächst?

Der Wohlstand sinkt trotz wachsender Wirtschaft.

Und was dann?

Das große Gemetzel.

Weshalb?

Atum Re erschien auf einer Insel, die war aus der dunklen Wasserwelt hervorgegangen, aus seinen Tränen ging alles Leben hervor, aber die Menschen empörten sich gegen ihren Schöpfer, darum teilte er die Empörer in zwei feindliche Lager, Alleinseligmachende gegen Freigeister, und die Himmelskuh nahm ihn auf ihren Rücken, führte ihn fort zu den Sternen, daß er nichts mehr von der Erde sah.

Ritterburg, zweiter Stock, Studierzimmer, Wände mit Büchern und großen Landkarten, auch Sternkarten, der Ägypter am Schreibtisch, vertieft in einen Folianten, Nofretete schließt leise die Tür, nähert sich ihm auf Zehenspitzen. VI · 2

Jetzt hab ich dich.

Sie versucht ihn zu umarmen.

Nicht so stürmisch.

Aus den Stallungen unten dringen Schmiedegeräusche.

Sie fangen wieder an.

Hm.

Mit ihrem Krach.

Wer?

Die Helden.

Er tut, als hörte er schlecht.

Mit ihrem Theater.

Laß sie doch.

Nofretete lehnt sich über das Fensterbrett hinaus, der Ägypter bleibt sitzen.

Echt stark.

Hm.

Am stärksten dieser Siegfried.

Ja.

Der Ägypter schaut kurz auf.

Wie?

Toller Mann.

Der Lärm schwillt an, zieht über die Baumwipfel ins Tal hinaus, verfängt sich in den Maisfeldern.

VI · 3 Er unterbricht seine Studien, tritt zu ihr ans Fenster, sie hat sich ziemlich weit hinausgelehnt.

Vorsicht.

Ich paß schon auf.

Fall mir nicht.

Bin frei.

Sie läßt sich dennoch gern von ihm beschützen.

Frei wie ein Vogel.

Sie breitet die Arme aus.

Schwindelfrei.

Er zieht sie vom Fenster weg.

Hast du die Kostüme gesehen?

Ja.

Er setzt sich an den Schreibtisch.

Wie im Märchen.

Ja.

Und dieser Hagen, mit seinem Eisbart.

Ja, wirklich.

Du hörst mir gar nicht zu.
Niemand.
Er reißt sich zusammen.
Niemand, der denkt, hört gut zu.
Dann denk halt.
Er nimmt den Faden wieder auf.
Was die da nur machen.
Sie bleibt stumm.
Sich herumtreiben?
Laß mich in Ruh.
Die Schmiedegeräusche haben sich in Waffenklirren verwandelt, es kommt nun eindeutig aus dem Tal.

Sie redet nicht mehr mit ihm, das geht seit Wochen so, er möchte sie aufmuntern, schreibt ihr ein paar nette Zeilen. **VI • 4**

Nofretete tanzt
rascher Wechsel rascher Schritt
gelernt ist gelernt
über die Brücke
ins Land der Pyramiden
der Zug hebt ab
Schmetterling erzittert
süßer Vogel fliegt bald weg
Zug um Zug um Zug
Wünsche in Seide
am Hals wie leichtes Gepäck
Faden verloren

Sie nimmt den Brief vom Boden auf, liest die Zeilen, dichtet zurück.

Sind das jetzt Haikus?
So gilt der Ordnung halber
Reimen verboten
8–18 Uhr
Reimplatz gebührenpflichtig

außer sonntags

Sie schiebt ihm einen Zettel unter der Tür durch, er freut sich, weil sie sich freut, doch hat er jetzt eine andere Sorge.

Wie kommt man heraus
aus diesem Wortgeklingel
zurück zur Urnot?

VI · 5 Der Informatiker wandte sich an die Community, woher rühren die Sinnestäuschungen?

Die Anwort erfolgte prompt.

Am Anfang war die Erde eine Qualle, daraus entsprangen die Gottheiten Reiz des Mannes und Reiz des Weibes, sie schufen mancherlei nützliche Dinge, aber vieles mißglückte ihnen, deshalb wusch Reiz des Mannes sein Gesicht in einem Bach, dabei entsprang aus dem rechten Auge Glanz des Himmels, aus dem linken Auge Glanz der Nächte und aus der Nase die Sturmgewalt, deus erectus, Glanz des Himmels und Glanz der Nächte warfen Licht und Schatten, machten die Länder übersichtlich, aber der Rotzlöffel wollte alles besser wissen und erfand die Daten, so verschob er die Grenzen der Reisfelder und nahm den Tatsachen ihr Maß und ihr Gewicht.

VI · 6 Herr Attila kam mit dem Privatflugzeug, Herr Rüdeger führte ihn in kugelsicherer Karosse zum Aussichtsturm am See.

Es war ein klarer Oktobertag.

Zirka neunzehn Quadratkilometer Wasser, zirka dreiundvierzig Kilometer Ufer, ein paar Badeplätze für Geld, das meiste in fester Hand.

Herr Attila gedachte zu investieren.

 Häuser, Gärten, Schlösser.

Eine Stadt wär ihm auch recht.

Herr Rüdeger erwähnte die virtuelle Immobilienwirtschaft, da könnte Herr Attila beliebig viel einkaufen.

Und verkaufen?

Hohe Rendite.

Garantiert?

Achthundertvierzig Millionen Kubikmeter, tiefste Tiefe, vierundachtzig Meter, bei der Schlangeninsel wird es seichter, dort schauen locker achtzig Privatinseln heraus.

Sonnenterrasse?

Fenster bis zum Boden.

Pool?

Schier endlos.

Von Westen auf die Stadt zu, Sonne im Rücken, weithin sichtbar der Dom, rötlich, dann bräunlich, Einfahrt ins Zentrum, große Kreuzung, vorbei am Hochhaus, Hauptstraße rechts, Hauptstraße links, Gasse rechts und schon da, angenehmes Parken, kaum Menschen, es ist Sonntag, der Dom jetzt grau, großer Hof, Portal südwestlich, üppige Nische, wohl Hauptportal, nachher hinzugebaut, oben ein Ungeheuer mit Reiterin, Drache mit Jungfrau? nein, bestimmt nicht, mehrere Lebewesen, ineinander gewachsen, Basilisk? wird man morgen besser sehen, das Tor verschlossen, ach, es ist ja fast dunkel, flüchtiger Blick auf die runden Türme, Chor im Südosten, Galerien, Säulen, Kapitelle, steinerne Gäste, einem der Gäste, dem Baumeister? Sitzt ein Affe im Nacken. VI · 7

VI · 8 Das Portal, morgens um neun, die Nacht hat gar nicht abgekühlt, Radfahrer schon da.

Helm und Wasserflasche an der Schulter.

Wie tritt man hier ein?

Schnelles Photo.

Aus dem Handgelenk.

Der Dom ist hundertneun Meter lang, siebenundzwanzig Meter breit, das Querschiff sechsunddreißig Meter.

Die Radfahrer sind bald wieder draußen.

Aufenthalt drinnen durchschnittlich zehn Minuten.

Im Wimperg das Symbol der Kirche.

Ecclesia triumphans.

Heißt siegreiche Volksversammlung.

Adler, Engel, Löwe, Stier.

Das Evangelium.

Im Tympanon zieht ein Engel mit Fanfare vorbei.

Ecclesia militans.

Heilsbotschaft?

Schreckensbotschaft?

So oder so.

Am Rand des Vorplatzes ein Pfahl mit gelbem Wegweiser.

Zum Strandbad.

An der Brücke über den Kanal.

Zu den Nibelungen.

VI · 9 Der Hubschrauber landete auf dem Mittelpunkt des Rasens, Alberich und Wieland nahmen Herrn Attila in Empfang.

Es war ein heißer Sommertag.

Architektonische Höhe vierunddreißig Meter, Kapazität dreißigtausend Plätze, Baukosten sechshundertfünfundsechzig Millionen, das Stadion viel zu groß.

Herr Attila wünschte sich ein Denkmal.

Nicht zu klein.

Century Gothic hatte zugeschlagen, das Stadion günstig übernommen, Kultur statt Fußball, Bühnen statt der Tore eingerichtet, dazu Betonwürfel, Stahltürme und Lichtnasen im Oval.

Das Programm?

Nibelungen.

Immer dieselben?

Rund um die Uhr.

Gut so.

Zwei Hologramme, das eine gewagnert, das andere gehebbelt, nach zwölf Stunden Seitenwechsel, Wiedergabe simultan, Ton über Kopfhörer.

Wer gewinnt?

Keiner.

Bruno Lesky hatte das Spiel aufgegeben, sein tagelang dauernder Grabgesang für schwarzen Baß und Sopran mit dem Titel Salomonischer Knoten war von den Internetriesen aus Gründen fehlender Zuständigkeit abgelehnt worden, er entdeckte dann im Angebot der Grauen Zelle, eines Quereinsteigers auf dem Medienmarkt, Kanon für sechsundneunzig Stimmen, vierundzwanzig Chöre mit dem Titel Gordischer Knoten, das in seinem Namen, ohne Rücksprache und zum Schnäppchenpreis, zunächst wollte er die Firma wegen des unterschobenen Machwerks verklagen, handelte es sich doch um eine Perversion des geistigen Diebstahls, überlegte sich aber die Sache, weil sein Anwalt ihn warnte, die hätten ein ganzes Heer von ausgepichten Hausjuristen, er sehe da kein Licht. **VI · 10**

VI · 11 Der Verein zählte fünfundachtzig Mitglieder, stand vor der Auflösung, die Portiers der ersten Stunde trafen sich wieder am See, sie saßen an Teakholztischen, jeder mit seinem Joghurt, am Nachbartisch ein Bekannter.

Was machst du so?

Studieren.

Immer noch?

Philosophie.

Was ist das?

Gute Frage.

Der Student behalf sich mit einem Gleichnis.

Seht ihr den Mann da draußen?

Ja.

Auf der Luftmatratze?

Wir sehen.

Nehmen wir an, das Wetter kippt.

Was meinst du?

Nehmen wir an, ihn überkommt die Reflexion.

Was ist das?

Sprungfeder im Kopf.

Spannend.

Der starke Philosoph wird sagen, hopp oder tropp.

Und?

Der schwache Philosoph wird sagen, tauche die Hände ins Wasser und suche vorsichtig rudernd ans Ufer zu gelangen.

Zu spät?

Wir kommen immer zu spät.

Die Künstlerinnen trafen sich bei einer Vernissage im Künstlerhaus, da fiel der Strom aus, die Leute standen im Dunklen, Hera erzählte ihnen, was sie sich immer gedacht hatte, die Seele ist wie eine Spinne, sitzt im Netz, scheinbar unbewegt, auf alles gefaßt, sobald ein Faden reißt, saust sie hin und versorgt die Wunde, Heide fand das Beispiel hervorragend, es beantwortet die Frage nach der ursprünglichen Ganzheit des Daseins und offenbart das Motiv seiner Erschlossenheit, die Angst vor dem Verlust der Macht, das war den Leuten doch zu viel, sie meinten, die Spinne behebt nur eine Störung, aber nein, sagte Hera, die Seele heilt, sie hat die Kraft? zwanzig Meter Speichel, mehr als sie wiegt? die holt sie aus sich selbst, im freien Fall.

Nachtrag

Der Roman enthält – gelegentlich verändert – einige nicht gekennzeichnete Zitate.
Die Quellen: Ägyptische Totenliteratur, Bhagavadgita, Bibel, Bazon Brock, Carl von Clausewitz, Charles Darwin, Richard Dehmel, Edda, Joseph von Eichendorff, Emanuel Geibel, Johann Wolfgang Goethe, Jörg Haider, Friedrich Hebbel, Martin Heidegger, Heraklit, Hugo von Hofmannsthal, Werner Hofmeister, Immanuel Kant, Heinrich von Kleist, Kojiki, Der von Kürenberg, Anatoli Lunatscharski, Niccolo Machiavelli, René Magritte, Wladimir Majakowski, Meyer's Konversations-Lexikon 1877, 1878 („Kurzschrift", „Tischrücken"), Eduard Mörike, Nibelungenlied, Friedrich Nietzsche, Viktor Rogy, Friedrich Schiller, Gershom Scholem, Haim Steinbach, Richard Wagner.

Inhalt

Teil I · 1996

Teil II · 1997–1998

1. Sprachmann in der Au · Treffen mit den Künstlerinnen · Die Nixen proben die Szene mit Hagen
2. Nofretete im Wald · Geschichten von Heilkräutern · Beobachtungen am Fluß
3. Der Ägypter, die Theatergruppe, die Künstlerinnen · Rettung der Urnot · Das Verständnis der mittelalterlichen Kurzschrift
4. Sprachmann und Alberich in der Ritterburg · Der Drache · Die Frösche und der Wundertaler
5. Der lnformatiker · Gutachten der Frauenforschung · Argumente pro und contra
6. Alberich und Wieland am Felsentor · Morgenwäsche · Gespräch über Herkunft, Dienst und Verdienst
7. Hindarberg, erste wirkliche Filmszene · Siegfried und Hilde, die drei Könige · Die Väter
8. Frau Ute · Gründung der Neuen Freien Landbühne · Probelesung
9. Sprachmann im Schlafsaal der Ritterburg · Betrachtung des gestirnten Himmels · Auftritt Nofretete
10. Landstraßen und Autobahn · Der Komponist, die Künstlerinnen · Irrfahrten und Pannen
11. Die Portiers im Wirtshaus · Das Dorf · Gründung des Vereins zur Beschleunigung der Zeit
12. Zeltlager vor dem Rathaus · Die burgundische Streitmacht · Einmarsch der Century Gothic

Teil III • 1999–2001

Teil IV · 2002–2006

1. Der Ägypter am Fenster der Burg · Blick aufs Land · Abschiedsschmerz
2. Jahrmarkt vor dem Rathaus · Public Viewing · Eckewart schützt die Grenze
3. Der Übertritt · Die burgundische Königsmacht · Eckewart erhält den Ring der Nibelungen
4. Gastgarten · Attila, Pater Notker, das Mariandl · Einzug der burgundischen Königsmacht
5. Der Informatiker · Forschungsgruppe Nemesis · Vorschlag zur Güte
6. Fabrikgelände · Zwei Gabelstapler · Nofretete
7. Künstlerpark · Junger Autor und junge Autorin lesen aus ihrem neuen Stück · Mordakte Bethlehem
8. Frau Ute · Das Kompetenzzentrum, die Gespielinnen, die Gäste · Alberich und Volker
9. Kuranstalt · Sigmund und Gibika · Gespräch über Ordnung und Chaos
10. Der Komponist und die Entsorger · Besuch bei den Künstlerinnen · Himbeerkuchen und Biosuppe
11. Die Portiers · Vortrag des Studenten · Die Geschichte von Poppo und Pippa
12. Raststätte · Sprachmann erwartet den Golden Handshake · Volker singt ein Lied

Teil V • 2007–2014

1. Der Ägypter • Rückkehr • Tanz auf der Hochhausterrasse
2. Sprachmann im Wald • Radfahrer und Frosch • Begegnung mit Nofretete
3. Die Theatergruppe am Berg • Entscheidung für einen Neubeginn • Angebot der Grauen Zelle, Burgfestspiele
4. Brunnen im Dichterpark • Hilde ezählt vom Theater • Siegfried ezählt von den Hunnen
5. Der Informatiker • Scientific Community • Die Geschichte vom Erlöschen und Erscheinen der Sonne
6. Burghof • Nordischer Dreikampf • Hilde auf dem Söller
7. Turmgemach • Sigmund und Gibika • Einführung in das Kreditwesen
8. Frau Ute • Vertrag mit Century Gothic • Die Geschichte von den wiederauferstandenen Toten
9. Burghof, Söller • Hilde und Siegfried • Kirche gibt Segen
10. Turmgemach • Sigmund und Gibika • Wunderblock
11. Die Portiers • Niedergang des Vereins • Austritt der Gründer
12. Erleuchtetes Haus • Hera und Heide, der Komponist und die Entsorger • Klaviertasten

Teil VI • 2015–2027

1. Ritterburg, erster Stock • Ägypter am Flipchart, Graue Zelle am runden Tisch • Die Geschichte von Atum Re und der zerstrittenen Menschheit
2. Ritterburg, zweiter Stock • Ägypter am Schreibtisch • Nofretete am Fenster
3. Ritterburg, zweiter Stock • Ägypter, Nofretete • Gespräch über Denken und Zuhören • Das Zerwürfnis
4. Ritterburg, zweiter Stock • Er schickt ihr Haikus, sie schickt ihm Haikus • Versöhnung
5. Der Informatiker • Über die Ursache der Sinnestäuschungen • Schöpfungsgeschichte
6. Attila am See • Aussichtsturm • Spekulationen
7. Die Stadt der Nibelungen • Der Dom • Das Portal
8. Die Radfahrer • Kurzer Aufenthalt • Ecclesia triumphans
9. Das Stadion • Attila wünscht sich ein Denkmal • Nibelungen rund um die Uhr
10. Der Komponist • Salomonischer Knoten, Gordischer Knoten • Die Empörung
11. Die Portiers am See • Der ewige Student • Über starke und schwache Philosophie
12. Künstlerhaus • Hera und Heide • Die Geschichte von der Spinne